Das Schwert des Highlanders

Amanda Scott

Das Schwert des Highlanders

Deutsch von Carola Kasperek

Weltbild

Originaltitel: *Highland Princess*
Originalverlag: Warner Books, New York

Dieses Werk wurde vermittelt durch die
Literarische Agentur Thomas Schlück GmbH, 30827 Garbsen.

Die Autorin

Amanda Scott stammt aus einer alten Juristen-Dynastie und ist in Kalifornien aufgewachsen. Die studierte Historikerin mit Schwerpunkt in englischer Geschichte hat einige Jahre als Lehrerin gearbeitet, bevor ihr Ehemann sie zum Schreiben brachte. Seither hat Amanda Scott jedes ihrer Manuskripte verkauft und mittlerweile weit über 40 Titel veröffentlicht. Ihre Romane stehen auf den Bestsellerlisten und haben zahlreiche Auszeichnungen gewonnen. Die Autorin lebt mit ihrer Familie in Nordkalifornien.

Weltbild Taschenbuch

Der Vorhang hebt sich zum dritten Akt.
Auftritt der Lady Peel:

Sue Bengston Steele

12. Dezember 2003

Requiescat in pace

SCHOTTISCHE INSELN

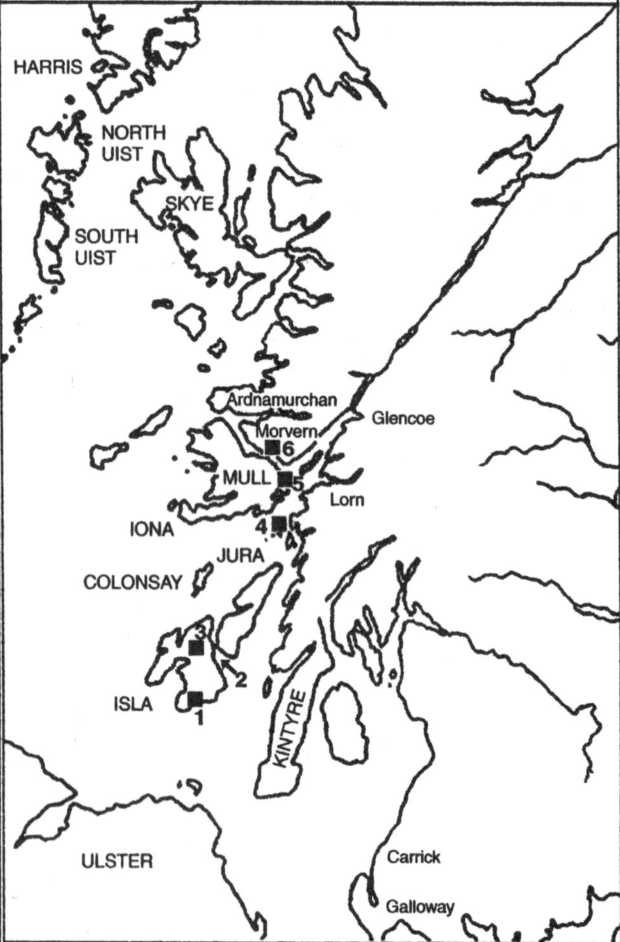

1. DUNYVAIG
2. SOUND OF ISLA
3. FINLAGGAN
4. DUNCONNEL
5. DUART CASTLE
6. ARDTORNISH

Vorbemerkung der Autorin

Im vierzehnten Jahrhundert wandelte sich der Name Stewart von einer Amtsbezeichnung (Steward = Truchsess) zu einem Familiennamen (Stewart), wobei sich auch die Schreibung änderte. Robert the Steward war ein Sohn Marjories, der Tochter von Robert the Bruce. 1371 (fünf Jahre nach dem Ende unserer Geschichte) bestieg er als Robert II. den Thron und begründete das schottische, und später auch englische Herrscherhaus der Stewarts (Stuarts). Roberts Tochter war bekannt als Margaret Stewart (im Roman die Mutter Mairis).

Prolog

Loch Gruinart, Insel Isla, Schottland, März 1366

Die Flut ging schon zurück, und noch immer war er nicht gekommen. Dabei hatte er versprochen, früh da zu sein, damit sie noch vor Einbruch der Dunkelheit nach Hause kam. Sie war ohnehin schon spät dran, und wenn sie nicht rechtzeitig das Abendessen auf den Tisch brachte, würde es ihr schlecht ergehen.

Sie spazierte über den Strand in Richtung der Klippen an der Nordküste und versuchte es aus ihrem Bewusstsein zu verbannen, wie sehr sie sich nach ihm sehnte. Wie jedes Mal, wenn sie an das Risiko dachte, das sie einging, überlief sie ein Schauer. Doch andererseits gefiel es ihr; es brachte ein wenig Abwechslung in ihr eintöniges Dasein.

Er hatte gesagt, er wolle nach Kilchoman reiten und sie auf dem Rückweg treffen, also würde er bald hier sein. Diesmal musste er zu seinem Wort stehen. Er musste sich um sie und das Kind kümmern. Sie wollte sich endlich wieder sicher fühlen können.

Während die Sonne langsam dem Horizont entgegensank, stand sie da und blickte aufs Meer hinaus. Sie zwang sich zur Ruhe und nahm bewusst das Wechselspiel des Lichts in sich auf. Bald würden die düsteren grauen Regenwolken rosig überhaucht im Sonnenuntergang leuchten, doch dann wäre sie schon wieder zu Hause. Sie wagte es nicht, so lange fortzubleiben.

Da knackte ein Zweig. Sie fuhr herum, doch ihr freudiges Lächeln erstarb, als sie sah, dass es nicht der war, den sie erwartet hatte. »Du!«

»Ja, ich«, knurrte er, kam auf sie zu und packte sie so grob bei den Schultern, dass sie aufschrie.

»Nicht! Lass mich los!«

»Oh nein. Ich habe dich gewarnt, nicht länger deine Spielchen mit mir zu treiben, Mädchen. Aber jetzt ist Schluss, jetzt werde ich dir Respekt beibringen. Ich fordere meinen Tribut, wie Seine Gnaden sagen würde.«

Außer ihrem Peiniger hörte niemand ihre Hilferufe. Und ihn scherte ihr Wehklagen nicht mehr als das Lärmen der Möwen am Himmel. Eher steigerte es noch seine Genugtuung darüber, dass sie jetzt endlich bezahlen musste für das, was sie ihm in der Vergangenheit angetan hatte.

Es sollte ihr letzter Sonnenuntergang sein.

Bald schon verstummten ihre Schreie.

1

Nahe der Ostküste von Isla, vierzehn Tage später

Wie unter einer schweren Decke ruhte das Meer im dichten Nebel. In dieser unheimlichen grauen Stille gingen Wasser, Land und Himmel unmerklich ineinander über. Der Nebel konnte Ian Burk das Leben kosten.

Mit jeder Minute kam die Schlinge des Henkers näher, doch ohne Wind konnte die schlanke königliche Galeere, die vielleicht Rettung bringen würde, nur mit der Strömung treiben. Ihr großes quadratisches Segel hing nutzlos herunter, und die achtzehn Ruderer hatten die Riemen längst sinken lassen, da sie jegliche Orientierung verloren hatten. Auf ihnen und ihren drei Passagieren lastete das Schweigen ebenso schwer wie der alles dämpfende Nebel. Sie lauschten angestrengt.

Die siebzehnjährige Lady Mairi von den Inseln zog den pelzgefütterten, leuchtend roten Kapuzenumhang noch enger um sich und versuchte, ihre Ungeduld zu zügeln. Selbst ihr Vater, der mächtigste Mann der Inseln, wenn nicht gar von ganz Schottland, konnte nicht veranlassen, dass der Wolkendunst sich auflöste.

Neben ihr murmelte ihre Zofe Meg Raith: »Was für ein scheußlicher Nebel! Wenn man bedenkt, dass wir bei Wind und klarem Himmel von Dunyvaig abgelegt haben. Ich muss immer daran denken, was dort unten in der Tiefe lauern mag.« Bei diesen Worten zitterte ihre Stimme.

»In den Gewässern hier gibt es keine Seeungeheuer«, erwiderte Mairi entschieden.

»Nein, hierher würde sich keines wagen«, stimmte ihr

Meg zu, als hätte sie niemals auch nur einen Gedanken an irgendwelche Bestien verschwendet. Doch dann setzte sie ein wenig unsicher hinzu: »Seid Ihr auch sicher, Mistress?«

»Ja, und außerdem geht die Sonne bald auf. Es ist schon ein wenig heller geworden«, antwortete Mairi und schob sich eine feuchte dunkle Locke wieder unter die Kapuze. »Überhaupt«, fuhr sie fort, »ist es doch hierzulande ganz normal, dass der Nebel so plötzlich fällt. Es wäre auch weit weniger unheimlich, wenn wir nicht unversehens im Dunkeln hineingeraten wären.«

»Vielleicht habt Ihr ja recht, Mistress, aber schaurig ist es doch.«

Da musste Mairi ihr zustimmen. Normalerweise liebte sie das Meer und die Fahrt in einer der Hochlandgaleeren, die so rasch durch die Wogen glitten, besonders wenn Wind und Gezeiten günstig waren. Zudem lagen nicht viel mehr als zwanzig Meilen zwischen Dunyvaig, der Burg ihres Vaters an der Südostküste von Isla, und dem Amtssitz am Loch Finlaggan im Norden. Und eine Schiffsreise wurde nie langweilig. Dafür sorgten schon die stets wechselnde Szenerie und die spielenden Otter und Seehunde, die die Reisenden mit ihren Kapriolen unterhielten.

Allerdings war sie noch nie in einer mondlosen Nacht übers Meer gefahren, wenn der Steuermann nach den Sternen navigieren musste. Und gerade jetzt, wo doch für Ian jede Stunde zählte, wurden sich auch noch durch diese Nebelschleier aufgehalten.

In diesem Augenblick blies der Steuermann zwei Töne auf seinem Widderhorn. Das tat er alle zehn Minuten, zum einen, um andere Schiffe zu warnen, die unvorsichtig genug waren, sich in dieser Suppe hinauszuwagen. Zum anderen wartete er auf ein Signal von Claig Castle, das ihnen Auskunft darüber geben sollte, wie weit sie von der Küste entfernt waren. Die wuchtige Festung auf Heather Isle bewachte die südliche Einfahrt in den Sund von Isla, der für

Mairis Vater, Laird MacDonald, den Lord der Inseln und König der Hebriden, von großer strategischer Bedeutung war.

Sie drehte sich zum Heck der Galeere um, wo ihr Halbbruder mit dem blonden Bart es sich neben dem Steuermann auf einem Stapel Felle bequem gemacht hatte und mit grimmigem Blick in die wallenden Dunstschwaden ringsumher starrte.

Leise fragte sie: »Was glaubt Ihr, wie weit es noch ist, Ranald?«

Seine Miene wurde weicher, als er sie ansah. Ebenso wie ihre beiden anderen älteren Halbbrüder war auch der einundzwanzigjährige Ranald ein großer, breitschultriger, gut aussehender Mann, der eine natürliche Autorität ausstrahlte. Mit leisem Lächeln beruhigte er sie: »Es ist nicht mehr weit, Mädchen. Aber ich kann dir trotzdem nicht versprechen, dass du dir schon in ein, zwei Stunden die Füße am Feuer wärmen kannst.«

»Das Wasser ist so still«, sagte sie. »Ich weiß gar nicht, ob sich der Nebel bewegt oder das Schiff. Haben wir schon Flut?«

»Nein«, antwortete er. »Wir treiben noch immer nach Norden und sind bestimmt bald am Eingang zum Sund angelangt. Wahrscheinlich haben die Leute auf Claig schon unser Horn gehört und warten mit ihrer Antwort nur, bis sie ganz sicher sind. Der Nebel verfälscht alle Geräusche auf dem Wasser ein wenig.«

Sie nickte. Wie jeder, der an der See aufgewachsen und mit ihren wechselnden Launen vertraut war, würde sie es an der stärkeren Strömung merken, wenn sie in den schmalen Sund einfuhren. Sie wusste auch, dass die Besatzung von Claig Castle nicht nur die Aufgabe hatte, auf die Hornsignale der Schiffe zu antworten, sondern auch den Wegzoll von denjenigen Fahrzeugen einzufordern, denen der Lord der Inseln die Benutzung des kürzeren Wegs durch die Meerenge gestattet hatte. Schon allein aus diesem Grund beobachteten die Wächter auf Craig alles genau.

Im trüben Zwielicht des Morgens verging die Zeit so unmerklich, dass ihr eine Minute unendlich lang und zugleich so kurz wie ein Herzschlag erschien.

Unvermittelt kehrten ihre Gedanken wieder zu dem Thema zurück, um das sie seit der vergangenen Nacht unablässig kreisten. Da hatte sie von Ranald, der aus Knapdale zurückgekehrt war, erfahren, in welcher Gefahr Ian Burk schwebte. Zwei Tage war ihr Bruder fort gewesen und hatte währenddessen die Festung ihrer Obhut überlassen, denn der Lord der Inseln vertrat die Auffassung, dass seine Kinder ebenso gut wie seine Untergebenen wissen sollten, wie man eine Burg führt. Was in diesem Fall keine allzu schwere Bürde darstellte, denn der Burgkommandant war einer der zuverlässigsten Leute der MacDonalds. Dunyvaig gehörte zu den wichtigsten Besitztümern des Lords. Von hier aus konnte der Seeweg nach Süden kontrolliert werden, und darüber hinaus bot man Galeeren, Lastschiffen und großen Kriegsschiffen einen sicheren Ankerplatz. Vom hohen Burgfelsen aus reichte der Blick übers Meer bis zur Küste der Halbinsel Kintyre. Der zugehörige wohlbefestigte Hafen lag versteckt unterhalb der Anlage in der Lagavulin Bay.

Ranald hielt sich zurzeit auf Dunyvaig auf, um das Kielholen der claneigenen Schiffe zu überwachen. Bei dieser Prozedur, die zweimal im Jahr stattfand, waren Dutzende von Männern damit beschäftigt, die Fahrzeuge mithilfe von Baumstämmen an den Strand zu befördern, um dann die Bootskörper von Muscheln und anderem Seegetier zu befreien.

Bereits zum zweiten Mal begleitete ihn Mairi nach Dunyvaig. Ihre Aufgabe war es, ihm den Haushalt zu führen, dafür zu sorgen, dass die Speisekammer gefüllt und alles auf der Burg gut in Schuss war. Denn der tüchtige Kommandant war noch unverheiratet, und daher hatte es sich Mairis Mutter,

Lady Margaret, zur Gewohnheit gemacht, mindestens einmal jährlich auf Dunyvaig nach dem Rechten zu sehen. Als diese Pflicht ein Jahr zuvor auf Mairi übergegangen war, hatte sie sie mit Bravour gemeistert, und so war sie guten Mutes, als sie vor einem Monat wieder eingetroffen war.

Sie hatte auch nicht mit der Wimper gezuckt, als Ranald auf MacDonalds Geheiß nach Knapdale reisen musste, um den neuen Häuptling dort zur Zusammenkunft des Inselrates nach Finlaggan einzuladen. Es machte ihr nicht das Geringste aus, mit ihrer Zofe die Nächte auf der Burg zu verbringen, deren Besatzung ausschließlich aus Waffenknechten bestand. Kein Gefolgsmann ihres Vaters würde ihr oder Meg auch nur ein Haar krümmen, und die Männer auf Dunyvaig gehörten zu den engsten Getreuen.

Nach Beendigung der Ratssitzung gedachte die Familie nur noch vierzehn Tage in Finlaggan zu bleiben, da sie Ostern wie gewöhnlich auf Ardtornish verbringen wollte. MacDonalds liebster Aufenthaltsort lag fünfzig Meilen weiter nördlich an der Küste von Morvern am Sund von Mull. Im Hochsommer wollten sie dann alle nach Isla zurückkehren, wo Lady Margaret mit den Kindern ihre Sommerresidenz Kilchoman beziehen würde. Das Schloss, das erst zwei Jahre zuvor an der Westküste von Isla erbaut worden war, war wunderschön, doch reichlich ungemütlich, wenn die Frühjahrsstürme um die Mauern heulten. Dagegen lag Ardtornish wesentlich geschützter.

Ein so großer Haushalt wie der ihre konnte sich nie lange an einem Ort aufhalten. Der Bedarf der vielen Menschen an Essen, Trinken und Garderobe hatte die Möglichkeiten einer Burg bald erschöpft, und darüber hinaus hatte das Gesinde ohnehin schon alle Hände voll mit der Pflege des Anwesens zu tun, auch ohne ständig die Familienmitglieder bedienen zu müssen.

Vor zwei Wochen hatte Lady Margaret Ian Burk mit einer Nachricht nach Dunyvaig gesandt, um Mairi und Ranald daran zu erinnern, dass Seine Gnaden erwartete, dass sie ihre Arbeit erledigt hätten, wenn der Rat auseinanderging. Im Anschluss sollten sie sich für die Reise in den Norden bereit machen.

Mairi bedauerte es nicht, dass ihre Pflichten auf Dunyvaig ihr nicht erlaubten, am Inselrat teilzunehmen, denn nur wenige Männer brachten zu dieser Gelegenheit ihre Familie mit. Die meisten warteten, bis Seine Gnaden in den Norden aufgebrochen war, bevor sie ihre Frauen und heiratsfähigen Kinder nachkommen ließen. Das lag nicht nur an der zentraleren Lage von Ardtornish, sondern auch am Tinchal, der großen Hirschjagd. Ursprünglich veranstaltet, um Ardtornish mit frischem Wildbret für die Osterfeiertage zu versorgen, hatte sich die Jagd im Laufe der Zeit zu einem wichtigen gesellschaftlichen Ereignis entwickelt, das von allen ungeduldig erwartet wurde.

Als Ranald vergangene Nacht nach Dunyvaig zurückgekehrt war, hatte Mairi sofort an seiner Miene erkannt, dass etwas nicht stimmte. Auf ihre Frage hin antwortete er: »Wir sind einem der Kriegsschiffe Seiner Gnaden begegnet, das auf dem Weg nach Loch Tarbert war. Die Besatzung erzählte uns, dass die meisten Ratsmitglieder bereits in Finlaggan eingetroffen seien. Morgen soll der Gerichtstag beginnen und … na ja …« Er wich ihrem Blick aus.

»Und was?«, drängte sie ihn.

»Das willst du wahrscheinlich gar nicht hören, Mädchen«, sagte er und fügte dann unwillig hinzu: »Kann sein, dass Seine Gnaden Ian Burk aufhängen lässt.«

»Wieso Ian?« Ihr wurde vor Schreck übel. »Wie kommt er darauf? Ian ist absolut vertrauenswürdig, Ranald. Seit ich ein Kind war, hat er sich um meine Pferde gekümmert – und um mich auch! Was soll er denn verbrochen haben?«

»Ihm wird ein Mord zur Last gelegt, Mairi. Ich kann mir vorstellen, dass du auf der Stelle nach Finlaggan zurückwillst, aber wir können nichts unternehmen, sofern die Ankläger Beweise beibringen können. Nach unseren Brehon-Gesetzen ...«

»Ich kenne unsere Gesetze, Ranald. Aber die Ankläger müssen verrückt sein. Wer wurde denn umgebracht?«

»Elma MacCoun«, sagte er. »Sie behaupten, Ian habe sie von einer Klippe gestoßen.«

»Das ist undenkbar! Ich bin fest davon überzeugt, Ranald, dass Ian zu einer solchen Gewalttat gar nicht fähig ist.«

Es gelang ihm nicht, seine Schwester zu beruhigen. »Wir dürfen keine Zeit verlieren«, sagte sie nur.

»Wir können doch nicht von einer Minute auf die andere abreisen, Mädchen«, erwiderte er ruhig.

»Mag sein, doch sobald wir gepackt haben und eine Galeere bereit gemacht ist, müssen wir los.«

»Morgen vor Sonnenaufgang ist noch früh genug. Wie üblich werden vorher bestimmt noch andere Klagen verhandelt, und außerdem hieß es nur, die meisten – aber längst nicht alle – Ratsmitglieder seien schon eingetroffen.«

»Aber das war gestern, nicht wahr?« Als er nickte, fuhr sie fort: »Und um Recht zu sprechen, braucht Seine Gnaden sowieso keinen der Ratsherren, wie du sicher weißt. Wenn wir zu lange warten, wird Ian es mit seinem Leben bezahlen. Das darf einfach nicht sein, Ranald. Also beeil dich!«

Er verdrehte die Augen, da er das ganze Unternehmen für aussichtslos hielt, widersprach ihr jedoch nicht länger. Von allen ihren sechs Brüdern und Halbbrüdern konnte sie Ranald am leichtesten um den Finger wickeln. Doch auch bei den anderen fiel ihr das nicht allzu schwer, denn so stur die Männer auch manchmal sein konnten, gegen Mairis Dickkopf kamen sie nicht an.

Nachdem Ranald einmal eingewilligt hatte, war schnell alles vorbereitet, und jetzt saßen sie hier in diesem Nebel fest, der stetig dichter, kälter und schauriger wurde, bis sogar die tapfere Mairi anfing, Gespenster zu sehen.

Doch endlich ertönte das erhoffte Hornsignal auf den Mauern von Claig Castle.

Die Ruderer beschleunigten ihren Schlag.

»Immer langsam«, warnte Ranald. »Gebt noch einmal das Signal, und hört dann genau hin.«

Der Steuermann gehorchte und blies abermals in sein Horn.

Kaum waren die Töne verklungen, vernahm Mairi den rhythmischen Schlag von Rudern, den Ranalds feinere Ohren bereits ausgemacht hatten.

Eine tiefe Stimme dröhnte durch den Nebel: »Wer will hier passieren?«

»Ranald von Isla, du alter Halunke!«, blaffte Ranald zurück.

»Lasst die Ruder an Steuerbord einholen, Mylord. Wir kommen jetzt längsseits heran«, erwiderte die Stimme mit einem anerkennenden Lachen.

Schon wurden an Steuerbord die Umrisse einer Galeere sichtbar, und Ranalds Ruderer hoben die Riemen. Der andere gab den Befehl zum Anhalten. Unverzüglich stießen seine Männer die Ruder senkrecht ins Wasser, worauf das Schiff rasch an Fahrt verlor.

»Willkommen, Mylord!«, dröhnte die Stimme Murdos von Knapdale, des Kommandanten der Burg Claig. »Ihr seid auf dem Rückweg nach Finlaggan, Sir?«

»Ja«, erwiderte Ranald. »Ihr habt uns schnell gefunden, Murdo. Hättet Ihr das auch geschafft, wenn wir kein Hornsignal gegeben hätten?«

»Aber ja«, antwortete Murdo selbstbewusst. »In meinen Gewässern höre ich die Fische schwimmen, Sir. Und für den unwahrscheinlichen Fall, dass mich meine Ohren doch einmal im Stich lassen, patrouillieren noch weitere sechs Schiffe im Sund. An denen kommt keiner vorbei, der sich einbildet, er könnte sich bei diesem Höllennebel um den Zoll drücken.«

»Du meine Güte, Sir«, mischte sich Mairi mit besorgter Stimme ein. »Werden wir jetzt von allen angehalten und befragt?«

»Nein, Mylady«, sagte Murdo. »Ich gebe ihnen ein Zeichen, Euch ungehindert passieren zu lassen. Es wird jeden Abend ein anderes Signal vereinbart und von einem Schiff zum nächsten weitergegeben. Und nun gehabt Euch wohl.«

Auf Murdos Kommando hin stieß sein Steuermann ins Horn und blies eine hohe Tonfolge. Gleich darauf erschallte abermals der einzelne lang gezogene Ton von Claig, dem aus der Ferne wie ein Echo eine höhere Antwort folgte.

»Wenn Ihr zuseht, dass die hohen Klänge immer von Backbord und die tiefen von Steuerbord kommen, könnt Ihr nicht auf Grund laufen und kommt sicher durch den Sund, Mylord«, sagte Murdo.

»Gut.« Ranald nickte seinen Ruderern zu, die daraufhin die Riemen senkten und sie im Takt, den der Steuermann schlug, mit gleichmäßigen Bewegungen durchs Wasser zogen. Jetzt konnten sie sicher sein, dass sie auf dem rechten Kurs bleiben würden.

Meg spähte noch immer ängstlich voraus, doch Mairi war erleichtert, denn sie näherten sich Port Askaig, dem letzten Hafen vor Finlaggan, und es bestand die Hoffnung, dass sie ihr Ziel noch rechtzeitig erreichen würden. Da die Männer schweigend und aufmerksam auf die Hornsignale lauschten, war Mairi wieder sich selbst überlassen. Es kam ihr in den Sinn, dass ihre Zukunft ebenso hinter Nebelschleiern verborgen lag wie das Land und das Wasser um sie herum, denn seit einiger Zeit schien das ihr vorbestimmte Schicksal in weite Ferne gerückt.

Oftmals hatte ihr Vater ihr die Zukunft ausgemalt und ihr erklärt, dass sie unter gewissen Umständen sogar Königin der Schotten werden könne. Doch bis es so weit war, konnte sie nur mit den Gezeiten der hohen Politik segeln und hoffen, dass sie in die Richtung getrieben würde, die

Seine Gnaden für sie erhoffte. Doch wie auf dem Meer konnte sich auch in der Regierung der Wind ohne Vorwarnung drehen.

Auf diese Strömungen, die ihr Leben bestimmten, hatte sie nicht mehr Einfluss als auf das Wogen der See, doch sie hatte nie damit gehadert. Sie fühlte sich glücklich und geborgen im Schoße ihrer Familie, die ihre Fähigkeiten – und zuweilen auch ihre Meinung – zu schätzen wusste. Im Unterschied zu ihrer jüngeren Schwester Elizabeth, die mit jedem Mann flirtete, der ihr unter die Augen kam, hatte Mairi kein großes Verlangen zu heiraten. Zumal Alasdair Stewart, den ihre Angehörigen als Ehemann für sie ausgesucht hatten, weder Interesse an ihr noch an einer gemeinsamen Zukunft zeigte. Auch Mairi hatte nicht viel für Alasdair übrig. Von allen Söhnen, die ihr königlicher Großvater mit seinen zwei Gattinen und einer ganzen Reihe von Mätressen gezeugt hatte, mochte sie ihn am wenigsten.

Überdies bestand zwischen ihr und dem vier Jahre älteren Alasdair eine Blutsverwandtschaft zweiten Grades, was aus kirchlicher Sicht eine Ehe ausschloss. Ihr Vater und ihr Großvater waren davon überzeugt, dass sie zu gegebener Zeit vom Papst einen Dispens für diese Verbindung erwirken könnten, doch obwohl Alasdair recht gut aussah, hatte Mairi nicht die geringste Lust, die Angetraute ihres Onkels zu werden.

Ihre Halbschwester Marjory hatte es dagegen kaum abwarten können, bis sie Roderic Macleod von Lewis und Glenelg heiraten durfte. Mairi beneidete sie nicht, denn Marjory lebte jetzt weit von Isla und Ardtornish entfernt auf der Insel Lewis, die hoch im Norden Schottlands lag. Da Marjory bereits stolze Mutter von drei kleinen Kindern war und ein viertes erwartete, würde sie dieses Jahr auch nicht zum Osterfest nach Ardtornish kommen können.

Mittlerweile waren links und rechts die Umrisse der Küste aufgetaucht, und gleich darauf hörten sie vier hohe Hornstöße, das Signal von Port Askaig. Da tauchte auch schon der

Anlegeplatz aus dem Dunst auf. Sie erkannten hin und her eilende Männer und vernahmen Stimmengewirr. Daraufhin gab ihr Steuermann den Befehl zum Anlegen.

Kaum war die Galeere vertäut worden, konnte Mairi ihre Ungeduld nicht länger zügeln. Sie stieg auf eine Ruderbank, raffte mit einer Hand ihre Röcke und streckte die andere einem Burschen am Kai entgegen. Mit seiner Hilfe kletterte sie behände auf den hölzernen Landungssteg hinaus.

»Immer mit der Ruhe, Mädchen«, hörte sie Ranalds Stimme hinter sich. »Ich habe Ned schon befohlen, gleich unsere Pferde zu satteln, aber wir müssen noch warten, bis unser Gepäck ...«

»Ihr könnt ja warten, wenn es Euch beliebt, Sir«, fiel ihm Mairi ins Wort. »Doch ich kann mich nicht mit unserem Gepäck aufhalten, wenn es um Ians Leben geht. Sattle auf der Stelle zwei Pferde für mich und Meg; wir müssen uns beeilen«, fügte sie an Ned gewandt hinzu. Dabei warf sie Ranald einen herausfordernden Blick zu. Sollte er es doch wagen, ihren Befehl zu widerrufen!

Doch er seufzte bloß und schloss sich an: »Sattle auch mein Pferd, Ned.« Dann schaute er Mairi fest an. »Deine Frau Mutter will dich bestimmt so bald wie möglich sehen.«

»Ja, Sir«, antwortete Mairi. »Aber schickt doch noch einen Mann, der Ned helfen soll. Dann geht es schneller. Ihr habt es ja nicht so eilig wie ich und könnt das Ausladen überwachen, wenn Ihr es für nötig haltet.« Dann sah sie den Jungen, der ihr an Land geholfen hatte, fragend an. »Kannst du mir sagen, wann Seine Gnaden mit der Verhandlung gegen Ian Burk beginnen will?«

Der Bursche zog die Stirn kraus. »Das weiß ich nicht, Mylady, obwohl die Männer in den letzten drei Tagen von nichts anderem geredet haben. Sie meinten, Seine Gnaden würde anfangen, sobald es zur Terz läutet. Aber ich möchte wetten, er wartet, bis sich der Nebel aufgelöst hat, denn sonst sind alle bis auf die Knochen nass, bevor der Gerichtstag zu Ende ist.«

»Welche Stunde haben wir jetzt?«, erkundigte sich Mairi besorgt.

»Du hast noch Zeit genug«, erwiderte Ranald.

»Außer wenn Seine Gnaden Ian Burks Verhandlung vorzieht und nach drinnen verlegt«, wandte der Junge ein. »In dem Fall kann er anfangen, wann es ihm beliebt.«

»Dann dürfen wir jetzt wirklich keine Sekunde mehr vergeuden.« Mairi fürchtete, dass Ians Schicksal schon besiegelt sein könnte. »Begleitest du uns nun, oder nicht, Ranald?«

»Er wird nicht drinnen zu Gericht sitzen, Mairi. Das Gesetz schreibt vor, dass ein Gerichtstag unter freiem Himmel stattfinden muss. Also wird er ihn wie immer auf der Council Isle abhalten.«

»Er kann doch unmöglich so grausam sein und Ian länger als nötig im Ungewissen lassen!«, entgegnete sie entrüstet. »Sieh dich doch um, Ranald. Dieser Nebel kann sich noch tagelang halten.«

Seufzend wies er den Steuermann an, das Ausladen ihrer Gepäckstücke zu überwachen. Dabei hielt er Mairis Arm fest, als hätte er Angst, sie könnte ohne ihn aufbrechen.

»Seine Gnaden hätte dich mehr Gehorsam lehren sollen«, brummte er kurz darauf, als sie über den Hafendamm zu der Treppe eilten, die ins Dorf hinaufführte. »Ich finde, er tut dir keinen Gefallen damit, dass er dir diese Aufsässigkeit Männern gegenüber durchgehen lässt. Aber wenn du erst mal verheiratet bist, wird dein königlicher Gemahl dir schon Manieren beibringen.«

Mit frechem Grinsen antwortete sie: »Noch bin ich nicht einmal verlobt, geschweige denn verehelicht, Sir. Und ich kann mir nicht vorstellen, dass so ein Möchtegern-König wie Alasdair mir viel entgegenzusetzen hat.«

Ranald gluckste vor Lachen. »Die Stewart-Söhne haben alle das Blut von Robert the Bruce in sich und sind dementsprechend stolz, Mairi. Außerdem ist Alasdair älter als du und so groß und stark wie sein Vater. Wahrscheinlich wird er auch zum Gerichtstag hierher oder nach Ardtornish kommen, und dann werden wir ja sehen, was er von einer Frau hält, die sich widersetzt.«

Mairi reckte das Kinn, entschlossen, sich keine Angst einjagen zu lassen. Mit Alasdair würde sie sich später befassen. Jetzt musste sie erst einmal verhindern, dass ein Unschuldiger hingerichtet wurde.

Die Pferde waren rasch gesattelt, und bald lagen die drei Meilen zwischen Askaig und Loch Finlaggan hinter ihnen. Finlaggan diente dem Lord der Inseln als Regierungssitz. Von einer Anhöhe aus blickten die Reiter auf das Loch und seine Umgebung hinab. Wegen des noch immer dichten Nebels konnten sie nur undeutlich das winzige Dörfchen am Westufer des Sees und die ausgedehnten Schlossgebäude mit den niedrigen Mauern erkennen, die auf Eilean Mòr, der größeren der beiden Inseln in Loch Finlaggan, lagen. Ein Steindamm verband das Eiland mit dem Dorf.

Von Eilean Mòr führte ein weiterer Damm bis an die Südostspitze der wesentlich kleineren Council Isle, die jetzt noch im Dunst verborgen lag. Hier fand der alljährliche Inselrat statt, eine Zusammenkunft von Clanchefs, Familienoberhäuptern, Lairds und anderen treuen Gefolgsleuten des Lords der Inseln. Nur jeweils vierzehn bis sechzehn von ihnen fungierten als offizielle Ratsmänner, doch zu den Gerichtsverhandlungen hatte jedermann Zugang. Die Rechtsprechung des Lords der Inseln brauchte das Licht der Öffentlichkeit nicht zu scheuen.

Gerichtsprozesse sowie Berufungsverhandlungen gegen Beschlüsse, die ein Brehon – der Inhaber eines erblichen Richteramtes – auf dem Territorium des Lords gefasst hatte, fanden entweder auf der Council Isle statt oder auf dem Judgment Knoll, einer Anhöhe nahe Loch Indaal an der Südküste Islas. Auf diesem Hügel wurden für gewöhnlich auch die zum Tode verurteilten Verbrecher gehängt. Während des

Gerichtstages saßen Seine Gnaden und die Ratsmitglieder an einem großen Steintisch, an dem der Legende nach schon Somerled, der alte Herrscher der schottischen Inseln, Recht gesprochen hatte.

Der Junge hatte recht, dachte Mairi. Bei diesem Wetter wären alle bald vollkommen durchnässt. Womöglich verfehlte jemand bei der schlechten Sicht sogar den Damm und fiel ins Wasser.

Obwohl sie von ihrem Hügel aus weder die Inseln erkennen noch feststellen konnte, was innerhalb des Schlossgeländes vor sich ging, verriet ihr das scharfe Klirren von Hammerschlägen, dass die Dachdecker bereits ihre Arbeit am neuen Schieferdach der Kapelle aufgenommen hatten. Doch sie durfte sich nicht länger aufhalten. Bei dem Gedanken an Ians Prozess gab sie ihrem Pferd eilig die Sporen.

Mairi und ihre Begleiter ritten über den Damm nach Eilean Mòr hinüber, lenkten ihre Tiere auf eine Weide und saßen ab. Da kam auch schon ein Junge, der nicht mehr als zehn oder elf Jahre alt sein konnte, angerannt, um Ned mit den Rössern zur Hand zu gehen.

»Ist Seine Gnaden schon auf der Council Isle?«, fragte Mairi ihn.

»Nein, Mylady. Aufgrund des Nebels hat er beschlossen, in der Halle Gericht zu halten.«

»Aber ist das denn zulässig, Ranald?«, fragte sie, als Ned die Pferde wegführte. Der Junge lief neben ihnen her.

»Ich denke schon«, erwiderte Ranald, während sie über einen Platz gingen, auf dem sich die Kapelle, die Unterkünfte der Wachen und einige Hütten befanden. »Seine Gnaden darf die Gesetze nach seinem Gutdünken auslegen, und bisher ist er dabei immer gerecht gewesen.«

»Ja, das stimmt«, pflichtete ihm ihr junger Begleiter in ernstem Tonfall bei. Er trabte an Megs Seite und versuchte, mit den Erwachsenen Schritt zu halten. »Der Laird hat gesagt, in die große Halle passen alle, die kommen wollen. Und dann hat er mich und noch ein paar Männer losgeschickt, um den Besuchern den Weg zu zeigen. Ich glaube, Seine Gnaden wird sich zuerst mit Ian Burks Fall befassen, weil es der neueste ist und die Gegend hier betrifft. Wahrscheinlich geht es binnen einer Stunde los.«

»Dann bleibt mir gerade noch Zeit zum Umziehen«, sagte Mairi. Sie war erleichtert, dass sie nicht in ihren feuchten Kleidern vor der Versammlung erscheinen musste.

Sie bat Ranald, sie bei ihrer Mutter zu entschuldigen, dann hasteten sie und Meg durch den überdachten, gepflasterten Vorhof zum Privatflügel der Familie. Als sie den Wohnturm mit seinen drei Meter dicken Mauern erreicht hatten, liefen sie die steile Treppe zu der Schlafkammer hinauf, die Mairi mit ihrer jüngeren Schwester Elizabeth teilte. Dort legte sie mit Megs Hilfe flugs ein hermelinbesetztes Untergewand an und zog darüber ein Kleid aus der feinen scharlachroten Wolle, die *tiretain* genannt wurde, da sie von weit her aus Tyros stammte.

Meg flocht Mairis glänzenden schwarzen Schopf zu zwei Zöpfen, die sie einrollte und am Hinterkopf feststeckte. Darüber kam eine kunstvoll bestickte goldgefasste Haube. Zum Schluss setzte Meg ihr noch einen schmalen Goldreif auf, der Mairis Rang erkennen ließ.

»Eure Handschuhe, Mistress«, mahnte sie in strengem Ton, als Mairi aufstand und zur Tür gehen wollte. »Und ein Spitzentüchlein solltet Ihr auch bei Euch tragen.«

»Sei nicht albern, Meg. Ich habe mich schon viel zu lange aufgehalten.« Die Handschuhe nahm sie trotzdem mit, da sie wusste, dass ihre Mutter sie schelten würde, wenn sie mit bloßen Händen auf der Versammlung erschien. Dann lief sie ohne ein weiteres Wort aus dem Zimmer und die steile Treppe hinab, wobei sie leicht die Röcke anhob und sich mit den Fingerspitzen der anderen Hand flüchtig an der Mauer abstützte. Von oben hatte sie männliche Stimmen im Hof gehört, doch als sie unten ankam, war wieder alles still. Selbst das Hämmern auf dem Dach der Kapelle hatte aufgehört. Zweifellos wollten auch die Arbeiter beim Prozess gegen Ian dabei sein.

Um ungehindert gehen zu können, raffte Mairi ihre Röcke und legte sich die Stofffülle achtlos über den linken Arm. Dann zog sie sich im Laufen die Handschuhe an und eilte durch das Tor zum Vorhof der großen rechteckigen Halle. Als sie die Holztreppe hinauflief, die am südöstlichen Ende der Halle zu einem Vorraum führte, bemerkte sie die beiden Männer, die soeben vor ihr die Halle betraten. Beide waren groß und, ihren kurzen farbenprächtigen Samtumhängen und den engen Seidenhosen nach zu urteilen, von vornehmem Stand. Gerade zog der zweite Mann, der ein wenig kleiner und schmaler gebaut war, die schwere Tür hinter sich zu. Das Stimmengewirr in dem Raum verstummte, ein sicheres Zeichen dafür, dass ihr Vater seinen Platz auf dem Podium eingenommen hatte. Gleich würde die Verhandlung beginnen.

»Einen Moment!«, sagte Mairi leise, aber energisch, hob ihre Röcke noch ein wenig höher und beschleunigte ihren Schritt für den Fall, dass der Mann von innen absperren wollte.

Sie schaffte es im letzten Augenblick, die Tür festzuhalten. »Wartet, ich will auch hinein!«, rief sie jetzt schon lauter und versuchte, das Portal weiter aufzustoßen, während es ihr von innen fast aus der Hand gerissen wurde.

Unvermittelt ließ der Zug nach. Mit einem Seufzer der Erleichterung zwängte sie sich durch den Türspalt und wäre um ein Haar gegen die breite Brust eines Mannes in einem himmelblauen Gewand geprallt. Aus der Nähe betrachtet, stellte sich heraus, dass sie selbst dem kleineren der beiden Gentlemen noch nicht einmal bis zur Schulter reichte.

Wie überall auf den Inseln trug auch in Finlaggan das einfache Volk die gleichen Schaffelle, safrangelben Kittel und deckenähnlichen Überwürfe wie die Leute im Hochland, doch von denjenigen Inselbewohnern, die ein Schiff besaßen, kleideten sich viele nach der feineren höfischen Mode, die sie auf ihren Fahrten in fremde Länder kennengelernt hatten.

Da auch Mairis ältere Brüder ähnliche Kleidungsstücke besaßen, konnte sie auf den ersten Blick sagen, dass der Fremde eine kurze Tunika im französischen Stil trug. Sie musste daran denken, wie oft sich ihre Mutter abfällig über die herrschende Männermode aus kurzem Obergewand und eng anliegenden Beinlingen geäußert hatte, da sie sowohl Gesäß als auch Geschlechtsteile in unziemlicher Weise zur Geltung brachte. Mairi widerstand der Versuchung, den Blick nach unten wandern zu lassen, und sagte: »Tretet bitte beiseite, Sir. Euch ist doch sicher bekannt, dass der Eingang offen bleiben muss.«

»Seine Gnaden, der Lord der Inseln, wird gleich einen Mann wegen Mordes anklagen. Dabei hat ein Mädchen nichts zu suchen, sei es auch noch so schön.«

Seine Stimme war tief und klang amüsiert.

Entrüstet sah Mairi auf und wollte dem anmaßenden Fremden, der sich als selbst ernannter Türhüter aufspielte, gerade die Meinung sagen, da traf ihr Blick seine lustig funkelnden blauen Augen, und es verschlug ihr förmlich die Sprache.

Später hätte sie nicht mehr sagen können, was für ein Gefühl in diesem Augenblick von ihr Besitz ergriff. Eine Hitze stieg in ihr auf, zweifellos eine Reaktion auf sein unverschämtes Zwinkern, doch zugleich war sie völlig überrumpelt. Im Nachhinein redete sie sich ein, dass es nur an seinen strahlend blauen Augen gelegen hatte, Augen, wie sie sie noch nie zuvor gesehen hatte. Sie glichen dem stillen Wasser des Firth of Lorn beim Gezeitenwechsel, wenn die Sonne vom wolkenlosen Himmel strahlte. Gleichzeitig empfand sie ein merkwürdiges Kribbeln an Stellen, an denen sie noch nie etwas Ähnliches verspürt hatte.

»Lasst mich eintreten«, verlangte sie, doch da ihr Mund auf einmal wie ausgetrocknet war, brachte sie nichts als ein heiseres Flüstern heraus.

Er schüttelte nur den Kopf.

Daraufhin befeuchtete sie die Lippen, schluckte krampfhaft und versuchte, sich dem Bann dieser erstaunlichen Augen zu entziehen, doch vergeblich. Sie war wie verzaubert.

»Was zum Teufel ist hier los?«

Der Fremde, der ihr den Weg versperrte, drehte sich um, doch bevor Mairi die Geistesgegenwart aufbrachte, an ihm vorbei in die Halle zu schlüpfen, schob sich schon ein zweiter, noch größerer Mann in die Lücke und starrte sie verwundert an.

»Du lieber Himmel«, sagte er ungehalten zu dem ersten, »ich werde dich daran erinnern, wenn du mir das nächste Mal Vorwürfe machst, weil ich mich von einem Paar schöner Augen aufhalten lasse. Schick sie fort, Lachlan, und schließ die Tür. Seine Gnaden blickt schon finster in unsere Richtung. Er will sicher beginnen.«

Mairis Empörung loderte erneut auf. Sie richtete sich zu ihrer vollen Höhe auf, straffte die Schultern und sagte in scharfem Ton: »Diese Tür muss offen bleiben. So verlangt es unser Gesetz.«

»Was weiß ein Mädchen schon vom Gesetz?«, fragte der zweite Mann.

»Vielleicht gar nichts«, erwiderte der erste gleichmütig und setzte dann, noch bevor Mairi protestieren konnte, hinzu: »Trotzdem könnte sie recht haben. Weil wir das erste Mal einem Gerichtstag beiwohnen, der drinnen abgehalten wird, habe ich ganz vergessen, dass er nach dem Gesetz jederzeit und für alle zugänglich sein muss. Ich danke Euch für den Hinweis, Mistress. Wir wollen doch Seine Gnaden nicht verärgern.«

»Wenn Ihr meint, mein Vater sei jetzt schon verärgert, Sir«, antwortete sie, »dann wartet nur, bis er erfährt, dass Ihr mich daran hindern wolltet, die Halle zu betreten. Dazu habe ich nämlich das gleiche Recht wie Ihr.«

Beide Männer blickten sie groß an, und Mairi bemerkte, dass der zweite fast ebenso blaue Augen hatte wie sein Begleiter.

»Euer Vater?«, riefen sie wie aus einem Munde.

»Ja, denn ich bin Mairi von den Inseln. Und jetzt tretet zur Seite, und lasst mich durch.«

Statt angemessene Zerknirschung zu zeigen, fixierte derjenige mit dem Namen Lachlan sie schon wieder und zwinkerte ihr erneut zu. Dabei dachte er gar nicht daran, auch nur einen Schritt zu weichen. Doch dieses Mal löste sein Verhalten bei Mairi nur Zorn aus.

Blitzschnell schoss ihre Hand nach oben. Doch nicht rasch genug. Mit einer knappen Bewegung packte er zu und hielt sie fest.

Noch immer stand ein mutwilliges Funkeln in seinen Augen, und der Griff seiner Finger in dem Lederhandschuh war sanft. Dennoch vermochte sie ihre Hand nicht wegzuziehen.

2

Lachlan Lubanach Maclean von Bellachuan auf Seil und Knapdale konnte sich angesichts des erbosten Mädchens nur mit Mühe ein Grinsen verkneifen. Eigentlich, so sinnierte er, hätte er gleich wissen müssen, um wen es sich handelte. Denn sie war nicht nur erlesen gekleidet, sondern machte auch ihrem Ruf, die schönste Frau der Inseln zu sein, alle Ehre. Vermutlich hatte ihn ihr unglaublicher Liebreiz derartig geblendet, dass er nicht mehr klar denken konnte.

Ihr Anblick weckte Gefühle in ihm, die er lange nicht mehr empfunden hatte. Ihre Augen waren bezaubernd, klar und ausdrucksvoll, und ihre Stimme hatte einen sinnlich weichen Klang. Doch war sie ebenso bekannt für ihr aufbrausendes Temperament wie für ihre Schönheit. Als er sah, wie sich ihre elfenbeinfarbenen Wangen röteten und ihre dunkelblauen Augen blitzten, mutmaßte er, wie es wohl wäre, wenn sie anstelle ihres Vaters die hohe Gerichtsbarkeit besäße. Dann würde er bestimmt im Nu an einem schönen festen Strick baumeln. Trotzdem fühlte er sich zu ihr hingezogen.

Sein Bruder Hector neben ihm stieß ein leises, warnendes Brummen aus, doch Lachlan beachtete ihn nicht. Für Hector war das Wichtigste im Leben die Streitaxt des alten Gillean-Clans, die er so trefflich zu schwingen verstand. Doch auch er hatte durchaus ein Auge für das schöne Geschlecht. Lachlan befasste sich ebenfalls mit vielen Dingen, die nicht mit Kampf und Streit zu tun hatten, und freute sich immer, wenn er etwas Neues und Interessantes zu Gesicht bekam. Wie zum Beispiel dieses hübsche Mädchen.

»Was geht hier vor?«, knurrte in diesem Augenblick eine raue Stimme in seinem Rücken, und eine schwere Hand legte sich auf seine Schulter. Ohne das Handgelenk des Mädchens loszulassen, registrierte Lachlan, dass der Fremde auch seinen Bruder Hector bei der Schulter gepackt hatte. Offensichtlich wollte er sie beide auseinanderdrängen, um die Situation besser überlicken zu können.

Blitzschnell ließ Lachlan das Mädchen los und fiel seinem Bruder gerade noch rechtzeitig in den Arm, um den Neuankömmling vor einem gewaltigen, womöglich tödlichen Hieb zu bewahren.

»Sachte«, murmelte er, doch Hector war sich bereits wieder bewusst, wo sie sich befanden, und das streitlustige Funkeln in seinen Augen erlosch.

Zugleich drehten sich beide um, und Lachlan unterdrückte ein erschrockenes Keuchen, als er Niall MacGillebride Mackinnon erkannte, Oberhaupt der Mackinnons und Haushofmeister des Lords der Inseln.

Dabei spürte er, wie das Mädchen von hinten mit beiden Händen gegen seine Seite drückte, um ihn wegzuschieben. Schließlich verlangte sie: »Niall, sagt ihm, dass er aus dem Weg gehen soll. Ich möchte eintreten.«

Als Lachlan Mackinnons finsteren Blick bemerkte, trat er gehorsam beiseite.

»Das ist weder der rechte Ort noch der Zeitpunkt für ein Plauderstündchen«, blaffte Mackinnon. Dann lächelte er dem Mädchen zu und fuhr in freundlicherem Ton fort: »Willkommen zu Hause, Lady Mairi. Wir sind froh, dass Ihr trotz des elenden Nebels eine gute Reise hattet.«

»Ich danke Euch«, antwortete sie und setzte hinzu: »Würdet Ihr mir wohl zeigen, wo ich mich am besten hinsetze? Ich möchte für Ian Burk aussagen, müsst Ihr wissen, und heute ist es hier besonders voll.«

Mit gerunzelter Stirn blickte Mackinnon sich um.

Die zehn mal zwanzig Meter große Halle wimmelte von Menschen. Dicht gedrängt saßen sie auf den Bänken und füllten die Seitengänge zwischen den Wänden und den beiden

Säulenreihen, die das Tonnengewölbe der Halle trugen. Bis auf einen schmalen Durchgang, der vom Eingang, wo sie standen, bis zum Podium führte, gab es nirgendwo mehr ein freies Plätzchen. Über die Schulter Mackinnons hinweg konnte Lachlan einen Blick auf MacDonald von den Inseln erhaschen. Der Lord war in eine lange schwarze, mit Goldborten besetzte Robe gekleidet. Er saß am anderen Ende der Halle hinter einem Tisch auf dem Podium, flankiert von zwei goldenen Bannern mit dem Bild des *Nyvaig*, des kleinen schwarzen Schiffes, das sowohl sein Emblem als auch das Symbol des Großsiegels der Inseln war. In der Nähe stand sein allgegenwärtiger Leibdiener.

Während Mackinnon noch immer nach einem Sitzplatz für die Lady Ausschau hielt, winkte ihn MacDonald zu sich.

»Ich bitte, mich zu entschuldigen, Mylady«, sagte Mackinnon mit einer Verbeugung, bevor er zu seinem Herrn eilte.

»Achte du auf die Tür, Hector«, wies Lachlan seinen Bruder an. »Ich kümmere mich um die Lady.«

Das Mädchen trat beiseite, um Hector durchzulassen. Dabei fauchte sie: »Und was ist, wenn ich nicht will, dass Ihr Euch um mich kümmert?«

Grinsend bot er ihr den Arm. »Aber, aber, Mädchen«, sagte er, »ich wollte schon immer einmal eine Rachegöttin in Aktion erleben. Missgönnt Ihr mir etwa dieses Vergnügen?«

Sie errötete ganz entzückend. »Seid nicht albern«, entgegnete sie. »Im Übrigen solltet Ihr mich mit ›Lady Mairi‹ anreden, so, wie es sich gehört.«

»Ach ja, sollte ich das?« Er lachte leise und hielt ihr noch immer den Arm hin.

Dieses vergnügte Glucksen, das tief aus seiner Kehle zu kommen schien, brachte ihr Blut in Wallung. Ihr war bewusst, dass ihre Wangen bereits heiß und gerötet waren, doch ihr Zorn machte nicht den geringsten Eindruck auf ihn. Im Gegenteil, dieser verflixte Mann schien sich sogar noch darüber zu amüsieren. Trotzdem fand sie ihn faszinierend.

An seinem Aussehen konnte es nicht liegen, denn obgleich er überaus modisch gekleidet war und sehr anziehende Augen besaß, fand sie ihn nicht besonders attraktiv. Es mochte Frauen geben, die das anders sahen, doch für ihren Geschmack war sein Haar von einem zu gewöhnlichen Braun – wie der dunkle Ton einer Falkenschwinge – und seine Züge zu scharf. Und außerdem war er entschieden zu groß.

Sie war es nicht gewöhnt, sich den Hals verrenken zu müssen, um einem Mann in die Augen zu schauen. Dank der Wikinger, die als Eroberer ins Land gekommen waren und sich mit ihren keltischen Vorfahren vermischt hatten, waren Mairis Vater und ihre Brüder alles andere als klein, doch dieser Mann hier würde selbst Godfrey, den zweitältesten und größten ihrer Brüder, überragen. Und Lachlans Bruder, der ihm sehr ähnlich sah, überragte ihn sogar noch, ein wahrer Hüne. Die beiden gaben ein eindrucksvolles Paar ab.

»Kommt, Mädchen. Sie starren Euch schon alle an. Wenn wir uns nicht bald setzen, wird Seine Gnaden wirklich zornig.« Noch immer wartete er darauf, dass sie seinen Arm nahm und sich von ihm geleiten ließ.

Mairi wollte keine Szene machen, da das ihrer Sache nur geschadet hätte. Als sie daher merkte, dass er nicht lockerließ, legte sie ihm schließlich leicht die Hand auf den Unterarm.

Sofort umfasste er ihre Finger mit seiner freien Hand und drückte sie vertraulich. Dabei flüsterte er: »Leider sehe ich nirgendwo einen freien Platz, Mylady. Ich könnte höchstens einem Mann befehlen, aufzustehen, doch das würde vielleicht mehr Aufsehen erregen, als Euch lieb ist.«

Ihr war klar, dass er sie nur wieder reizen wollte. Also ignorierte sie seine Hand und blickte sich stattdessen in der Halle um. Zu ihrem Bedauern stellte sie fest, dass er recht hatte.

Niall Mackinnon hatte bereits seinen Platz am Ende des Podiums eingenommen und schickte sich an, die Sitzung zu eröffnen. Von ihm konnte sie jetzt keine Hilfe erwarten.

Mit einem kleinen Ruck entzog sie ihrem Begleiter ihre Hand und stellte sich an die Wand. Erfreut bemerkte sie, dass sie von hier aus, obgleich sie noch nicht einmal in der ersten Reihe stand, einen besseren Blick hatte als von jedem anderen Platz in der Halle.

Die erste Stunde verstrich schleppend langsam, da sich MacDonald – anders als ihr junger Informant es vorausgesagt hatte – zunächst mit kleineren Beschwerden befasste. Er erledigte sie zügig, worauf ein Einspruch gegen das Urteil eines Brehon auf der Insel Lewis zur Verhandlung kam. Auch dieser Fall war rasch geklärt, und endlich verkündete Niall die Mordanklage gegen Ian Burk von Isla.

»Ist der Kläger anwesend?«, fragte er mit weithin hallender Stimme.

»Ja, ich bin hier!«, meldete sich ein Mann, der nicht weit von Mairi entfernt neben einer Säule stand. Seine bloßen Beine sahen unter seinem kurzen, groben schwarzen Umhang hervor. Dazu trug er einen langen safrangelben Kittel und Schuhe aus rohem, ungegerbtem Leder, das noch mit Fell bedeckt war. Sein schulterlanges schwarzes Haar hing in wirren Strähnen unter seiner flachen schwarzen Kappe hervor. Mit grimmiger Miene ging er an der voll besetzten ersten Bank vorüber und stieg auf das Podium.

»Man bringe den Gefangenen herbei!«, befahl Mackinnon.

Zwei kräftige Waffenknechte führten den armen gefesselten Ian Burk durch dieselbe Tür herein, neben der Mairi und ihre selbst ernannten Begleiter standen.

Zwischen seinen beiden Bewachern wirkte der schmächtige, drahtige Ian klein und verletzlich. Sein rotbraunes Haar war zerzaust, und seine Augen blickten angstvoll. Er hatte auch allen Grund zur Furcht, dachte Mairi. Dennoch hielt er sich sehr aufrecht und schaute tapfer auf seinen Lehnsherrn, als er auf Armeslänge an Mairi vorüberging.

Als einzige Frau, und noch dazu in ihrem scharlachroten

Kleid, hob sich Mairi deutlich von den umstehenden Männern ab. Daher war sie sicher, dass Ian sie gesehen hatte, auch wenn er nicht in ihre Richtung blickte. Sie hoffte, dass ihre Anwesenheit ihm zumindest ein kleiner Trost wäre.

In Gedanken ging sie noch einmal ihren Plan durch. Noch niemals zuvor hatte sie sich bei einem Gerichtstag zu Wort gemeldet, und obwohl ihr Vater sie mit Sicherheit anhören würde, war es unklar, ob ihre Worte ihn umstimmen würden, wenn er von Ians Schuld überzeugt war. In Ian falsche Hoffnungen zu wecken erschien ihr grausam. Doch rasch verwarf sie diese Grübeleien. Seit ihrer Kindheit war Ian ihr immer treu ergeben gewesen. Er war ihr ein zuverlässiger Freund, der ihren Beistand verdient hatte. Daher kam es gar nicht infrage, dass sie ihn jetzt tatenlos seinem Schicksal überließ.

MacDonalds Schweigen dauerte an, bis Mairis Nerven zum Zerreißen gespannt waren und ihre Furcht immer größer wurde. Ihr Vater war von Natur aus ein friedfertiger Mensch, eher Diplomat als Krieger, der immer zuerst auf seinen eigenen Vorteil und das Wohlergehen des Donald-Clans bedacht war. Ihres Wissens hatte er nie in einer Schlacht gekämpft, doch wenn es erforderlich war, trat er mutig für seinen Clan und hochgestellte Persönlichkeiten wie den Papst, den Obersten König der Schotten oder den König von England ein, sofern sich ihre Ziele mit den seinen deckten.

Doch zuerst und vor allem war er ein nüchtern denkender Mensch, der einen Angeklagten nicht freisprechen würde, nur weil seine Tochter ihn darum bat. MacDonald glaubte an die Macht des Gesetzes, und als Lord der Inseln und König der Hebriden war er selbst hier auf den Inseln das Gesetz.

»Nenne deinen Namen«, wandte sich Niall Mackinnon an den Kläger.

»Ich bin Mellis MacCoun. Das weiß Gott und jeder hier im Saal«, polterte der Mann.

»Welches Verbrechens beschuldigst du Ian Burk?«

Rot im Gesicht, die Augen zusammengekniffen, stemmte Mellis MacCoun die Arme in die Hüften und funkelte den bedauernswerten Ian drohend an. »Ich beschuldige ihn, meine arme Frau Elma umgebracht zu haben. So sieht es aus. Und ich verlange Gerechtigkeit. Der Schurke muss hängen!«

»Vor Gott und den Anwesenden, Ian Burk, was hast du auf die Beschuldigung zu erwidern?«, fragte der Lord der Inseln mit leiser, doch deutlich vernehmbarer Stimme.

In der Halle war es so still, dass Mairi ihren eigenen Atem hören konnte. Fast meinte sie, sogar das Klopfen ihres Herzens zu vernehmen.

»Ich trage nicht die Schuld an Elma MacCouns Tod«, sagte Ian. »Ich schwöre vor Euch, Euer Gnaden, und vor allen, die hier zugegen sind, dass ich die Frau an dem Tag, als sie verschwand, nicht einmal gesehen habe. Auch wenn ich nicht weiß, wann genau das überhaupt war.«

»Der Angeklagte beschwört seine Unschuld«, sagte MacDonald. »Mellis MacCoun, welchen Beweis für die Schuld des Angeklagten kannst du uns vorlegen?«

»Er war mit ihr zusammen«, erwiderte MacCoun ärgerlich. »Man hat sie gesehen.«

»Dann benennc deine Zeugen«, befahl MacDonald. »Doch teile uns zunächst mit, an welchem Tag genau die beiden sich angeblich getroffen haben.«

»Na, an dem Tag, als sie verschwunden ist, natürlich.«

In der Halle erhob sich Gelächter, das jedoch sofort verstummte, als Seine Gnaden einen durchdringenden Blick über die versammelte Menge schweifen ließ.

Abermals wartete er, bis völlige Stille eingetreten war, bevor er wieder Mellis MacCoun ansah. »Mit Verlaub«, sagte er schließlich, »ich weiß, wann deine Frau verschwand, doch der Angeklagte behauptet, den Tag nicht zu kennen. Daher muss ich dich bitten, den genauen Zeitpunkt zu nennen.«

»Aber alle hier wissen doch, wann das war, Euer Gnaden.«

Mairi runzelte die Stirn. Sie wusste es nicht, so wie sie

überhaupt wenig über den Mord gehört hatte. Sie kannte alle Leute auf Isla, daher hatte sie auch Elma MacCoun, wenn auch nur flüchtig, gekannt. Sie erinnerte sich, dass Elma Mellis MacCouns zweite Frau gewesen war, ziemlich hübsch und bedauerlicherweise kinderlos.

»Es muss ihm doch klar sein, dass nicht alle hier von Isla stammen«, flüsterte ihr Lachlan leise ins Ohr. Sein warmer Atem strich wie eine leichte Sommerbrise über ihren Hals, was auf ihre gereizten Nerven nicht gerade beruhigend wirkte.

Sie hatte versucht, seine Gegenwart zu vergessen, und sich ausschließlich auf die Worte ihre Vaters und der anderen Beteiligten konzentriert, doch es war ihr nicht gelungen. Dennoch schrak sie bei seinen Worten ein wenig zusammen, bevor sie sich in der Halle umschaute.

Die Insel Isla war dicht bevölkert; allein im Umfeld des Schlosses wohnten und arbeiteten zahlreiche Dienstboten und Wächter, doch Mellis MacCoun hätte selbstverständlich wissen müssen, dass wenigstens die Hälfte der Anwesenden extra zum Gerichtstag angereist war. Dennoch war er anscheinend davon überzeugt, dass jeder bereits über das Verbrechen Bescheid wusste.

Der Gerechtigkeit halber musste man zugeben, dass derartige Neuigkeiten sich durch die *Seanachies,* die umherziehenden Geschichtenerzähler, normalerweise in Windeseile bis in den letzten Winkel der Inseln verbreiteten. Außer in Kriegszeiten oder wenn Blutfehde zwischen zwei Clans herrschte, gab es auf den Inseln kaum jemals einen Mord, und die Herrschaft ihres Vaters war im Großen und Ganzen friedlich verlaufen, wenn man davon absah, dass er gerade wieder einmal im Streit mit David Bruce, dem Obersten König der Schotten, lag.

Mellis MacCouns Bemerkung hatte erneut Gemurmel ausgelöst, das jedoch durch einem einzigen Blick vom Lord der Inseln beendet wurde.

»An welchem Tag ist also deine Frau verschwunden?«, fragte MacDonald. »Los, Mann, denk nach! War es vor einem Jahr, einem Monat, vierzehn Tagen?«

Mellis schaute an die Decke und seufzte. Schließlich sagte er: »Vor etwa vierzehn Tagen vielleicht, schätze ich. Aber ich bin ja kein Mönch, der jeden Tag von der Prim zur Sext und wieder zurück zählt. Ich weiß weder Tag noch Stunde, wenn die Glocke Eurer Kapelle mich nicht gerade zur Arbeit ruft oder die Ruhezeit ankündigt.«

»Was kannst du uns von jenem Tag noch berichten?«, fragte MacDonald weiter, ohne sich aus der Fassung bringen zu lassen.

Mellis zuckte die Achseln. »Ich weiß noch, dass Elma nicht da war, um mir mein Abendessen zu machen, als ich spät aus dem Stall nach Hause kam. Ich sah sie erst Tage später wieder, als Ewan Beton sie fand. Das heißt, ihre Leiche«, fügte er mit einem bitteren Blick auf Ian hinzu.

»Musst du sonntags arbeiten?«, fragte MacDonald.

»Nein. Das weiß doch jeder, dass der Sonntag ein Ruhetag ist.«

Abfälliges Schnauben hier und da verriet, dass einige unter den Zuschauern, die Wachen oder Dienstboten waren, keineswegs am Sonntag freihatten.

»Denk an deinen Ruhetag«, forderte MacDonald den Kläger auf. »Ist Elma am Tag vor dem Sonntag oder danach verschwunden? Und ist um jenen Tag herum irgendetwas Ungewöhnliches geschehen?«

Mellis schüttelte stirnrunzelnd den Kopf. »Nicht, dass ich wüsste … aber wartet mal! Da war doch was! Ich bin an dem Tag so spät nach Hause gekommen, weil ich mit Lord Godfrey nach Kilchoman und zurück geritten bin. Daran hätte ich eigentlich eher denken müssen, aber bei allem, was dann passiert ist …« Er zuckte wieder mit den Schultern.

Mairi kam eine vage Erinnerung, als ihr Vater fragte: »Hat jemand dich und Lord Godfrey nach Kilchoman begleitet?«

»Ja, wir haben drei Burschen mitgenommen, die das große Haus sauber machen sollten, bevor Lady Margaret mit den Kindern kommt. Und noch zwei Männer, um eine Wand zu reparieren.«

»Sehr schön«, sagte MacDonald. »Nenne deine Zeugen, die gegen Ian Burk aussagen wollen.«

»Gil Dowell, Fin MacHugh und Shim MacVey.« Mellis ratterte die Namen herunter.

»Und wer von ihnen hat Ian Burk mit deiner Frau gesehen?« – »Na, auf jeden Fall Shim.«

»Also werden wir als Nächstes Shim MacVey vernehmen«, erklärte MacDonald.

Niall Mackinnon gab einen knappen Befehl, und gleich darauf drängte sich ein schlaksiger Mann mit feuerrotem Haar durch die Menge und kletterte über Bänke, bis er vor dem Podium stand. Er glotzte nacheinander Niall Mackinnon, MacDonald und MacCoun an, bevor er seinen Blick zuletzt auf Ian Burk ruhen ließ.

»Erzähle uns, was du gesehen hast, Shim MacVey«, sagte MacDonald.

»Ich habe ihn – Ian Burk – gesehen, wie er mit Mellis MacCouns Elma über den Damm von Eilean Mòr nach Isla ging. Gil war bei mir und Fin auch.«

»Sind Gil Dowell und Fin MacHugh ebenfalls anwesend?«

»Jawohl«, antwortete Shim und deutete in die Menge.

»Dann erhebt euch, ihr beiden.« Als zwei dunkelhaarige Männer von ähnlichem Alter und gleicher Statur wie MacVey zögernd aufstanden, fragte MacDonald sie: »Könnt ihr beide beschwören, dass ihr Ian Burk mit Elma MacCoun gesehen habt?«

»Ja, Laird, habe ich«, brummte der erste, worauf der andere ihm beipflichtete.

»An welchem Tag war das, Shim MacVey?«

Shim wirkte ebenso verwirrt wie zuvor Mellis, als er antwortete: »Ich kann die einzelnen Tage nicht auseinanderhalten, Euer Gnaden, aber es war an demselben Tag, wie Mellis gesagt hat. Da haben wir Elma zum letzten Mal gesehen, und sie guckte ganz verkniffen.«

»Verkniffen?«

»Ja, gewiss. Bestimmt hatte sie Angst davor, umgebracht zu werden.«

»Hast du gesehen, wie Ian Burk sie tötete?«

»Nein, das nicht. Aber danach gab's keine Spur mehr von der Frau.«

»Bist du sicher, dass du denselben Tag meinst wie Mellis MacCoun?«

»Muss doch wohl, denn danach haben wir Elma nicht mehr gesehen.«

»Kannst du das bestätigen, Gil Dowell?«

»Ja. Ich hab auch nichts mehr von dem Mädchen gesehen, genauso wenig wie Shim und Fin.«

»Fin MacHugh?«

»Ich auch nicht.«

MacDonalds nachdenklicher Blick wanderte zurück zu Shim, dann zu Mellis und endlich zu Ian.

Aber Mairi hatte bereits genug gehört. Sie riss sich von der großen Hand los, die mit festem Griff ihren Arm packte, trat zwei Schritte vor und rief mit lauter Stimme: »Wenn Ihr erlaubt, Euer Gnaden, würde ich Mellis MacCoun gern eine Frage stellen!« MacDonald nickte.

Sie blickte Mellis fest in die Augen und fragte: »Hast du Elma an jenem Morgen, bevor du und die anderen nach Kilchoman rittet, selbst gesehen?«

»Ja, Mylady, gewiss. Sie hat mir wie immer das Frühstück bereitet. Wenn nicht, hätte sie auch was erleben können.«

»Und das war hier auf Eilean Mòr?«

»Ja, sicher. Wie Ihr wisst, wohnen wir in einer kleinen Kate bei den Ställen, und ich weiß noch, wie Elma mir mein Bündel gebracht hat mit ein wenig Fleisch und Brot und meinen Dolch, damit ich es schneiden konnte.«

Mairi nickte und wandte sich an ihren Vater. »Würdet Ihr mir noch gestatten, ein oder zwei Fragen an Ian Burk zu richten, Euer Gnaden?«

MacDonald blickte in der Halle umher, als erwarte er einen Einspruch, doch alles blieb still.

»Es sei dir erlaubt«, sagte er.

»Ich danke Euch, Sir.« Sie drehte sich zu Ian um und fasste ihn ebenso direkt ins Auge wie zuvor Mellis MacCoun, doch ihre Stimme war sanfter: »Ian, kannst du dich daran erinnern, dass du mit Elma MacCoun über den Damm gegangen bist?«

Selbst aus der Entfernung konnte sie sehen, wie der Mann schwer schluckte. Hoffentlich sagte er die Wahrheit! Denn wenn er jetzt log, würde es jeder merken, und dann wäre sein Schicksal besiegelt.

Er schien vor Angst fast außer sich zu sein. Dennoch blickte er Mairi gerade in die Augen und sagte: »Ja, Mylady. Ich erinnere mich an den Spaziergang, und ich weiß auch noch, dass sie mit mir geschimpft hat, weil sie fand, dass ich endlich heiraten sollte. Ich wollte ihre Schwester Jane nicht heiraten, was Elma gern gesehen hätte, aber ich habe der Frau kein Härchen gekrümmt. Das schwöre ich im Namen Gottes des Allmächtigen!«

Mairi achtete nicht auf das vereinzelte Gelächter, das sich bei Ians Worten erhob, und fuhr fort: »An welchem Tag bist du mit ihr spazieren gegangen, Ian? Weißt du das auch noch?«

»Ja«, erwiderte er mit kaum vernehmbarer Stimme. Dann straffte er sich und sagte zögernd, doch etwas lauter: »Es war an dem Tag, bevor ich nach Dunyvaig gefahren bin, um Euch und Lord Ranald die Nachricht Eurer Frau Mutter zu überbringen. Ich erinnere mich daran, weil Elma mir viel von Dunyvaig erzählt hat. Sie hat als Kind dort gelebt, müsst Ihr wissen, und deswegen hat sie mir gesagt, was ich mir dort alles ansehen soll. Das war, bevor wir über die Heiraterei sprachen.«

Mit einem Seufzer der Erleichterung wandte sich Mairi an ihren Vater: »Ian Burk kann Elma MacCoun nicht ermordet haben, Euer Gnaden. Den Beweis dafür hat Mellis gerade selbst erbracht, als er uns erzählte, dass er und seine Begleiter die beiden auf Eilean Mòr sahen, kurz bevor sie selbst von Finlaggan aufbrachen. Die Galeere, die Ian nach Dunyvaig brachte, legte am selben Tag bei Morgengrauen von Askaig ab, und Lord Godfrey und seine Männer sind bestimmt nicht vor Tagesanbruch losgeritten. Wie ich Godfrey kenne, eher Stunden später.«

Mairis Worte lösten hier und da leises zustimmendes Kichern aus, doch sie fuhr ohne zu zögern fort: »Zu dem Zeitpunkt hat Elma noch gelebt, und Ian war schon meilenweit weg. Er kam erst drei Tage später zurück, als sie bereits verschwunden war.«

In der Menge entstand ein Tumult, worauf Niall die Zuschauer energisch zur Ordnung rief.

Als wieder Ruhe eingekehrt war, sagte Ian nachdenklich, als spräche er zu sich selbst: »Ja, das stimmt, dass ich am gleichen Tag abgereist bin. Ich bin ganz früh – noch vor Tagesanbruch – nach Askaig geritten, weil der Kapitän gesagt hatte, er würde ohne mich fahren, wenn ich nicht pünktlich da wäre. Als ich ging, hörte ich, wie Lord Godfrey ein paar Männern im Hof etwas zurief, aber ich glaube, da hatte er noch nicht gefrühstückt.«

»Warum hast du uns das alles nicht eher erzählt?«, fragte MacDonald.

Ian spreizte ratlos die Hände. »Ich wusste nicht, dass es derselbe Tag war. Ich bin dann eine Nacht und einen Tag und noch bis zum darauffolgenden Tag in Dunyvaig geblieben. Und weil wir auf dem Rückweg erst spät in Askaig ankamen, habe ich dort bei meinem Vetter übernachtet. Erst ein oder zwei Tage später hörte ich, dass Elma verschwunden war. Da sagte jemand, sie wäre bestimmt weggelaufen. Sie haben ihre Leiche noch ein paar Tage später am Strand gefunden. Und vor drei Tagen hat dann jemand behauptet, ich hätte sie zuletzt gesehen und müsste es deshalb gewesen sein. Ich konnte mich natürlich erinnern, wie ich mit ihr spazieren gegangen bin, aber ich dachte auch, es wäre an dem Tag gewesen, als sie verschwand. Mir war nicht klar, dass ich gar nicht hier war, als sie umgebracht wurde.«

MacDonald nickte und sagte dann auf seine gewohnt ruhige Art: »Gibt es hier einen Mann, der Lady Mairis Auslegung des Falles widerlegen kann?«

Niemand meldete sich.

»Nun gut. Ich spreche also Ian Burk vom Vorwurf des Mordes frei. Du kannst gehen.«

Da fiel Ian auf die Knie und sagte feierlich: »Ich danke Euch, Euer Gnaden. Ich werde immer Euer treuer Diener sein.«

»Aber was ist denn nun mit meiner Frau? Wer hat Elma umgebracht, wenn es der Kerl nicht war?«, blaffte Mellis MacCoun.

»Es ist nicht Sache dieses Gerichts, das herauszufinden«, erklärte MacDonald. »Es ist erwiesen, dass Ian Burk sie nicht ermordet hat, und damit ist die Verhandlung für heute Morgen geschlossen.«

»Alle mögen sich jetzt unverzüglich hinausbegeben, damit die Halle für das Mittagsmahl vorbereitet werden kann«, befahl Mackinnon.

Als die Zuschauer sich umständlich und geräuschvoll von den Bänken erhoben, erinnerte Mairi sich wieder an ihren ungebetenen Begleiter. Der hatte zwar im selben Augenblick ihren Arm losgelassen, als ihr Vater ihr zu sprechen erlaubte, stand jedoch noch immer an ihrer Seite – für ihren Geschmack viel zu nahe.

MacDonald verließ das Podium, und die Menge drängte zu der einzigen frei zugänglichen Tür. Es gab nur noch einen weiteren Ausgang am anderen Ende der Halle, doch der führte durch die Speisekammer und den Anrichteraum in die

Küche. Inmitten des Gewühls spürte Mairi plötzlich, wie jemand fest ihren Ellbogen umfasste und sie in Richtung Tür dirigierte.

»Ich bringe Euch zur Halle des Lairds«, sagte die nun schon vertraute tiefe Stimme.

Hier auf Finlaggan brauchte sie keine Begleitung, doch da sie keine Lust hatte, das allgemeine Stimmengewirr zu überschreien, ließ sie es wortlos zu, dass er sie aus der Halle führte. Kaum standen sie jedoch draußen auf der Treppe, drehte sie sich zu ihm um und sagte bestimmt: »Ich danke Euch, Sir, aber jetzt benötige ich keinen Begleiter mehr.«

Sein riesenhafter Bruder stand hinter ihnen und versperrte den Nachdrängenden den Weg.

»Hier können wir nicht stehen bleiben«, sagte Lachlan und ging mit ihr die Treppe hinunter in den Hof. »Wieso wart Ihr so sicher, dass der Bursche es nicht getan hat?«, fragte er.

Da sie sich auf keine Debatte mit ihm einlassen wollte, antwortete sie nur: »Ich hielt mich einen Monat lang mit meinem Bruder Ranald auf Dunyvaig auf. Ich habe mich um den Haushalt gekümmert, während er die Überholung der Schiffe Seiner Gnaden beaufsichtigte. Vor vierzehn Tagen brachte uns Ian eine Botschaft von Finlaggan. Bei dieser Gelegenheit erwähnte er, dass Godfrey am selben Morgen nach Kilchoman aufgebrochen sei, wo er alles für die Ankunft meiner Mutter und der Kinder vorbereiten wollte. Als daher Mellis davon sprach, dass er Ian und Elma an dem Tag ihres Verschwindens miteinander auf dem Damm gesehen hätte, wusste ich, dass das nicht stimmen konnte.«

»Es ist doch komisch, dass das sonst keinem aufgefallen ist.«

»Mellis und seine Zeugen hatten sich in ihre Ansicht verrannt, und im Übrigen ist das alles ja schon mehr als zwei Wochen her. Elma und Mellis haben sich häufig gezankt. Hinterher zog sich Elma immer in irgendeinen Schmollwinkel zurück. Deshalb hat wohl auch niemand an Mord gedacht, bis man ihre Leiche fand. Und dann brachten sie einfach die Tage durcheinander.«

»Ihr aber nicht.«

»Nein. Vielleicht weil ich zum Zeitpunkt der Tat nicht hier war. Außerdem konnte ich mir nicht vorstellen, dass Ian zu solch einem abscheulichen Verbrechen fähig wäre. Deshalb habe ich darüber gegrübelt, was ich zu seinen Gunsten sagen könnte. Doch dann sprachen die Tatsachen für sich, und darüber war ich, wie ich gestehen muss, sehr erleichtert.«

»Mylady«, ertönte Niall Mackinnons Stimme hinter ihr, »Ihr solltet Euch hier draußen nicht ohne Eure Zofe zeigen. Ich begleite Euch zurück zur Burg.«

Mairi zögerte mit der Antwort. Sie hatte ein schlechtes Gewissen, ohne zu wissen, warum.

»Ich habe der Lady schon meine Begleitung angeboten«, meldete sich Lachlan, woraufhin Mackinnon ihn abschätzig musterte. »Falls ich mich nicht irre, Sir«, sagte er kalt, »wurdet Ihr noch nicht formell vorgestellt.«

»Das stimmt«, gab Lachlan lächelnd zu. »Vielleicht möchtet Ihr das ja jetzt nachholen und mich und meinen Bruder vorstellen.«

»Ich mache eine Dame von königlichem Blut nicht mit Emporkömmlingen bekannt«, schnaubte er. »Kommt, Mädchen«, fügte er dann an Mairi gewandt hinzu und nahm ihren Arm mit der Vertraulichkeit eines Menschen, der sie ihr ganzes Leben lang gekannt hatte. »Ich bin sicher, Eure Frau Mutter hat mittlerweile von Eurer Rückkehr erfahren und wundert sich schon, wo Ihr bleibt.«

»Weißt du was, Hector?«, hörte sie Lachlan sagen, als sie mit Niall über den Hof zur Halle des Lairds eilte, »dieser hochnäsige Wicht macht mich langsam zornig.«

Mairi musste sich ein Lächeln verkneifen. Ihr ging Mackinnon auch oft auf die Nerven.

3

»Niall, ich bitte Euch, geht langsamer!« Mairis Stimme klang ärgerlich und amüsiert zugleich. »Ihr braucht mich doch nicht über den Hof zu schleifen. Das ist doch unter meiner Würde!«

»Ihr solltet auch sonst mehr auf Eure Würde achten«, gab er zurück. »Sich in solch einer Gesellschaft sehen zu lassen schadet Eurem guten Ruf.«

»Wer war das überhaupt? Ich habe nur gehört, dass sein Bruder ihn Lachlan nannte. Falls der Riese wirklich sein Bruder ist.«

»Ja, sie sind Brüder – sogar Zwillinge, so unwahrscheinlich es klingt – und zwei richtige Teufelsbraten dazu. Der Gutaussehende ist Lachlan von Bellachuan auf Seil. Sein Vater, Ian Dubh, ist Oberhaupt des Gillean-Clans und Mitglied im Rat Seiner Gnaden. Trotzdem sind seine Söhne Emporkömmlinge, und wenn sie zehnmal behaupten, mit Eurer Familie verwandt zu sein.«

»Wenn sie wirklich mit uns verwandt sind, müsstet Ihr es doch eigentlich wissen«, sagte Mairi stirnrunzelnd.

»Ian Dubh hat tatsächlich eine Nachfahrin des jüngeren Bruders Eures Urgroßvaters geheiratet«, antwortete Niall. »An der Herkunft der Frau gibt es auch nichts auszusetzen, aber über diejenige des Gillean-Clans ist wenig bekannt. Besser, Ihr gebt Euch nicht mit seinen Söhnen ab.«

»Aber wenn doch ihr Vater ein Clanchef ist und im Rat der Inseln sitzt …«

»Ja, das stimmt schon, und dieser aufgeblasene Lachlan rechnet damit, eines Tages in seine Fußstapfen zu treten, obwohl er, glaube ich, der jüngere der Zwillinge ist.«

Mairi war nicht gewillt, nachzugeben, erwiderte jedoch in beiläufigem Ton: »Aber hat nicht auch Seine Gnaden entschieden, dass nach seinem Tod mein kleiner Bruder Donald sein Nachfolger als Lord der Inseln werden soll, und nicht John, Ranald, Godfrey oder irgendein anderer älterer Verwandter? Nach dem Gesetz ist ein Clanchef doch befugt, seinen Nachfolger vorzuschlagen, nicht wahr?«

Sie war nicht überrascht, als Nialls Antwort auf sich warten ließ. Es war zwar durchaus üblich, dass der Lord einen Nachfolger benannte, doch das letzte Wort hatte immer der Clan.

Und so konnte jedes beliebige Mitglied aus der Familie des Oberhauptes gewählt werden, sei es sein Bruder, sein Neffe, einer seiner Söhne oder sogar eine Frau. Tatsächlich wurde häufig der Bruder des verstorbenen Anführers gewählt, da er den Ahnen des Clans näherstand als ein Mitglied der nachfolgenden Generation. MacDonald jedoch hatte den ersten Sohn aus seiner zweiten Ehe zu seinem Erben bestimmt, was manchem ein Dorn im Auge war, zumal der junge Donald noch ein kleines Kind war.

Doch Amy Macruari, MacDonalds erste Frau und Mutter von John Og, Ranald und Godfrey, war zwar eine reiche Erbin, jedoch nicht von königlichem Blut gewesen. Mairis Mutter Margaret hingegen war nicht nur die Enkeltochter Marjories, der Tochter von Robert the Bruce, dem großen König, der Schottland befreit und geeint hatte, sondern zudem noch die Tochter von Robert Stewart, dem augenblicklichen Anwärter auf den schottischen Thron.

Wegen dieser Verbindungen zum Königshaus hatte MacDonald sich für den kleinen Donald als seinen Nachfolger entschieden. Nicht nur in diesem Punkt hatte er gegen das Erbrecht verstoßen. Es sah vor, dass das Eigentum eines Mannes zu gleichen Teilen unter seinen Nachkommen aufgeteilt werden musste. MacDonald dagegen war der Auffassung, dass der Besitz eines Adelshauses am besten in einer

Hand vereint blieb, und hatte daher Donald als Alleinerben eingesetzt. Zum Ausgleich sollten die ausgedehnten Ländereien der Macruaris, die ihm durch Amy zugefallen waren, unter ihren Söhnen aufgeteilt werden.

Was seine noch unverheirateten Töchter betraf, so beabsichtigte MacDonald, sie, mit einer ansehnlichen Mitgift ausgestattet, in einflussreiche Familien einheiraten zu lassen. Durch diese Verbindungen versprach er sich einen weiteren Machtzuwachs für den ohnehin schon starken Donald-Clan.

Als Niall ihre Frage nach einer Weile noch immer nicht beantwortet hatte, hakte Mairi nach: »Nun, Sir? Missfällt es Euch, dass Seine Gnaden Donald zum nächsten Lord der Inseln bestimmt hat?«

»Es steht mir nicht zu, über die Entscheidungen Seiner Gnaden zu urteilen.«

War er wirklich so aufgebracht gewesen, als er die Brüder Maclean erwähnte, oder hatte sie sich das nur eingebildet? Jetzt jedenfalls war sein Ton wieder ganz ruhig und sachlich, während er zielstrebig mit ihr über den Hof zur Halle des Lairds schritt.

Was die beiden Männer und Nialls Einstellung ihnen gegenüber betraf, war Mairis Interesse nun erst recht geweckt. Daher fragte sie weiter: »Bitte, erzählt mir doch noch etwas über die Brüder, Sir. Ihr habt gesagt, die Bekanntschaft mit ihnen würde meinem Ruf schaden. Aber wenn ihr Vater dem Rat Seiner Gnaden angehört, muss es sich doch um ehrenwerte Leute handeln.«

»Falls Ihr noch mehr zu erfahren wünscht«, antwortete er steif, »werde ich Seine Gnaden bitten, die Angelegenheit mit Euch zu erörtern.«

Mairi grinste. »Ihr glaubt wohl, Sir, ich mache einen Rückzieher, um meinen Vater nicht zu erzürnen. Doch Ihr müsstet mich gut genug kennen, um zu wissen, dass ich jetzt richtig neugierig geworden bin. Sind die beiden denn wirklich so schrecklich?« Als er lediglich das Gesicht verzog, setzte sie hinzu: »Ich fand sie ziemlich gut aussehend und charmant obendrein.«

»Ich sollte mit Euch gar nicht über sie reden, aber wenn Ihr es unbedingt wissen müsst, die taugen nichts. Derjenige, den man Lachlan Lubanach oder auch ›Lachlan den Listigen‹ nennt, hat sich vorgenommen, der am besten unterrichtete Mann in ganz Westschottland zu werden. Und außerdem strebt er in seinem Ehrgeiz eine Stellung an, die ihm nicht zukommt.«

»Wieso das?«

»Man sagt – und ich bin überzeugt, es stimmt –, dass er ein weit reichendes Netz von Spionen unterhält, die ihn von allem unterrichten, was im Territorium Seiner Gnaden und darüber hinaus vor sich geht.«

»Spione!«

»Ja. Ein äußerst anrüchiges Geschäft, wie Ihr zugeben müsst.«

Insgeheim beneidete Mairi den Mann um die zahllosen Informationen, die ihm zur Verfügung stehen mussten, doch das konnte sie gegenüber Niall Mackinnon unmöglich äußern. Also fragte sie nur: »Ist sein hünenhafter Bruder vom selben Schlag?«

Statt einer Antwort gab er eine Mischung aus einem Grunzen und einem Seufzer von sich.

»Ich bitte Euch, Niall«, drängte sie, da sie schon fast im Vorhof der Halle angelangt waren. »Sie sind Gäste auf Finlaggan, daher werde ich sie des Öfteren treffen. Je mehr ich über sie weiß, desto besser kann ich mich vor ihnen schützen.«

Der Blick, den er ihr zuwarf, zeigte deutlich, dass er ihr kein Wort glaubte, dennoch fuhr er fort: »Sein Bruder ist womöglich noch schlimmer.«

»Wie nennt man ihn?«

»›Hector den Grimmigen‹.«

»Du meine Güte! Wieso denn das?«

»Weil er ein aufbrausender Mann ist, der überall – außer in der Halle Seiner Gnaden – eine Streitaxt mit sich herumschleppt. Man sagt, diese furchtbare Waffe sei ein Erbstück, das von ihrem Vorfahren Gillean mit der Streitaxt stammt, und es heißt auch, der wilde Hector könnte sie schwingen, als wäre sie sein verlängerter Arm. Lachlan hat den Verstand und Hector die Muskeln, doch gefährlich sind sie beide, Mädchen. Versprecht mir, Euch von ihnen fernzuhalten.«

Sie vermied es, eine Zusicherung zu geben, an die sie sich sowieso nicht halten würde, und sagte stattdessen: »Ich werde mich in Acht nehmen, Sir. Wesentlich gefährlicher ist aber doch die Sache mit dem Mörder. Wer, glaubt Ihr, hat Elma MacCoun umgebracht?«

»Du lieber Himmel, Mädchen, das weiß ich doch nicht. Mellis und seine Bürgen waren so überzeugt davon, dass schließlich jeder an einen Mord glaubte. Meiner Meinung nach kann sie ebenso gut von der Klippe gestürzt sein, und dann hat sie die Flut ans Ufer von Loch Gruinart gespült.«

»Nach dem, was mir zu Ohren gekommen ist, hat Ian sie angeblich hinuntergestoßen und Ewan Beton sie gefunden. War das am Loch Gruinart?«

»Ja, am Strand. Es ist ein Jammer; eine so gute Frau hatte MacCoun gar nicht verdient. Aber Ihr führt mich nicht aufs Glatteis, Mädchen. Und weil ich Euch so gut kenne, müsst Ihr mir versprechen, dass ihr meine Warnung beherzigt und den Gillean-Söhnen aus dem Weg geht.«

»Ich werde Euren Rat berücksichtigen. Vielen Dank, Sir«, erwiderte Mairi ernsthaft.

Abermals warf er ihr einen argwöhnischen Blick zu, doch dieses Mal schaute sie ihm offen und ehrlich in die Augen. Daraufhin nickte er und sagte in dem väterlich mahnenden Ton, den sie so verabscheute: »Ihr seid ein braves Mädchen. Und nun wollen wir zu Eurer Frau Mutter gehen.«

Mit einem unterdrückten Seufzer folgte ihm Mairi die Treppe hinauf in die Kemenate ihrer Mutter.

Vom Vorraum der großen Halle aus sahen die Maclean-Brüder den beiden nach, bis sie durch das Tor gingen und im überdachten Vorhof der Halle des Lairds verschwanden. »Ich könnte mir vorstellen, dass der Mann nicht gerade ein Loblied auf dich singt«, brummte Hector.

»Auf dich auch nicht«, erwiderte Lachlan. Dann setzte er ein schiefes Lächeln auf. »Niall MacGillebride Mackinnon kann uns und unsere Sippe nicht leiden. Aber ich schätze, er wird uns nicht weiter behelligen. Er ist sich nämlich nicht sicher, wie viel ich über ihn weiß.«

»Aber dann darfst du die Lady auch nicht mehr mit den Augen verschlingen«, warnte ihn Hector und setzte hinzu: »Aber ein hübsches Frauenzimmer ist sie schon.«

»Das stimmt«, pflichtete Lachlan ihm bei. Genau genommen hatte er noch nie ein schöneres Mädchen gesehen. Ihre Haut sah aus wie Elfenbein, und er hätte sie zu gerne gestreichelt, um zu sehen, ob sie sich auch so glatt anfühlte.

»Wer hätte denn wissen können, dass sie MacDonalds Tochter ist?«, sagte sein Bruder.

»Wir beide, und zwar auf den ersten Blick, wenn wir nur einen Moment unseren Verstand benutzt hätten«, erwiderte Lachlan und musste wieder daran denken, was für einen Spaß es gemacht hatte, sich mit ihr zu kabbeln.

»Ich war so geblendet von ihrer Schönheit, dass ich gar nicht überlegt habe«, sagte Hector.

»Das ging mir genauso, aber wer sonst am Hof Seiner Gnaden würde schon Hermelin und *tiretain* tragen, und obendrein noch den goldenen Stirnreif? Das hätte uns stutzig machen müssen.«

»So würde sich aber auch ihre Mutter oder vielleicht ihre Schwester kleiden.«

»Erstens käme das auf das Gleiche heraus, weil die beiden denselben Rang haben. Und außerdem kennen wir doch Lady Margaret und Elizabeth. Die anderen Töchter sind entweder noch Kinder oder leben bei ihren Ehemännern.«

»Sie hätte auch die Tochter eines Clanchefs sein können«, beharrte Hector.

»Nur wenige Männer sind mit ihren Frauen gekommen, und eine Tochter hat keiner von ihnen mitgebracht.«

Hector nickte. Gegen Lachlans Argumente konnte er sich nie lange behaupten.

»Sie ist ein tapferes Mädchen«, fuhr Lachlan fort und spielte gedankenverloren mit dem goldenen Ring an seinem rechten kleinen Finger. »Oder einfach leichtsinnig.«

»Ich finde ja, dass eine Frau in der Öffentlichkeit nicht so freimütig reden sollte«, sagte Hector. »Aber gewitzt ist sie schon. Darauf hätte auch früher jemand kommen können, dass dieser Bursche, Ian Burk, den Mord nicht begangen haben konnte.«

Lachlan zuckte die Achseln. »Die Leute sehen oft nicht einmal das, was direkt vor ihrer Nase liegt. Als herauskam, dass die Frau ermordet worden war, wusste wahrscheinlich kaum noch jemand, wo er sich an dem fraglichen Tag aufgehalten hatte. Ich könnte mir vorstellen, dass niemand auf den Gedanken gekommen ist, dieser Ian könnte ganz woanders gewesen sein, bis die Lady es erwähnte. Ich muss gestehen, dass es mich neugierig macht.«

»Was?«

»Ich möchte zu gern wissen, wer diese Frau umgebracht hat und warum. Es ist ein Rätsel.«

»Du hast dich ja immer gern an Rätseln versucht.«

Lachlan nickte, dann runzelte er die Stirn. »Weißt du eigentlich, woran man gemerkt hat, dass sie getötet wurde?«

»Nein, nur dass man die Leiche gefunden hat. Soll ich mich ein wenig umhören?«

Wieder nickte Lachlan. »Sieh zu, ob du nicht noch mehr herausfinden kannst als das, was wir bei der Verhandlung erfahren haben. Die Leute reden doch bestimmt überall darüber. Aber sei vorsichtig. Wir bleiben ja nur noch wenige Tage hier, und es wird bestimmt nicht gern gesehen, wenn wir unsere Nase in die Angelegenheiten von Isla stecken.« Er schwieg einen Augenblick und lächelte gedankenverloren in sich hinein. Dann sagte er: »Aber ein schlaues Mädchen ist sie wirklich, da hast du recht.«

»Trotzdem hätte sie jemanden bitten sollen, für sie zu sprechen«, entgegnete Hektor. »Ich finde, es gehört sich nicht für eine Frau, bei einer Gerichtsverhandlung auszusagen.«

»Mag sein«, gab Lachlan zu, »aber mir gefällt ein aufgewecktes Mädchen besser als eine Langweilerin.«

Hector grinste. »Dir gefällt jedes Mädchen, solange es nur hübsch ist.«

»Das habe ich von dir gelernt.«

Damit brachte er Hector zum Lachen. Dann wurde er wieder ernst: »Aufgewecktheit ist ja ganz schön, mein Lieber, aber diese hier war schon reichlich aufsässig.«

»Das finde ich auch«, stimmte ihm Lachlan zu. Doch es lag nicht an ihrer Frechheit, dass ihm die schöne Mairi von den Inseln den ganzen Tag nicht mehr aus dem Sinn ging.

Lady Margaret war offensichtlich erfreut, ihre Tochter zu sehen, ebenso wie Mairis Schwester Elizabeth und die beiden Zofen, die ihnen Gesellschaft leisteten. Sie standen im Dienst der Lady, seit diese geheiratet hatte, und Mairi nannte sie im Stillen nur Rose und Kraut. Der Grund dafür war die Vorliebe der hochgewachsenen Adele für lebhafte Farben und die Gewohnheit der kleineren rundlichen Clara, sich ausschließlich in gedämpfte Rot- und Brauntöne zu kleiden. Als Mairi den Raum betrat, legten alle vier Frauen ihre Stickarbeit beiseite, und Rose und Kraut erhoben sich und knicksten.

Auch Mairi machte einen höflichen Knicks vor ihrer Mutter, worauf Lady Margaret sie lächelnd mit den Worten begrüßte: »Ich habe dich erst in vierzehn Tagen erwartet, Liebes.«

»Ja, Madam, aber Ranald und ich sind früher als geplant

auf Dunyvaig fertig geworden und konnten eher zurückkommen.«

Als Lady Margaret statt einer Antwort nur eine feine, schön geschwungene Braue hochzog, lachte Elizabeth. »Ach ja?«, sagte sie und steckte sich eine vorwitzige nussbraune Locke unter die Haube. »Und wir haben doch tatsächlich angenommen, dass dich Ian Burks Verhandlung nach Hause getrieben hat. Immerhin hast du dich noch nicht einmal von diesem gefährlichen Nebel abschrecken lassen.«

Die Antwort ihrer Schwester ärgerte Mairi, doch sie ließ sich nichts anmerken, sondern schaute ihre Mutter an. Mit brennenden Wangen suchte sie verzweifelt nach Worten, um auszudrücken, welche Sorgen sie sich um Ian gemacht hatte, da unterbrach Niall Mackinnon, der noch immer neben ihr stand, ihre Gedanken.

»Die Lady war besorgniserregend leichtsinnig«, sagte er zu Margaret. »Und Seine Gnaden wird mit Sicherheit ein Wörtchen mit Lord Ranald reden, weil er ihr ihren Willen ließ. Andererseits spricht es für ihr gutes Herz, dass sie sich für einen einfachen Stallburschen eingesetzt hat. Im Übrigen wird es Euch freuen zu hören, dass Ian Burk seine Unschuld beweisen konnte.«

»Gott sei Lob und Dank«, erwiderte Lady Margaret und fügte dann leise hinzu: »Ihr dürft Euch nun zurückziehen. Ich würde gern mit meinen Töchtern allein sein.«

Aus dem Ton dieser Worte hörte Mairi, dass Mackinnon auch ihrer Mutter ein wenig auf die Nerven ging. Dennoch machte sie sich auf eine Gardinenpredigt gefasst, als Niall sich nun verneigte und das Zimmer verließ.

Nur selten verlor Lady Margaret Stewart die Fassung oder zeigte überschwängliche Gefühle. Die gut aussehende Frau – im Moment trug sie ein goldbesticktes, pelzbesetztes Gewand aus elfenbeinfarbener Seide – bewahrte eingedenk ihrer königlichen Herkunft jederzeit Haltung. Als *High Steward* von Schottland bekleidete ihr Vater das hohe erbliche

Staatsamt des Truchsesses, wie schon seine Vorfahren seit zweihundert Jahren. Darüber hinaus war er Anwärter auf den schottischen Thron, da König David Bruce noch immer kinderlos war, obgleich er schon dreiundvierzig Jahre zählte und bereits zum zweiten Mal verheiratet war.

Nachdem Mackinnon die Tür hinter sich zugezogen hatte und Rose und Kraut sich wieder diskret ihrer Handarbeit zuwandten, blickte Mairi ihre Mutter offen an und sagte: »Ich hoffe, Ihr seid nicht böse mit mir, Madam.«

»Nein, mein Liebling. Allerdings bin ich froh, dass wir erst von deinen waghalsigen Plänen erfuhren, als du schon heil und gesund angekommen warst.«

»Du hättest wirklich vorsichtiger sein sollen, Mairi«, sagte Elizabeth.

»Wir konnten doch nicht wissen, dass es so einen Nebel geben würde«, verteidigte sich Mairi.

»Es war doch sicher auch nicht nötig, mitten in der Nacht loszufahren«, sagte Lady Margaret.

Mairi hätte ihrer Mutter gern erklärt, dass sie sich hatte beeilen müssen, um Ians Leben zu retten, doch sie beherrschte sich und schwieg.

Dass ihre Mutter dennoch verstanden hatte, zeigte sich an dem kleinen Lächeln und ihren folgenden Worten: »Gehe ich recht in der Annahme, dass der junge Ian seine Unschuld nicht ganz so allein bewiesen hat, wie Niall uns weismachen wollte?«

Mairi erwiderte das Lächeln. »Es gelang mir zu zeigen, dass er Elma nicht umgebracht haben konnte«, sagte sie. »Ich bitte um Verzeihung, falls ich Euch Kummer bereitet haben sollte, Madam, doch da ich Ian schon fast mein ganzes Leben lang kenne, war ich sicher, dass er unschuldig war.«

»Wenn sie überhaupt jemand umgebracht hat, war es bestimmt Mellis MacCoun selbst«, sagte Lady Margaret in ungewohnt scharfem Ton.

»Ich wüsste wirklich gern, wie sie gestorben ist«, bemerkte Mairi.

Elizabeth machte große Augen. »Glaubt Ihr wirklich, dass es Mellis getan hat, Madam?«, fragte sie überrascht.

»Wie ihr wisst, gebe ich gewöhnlich nicht viel um Klatsch«, antwortete ihre Mutter. »Aber ich habe gehört, dass er ein harter Mann sein soll, und sie war viel jünger als er und eine hübsche Frau. Ich weiß sehr wohl, was für Probleme es mit sich bringen kann, wenn eine Frau einen zwanzig Jahre älteren Mann heiratet. Und nicht jeder ist ein so freundlicher Mensch wie euer Vater.«

»Mellis MacCoun bestimmt nicht«, erwiderte Mairi.

»Eben. Aber wahrscheinlicher ist, dass es ein Unfall war. Elma ging gern auf den Klippen spazieren, wenn sie traurig war oder sich über Mellis geärgert hatte. Und dort oben gibt es gefährliche Stellen, wo man leicht abrutschen und ins Meer fallen kann.«

»Niall ist auch der Meinung, dass sie abgestürzt ist, aber bei Loch Gruinart, nicht am Sund.«

»Hat Ewan Beton sie dort gefunden?«, fragte Elizabeth.

»Ja, das hat mir zumindest Niall erzählt.«

Darauf sagte Lady Margaret: »Gruinart ist fünf Meilen von hier entfernt, aber eine junge, kräftige Frau kann die Entfernung rasch zu Fuß oder zu Pferd zurücklegen. Und noch schneller konnte Elma zu der Steilküste nördlich von hier gelangen. Wenn sie dort abgestürzt ist, könnte sie mit der Flut in westliche Richtung getrieben sein.«

Da hatte sie recht. Zwar konnten viele Frauen auf Isla schwimmen, doch wenn sie bekleidet ins Wasser fielen, wurden sie unweigerlich in die Tiefe gezogen, sobald sich ihre schweren Röcke und Unterröcke vollgesogen hatten. Außerdem würde jeder, der von den Klippen stürzte, an den tiefer gelegenen Felsen zerschmettert werden. Aber wenigstens hatten sie Elma gefunden. Seltsamerweise kamen viele in dem kalten Meerwasser Ertrunkene nie wieder zum Vorschein.

Allein der Gedanke an einen solchen Tod jagte Mairi einen Schauer über den Rücken.

Da fiel ihr etwas ein. »Weiß man eigentlich, wann Elma von Finlaggan weggegangen ist?«, fragte sie.

»Ja«, antwortete Elizabeth. »Man hat die Wachen am Damm befragt, und die sagten, sie hätten sie am Nachmittag, lange vor der Abendbrotzeit, gesehen.«

»Dann kann Mellis sie nicht getötet haben«, sagte Mairi. »Außer er hat es irgendwie geschafft, sie am Loch Gruinart abzufangen, bevor Godfrey und seine Begleiter nach Finlaggan zurückkehrten.«

»Jetzt aber genug von diesem trübsinnigen Thema«, unterbrach sie Lady Margaret. »Erzähl uns lieber, was es Neues auf Dunyvaig gibt. Und danach, wenn ich mich für das Gastmahl umkleide, kannst du den Kindern Gesellschaft leisten, bis wir in die große Halle hinübergehen müssen.«

Während sie sich über die Reinigungsarbeiten und die Vorratshaltung auf Dunyvaig unterhielten und Mairi berichtete, welche Neuigkeiten Ranald bei seinen Abstechern nach Annandale und Loch Tarbert erfahren hatte, war sie mehr als einmal nahe daran, ihre Mutter und Schwester nach den beiden Gillean-Söhnen zu fragen, doch dann ließ sie es lieber sein. Da sie wusste, dass ihre Mutter voll und ganz hinter MacDonalds Plan stand, sie an ein Mitglied der königlichen Familie zu verheiraten, beschloss Mairi, auf eigene Faust Nachforschungen anzustellen. Niall hatte gesagt, dass die beiden Männer weithin bekannt seien, also hatte bestimmt auch Elizabeth von ihnen gehört. Andererseits war es eher unwahrscheinlich, dass ihre behütete jüngere Schwester Genaueres wusste.

Kurze Zeit später läutete es von der Kapelle zur Sext, der Mittagsstunde, und wenige Minuten später betrat Mairi zusammen mit Lady Margaret, Elizabeth und den beiden Zofen erneut die große Halle.

Hier hatte sich in der Zwischenzeit einiges verändert. Wo

zuvor dicht an dicht die Bankreihen gestanden hatten, hatte man nun weiß gedeckte Tische aufgestellt, und die hohe Tafel auf dem Podest, von wo aus ihr Vater Gericht gehalten hatte, war erweitert worden, um allen erlauchten Gästen Platz zu bieten. Auch hier lagen selbstverständlich vornehme weiße Tischtücher, die aber zusätzlich an der Kante mit kleinen schwarzen Schiffen bestickt waren.

Wie viele andere reiche und mächtige Männer speiste auch der Lord der Inseln häufig allein mit seiner Familie in der Halle des Lairds, doch um eine möglichst enge Verbindung zu seinen Untertanen herzustellen, hatte es sich MacDonald zur Gewohnheit gemacht, das Mittagsmahl regelmäßig in der großen Halle einzunehmen. Er war noch nicht eingetroffen, doch Ranald und Godfrey standen bereits auf dem Podium, wohin sich jetzt auch Mairi mit ihrer Mutter und Elizabeth begab.

John Og, ihr ältester Bruder, war nicht anwesend, da seine Frau Freya kurz vor der Niederkunft stand und er bei ihr bleiben wollte, in der Hoffnung, dass sein zweites Kind der heiß ersehnte Sohn würde.

Als Mairi ihre beiden Brüder begrüßte, versetzte Ranald ihr einen Klaps auf die Schulter und sagte: »Du bist zu schnell weggelaufen, Mädchen. Ian Burk hat nach dir gesucht, weil er sich bedanken wollte.«

»Ich habe nur getan, was recht und billig war«, antwortete sie und spürte im selben Augenblick, wie sich Godfreys große Hand um die ihre schloss. Als sie sich umdrehte, um ihm einen Willkommenskuss zu geben, sah sie ihren Vater aus der Kammer hinter dem Podium treten, flankiert von den beiden Gillean-Söhnen.

»Mach den Mund zu, Mädchen, sonst kommt dir noch eine Fliege rein«, flüsterte ihr Godfrey zu.

»Willkommen zu Hause, Tochter«, begrüßte MacDonald sie, während Mairi eilig einen Knicks machte. »Wir haben dich vermisst. Doch bevor ich es vergesse, ich habe gehört, dass dir noch niemand die Söhne von Ian Dubh, dem Oberhaupt des Gillean-Clans, vorgestellt hat.«

Er streckte ihr die Hand entgegen, um ihr aufzuhelfen, und sie ergriff sie und drückte sie zärtlich. »Ich bin froh, wieder zu Hause zu sein, Euer Gnaden«, sagte sie und entspannte sich, als sie seinen Blick bemerkte. Zwar war sie sicher gewesen, dass ihr Vater ihr die Einmischung beim Gerichtstag nicht übel nehmen würde, dennoch empfand sie den liebevollen Ausdruck, mit dem er sie betrachtete, als sehr beruhigend.

Ohne ihre Hand loszulassen, sagte er: »Es ist mir ein Vergnügen, Tochter, dir die beiden neuen Gesandten an meinem Hof vorstellen zu können. Dieser Herr hier ist Lachlan, Sohn des Ian Dubh, Sohn des Gille Coluim, Sohn des ...«

Ihr Vater zählte noch sechs oder sieben weitere Ahnen auf, doch ihr Blick war bereits zu Lachlan Lubanach gewandert. Eigentlich hatte sie vorgehabt, eine kühle, ja hochmütige Herablassung an den Tag zu legen, doch dieser verflixte Mann blickte ihr direkt in die Augen, und da war schon wieder dieses mutwillige Zwinkern.

Nur zu gern hätte sie ihn gefragt, ob er sich über sie lustig machen wollte, doch da sie sich gut vorstellen konnte, wie ihre Brüder und besonders ihr Vater auf eine derartige Unterbrechung reagieren würden, hielt sie wohlweislich den Mund.

»... und das ist sein Bruder Hector«, schloss MacDonald seine Rede. »Die beiden sind hier als Gesandte des Gillean-Clans im Auftrag Ian Dubhs.«

»Willkommen auf Finlaggan«, sagte Mairi bemüht würdevoll, doch insgeheim noch immer ganz verdattert. Als sie bemerkte, dass Lady Margaret und die anderen Frauen nicht mehr in der Nähe waren, beschloss sie, es dem unverschämten Kerl heimzuzahlen. Ganz unschuldig fragte sie: »Nennt man Euch tatsächlich Lachlan den Listigen?«

Sie hatte gehofft, er würde sich über ihre Bemerkung ärgern. Daher kam sein breites Lächeln, bei dem die weißen ebenmäßigen Zähne nur so blitzten, ganz unverhofft. »Ja, das stimmt, Mylady. Besonders diejenigen, die mich um meinen Einfallsreichtum beneiden. Aber ich brauche nicht lange zu rätseln, wer diese Information in Euer hübsches Ohr geflüstert hat.«

Mairi spürte, wie sie rot wurde, und hätte sich am liebsten die Hände über die Ohren gehalten, auch wenn diese unter der Haube gar nicht zu sehen waren. Doch da richtete ihr Vater das Wort an sie.

»Verzeiht, Euer Gnaden, ich habe gerade nicht zugehört«, sagte Mairi rasch.

»Ich fragte, wer dir gegenüber so eine Unverschämtheit geäußert hat«, wiederholte MacDonald mit strengem Blick.

Niall mochte zwar manchmal lästig sein, doch da sie wusste, dass er es nur gut mit ihr meinte, wollte sie ihn nicht verpetzen.

Sie wurde daher noch verlegener, als Hector herausplatzte: »Man muss nicht viel Fantasie haben, um zu erraten, dass es Euer Haushofmeister war, Euer Gnaden.«

Jetzt richtete sich der strenge Blick auf ihn, was ihm jedoch nichts auszumachen schien.

Lachlan erwiderte leichthin: »Ich fürchte, Niall Mackinnon kann weder uns noch den Gillean-Clan leiden, Euer Gnaden. Wie Ihr wisst, hat mein Vater Landbesitz auf der Insel Mull, die Mackinnon am liebsten ganz und gar in seine Hand bekommen würde.«

»Das dürfte ihm wohl kaum gelingen«, entgegnete MacDonald trocken. »Die Insel Mull gehört zu meinem Herrschaftsbereich, daher verdanken sowohl Niall Mackinnon als auch Ian Dubh ihren Besitz nur meiner Gunst.«

»Sehr richtig, Euer Gnaden«, erwiderte Lachlan. »Doch zweifellos hat Lady Mairi genug von dem Gerede über Landbesitz und wünscht, sich zum Mahl zu begeben.« Mit einem Blick auf die hohe Tafel fügte er hinzu: »Ich vermute,

Ihr habt Hector und mir einen Platz unten in der Halle zugedacht.«

»Nein, keineswegs«, widersprach MacDonald mit freundlichem Lächeln. »Zum einen vertretet Ihr heute Euren Vater in meinem Rat, und zum anderen habe ich Euch eingeladen, mit mir zu speisen. Und diese Einladung gilt nach wie vor. Ich freue mich über Eure Gesellschaft und möchte sie auch Lady Mairi und ihrer Frau Mutter nicht vorenthalten. Nehmt also zwischen den Damen Platz, während ich mich neben Euren Bruder setze, damit er mich mit seinen amüsanten Geschichten unterhalten kann.«

So fand sich Mairi unversehens neben diesem rätselhaften Mann wieder, den sie einfach nicht mehr loswurde.

Sie bemerkte, dass Elizabeth ihr vom Ende der Tafel wütende Blicke zuwarf, doch als die Ältere genoss sie nun einmal das Vorrecht, zur Linken ihrer Mutter zu sitzen. Da sich mehrere Fremde an der hohen Tafel befanden, hatte Lady Margaret ihre jüngere Tochter sicherheitshalber zwischen Rose und Kraut platziert.

Kaum hatte der Geistliche das Tischgebet beendet, sagte Lachlan Lubanach zerknirscht: »Ich hoffe, Ihr seid nicht allzu böse mit uns, Mädchen. Offensichtlich hat es Euch missfallen, dass Hector Niall Mackinnons Namen genannt hat.«

Sie wandte sich ihm zu, um ihm ein für alle Mal klarzumachen, wie sie angeredet zu werden wünschte. Doch als er sie wie das personifizierte schlechte Gewissen anblickte, verflog ihr Unmut im Nu.

Da der Tag noch immer trüb und grau war, hatte man den großen eisernen Deckenleuchter und zwei weitere über dem Podium angezündet. Im warmen Schein der Kerzen schimmerten seine Augen, und ihr war, als würde sie in ihnen versinken.

»Bei diesem Kerzenlicht wirken Eure Augen wie tiefe, dunkle Teiche«, sagte er in diesem Augenblick.

»Seid nicht albern«, gab sie zurück, als hätte sie nicht soeben etwas Ähnliches gedacht. Sie zwang sich, den Blick abzuwenden, und fragte in beiläufigem Ton: »Wie kommt Ihr darauf, dass ich böse mit Euch wäre?«

»Wart Ihr es denn nicht?«

»Nein, aber ein unverfrorener Mensch seid Ihr trotzdem, Lachlan Lubanach.«

Als er grinste, fiel ihr wieder auf, wie sehr sich seine Züge dabei veränderten. Ganz weich und freundlich wirkte sein Gesicht auf einmal.

»Vermutlich habe ich Euch Grund genug für diese Einschätzung gegeben, Mädchen.«

Zu ihrer eigenen Überraschung musste sie lachen. »Wenn ich dumm genug wäre, das abzustreiten, Sir, würdet Ihr Euch bestimmt noch mehr bemühen, mich davon zu überzeugen«, sagte sie, worauf sein Lächeln noch eine Spur schelmischer wurde.

»Da könnt Ihr sicher sein«, flüsterte er.

»Mairi, Mädchen, sei gnädig mit uns, und lass dir von dem Pagen endlich den Fisch vorlegen, sonst sind wir gleich alle verhungert!«, ertönte in diesem Augenblick Godfreys Stimme zu ihrer Linken.

Godfrey und Ranald prusteten vor Lachen, doch Lady Margaret bedachte sie mit einem mahnenden Blick, und ihr Vater schaute sie so prüfend an, dass sie sich schleunigst zu dem hinter ihr wartenden Pagen umdrehte und um ein Stück Lachs von dem hölzernen Tablett bat, das er ihr hinhielt.

Erleichtert registrierte Mairi, dass ihr Vater seine Aufmerksamkeit wieder Hector zuwandte, und ließ es zu, dass Lachlan ihr von der Platte, die vor ihm stand, eine Zwiebelpastete auf den Teller legte.

»Möchtet Ihr Claret, Mädchen?«, fragte er, während er ihr mit einer Hand die Saucenterrine hinhielt und mit der anderen einem anderen Pagen ein Zeichen machte, ihm Wein nachzuschenken.

»Nein, danke«, antwortete sie und schöpfte einen Löffel Senfsauce auf ihre Pastete. Dann legte sie den Löffel zurück und holte tief Luft. »Das mit dem unverfroren hätte ich nicht sagen sollen.«

»Und diesen unverschämten Spitznamen hättet Ihr mir auch nicht unter die Nase zu reiben brauchen«, entgegnete er.

»Damit wollte ich Euch in der Tat ärgern«, gab sie zu. »Aber ich entschuldige mich für meine Unhöflichkeit. Schließlich seid Ihr Gast meines Vaters.«

»Ihr braucht Euch nicht zu entschuldigen, Mädchen. Eure Frechheit gibt mir Hoffnung.«

»Hoffnung worauf?«

»Wisst Ihr, ich finde, es ist an der Zeit, dass ich mir eine Frau suche.«

Mit einem raschen Blick vergewisserte sie sich, ob ihre Eltern auch nichts gehört hatten, doch beide lauschten Hector Reaganach.

Das brachte sie auf einen anderen Gedanken. »Erzählt Euer Bruder wirklich so interessante Geschichten?«

»Ja«, antwortete Lachlan. »Die er jetzt gerade erzählt, passt ganz gut. Es geht dabei nämlich um eine widerspenstige Ehefrau.«

»Woher wisst Ihr das? Ihr könnt es doch gar nicht hören.«

»Ich habe ihn darum gebeten, weil ich wusste, dass die Anekdote Euren Eltern gefallen würde. Ich hatte nämlich vor, mit Euch zu reden.«

»Ihr solltet mir gegenüber nichts von Gattinnen erwähnen, Sir, es sei denn, Ihr wollt mir die Sache auch erzählen.«

»Ein andermal gern, aber nicht jetzt«, sagte er und lächelte schon wieder.

»Warum habt ihr dann gesagt, Ihr wolltet Euch eine Frau suchen?«

»Vielleicht habe ich ja die Richtige gefunden.« Immer noch dieses Lächeln.

»Ich bitte Euch, redet doch nicht einen solchen Unsinn«, sagte sie, als ihr der Sinn seiner Worte dämmerte. Dann fiel ihr ein, dass er womöglich etwas ganz anderes meinte, und sie fügte rasch hinzu: »In so einer wichtigen Frage kann ich Euch keinen Rat geben, Sir.«

»Darauf wollte ich auch gar nicht hinaus«, erwiderte er mit einem leisen, glucksenden Lachen.

Da wusste sie, dass sie ihn durchaus richtig verstanden hatte. »Aber wir sind uns doch gerade erst begegnet!«, rief sie. »Ihr kennt mich doch gar nicht!«

»Ich weiß zumindest schon, dass Ihr Eurem Ruf voll und ganz gerecht werdet«, sagte er. »Ihr seid wirklich schön, wie alle behaupten.«

»Sir, ich bitte Euch, hört mit dem Unfug auf! Mein Ruf – unerhört! Und Ihr erwartet von einer Frau doch bestimmt mehr als nur Schönheit.«

»Ihr seid nicht ›nur‹ schön, Mädchen. Ihr besitzt nicht bloß ein hübsches Gesicht und unvergleichliche Anmut, sondern eine so makellose Haut, wie ich sie niemals zuvor gesehen habe, und dunkle, geheimnisvolle Augen. Ich dachte zuerst, sie seien schwarz, aber das stimmt nicht.«

»Nein, sie sind blau«, erwiderte sie. »Wie die Euren.«

Noch immer lächelnd schüttelte er den Kopf, und da wurde ihr klar, dass sie doch tatsächlich dabei war, mit ihm zu flirten. Seltsamerweise fand sie das nicht im Mindesten schockierend. Niall hatte wohl doch recht gehabt; Lachlan Lubanach war ein überaus gefährlicher Mann.

4

Noch nie zuvor hatte sich Lachlan bei einem Essen so gut unterhalten. Er hatte MacDonald wegen seines Scharfsinns und seines Könnens schon lange bewundert, doch jetzt stellte er fest, dass der Lord der Inseln ihm sympathischer war als jeder andere mächtige Mann, den er kannte. Und Lady Margaret war ein wahrer Ausbund an Sanftmut und legte perfekte höfische Manieren an den Tag.

Lady Mairi hingegen erregte ganz andere Gefühle in ihm. Sie gab sich ruhig und kühl, ja sogar ein wenig hochmütig, doch dieses kleine spontane Lachen war so reizend gewesen, dass er es immer wieder hören wollte. Aus jeder ihrer Bewegungen sprachen Empfindsamkeit und gezügelte Leidenschaft, und er fragte sich, welche Freuden sie für einen Mann bereithalten mochte, dem es gelang, diese Leidenschaft zu wecken. Sie schaute ihn erwartungsvoll an, offensichtlich gespannt, was für unerhörte Worte er als Nächstes von sich geben würde. Doch er sagte lediglich: »Ich nehme an, Hector ist mit seiner Geschichte fertig. Wenn Ihr mich daher entschuldigen wollt, werde ich mich ein wenig mit Eurer Frau Mutter unterhalten. Sonst hält sie mich noch für ungehobelt.«

Mairi nickte hoheitsvoll, was er ebenfalls ganz entzückend fand. Während er höflich mit Lady Margaret plauderte, überlegte er, wie es wohl war, wenn das Mädchen einmal seinem berüchtigten Temperament freien Lauf ließ. Vielleicht würde sie ihm sogar Gegenstände an den Kopf werfen. Das konnte bis zu einem gewissen Grad ja ganz amüsant sein, doch wehe, wenn ihn selbst die Wut packte. Mochte der Himmel wissen, was geschehen würde, bis er ihr diese Launen ausgetrieben hätte.

Mairi ärgerte sich. Am liebsten hätte sie Lachlan Lubanach die Ohren langgezogen, damit er verriet, was er mit seinem Gerede über eine Ehefrau gemeint hatte. Eigentlich konnte es ihr egal sein, denn sie kannte ihn ja kaum, doch es ging ihr einfach nicht aus dem Kopf.

Godfrey verwickelte sie in ein Gespräch, kaum dass sie sich wieder ihrem Teller zugewandt hatte. Sie sprachen über Familienangelegenheiten und mussten beide darüber lachen, dass ihr ältester Bruder John Og offenbar der Meinung war, er könne das Geschlecht seines Kindes dadurch beeinflussen, dass er bis zur Geburt seine bedauernswerte Frau belauerte wie ein Habicht die Beute. Die ganze Zeit über hörte Mairi ihrem Bruder jedoch nur mit halbem Ohr zu, da sie ständig versuchte, etwas von dem Gespräch zu ihrer Rechten aufzuschnappen. Einmal, als Margaret auflachte, fragte sie sich, worüber sich ihre Mutter wohl so amüsierte, und zweimal verlor sie den Faden der Unterhaltung gänzlich.

»Er gefällt dir.«

Ihr stockte der Atem, und sie schaute ihren Bruder entgeistert an. »Was?«

»Er gefällt dir«, wiederholte Godfrey mit leiser Stimme. »Ich sehe es an deinem Blick und daran, wie du ihn die ganze Zeit nicht aus den Augen lässt. Aber es hat keinen Zweck, Mädchen.« Mairi verzog das Gesicht. »Ich wünschte, du würdest nicht immer deine Späße mit mir treiben, Godfrey. Ich weiß gar nicht, wovon du redest.«

»Ich spaße nicht«, erwiderte er ernst. »Er ist ein charmanter Bursche. Das sagt jeder. Sogar bei Seiner Gnaden hat er einen guten Stand; sein Bruder übrigens auch, obwohl sich Hector der Grimmige ja eher als wütender Krieger denn als Höfling einen Namen gemacht hat. Ich möchte wetten, dass die Damen von den beiden ganz hingerissen sein werden, wenn der Hof Seiner Gnaden in Ardtornish zusammenkommt. Schau nur, wie Elizabeth sie geradezu mit den Augen verschlingt.«

»Kommen die beiden denn mit nach Ardtornish?«, fragte Mairi, darauf bedacht, Hector in ihre Frage mit einzuschließen, obgleich sein Tun und Treiben sie nicht im Geringsten interessierte.

»Ja, sie werden auch dort sein. Ich habe gehört, dass ihr Vater Ian Dubh sich bald zur Ruhe setzen und Lachlan zu seinem Nachfolger ernennen will. Und da Bellachuan nicht weit von Ardtornish entfernt ist, haben die Brüder die Einladung Seiner Gnaden zur Osterjagd auf der Insel Mull angenommen.«

»Zumindest einer mag ihn nicht«, merkte Mairi an. »... mag die beiden nicht«, verbesserte sie sich rasch.

Godfrey nickte. »Mir ist auch schon aufgefallen, dass Niall Mackinnon nichts für die Gillean-Söhne übrig hat. Doch Mackinnon ist ein vorzüglicher Haushofmeister, Mädchen, dem nur am Wohlergehen Seiner Gnaden und unserer gesamten Familie gelegen ist.«

Da ihr klar war, dass Godfrey sie auf seine zurückhaltende Art rügte, lenkte sie das Thema auf Dunyvaig. Da eben ein Bursche brennende Kerzen herbeitrug, fiel ihr wieder ein, dass einer der Dienstboten auf der Burg versehentlich ein Feuer auf dem Abtritt verursacht hatte.

»Ich kann mir schon denken, wie das passiert ist«, sagte Godfrey lachend. »Bestimmt hat er eine Kerze mitgenommen, und die ist dann vom Fenstersims in das Heu gefallen, das dort zum Abwischen bereitliegt.«

Mairi nickte, ebenfalls belustigt, obgleich derartige Unfälle häufig vorkamen und meist großen Schaden anrichteten.

Eine Strähne seines rotbraunen Haares, das ganz nach dem seiner Mutter Amy kam, war Godfrey in die Stirn gefallen. Noch immer grinsend, strich er sie achtlos beiseite. Dieser Mann mit den riesigen Händen und Füßen war der größte unter ihren Halbbrüdern und, wie sie fand, auch der netteste.

Er wurde wieder ernst: »Das war tapfer von dir, Mädchen, dass du für Ian eingetreten bist.«

»Ich war einfach sicher, dass er es nicht getan hatte«, antwortete sie. »Aber ich möchte doch gerne wissen, wer es war.«

Er zuckte die Schultern. »Mellis MacCoun jedenfalls nicht, falls du das meinst. Denn der war mit mir in Kilchoman. Wir sind erst abends zurückgekommen, und da war sie schon nicht mehr auffindbar. Aber versuch nicht wieder, das Thema zu wechseln«, fügte er tadelnd hinzu. »Wenn du dich in Lachlan den Listigen verguckst, begibst du dich auf dünnes Eis.«

Sie war drauf und dran, ihm von Lachlans Heiratsplänen zu erzählen, doch dann fiel ihr noch rechtzeitig ein, was ihr Bruder davon halten würde, dass ein Mann etwas Derartiges mit ihr statt mit ihrem Vater besprach. Außerdem wusste sie ja, dass sie Alasdair Stewart heiraten sollte, der vielleicht eines Tages König der Schotten werden würde – vorausgesetzt, eine ganze Reihe von Leuten tat ihm den Gefallen und starb rechtzeitig, und das zerstrittene schottische Parlament war mit seiner Einsetzung einverstanden.

Anderenfalls würde die Krone an ihren Großvater Robert gehen, es sei denn, es geschah ein Wunder, und David gelang es doch noch, ein Kind zu zeugen. Als Mairis Vater ihre Verehelichung mit Alasdair plante, hatte er im Sinn gehabt, damit eine Verbindung zum Königshaus zu schaffen, die allen Mitgliedern des Donald-Clans zugutekäme. Es war daher recht unwahrscheinlich, dass er seine Meinung ändern würde.

Mairi fuhr vor Schreck zusammen, als eine Hand ihr rechtes Knie berührte.

»Was ist denn, Mädchen?«, erkundigte sich Godfrey. »Ist dir kalt?«

Mairi lächelte verlegen. »Ich glaube, ich wäre um ein Haar eingeschlafen. Ich bin nämlich, offen gestanden, vollkommen erschöpft.«

»Das ist auch kein Wunder. Ranald hat mir berichtet, dass du unbedingt schon kurz nach Mitternacht nach Finlaggan aufbrechen wolltest und ihr dann für mehrere Stunden in eine Flaute geraten seid. Hast du überhaupt geschlafen?«

»Zu diesem Zeitpunkt war ich noch nicht müde«, sagte sie. »Obwohl kein Lüftchen ging und wir die Hand nicht vor Augen sehen konnten, trieben wir doch langsam, aber sicher mit der Strömung. Außerdem war es aufregend dort im Dunkeln auf dem Wasser, auch wenn Meg Raith überall Seeungeheuer sah.«

Godfrey lachte erneut, bevor er ihr zuflüsterte: »Du vernachlässigst unseren Gast.«

Im gleichen Augenblick, als Mairi Lachlan Lubanachs Hand auf ihrem Knie gespürt hatte, war ihr klar gewesen, dass Lady Margaret sich inzwischen Seiner Gnaden zugewandt hatte. Doch sie fand, es täte diesem dreisten Menschen ganz gut, sich ein wenig zu gedulden.

Nun drehte sie sich zu ihm um und sagte steif und förmlich: »Ich hoffe, die Speisen entsprechen Euren Wünschen, Sir.«

»Sie sind ganz ausgezeichnet, Mylady, ebenso wie die Spielleute Seiner Gnaden.«

Sie hatte nicht weiter auf die Musikanten geachtet, die stets spielten, wenn ihr Vater zu Tisch saß, doch jetzt blickte sie zu der kleinen Galerie hinauf, die sich auf halber Höhe an der Ostwand entlangzog. Man erreichte sie über eine schmale, in die Mauer eingelassene Treppe. Das wusste sie, weil sie sich als kleines Mädchen oft hinaufgeschlichen hatte, um zu lauschen, wenn ihr Vater mit anderen Männern über die Könige und Fürsten ferner Länder sprach oder über Kriege, für die sich so mancher den Lord der Inseln als Verbündeten wünschte. Sie mochte Kriege nicht, denn auch wenn ihr Vater nicht mitkämpfte, so hielten ihn die Verhandlungen doch häufig lange Zeit von zu Hause fern.

Einmal, als sie acht oder neun war, hatte Niall Mackinnon

sie beim Horchen ertappt und ihr eine ordentliche Tracht Prügel versetzt, bevor er sie zu ihrem Vater brachte und ihm alles erzählte. Dieser hatte mit ihr geschimpft, weil sie sich unbemerkt von den Frauen entfernt und ihnen damit Sorgen bereitet hatte. Seinen Haushofmeister hatte er dagegen mit keinem Wort getadelt, obwohl er sie so schmerzhaft und schmachvoll bestraft hatte. Doch man musste MacDonald zugutehalten, dass er ihre Fragen ansonsten jederzeit geduldig beantwortet und ihr später sogar das Schachspielen beigebracht hatte. Dabei hatte er ihr erklärt, dass die Strategien, die dafür vonnöten waren, viel mit der Kunst der Kriegsführung gemein hatten.

Nun fragte sie Lachlan, der ruhig dasaß und sie betrachtete: »Bekomme ich jetzt auch die Geschichte zu hören, die Euer Bruder meinen Eltern erzählt hat?«

»Vielleicht ein andermal«, antwortete er. »Eure Frau Mutter will offenbar aufbrechen, und Ihr und Lady Elizabeth sollt sie bestimmt begleiten.«

»Ja, aber Ihr habt noch genug Zeit, um mir zu erklären, was ihr damit gemeint habt«, sagte sie ein wenig verstimmt, weil er ihren Wunsch nicht erfüllt hatte, wie es jeder andere Gentleman getan hätte.

Er schaute sie verwirrt an. »Was ich womit gemeint habe?«

»Werter Herr, das wisst Ihr ganz genau. Ihr sagtet, Ihr würdet gern heiraten, und habt es so dargestellt, als müsste ich schon ziemlich dumm sein, um nicht zu verstehen, was Ihr damit ausdrücken wolltet. Aber es muss Euch doch klar sein, dass mein Vater niemals seine Zustimmung zu einer Verbindung zwischen uns geben würde, selbst wenn ich einverstanden wäre.«

»Wärt Ihr denn einverstanden?«

Er hielt die Augen unverwandt auf sie gerichtet. Sie hatte heillose Angst, ihre Aufregung zu verraten, während sie sich zwang, seinem Blick standzuhalten und mit ruhiger Stimme zu antworten: »So etwas dürft Ihr mich nicht fragen. Es schickt sich einfach nicht, zumal wir uns ja überhaupt nicht kennen und Ihr oder Euer Vater noch nicht einmal mit Seiner Gnaden gesprochen haben. Ihr geht wirklich zu weit, Sir.«

»Ja, das tue ich des Öfteren«, erwiderte er. »Dieses Vorgehen hat sich nämlich bewährt.«

»In welcher Hinsicht denn?«

»Um zu bekommen, was ich will. Not kennt kein Gebot.«

In diesem Augenblick erhob sich Lady Margaret, und Mairi war heilfroh, dass sie dieses peinliche Gespräch beenden konnte. Ihr schwirrte der Kopf, denn andererseits hätte sie das Geplänkel liebend gern fortgesetzt. Ein Mann wie Lachlan Lubanach war ihr noch nie begegnet, und daher wusste sie nicht, wie sie ihm gegenüber auftreten sollte.

Sie fand sein Benehmen einfach empörend, doch seine Persönlichkeit faszinierte sie. Schon oft hatte sie Barden von Männern singen hören, die sich hoffnungslos und gegen alle Widerstände verliebt hatten und zu guter Letzt triumphierend davonritten, die Dame ihres Herzens hinter sich im Sattel. Mairi hatte den Wahrheitsgehalt solcher Geschichten immer angezweifelt, denn was sollte ein derart ungebührliches Verhalten schon anderes zur Folge haben als Kummer und Leid?

Gehorsam kehrte sie mit ihrer Mutter und Elizabeth in die Halle des Lairds zurück, während sich, wie sie wusste, MacDonald und seine Ratsmänner, zu denen auch die Gillean-Söhne gehörten, den ganzen Nachmittag lang mit den Angelegenheiten des Inselrates befassen würden. Immer wieder schweiften ihre Gedanken ab. Dennoch erledigte sie ihre Pflichten gewissenhaft und murrte auch nicht, als es hieß, dass die Familie ihr Abendessen im engsten Kreis einnehmen würde. Denn mittlerweile war sie wirklich erschöpft. Im Übrigen wollte sie in Ruhe über Lachlan Lubanach nachdenken und sich überlegen, wie sie ihn ein wenig auf Distanz halten konnte.

Er bot ihr eine ausgezeichnete Gelegenheit, sich in der Kunst des Flirtens zu üben, doch mehr wollte sie nicht von ihm.

Das betete sie sich immer wieder vor, während sie zu Elizabeth ins Bett schlüpfte und bald darauf in tiefen Schlaf fiel.

Als Mairi am nächsten Morgen bei Tagesanbruch erwachte, musste sie sofort wieder an zwei vorwitzig zwinkernde blaue Augen denken. Sie schalt sich selbst und nahm sich vor, heute auf gar keinen Fall mit Lachlan zu schäkern. Sobald Lady Margaret aufgestanden war, würde sich der gesamte Haushalt zur Morgenandacht versammeln, doch bis dahin war es noch eine Stunde, die Mairi sinnvoll nutzen wollte.

Auf Dunyvaig hatte sie von morgens bis abends geschuftet. Da sie ihren Eltern beweisen wollte, dass sie ihren Aufgaben gewachsen war, hatte sie sich ebenso eifrig wie Ranald in die Arbeit gestürzt. Darüber hinaus hatte sie mehr als einmal schlichtend eingreifen müssen, wenn ihr ungeduldiger Bruder seine Männer zusammenstauchte, weil es ihm mit der Reinigung der Boote oder der Ausbesserung der Burgmauern zu langsam voranging.

Dafür hatte sie jetzt ein wenig Erholung verdient.

Leise, um Elizabeth nicht aufzuwecken, kleidete sich Mairi ohne Hilfe an, bürstete ihr langes, vom Schlaf zerzaustes Haar und flocht es rasch zu einem lockeren Zopf. Sie beschloss, keine Kopfbedeckung aufzusetzen. Wenn sie zurück war, konnte Meg Raith ihr die Frisur richten und unter der schicklichen Haube feststecken. Sie legte sich den roten Kapuzenumhang um, den sie am Morgen zuvor auf dem Schiff getragen hatte, griff sich ein Paar Handschuhe, lief rasch die Treppe hinab und überquerte den offenen Vorhof an der Südseite, ohne einer Menschenseele zu begegnen.

Nach Süden erstreckte sich still und friedlich der graue Loch Finlaggan. Der Nebel vom Vortag hatte sich gelichtet, doch noch immer war es bedeckt und windstill. Als Mairi über den Platz vor der großen Halle schritt, segelten zwei

Möwen hoch über ihr am Himmel. Sie ließ die Halle hinter sich und eilte über den schmalen Weg an der Kapelle und den Katen der Dienerschaft vorüber, die noch im eingefriedeten Bereich lagen, hinüber zum Steindamm, der auf die Hauptinsel Isla führte.

Ihr Herz schlug schneller, als sie an der Kapelle vorbeilief. Zwar war es noch zu früh für die Arbeiter, doch es konnte durchaus sein, dass der Kaplan ihres Vaters oder einer der Mönche herauskam und sich nach ihrem Woher und Wohin erkundigte. Eine solche Begegnung wollte sie lieber vermeiden, um sich keinen Ärger einzuhandeln.

Doch niemand zeigte sich, und mit einem Seufzer der Erleichterung betrat sie die Pferdekoppel vor den Stallungen.

Suchend ging sie hinein. »Ian, bist du da?«

»Hier hinten, Mistress, bei dem Grauen.«

Mit einem Lächeln folgte sie der Stimme bis zur letzten Box, wo Ian gerade ihr Lieblingspferd Hobyn, einen hellgrauen Wallach mit langem Schweif und glänzendem Fell, striegelte.

Sie tätschelte dem Tier die Flanke, bevor sie sich an ihm vorbeidrückte, um ihm über die Stirn mit der Blesse zu streicheln. Dabei flüsterte sie ihm Koseworte ins Ohr.

»Er hat mich vermisst«, sagte sie.

»Ja, das tut er immer«, stimmte ihr Ian zu, ohne mit dem Striegeln innezuhalten. Als sie nicht antwortete, warf er ihr einen schüchternen Blick zu und sagte: »Ich bin Euch ja so dankbar, Mylady. Keiner sonst hat mir geglaubt, dass ich Elma nicht umgebracht habe.«

»Ich weiß, Ian. Aber jetzt sind alle von deiner Unschuld überzeugt.«

»Trotzdem bin ich froh, dass Ihr gerade noch rechtzeitig heimgekommen und bei der Verhandlung so mutig für mich eingetreten seid. Denn sonst hätte Mellis MacCoun schon dafür gesorgt, dass man mich auf der Stelle hängt.«

»Die Anklage gegen dich stand sowieso auf wackeligen

Beinen. Ich bin jedenfalls noch auf keinen Beweis dafür gestoßen, dass Elmas Tod etwas anderes als ein Unfall war. Wie dem auch sei, jetzt würde ich gern ausreiten.«

»Gewiss, Mistress. Ich mache Hobyn fertig und hole dann mein eigenes Pony.«

»Sattel möchte ich keinen, und du brauchst mich auch nicht zu begleiten«, erwiderte sie. »Ich reite vor dem Frühstück nur bis zum Loch Gruinart und zurück.«

»Ach, Mistress, ich weiß ja, dass Euch auf Isla keine Gefahr droht. Aber wenn Euch nun irgendein Unglück geschieht …«

»Das wird es nicht«, beschwichtigte sie ihn lachend. »Und dir wird auch niemand einen Vorwurf machen. Es ist ja schließlich nicht das erste Mal.«

»Das ist auch wieder wahr«, sagte Ian. »Ich lege dem Burschen nur eben die Zügel an und helfe Euch hinauf.«

Gleich darauf saß sie so sicher auf dem Pferderücken, wie sie es von Kindheit an gewohnt war, und ritt unbeschwert auf den Damm zu. Dabei behielt sie die Hütten am Ufer im Blick, für den Fall, dass einer ihrer Brüder schon so früh auf den Beinen war, um mit einer der Wachen oder einem Bewohner zu reden.

Vor ihr lagen unberührte Wälder. Lediglich ein schmaler Pfad zog sich an einem der zahlreichen Bächlein entlang, die in den Loch Finlaggan mündeten. Sie folgte dem Weg hinauf auf den Gipfel eines flachen Höhenzuges und dann weiter nach Norden. Im Osten, hinter den Zwillingskegeln der Paps auf der Nachbarinsel Jura, verfärbte sich der Himmel unter dem schmalen Wolkenband erst rosig, dann leuchtend orange.

Während sie bergab zum Coire Nan Gall ritt, hielt sie kurz inne, um zuzusehen, wie die Sonne über den Horizont stieg. Ihre Strahlen drangen unter der Wolkenbank hervor und tauchten alles in goldenes Licht. Das bewaldete Tal, das Mairi anschließend durchquerte, war eng, und so ging es bald wieder bergauf zum nächsten Hügelkamm. Von dort aus bot sich ihr zum ersten Mal der Blick auf die Nordküste von Isla und das Meer. Nachdem sie dem Lauf eines rauschenden Flusses durch weitere Wälder gefolgt war, gelangte sie zu der Stelle, wo Loch Gruinart sich zum Meer hin öffnete.

Rechts von ihr lagen die Klippen, von denen Elma möglicherweise herabgestürzt war. Ebenso schroffe Felsen erhoben sich auf der anderen Seite der Mündung.

Mairi, die die Küste schon oft vom Boot aus gesehen hatte, konnte sich nicht vorstellen, dass Elma so weit gelaufen war. Genauso unwahrscheinlich erschien ihr, dass die Frau ein Boot genommen hatte, denn das wäre bestimmt jemandem aufgefallen.

Vielleicht war Elma ja Godfreys Reitertrupp nach Kilchoman gefolgt, weil sie Mellis etwas bringen wollte, was er zu Hause vergessen hatte. Doch selbst wenn Godfrey nicht seine gewöhnliche Route genommen hätte, die ihn weiter südlich nach Loch Indaal führte, wären er und seine Männer näher an der Spitze von Loch Gruinart entlanggeritten, die mindestens fünf Meilen weiter landeinwärts lag. Dort gab es keine Klippen, von denen Elma hätte fallen können.

Mairis liebster Zeitvertreib war der Ausritt entlang des Ufers von Loch Gruinart, wobei sie den Rückweg über Loch Cam zu wählen plegte, der wie ein blauer Edelstein in die Landschaft gebettet lag. Auch heute hätte sie gerne diese Route genommen, und sei es auch nur, um die Stelle zu suchen, wo Ewan Beton Elmas Leiche gefunden hatte. Doch dazu war keine Zeit mehr. Sie würde wohl ohnehin zu spät zum Frühstück kommen und damit den Unwillen ihrer Mutter erregen.

Doch bevor sie sich nach Hause aufmachte, musste sie unbedingt noch einmal am Strand von Loch Gruinart entlanggaloppieren, dessen flache, sanfte Dünen im Sommer dazu einluden, barfuß durch den warmen Sand zu laufen. Bei dem bloßen Gedanken daran musste Mairi lächeln.

Von einem nahe gelegenen Hügelrücken aus beobachtete Lachlan, wie das Mädchen zum Strand hinunterritt. Sie bot immer einen erfreulichen Anblick, doch zu Pferd war sie einfach atemberaubend. Er kannte keine Frau auf den Inseln, die so gut und graziös ritt. Es schien, als wäre sie eins mit ihrem herrlichen grauen Pferd.

Am Abend zuvor hatte er eine Stunde damit verbracht, die Bekanntschaft des jungen Ian Burk zu suchen. Es war nicht schwer herauszufinden, dass Mairi viel für den Burschen übrighatte. Er konnte sich, wenn man es geschickt anstellte, als nützliche Informationsquelle erweisen. Und Lachlan hatte es überaus geschickt angestellt. Er hatte Ian zu seinem Freispruch gratuliert und die Vermutung geäußert, dass Lady Mairi gewiss sehr erleichtert gewesen sei.

Das hatte ihm bei Ian Tür und Tor geöffnet. Der Junge konnte die Lady gar nicht genug loben, und von da an war es für Lachlan ein Kinderspiel gewesen, alles aus ihm herauszulocken, was er wissen wollte. Bereitwillig hatte der Stallbursche ihm erzählt, dass seine Herrin gern in aller Frühe ausritt, dass sie auf Dunyvaig auf dieses Vergnügen hatte verzichten müssen und daher bestimmt am nächsten Morgen ihren gewohnten Ausflug unternehmen würde.

Also war Lachlan vor Tagesanbruch aufgestanden, hatte sein Pferd satteln lassen und war schon vor Mairi über den Damm in den Wald hinausgeritten, wo er hinter Bäumen verborgen darauf wartete, dass sie erschien, um ihr unbemerkt zu folgen. Einmal hätte sie ihn fast erwischt, als sie stehen blieb, um den Sonnenaufgang zu bewundern, doch den Rest des Weges hatte sie zügig zurückgelegt, ohne sich noch einmal umzusehen.

Erst auf der letzten Anhöhe hatte sie wieder innegehalten und nach Norden auf die ruhige See hinausgeblickt. Dann hatte sie sich plötzlich über den Rücken ihres Pferdes gebeugt und es angespornt. In wildem Galopp war das Tier mit hoch erhobenem Schweif über den Sandstrand gedonnert, wobei das herrliche schwarze Haar der Reiterin wie ein Banner hinter ihr dreinwehte. Selbst auf die Entfernung sah er ihr Lächeln und erwiderte es unwillkürlich.

Ohne nachzudenken, gab er seinem mächtigen Fuchshengst die Sporen, sodass er einen Satz machte und bald voller Ungestüm voranpreschte.

In tiefen Zügen atmete Mairi die würzige Seeluft. Sie hätte vor Freude jauchzen können, als sie so auf Hobyns Rücken über den Strand raste. Als sie sich einer Reihe von Felsen näherten, die eine unregelmäßige Barriere zwischen dem Wasser und dem dichten Gebüsch am Flutsaum bildeten, zügelte sie ihr Pferd und brachte es schließlich ganz zum Stehen.

Trotz des bewölkten Himmels war es ein schöner Tag. Die See war ruhig, der flache Loch spiegelglatt, und der Sand wirkte einladend. Aus einem spontanen Entschluss heraus rutschte sie vom Pferderücken, wobei sie die Zügel fest in der Hand behielt, streifte sich den Umhang von den Schultern und legte ihn auf einen Felsen. Dann setzte sie sich auf einen Stein, um sich die weichen Lederstiefel auszuziehen.

Barfuß stand sie da und vergrub ihre Zehen im Sand. Mit dem leisen Lachen eines vergnügten Kindes führte sie den Grauen weiter den Strand hinauf und schlang die Zügel um die Zweige eines Strauchs. Dann raffte sie ihre Röcke bis über die Knie und rannte zwischen den Felsen hindurch auf den flachen Streifen Sand weiter unten am Wasser. In sanftem Rhythmus schlugen die Wellen an den Strand, und der zarte Schaum, den sie hinterließen, war so ganz anders als die schwere Gischt, die oft von Norden gegen die Küste spritzte. Es herrschte also offensichtlich Gezeitenwechsel. Doch mit derartigen Überlegungen hielt sich Mairi nicht lange auf. Sie lief über den feuchten, aber nicht kalten Sand mitten in die nächste Welle hinein. Als das kühle Wasser ihre Knöchel umspülte, schrie sie auf, bevor sie lachend weiter ins Wasser hineinrannte, hüpfend und spritzend wie ein übermütiges Kind. Plötzlich verharrte sie unbeweglich. Zwei braun-weiß gefleckte Rotschenkel zankten sich um ein Stückchen Futter, das sie am Strand gefunden hatten. An ihren langen roten Beinen waren sie leicht zu erkennen. Schließlich gelang es dem einen, die Beute zu schnappen und mit ihr davonzufliegen. Der andere folgte ihm, wobei er zornige Rufe ausstieß. Wie gebannt blickte Mairi den beiden Vögeln nach, die sich mit schnellen, ruckartigen Flügelschlägen entfernten, bis das Stampfen von Hufen auf dem feuchten Sand sie aus ihrer Versunkenheit riss.

Sie fuhr herum und sah einen Reiter, der im Galopp auf sie zusprengte. In fast unvermindertem Tempo setzte sein Pferd mit einem weiten Sprung über die Felsen. Sie wusste sofort, wer es war, und ihr Herz, das schon vom Herumtollen in der Brandung klopfte, schlug noch schneller.

Als habe er Angst, sie zu erschrecken, brachte er sein Pferd in einiger Entfernung zum Stehen. Einige Augenblicke vergingen, dann schwang er ein Bein über den Hals des Tieres und saß ab.

Im gleichen Augenblick, als seine Füße den Boden berührten, drehte sich Mairi um, raffte ihre Röcke zusammen und rannte über den nassen, festen Sand direkt am Ufer davon. Sie nahm sich nicht die Zeit nachzusehen, ob er ihr folgte, sondern lief, so schnell sie konnte, und lauschte dabei auf Hufschläge in ihrem Rücken. Nach ein paar Sekunden wagte sie es, sich umzudrehen, und wäre vor Schreck beinahe gestolpert. Mit lautlosen Schritten hatte er sie eingeholt und war nun direkt hinter ihr. Verzweifelt versuchte sie, noch an Geschwindigkeit zuzulegen, aber es war zwecklos.

Er packte sie bei der Schulter und riss sie von den Füßen. Dennoch stürzte sie nicht, denn ohne seinen Lauf zu verlangsamen, fing er sie in seinen Armen auf. Nach einigen weiteren Schritten blieb er stehen. Er setzte sie nicht ab, und sie bat ihn auch nicht darum. Ihre Augen versanken in den seinen, und ihr Herz pochte heftiger denn je.

5

Lachlan war mit sich selbst uneins. Die Vernunft riet ihm, das Mädchen auf der Stelle abzusetzen und sich für den Schreck zu entschuldigen, den er ihm eingejagt hatte. Doch Mairis Körper lag so warm und weich in seinen Armen, ihre Lippen und Wangen schimmerten so rosig, ihre dunklen Augen blitzten, und ihre Brüste hoben und senkten sich in einer derart aufreizenden Weise, dass es eines viel stärkeren Willens bedurft hätte, als er ihn im Augenblick aufbringen konnte. Er wollte sie einfach nur küssen.

Leise sagte er: »Du bist schuld, dass ich mir ein paar hervorragende Stiefel ruiniert habe, mein Mädchen. Wenn also auch noch mein Pferd beschließen sollte, ohne mich in den Stall zurückzukehren, werde ich ziemlich wütend auf dich sein.«

»Ich bin nicht Euer Mädchen.« Ihre Stimme war genauso melodisch und volltönend wie er sie in Erinnerung hatte, und sie schien wie ein Echo in seinem ganzen Körper widerzuhallen. Er fühlte noch dringender das Bedürfnis, sie zu küssen.

Als sie sich rasch mit der Zunge über die Lippen fuhr, hätte er der Versuchung fast nachgegeben. Es wäre doch zu dumm, die Gelegenheit nicht zu nutzten!

Er zwang sich, ganz ruhig zu sprechen. »Warum seid Ihr vor mir davongelaufen?«

Sie reagierte nicht sofort. Daran, wie ihre Braue zuckte und sie die Lippen zusammenpresste, erkannte er, dass sie ihre Entgegnung genau abwog.

»Bevor Ihr antwortet, möchte ich eine Gunst von Euch erbitten«, setzte er im gleichen beschwichtigenden Ton hinzu, als müsse er eine nervöse Stute beruhigen.

Sie legte den Kopf schief, tat ihm jedoch nicht den Gefallen zu fragen, was er wollte. Schließlich sagte sie: »Ihr habt keine Gunst verdient.«

»Ich weiß, aber ich möchte Euch trotzdem darum bitten.«

»Wenn Ihr ein Gentleman wärt, würdet ihr mich zuerst absetzen.« Er wartete ab, insgeheim erfreut, dass sie sich einem Gespräch nicht mehr ganz so abgeneigt zeigte.

Nach langem Schweigen seufzte sie schließlich und fragte: »Was wünscht Ihr also?«

»Nur dass Ihr mir eine ehrliche Antwort gebt. Was war Euer erster Gedanke, als ich Euch gerade die Frage stellte?«

»Dass ich nicht weiß, warum ich weggelaufen bin«, erwiderte sie ohne Zögern. »Ich habe es einfach getan, so dumm das auch klingen mag.«

Sie blickte ihn mit ihren großen dunklen Augen offen an und verzog ein wenig die rosigen Lippen. Da wusste er, dass sie die Wahrheit gesagt hatte. Ihre Brüste hoben und senkten sich nicht mehr ganz so heftig, doch noch immer waren ihre Wangen rosig überhaucht, und noch immer hatte er größte Lust, sie zu küssen. Merkwürdig, sie hatte gar nicht darauf beharrt, dass er sie absetzen sollte.

Er tat es trotzdem. Dann legte er ihr die Hände auf die Schultern und blickte ihr ins Gesicht. »Ihr dürft immer offen mit mir sprechen, Mädchen. Es kann sein, dass ich anderer Meinung bin oder Euch auf Schwächen in Eurer weiblichen Logik hinweise, doch ich werde niemals über Eure Auffassung lachen oder sie verächtlich machen.«

»Ich habe sechs Brüder, Sir, und weiß, was Männer von den Ansichten einer Frau halten.«

»Wollt Ihr mich etwa mit anderen Männern gleichsetzen?«

»Seid Ihr denn so etwas Besonderes?«

Er lächelte und forschte in ihren Augen nach einer Spur von Furcht. Als er nichts dergleichen fand, umfasste er mit einer Hand ihr Kinn, beugte sich zu ihr herab und küsste sie endlich.

Sanft waren seine Lippen, so sanft, dass sie die Berührung fast gar nicht spürte. Sie blieb unbeweglich stehen und unterdrückte den Impuls, seinen Kuss ungestüm zu erwidern. Ihr ganzer Körper war in Aufruhr, und ihr Herz schlug so heftig, als wäre sie erneut vor ihm davongelaufen.

Ihre Brüste schienen anzuschwellen, bis das Mieder ihr zu eng wurde. Als er dann eine Hand um ihre Schultern legte und sie an sich zog, spürte sie, wie ihre Brustwarzen hart wurden. Ein Schauer des Entzückens durchfloss sie.

Immer kühner wurden seine Lippen, die nun ihren Mund erforschten, und Mairi fragte sich, wie sie ihn jemals für unattraktiv hatte halten können. Sein Mund wurde fordernder, seine Küsse forscher, und er zog sie noch dichter an sich, bis sich sein ganzer Körper an den ihren presste. Dabei nahm sie eine gänzlich unerwartete, unerklärliche Bewegung weiter unten an seinem Körper wahr.

Wie von selbst schoben sich ihre Hände unter seinen kurzen Umhang. Als wäre es die natürlichste Sache der Welt, umfasste sie seine Taille, die von einem weichen Samtwams umhüllt war, und erwiderte seine Umarmung.

Da löste er sich abrupt von ihr, legte ihr wieder die Hände auf die Schultern und schob sie ein wenig von sich.

Bestürzt blickte sie ihn an. »Habe ich etwas falsch gemacht?« Er lächelte zerknirscht. »Nein, der Fehler liegt auf meiner Seite.«

»Aber warum habt Ihr aufgehört?«

»Weil ich mir weder den Lord der Inseln noch seine schöne Tochter zum Feind machen will«, sagte er kurz angebunden.

»Oh«, antwortete sie nur und überlegte, ob sie nun enttäuscht war, weil er sich vor ihrem Vater fürchtete oder weil er aufgehört hatte, sie zu küssen. Sie schaute zu Boden, als fände sie dort eine Antwort.

Darauf legte er ihr einen Finger unters Kinn und hob es sanft an. Seine Augen funkelten. »Keine Angst, Mädchen«, sagte er, »es hat mir natürlich Vergnügen bereitet.«

»Trotzdem hättet Ihr es nicht tun sollen«, antwortete sie verstimmt.

»Das weiß ich selbst.«

»Mein Vater wünscht, dass ich meinen Onkel Alasdair heirate.«

»Ja, das sagtet Ihr schon. Ich nehme an, es ist eine kluge Entscheidung von Eurem Vater, so viele Verbindungen wie möglich zum Königshaus zu knüpfen. Vor allem jetzt, da er bei unserem Davy wieder einmal in Ungnade gefallen ist.«

»Das ist er wirklich«, stimmte sie zu. »Aber ich verstehe nicht, wie der König erwarten kann, dass alle edlen Lords etwas zu einem Lösegeld beisteuern, dessen Höhe sie noch nicht einmal mit aushandeln durften. Dafür erhebt er jetzt aberwitzig hohe Steuern, die doch nur dem englischen König zugutekommen; und der ist nicht gerade unser Freund. Da ist es doch kein Wunder, dass so viele sich weigern zu zahlen.«

»Die meisten von Davys Adligen haben sich nicht geweigert. Nur Euer Vater.«

»Das stimmt nicht, Sir. Viele der Häuptlinge und Anführer auf den Inseln haben nicht gezahlt. Wie ist es mit Eurem Vater?«

»Ach, Mädchen, wo nichts zu holen ist, geht selbst der König leer aus. Wir vom Clan Gillean können ihm nichts bieten als unsere treue Gefolgschaft und unsere Schwerter.«

»Aber Eure Treue sollte dem Lord der Inseln gehören«, widersprach sie.

»Das tut sie auch. Schließlich hat der Lord der Inseln den Oberbefehl über unsere Schiffe. Und wenn er, wie es schon einmal der Fall war, verlangt, dass wir den König der Schotten unterstützen, dann werden wir es bereitwillig tun. Es ist doch so«, fuhr er mit leiser Stimme fort, »dass Seine Gnaden diese ruinösen Steuern im Namen aller Inselbewohner abgelehnt hat. Davy ist vor allem darüber wütend, dass auch Clans vom Festland MacDonalds Beispiel gefolgt sind.«

Sie wusste, dass er recht hatte. Sie war so darauf erpicht gewesen, ihn zu überzeugen, dass sie diese Tatsache völlig übersehen hatte. Mit Erleichterung registrierte sie, dass er sie deswegen nicht ausgelacht hatte, wie es John Og oder Ranald wohl getan hätten. Und er hatte ihre Meinung auch nicht einfach abgetan, wie es Niall Mackinnons Art war. Mairi erinnerte sich an etwas, das der Haushofmeister einmal zu ihrem Vater gesagt hatte, als die beiden über das königliche Lösegeld sprachen.

Mit vorgerecktem Kinn sagte sie: »Vielleicht war mein Vater ja der Ansicht, er habe schon genug getan, als er sich fast ein Jahr lang als Geisel des englischen Königs zur Verfügung gestellt hat. Sein Leben war das Faustpfand dafür, dass David mit den Adligen einen zehnjährigen Waffenstillstand aushandeln konnte, und der Grund dafür, dass sie sich überdies bereit erklärten, dieses schändliche Lösegeld zu zahlen. Seine Gnaden hat keinen allzu großen Respekt vor unserem Vetter, dem König. Er hält David für schwach, prinzipienlos und unwürdig, sich einen Enkelsohn des Bruce zu nennen.«

»Um Himmels willen!«, rief Lachlan. »Es mag ja sein, dass Euer Vater so denkt, doch ich kann nur hoffen, dass Ihr so klug seid und diese Meinung in der Öffentlichkeit für Euch behaltet.«

Sie nagte an ihrer Unterlippe. »Selbstverständlich, Sir. Ich weiß gar nicht, wie ich damit Euch gegenüber einfach so herausplatzen konnte.« Als er sie anlächelte und leicht ihre Schulter drückte, wurde ihr ganz warm ums Herz.

»Es war mir ernst damit, dass Ihr mir alles erzählen könnt«, sagte er. »Aber ich kann Euch nur nochmals warnen, nehmt Euch in Acht, was Ihr vor aller Ohren über den König oder andere mächtige Männer äußert.«

Mairi richtete sich ein wenig auf. »Wie kommt Ihr eigentlich dazu, mir Ratschläge zu erteilen?«

»Ich glaube einfach, dass es klüger ist, nicht allzu offen zu sprechen.«

»Trotzdem habt Ihr nicht das Recht, mir zu sagen, was ich tun und lassen soll.«

»Und wenn ich dieses Recht gern hätte?«

Es bestand kein Zweifel, worauf er damit anspielte. Noch immer stand er dicht vor ihr und schaute ihr tief in die Augen. Seine Hände ruhten schwer auf ihren Schultern. Bei der Vorstellung, ihn zu heiraten und ihm für alle Zeit zu Willen zu sein, empfand sie eine eigenartige Erregung.

Dennoch sagte sie mit einer Gelassenheit, die sie selbst überraschte: »Da Ihr ja so genau wisst, was gut und richtig ist, solltet Ihr Euch auch mit den Tatsachen abfinden. Ihr werdet niemals das Recht haben, mir etwas zu befehlen.«

»Wir werden ja sehen«, entgegnete er.

Seufzend trat sie einen Schritt zurück und sagte: »Und jetzt sollten wir unsere Pferde holen.« – »Ja, und Eure Stiefel.«

Sie war ein wenig enttäuscht, dass er sich so ohne Weiteres von ihr abwandte und zu seinem Pferd ging, das noch genau dort stand, wo er abgesessen war.

Und wenn es nun weggelaufen wäre, was hätten sie dann tun sollen – zusammen zu Fuß nach Hause gehen? Er wäre wohl kaum bereit gewesen, sie reiten zu lassen und selbst zu laufen, und hinter ihm auf dem Pferd zu sitzen, das wäre wiederum für sie nicht infrage gekommen. Er stieg nicht sogleich auf, sondern nahm sein Ross beim Zügel und führte es zu der Felsenreihe, wo sie Hobyn angebunden hatte.

Keiner von ihnen sprach ein Wort. Umso lauter klang ihr das Zwitschern und Rufen der Vögel und das gleichmäßige Murmeln der Wellen am Strand in den Ohren. Auch der Duft des Meeres war heute viel stärker als sonst. Ob er sich wirklich damit abgefunden hatte, dass sie niemals seine Frau werden konnte? Natürlich war es ein Ding der Unmöglichkeit, ihm eine solche Frage zu stellen, also sagte sie gar nichts.

»Setzt Euch auf den Stein dort drüben«, sagte er.

»Warum?«

»Weil ich Euch helfen will, die Stiefel anzuziehen.«

Sie verkniff sich die Bemerkung, dass sie dazu auch allein in der Lage war, und tat, wie ihr geheißen. Fast musste sie lächeln, als sie wieder dieses Funkeln in seinen Augen bemerkte.

Während er ihre Füße behutsam vom Sand befreite und sie zwischen seinen großen Händen wärmte, fragte er: »Warum seid Ihr heute Morgen hierhergekommen?«

Nach kurzem Zögern antwortete sie: »Weil ich sehen wollte, wo Elma MacCoun gestorben ist.«

Er runzelte die Stirn. »Kennt Ihr denn die genaue Stelle?«

»Nein, aber manche sagen, dass sie vielleicht gar nicht ermordet wurde, sondern von einer Klippe gestürzt ist und an den Strand geschwemmt wurde.«

Nachdenklich sagte er: »Ich möchte wissen, wie die Leute überhaupt auf einen Mord kommen. Mit der Klage gegen Ian Burk waren sie ja rasch bei der Hand.«

»Das ist mir auch aufgefallen und noch etwas anderes«, erwiderte sie, während er ihr einen der weichen Stiefel über den Fuß streifte. »Die Klippen sind an der falschen Stelle.«

Wieder hatte er dieses belustigte Funkeln in den Augen, doch er fragte nur: »Wie meint Ihr das?«

Ihr war klar, dass sie sich ungeschickt ausgedrückt hatte, dennoch fuhr sie ohne zu zögern fort: »Die einzigen Klippen, die Elma auf ihrem Weg passiert haben könnte, liegen nördlich von uns. Da die Strömung hier von Westen kommt, wäre ihre Leiche nach Osten, zum Sund von Isla, gespült worden.«

»Und mit der Ebbe wäre sie aufs Meer hinausgetragen worden und dort versunken. Dann hätte niemand etwas von ihrem Schicksal erfahren.«

Mairi nickte ein wenig unbehaglich bei dem Bild, das seine Worte in ihr heraufbeschworen.

»Aber der genaue Ort ihres Todes ist nur dann von Bedeutung, wenn er uns etwas über den Mörder verrät. Und dass es einen Mörder gibt, davon müssen wir unter den gegebenen Umständen wohl ausgehen.«

Da musste sie ihm recht geben. Ein kurzes Zittern durchfuhr sie, doch dann nahm sie sich zusammen. Sie schnürte sich die Stiefel zu, stand auf, schüttelte ihre Röcke aus und ging hinüber zu dem Grauen. Nachdem sie ihm über die Nase gestreichelt und die Zügel losgebunden hatte, führte sie ihn zu einem Felsen, von dem aus sie aufsitzen wollte. Doch schon umfassten zwei starke Hände ihre Taille und hoben sie aufs Pferd. Sie setzte sich zurecht und nahm mit höflichem Dank die Zügel entgegen, die er ihr reichte.

»Mögt Ihr keinen Sattel, Mädchen?«

Sie zuckte die Schultern. »Ein Damensattel ist unbequem und taugt nur für einen lammfrommen Zelter. Ich ziehe es vor, im Herrensitz zu reiten, damit ich die Bewegungen des Pferdes besser spüren kann. So bin ich von Kindesbeinen an geritten; meine Brüder haben es mir beigebracht.«

Er lachte. »Versteht Ihr Euch etwa auch aufs Jagen, Segeln und Schwimmen?«

»Gewiss, Sir, aber das ist doch nichts Besonderes. Hier auf den Inseln können viele Frauen schwimmen und segeln, und ich nehme an, dass adelige Damen überall auf der Welt auf die Jagd gehen.«

»Das mag schon sein, aber ich wette, Ihr übertrefft die meisten anderen Frauen in all diesen Fertigkeiten.«

Die Bescheidenheit gebot ihr zu schweigen, doch Mairi freute sich sehr über das Kompliment. Anerkennend beobachtete sie, wie elegant er sich in den Sattel schwang. Bestimmt konnte auch er ebenso gut schwimmen und segeln wie reiten.

Überhaupt schien ihr Lachlan Lubanach ein Mann zu sein, der alles, was er anfasste, mit Bravour meisterte. Doch das hätte sie ihm nie gesagt. Sein Selbstbewusstsein war auch so schon ausgeprägt genug.

Schweigend ritten sie am Strand entlang, bis sie zu einem Pfad kamen, der einen mit Heidekraut bewachsenen Hügel hinaufführte. Da sagte er unvermittelt: »Es tut mir leid, dass ich Euch erschreckt habe, als ich vorhin hinter Euch hergeritten bin. Ich dachte, Ihr hättet mich gesehen.«

»Wie kommt Ihr denn darauf?«

Seine Lippen zuckten. »Ich dachte, Ihr wolltet mir aus dem Weg gehen, als Ihr wie ein aufgescheuchtes Reh am Strand herumgehüpft seid.«

Doch sie ließ sich nicht ärgern. Da sie nicht zugeben wollte, wie viel Spaß es ihr machte, barfuß über den Sand zu laufen, sagte sie nur: »Wenn ich vor Euch hätte fliehen wollen, wäre ich wohl kaum vom Pferd gestiegen.«

»Vielleicht habt Ihr Euch ja nicht getraut, mit dem Pferd über die Felsenreihe zu springen«, versuchte er sie weiter zu provozieren.

»Ach ja?«

»Wie auch immer. Auf jeden Fall seid Ihr vor mir weggelaufen.«

Sie presste die Lippen aufeinander. Um nichts in der Welt hätte sie zugegeben, dass ihre unüberlegte Flucht nur eine Art spielerischer Flirt gewesen war. Wenn sie in den vergangenen vierzundzwanzig Stunden etwas über diesen Mann gelernt hatte, dann, dass er sich jede Schwäche seines Gegenübers zunutze machte, wenn er davon profitieren konnte. Zu ihrer Erleichterung ließ er das Thema fallen und sagte stattdessen einige Minuten später: »Habt Ihr hier auf Finlaggan gewohnt, als Euer Vater Anfang des Jahres in Flandern war?«

»Nein. Von November bis Mitte Januar zieht meine Mutter Ardtornish als Wohnsitz vor. Die Mauern dort sind dicker, die Halle lässt sich besser heizen, und es herrscht ein kälteres Klima.«

»Ja, in einem kalten Winter stinken die Abtritte wirklich weniger«, erwiderte er.

Sie kicherte. »Sagt Ihr immer genau das, was Euch in den Sinn kommt?«

»Seid doch nicht albern. Natürlich nicht. Und ich hoffe, auch Ihr tut das nicht.«

»Ich glaube nicht. Warum habt Ihr gefragt, wo wir gewohnt haben?«

»Ich weiß eben gern über alles Bescheid, und mir war bekannt, dass Euer Vater als königlicher Gesandter in Flandern war. Eines muss man unserem Davy lassen, er hat sich stets, wenn auch meist erfolglos, bemüht, es Seiner Gnaden recht zu machen. Zum Beispiel, indem er ihn zum Gesandten ernannte.«

»Oh ja«, stimmte Mairi zu. »Nachdem David dumm genug gewesen war, mit seinen Soldaten in England einzufallen und sich gefangen nehmen zu lassen, überredete mein Vater die Engländer, ihn wieder freizugeben. Zum Dank dafür ernannte ihn David später zum Burgvogt von Edinburgh Castle. Und letztes Jahr dann zum Gesandten. Doch Titel bedeuten Seiner Gnaden nichts, zumal, wenn sie ihm von dem albernen David verliehen werden. Der kam vor drei Jahren doch tatsächlich auf die Idee, dass ein englischer Prinz besser als Anwärter auf den schottischen Thron taugt als ein Schotte, in dessen Adern das Blut des berühmten Robert the Bruce fließt. Wollt Ihr etwa, dass die Engländer über Schottland herrschen, Sir?«

»Nein, Mädchen, bestimmt nicht. Wie die meisten Schotten sähe auch der Gillean-Clan am liebsten Euren Großvater als Davys Nachfolger. Aber ich glaube kaum, dass wir uns jemals einem englischen König werden beugen müssen.«

»Ja, und zwar, weil das Parlament gegen Davids Willen das Vermächtnis von Robert the Bruce respektiert und meinen Großvater zum Thronfolger bestimmt hat.«

»Man kann sich ja vorstellen, welch eine Demütigung das für Davy war. Wenigstens war er so vernünftig, MacDonald anstelle Eures Großvaters zum Truchsess des königlichen Haushalts zu ernennen.«

Sie zuckte die Achseln. »Ich weiß nicht, ob das wirklich etwas mit Vernunft zu tun hatte. Vermutlich wollte er einfach alles so lassen, wie es ist. Mein Vater hat zwar den Titel inne, doch das Amt selbst übt mein Großvater aus. Hätte Davy jemand anderen ernannt, so hätte der ihm womöglich die Herrschaft streitig gemacht.«

»Ich bin immer noch der Meinung, dass Davy dem Lord der Inseln mehr entgegengekommen ist als umgekehrt.«

»Wie Ihr sicher wisst, betrachtet mein Vater David nicht als seinen rechtmäßigen Souverän. Seine Gnaden ist sowohl Lord der Inseln als auch König der Hebriden, doch als er sich acht Jahre lang weigerte, die überzogenen Abgaben zu entrichten, die David erhob, um sein Lösegeld aufzubringen, warf das Parlament Seiner Gnaden vor, Aufruhr zu schüren. Doch sicher nur, weil der König es dazu aufgehetzt hatte.«

»Die Engländer haben dem König ziemlich zugesetzt, um an ihr Lösegeld zu kommen«, gab Lachlan zu bedenken.

Sie blickte ihn herausfordernd an. »Was hat das mit den Inseln zu tun? Wir haben immer nach unserer Überzeugung gehandelt.«

»Oder nach der Überzeugung, die Seiner Gnaden am günstigsten erscheint«, sagte er.

»Bei Gott, Sir, wie könnt Ihr es wagen …«

»Nur die Ruhe, Mädchen«, erwiderte er grinsend. »Ich habe keine Lust, mich mit Euch zu zanken.«

»Ich zanke nicht!«

»Wenn Blicke töten könnten, läge ich jetzt blutüberströmt zu Euren Füßen«, sagte er. »Ich habe es doch als Kompliment für Euren Vater gemeint.«

»So hörte es sich aber nicht an.«

»Auf Ehre und Gewissen, Mädchen, Ihr könnt mir glauben, dass ich Euren Vater für den größten Politiker und Diplomaten von ganz Schottland, wenn nicht gar von ganz Britannien halte. Ich möchte so viel von ihm lernen wie nur möglich.«

»Wirklich?«

»Ja, denn er hat die Inseln geeint wie kein Zweiter seit den Tagen des großen Somerled und sie allen Schwierigkeiten und turbulenten Zeiten zum Trotz vierzig Jahre lang friedlich regiert.«

»Das ist in der Tat eine großartige Leistung.«

»Er hat es nur geschafft, weil er sich niemals zu sehr von einer Richtung vereinnahmen ließ. Stattdessen geht er so geschickt vor, dass er seine Macht mit jedem Schachzug festigt und ausbaut.«

»Ihr scheint ihn ja wirklich zu bewundern«, sagte Mairi erfreut.

Lachlan nickte. »Euer Vater besitzt großes politisches Geschick. Stets weiß er genau, zu welcher Seite er gerade springen muss, und landet, wie eine Katze, immer auf den Füßen. Man kann viel von ihm lernen.«

So unterhielten sie sich, bis sie den letzten Höhenrücken erklommen hatten und auf Finlaggan hinabblickten. Da merkte Mairi erst, wie rasch die Zeit verflogen war. Ihr Vater beantwortete fast immer ihre Fragen und hatte ihr eine Erziehung angedeihen lassen, die der ihrer älteren Brüder und der Söhne der Adeligen, die auf Finlaggan erzogen wurden, in nichts nachstand. Doch über derartige Themen hatte er noch nie mit ihr gesprochen.

Geschichte und Politik hatten sie schon immer fasziniert, und sie hatte sich stets dafür interessiert, womit sich der von ihr verehrte Vater gerade befasste und wohin ihn seine Reisen führten. Schon als ganz kleines Mädchen hatte sie den Erzählungen gelauscht, die MacDonald bei der Rückkehr von seinen abenteuerlichen Fahrten zum Besten gab. Sie hatten in ihr den Wunsch geweckt, mehr über das Leben jenseits von Finlaggan und den Inseln zu erfahren.

Ihre Brüder zogen sie nur auf, wenn sie ihnen Fragen über die Politik des Königshauses stellte oder an ihren Gesprächen über die Geschichte ihres Landes teilnehmen wollte. Ihre Hauslehrer zeigten sich ihrer Wissbegier gegenüber zwar geduldiger, gaben jedoch ebenfalls nicht viel auf ihre Meinung. Niall Mackinnon hatte sie einst bestraft, weil sie gelauscht hatte, und ihre Mutter sprach nicht über Politik, obgleich sie sich sehr wohl ihrer eigenen Rolle im diplomatischen Ränkespiel bewusst war. Für sie waren das Themen, die nur Männer etwas angingen.

Daher hatte Mairi, schon lange bevor Lachlan Lubanach ihr geraten hatte, ihre Meinung für sich zu behalten, gelernt, ruhig und unauffällig zuzuhören, wenn sie bei den Gesprächen der Männer zumindest geduldet werden wollte. Das hätte sie ihm am liebsten gesagt, doch sie fand, dass sie ihm schon mehr als genug über sich verraten hatte. Es würde auch nicht viel bringen, mit ihm über den Mord an Elma zu reden, sosehr das Thema sie auch interessierte. Da er nur wenig über Isla und seine Bewohner wusste, konnte er ihr vermutlich nicht weiterhelfen.

Die Wolkendecke riss auf, und Sonnenstrahlen beschienen den Loch und das umliegende Land. Die beiden Reiter blieben noch einen Augenblick auf dem Hügel stehen und genossen den Anblick.

Nach einer Weile fragte er leise: »Habt Ihr eine Ahnung, wer Elma MacCoun umgebracht haben könnte, Mädchen?«

Sie erschrak ein wenig, weil sie gerade über dieselbe Frage nachgedacht hatte, und sagte: »Wieso fragt Ihr mich das?«

»Ich habe Euch ja erzählt, dass ich gerne über alles Bescheid weiß«, antwortete er achselzuckend. »Neugier ist nun mal meine größte Schwäche. Also wer, glaubt Ihr, hat es getan?«

»Ich weiß es nicht«, musste sie eingestehen. »Schließlich war ich einen Monat fort. Doch Mellis MacCoun ist ein streitsüchtiger Mann. Ihr habt ja selbst gehört, wie er sagte, das er sie bestraft hätte, wenn sein Frühstück an jenem Tag nicht bereitgestanden hätte.«

»Was wisst Ihr über die Zeugen des Klägers oder den Mann, der Elma gefunden hat?«

»Gefunden hat sie Ewan Beton. Er ist der Sohn von Agnes Beton, unserer Kräuterfrau, und ein sehr netter Mensch. Was Gil Dowell, Shim MacVey und Fin MacHugh angeht, so nehme ich an, dass sie loyal gegenüber ihren Herren sind. Shim gehört zu Niall Mackinnons Männern, und Gil und Fin sind auf Isla geboren. Ich kenne sich nicht so gut wie Ian oder Ewan, wüsste aber nichts Nachteiliges über sie zu sagen. Bestimmt haben sie sich nur im Zeitpunkt geirrt, an dem sie Elma und Ian zusammen gesehen haben wollen. Wir sollten jetzt weiterreiten, Sir«, setzte sie hinzu. »Ich werde zu spät kommen.«

Er nickte und lenkte sein Pferd den Hügel hinab in Richtung der Burg.

»Schade, dass wir nicht länger bleiben können«, sagte sie. »Unsere Unterhaltung hat mir großes Vergnügen bereitet.«

»Mir auch«, antwortete er und erwiderte ihren Blick. »Ich kenne keine andere Frau, die so gut über das Bescheid weiß, was sich außerhalb ihrer vier Wände abspielt. Außerdem habe ich den Eindruck, dass Ihr viel von dem Scharfsinn Eures Vaters geerbt habt.«

Mairi verschlug es förmlich die Sprache, denn noch nie hatte jemand so etwas zu ihr gesagt. Sie konnte gar nicht ausdrücken, wie sehr sie sich über das Kompliment freute. Forschend blickte sie ihn an, ob er es ernst gemeint hatte oder ihr nur schmeicheln wollte.

Als sie seinem offenen Blick begegnete, sagte sie: »Das ist sehr freundlich von Euch, Sir. Ich werde Seiner Gnaden niemals das Wasser reichen können, doch zumindest bin ich erleichtert, dass ich mich mit meinem Gerede nicht blamiert habe.«

»Das wird Euch wohl in keinem Gespräch passieren, Mädchen. Aber ich fürchte, Euch steht eine eintönige Zukunft bevor.«

»Warum denn das?«

»Weil Alasdair Stewart weder viel Grips hat, noch nennenswerte Kenntnisse vorweisen kann. Er interessiert sich nur für seine Eroberungen beim schönen Geschlecht und schert sich nicht um Politik.«

»So etwas dürft Ihr nicht sagen!«, erwiderte sie in einem so tugendhaft-zimperlichen Ton, dass sie sich selbst darüber wunderte. Dann fügte sie hinzu: »Hat er denn so viele Frauen?«

Er setzte ein breites Grinsen auf. »Ich sehe, wir verstehen uns«, sagte er.

»Da bin ich nicht so sicher, Sir.«

»Aber ich. Hättet Ihr jemand anderem vielleicht eine solche Frage gestellt?«

Sie spürte, wie ihr das Blut in die Wangen schoss, erwiderte jedoch leichthin: »Um ehrlich zu sein, Sir, habe ich Euch gefragt, weil ich sonst keinen kenne, der dreist genug wäre, mir eine ehrliche Antwort zu geben. Also, wie steht es mit ihm?«

»Ja, es sind eine Menge Frauen, und keiner ist er treu. Ihr tätet besser daran, mich zu heiraten.«

Sie schluckte schwer; in ihrem Kopf wirbelten die Gedanken. »Das könnte ich nicht, selbst wenn ich wollte, Sir.«

»Na, das ist ja immerhin schon ein Fortschritt«, sagte er zufrieden.

»Ihr redet schon wieder Unsinn! Wieso ist das ein Fortschritt?«

»Weil Ihr Euch nicht mehr mit Händen und Füßen gegen die Vorstellung sträubt. Das ist sogar ein sehr großer Fortschritt.«

Sie starrte ihn an. »Ihr seid doch wirklich zu töricht. Ich habe Euch gerade zum wiederholten Mal erklärt, dass ich Euch nicht heiraten kann, weil mein Vater es nie erlauben würde.«

»Nein, Mädchen. Ihr habt gesagt, Ihr könntet es nicht, selbst wenn Ihr wolltet. Wenn es Euch völlig gegen den Strich ginge, würdet Ihr mich zum Teufel jagen und Euch nicht so gern mit mir unterhalten.«

Sie presste die Lippen zusammen. Jedes weitere Wort hätte ihn nur noch in seiner Ansicht bestärkt. Und außerdem, so ungern sie sich das auch eingestand, hatte er recht.

6

Lachlan war sicher, dass Mairi gern noch viel mehr gesagt hätte, doch sie starrte weiter stumm geradeaus, als sie auf den Damm zuritten.

Um sie aus der Reserve zu locken, blickte er ebenfalls schweigend vor sich hin, doch es dauerte nicht lange, da musste er ihr einfach einen Blick zuwerfen und ein paar Sekunden später gleich wieder.

Sie ist weiß Gott nicht nur die schönste, sondern auch die verführerischste Frau auf den Inseln, dachte er, als er zum dritten Mal zu ihr hinüberschaute, um ihre glatte, rosige Haut und die vollen, weichen Lippen zu bewundern.

Unvermittelt fragte er: »Könntet Ihr ihn nicht überzeugen?«

Sie schaute ihn an und biss sich auf die Unterlippe. Mittlerweile wusste er, dass sie das immer tat, wenn sie über eine Antwort nachdachte. »In dieser Angelegenheit habe ich wenig mitzureden, Sir.«

Wie gern hätte er auch an dieser Lippe geknabbert, sie geküsst und geschmeckt, sie …

»Warum seht Ihr mich so an? Ihr könnt Euch doch denken, dass mein Vater seine Meinung nicht ändern wird, nur weil ich ihn darum bitte.«

Er riss sich aus seinen Träumereien und antwortete: »Ich glaube, Ihr habt mehr Einfluss auf ihn, als Ihr glaubt.«

»Seine Gnaden wird seine Pläne für mich nicht über den Haufen werfen, genauso wenig wie Euer Vater es täte, wenn Eure Schwester sich selbst einen Ehemann suchen wollte.«

»Ich habe keine unverheiratete Schwester.«

»Aber wenn Ihr eine hättet«, knurrte sie unwillig, »oder

wenn eine von ihnen ihn gebeten hätte ... Meine Güte, Sir, Ihr wisst doch genau, was ich meine!«

Ohne auf ihren gereizten Ton einzugehen, sagte er: »Ich wüsste viel lieber, warum Euer Vater Euch nicht schon längst mit diesem Dummkopf Alasdair verlobt hat. Das hätte er schon an Eurem siebten Geburtstag tun können. Und dem Gesetz nach hätte er Euch mit dreizehn vermählen können.«

Der bloße Gedanke daran, dass sie schon lange Alasdair Stewarts Frau sein könnte, brachte ihn so auf, dass er tief durchatmen musste, um sich zu beruhigen.

»Ich weiß, warum er es nicht getan hat«, erwiderte sie.

»Und warum nicht?«

»Das ist doch ganz klar. Es mag ja sein, dass mein Großvater ganz oben in der Thronfolge steht, doch der König und seine jetzige Gemahlin sind erst zwei Jahre verheiratet und können noch jede Menge Kinder bekommen.«

»Bis zu ihrem Tod war Davy vierunddreißig Jahre Johannas Gatte und hatte keine Kinder mit ihr«, gab Lachlan zu bedenken.

»Aber überlegt doch mal, Sir. Die beiden waren erst vier Jahre alt, als sie verheiratet wurden, und Johanna hat die letzten fünf Jahre ihres Lebens in England verbracht.«

»Trotzdem wäre immer noch genügend Zeit gewesen, um Kinder in die Welt zu setzen«, beharrte er. »Er hat sie außerdem oft genug in England besucht.«

»Na ja, vielleicht lag es ja an ihr. Margaret ist viel ... Ich meine, ich habe gehört, dass sie ...«

»Margaret ist wirklich viel handfester«, kam er ihr zu Hilfe. »Wenn es überhaupt möglich wäre, hätte sie bestimmt schon ein Kind bekommen. Das würde sich ganz hervorragend in ihre Pläne fügen.«

»Kann schon sein«, sagte sie. »Vielleicht bestand mein Vater nicht auf einer frühen Heirat, weil er mich gern noch ein bisschen länger um sich haben wollte.«

»Vielleicht ist Euer Großvater aber auch gar nicht so sehr

von dieser Verbindung erbaut. Oder dieser liederliche Alasdair ist so blöd, dass er Euch nicht will«, fügte er leise hinzu.

Mairi wollte schon protestieren, überlegte es sich jedoch anders. Eigentlich hatte sie keine Ahnung, wie Alasdair über die Angelegenheit dachte. Sie war ihm schon einige Male begegnet, hatte ihn jedoch nicht weiter beachtet. Als gehorsame Tochter vertraute sie darauf, dass MacDonald, der immer wusste, was das Beste für sein Reich und den Donald-Clan war, auch für sie die richtige Entscheidung treffen würde.

Als sie mit Lachlan über den Damm ritt, fiel ihr wieder ein, wie spät es schon war. Lady Margaret war gewöhnlich sanft und geduldig, doch falls MacDonald vergeblich nach seiner Tochter Ausschau gehalten oder jemand Mairi zusammen mit Lachlan gesehen hatte, wäre Margaret mit Sicherheit verärgert. Und der leiseste Vorwurf ihrer Mutter ging Mairi näher als der offene Zorn irgendeines anderen Menschen.

Seit seiner letzten Bemerkung, dass Alasdair sie womöglich gar nicht heiraten wollte, hatte Lachlan den Mund nicht mehr aufgemacht, und sie vermisste das anregende Gespräch. Noch nie zuvor war sie einem Mann begegnet, der sich ernsthaft für ihre Ansichten interessierte.

Auch mit Ranald und Godfrey konnte sie sich gut unterhalten, wenn Ersterer sich auch oft über sie lustig machte. Familienangelegenheiten ließen sich am besten mit Godfrey erörtern; allerdings wurde Mairi den Verdacht nicht los, dass er ihre Meinung oft nicht wirklich teilte, sondern ihr nur zustimmte, um sie bei Laune zu halten.

Zu John Og, der verheiratet war und auf Kintyre lebte, hatte sie fast gar keinen Kontakt. Gegenwärtig interessierten er und seine Frau sich ausschließlich für die Geburt ihres zweiten Kindes. Damit es der lang ersehnte Sohn würde, hatte John Og sogar Niall Mackinnons Bruder Fingon, den Grünen Abt von Iona, gebeten, einen der grünen Steine der

Heiligen Insel zu segnen. Freya sollte ihn als Glücksbringer an einer Kette um den Hals tragen.

Mairis Halbschwestern waren alle verheiratet und lebten woanders. Ihre jüngere Schwester Elizabeth war eine regelrechte Plaudertasche; ihr konnte man keine Geheimnisse anvertrauen. Und die übrigen Geschwister waren noch zu klein.

Sie und Lachlan hatten schon beinahe die Weide vor den Stallungen erreicht, als er endlich sein Schweigen brach: »Werdet ihr ihn fragen?«

Mairi verdrehte die Augen. »Ihr müsst verrückt sein.«

»Nein, Mädchen, nur wild entschlossen. Und wenn man eine Antwort will, muss man zuvor eine Frage stellen.«

»Dann fragt Ihr ihn doch«, antwortete sie. »Es ist sowieso Eure Aufgabe und nicht meine.«

»Das kann ich nicht machen, wenn Ihr wirklich schon versprochen seid«, entgegnete er. »Im Übrigen wird Seine Gnaden Euch wohl eher anhören als mich.«

»Ich würde nur meine Zeit vergeuden.«

»Das wisst Ihr erst, wenn Ihr ihn gefragt habt.«

»Nein, das weiß ich schon jetzt«, behauptete sie.

Er warf ihr einen eindringlichen Blick zu. »Würdet Ihr es trotzdem tun?«, fragte er mit dieser tiefen, sinnlichen Stimme, die ihre Nervenenden vibrieren ließ. Obgleich sie es sich nicht eingestehen wollte, konnte sie den Blick einfach nicht von ihm wenden.

Schließlich sagte sie seufzend: »Ich werde es mir überlegen, obwohl es mir sinnlos erscheint, eine Frage zu stellen, auf die ich die Antwort schon kenne.«

»Aber Ihr denkt darüber nach, ja?«

»Das sagte ich doch.«

»Dann ist es gut.«

Sie waren am Stall angelangt, und Ian Burk und ein weiterer Stallbursche kamen schon gelaufen, um ihnen die Pferde abzunehmen. Mairi begrüßte Ian mit einem Lächeln und machte Anstalten, sich vom Pferdrücken gleiten zu lassen. Doch Lachlan war schon abgesprungen und packte sie mit festem Griff um die Taille. Ohne Umstände hob er sie von ihrem Pferd, stellte sie auf den Boden und reichte ihr seinen Arm, um sie in die Halle des Lairds zu geleiten.

Er machte einen so wohlanständigen Eindruck, dass sie sich eine Bemerkung nicht verkneifen konnte. »Vielen Dank für Eure Begleitung, Sir. Ich habe mich überaus sicher gefühlt.«

Ohne mit der Wimper zu zucken, erwiderte er: »Ich versichere Euch, es war mir ein Vergnügen, Mylady.«

»Ihr hört Euch ja an, als wärt Ihr hundert Jahre alt«, flüsterte sie, sobald sie sich nicht mehr in Hörweite der beiden Burschen befanden.

»Manchmal fühle ich mich in Eurer Gegenwart auch wie hundert«, gab er zurück.

Sie kicherte. »So wird wenigstens niemand meinem Vater hinterbringen, dass wir ein heimliches Stelldichein hatten.«

»Zumindest noch nicht«, sagte er lächelnd.

Erneut versetzte sein Lächeln ihren ganzen Körper in Aufruhr. Dennoch schritt sie hoch erhobenen Hauptes neben ihm her. Sie würde sich hüten, sich hier, wo jeder sie sehen und hören konnte, in ein Wortgefecht mit ihm einzulassen.

Gerade als sie über den Hof der großen Halle gingen, schlug die Glocke der Kapelle zur Mittagsstunde. Mairi bemerkte, dass die Arbeiter das Dach bereits verlassen hatten.

»Du meine Güte!«, rief sie. »Ich habe gar nicht gesehen, wie hoch die Sonne steht! Es ist schon fast Zeit zum Essen.«

»Habt Ihr vorher noch Arbeiten zu erledigen?«

»Nein, heute nicht. Aber meine Mutter wird wütend sein, dass ich so lange fort war, und wenn meine Mutter sich ärgert, wirkt sich das auch nicht gerade vorteilhaft auf die Laune meines Vaters aus.«

»Bestimmt versteht Ihr mit ihnen umzugehen«, antwortete er. »Auf keinen Fall dürft Ihr Euren Vater erzürnen, jetzt, da Ihr ihn etwas so Wichtiges fragen wollt.«

Sie verzog das Gesicht, ließ sich jedoch nicht zu einer Antwort herab.

Sie befanden sich bereits im Vorhof, und noch immer machte er keine Anstalten, ihren Arm loszulassen. Deshalb blieb sie stehen und sah ihn fragend an.

»Wollt Ihr mich etwa bis in die Kemenate meiner Mutter begleiten, Sir?«

»Wenn Ihr es wünscht, tue ich das nur zu gern. Doch falls Ihr mich nicht länger benötigt, würde ich gern meinen Bruder suchen gehen und mich davon überzeugen, dass er in der Zwischenzeit keine Dummheiten gemacht hat. Sehen wir uns in der Halle?«

»Selbstverständlich. Sie werden mir wohl kaum das Essen verbieten.«

»Und heute Abend? Nehmt Ihr das Mahl mit uns anderen ein?«

»Ich glaube schon. Seine Gnaden isst selten allein zu Abend, wenn er Gäste hat.«

»Ich verlasse mich darauf, dass Ihr Euch bis dahin alles noch einmal gründlich durch den Kopf gehen lasst, Mädchen.«

Da sie nicht wusste, was sie darauf erwidern sollte, machte Mairi nur einen flüchtigen Knicks und lief nach oben zu den Gemächern ihrer Mutter.

Nachdem er erfahren hatte, dass sein Bruder mit Lord Ranald aus irgeneinem geheimnisvollen Grund von Finlaggan fortgeritten war, machte sich Lachlan eilends für das Mittagessen frisch. Doch die Mühe hätte er sich sparen können. Dieser elende Haushofmeister hatte ihn nämlich ans Ende der hohen Tafel verbannt und stattdessen MacDuffie von Colonsay, den Archivar Seiner Gnaden, neben Lady Mairi gesetzt.

Bisher hatte Lachlan nicht viele Gedanken an Niall Mackinnon und dessen Abneigung gegen den Gillean-Clan verschwendet. Er war davon ausgegegangen, dass sie auf strittige Fragen bezüglich einiger Ländereien auf der Insel Mull zurückzuführen war, doch jetzt fragte er sich, ob nicht mehr dahintersteckte. Offensichtlich wollte der Haushofmeister Lady Mairi vor Lachlan beschützen.

Von seinem Platz aus konnte er zwar hin und wieder einen Blick auf sie werfen, jedoch kein Wort mit ihr wechseln. Da er sie auf keinen Fall wie ein verliebter Idiot anstarren wollte, begann er mit seinen Tischnachbarn ein Gespräch über Staatsangelegenheiten. Dabei erfuhr er interessante Neuigkeiten über die Vorgänge an König Davids Hof.

Lachlan wusste, dass er in dem Ruf stand, besser über die Geschehnisse im Hochland und auf den Inseln, ja selbst am Hof des schottischen Königs, Bescheid zu wissen als jeder andere. Eine solche Reputation kam ihm sehr gelegen, und er förderte sie noch, indem er regelmäßig persönliche und briefliche Kontakte mit Gentlemen in strategisch wichtigen Positionen – und hin und wieder auch mit einer redseligen Dame – pflegte. Er besaß die Gabe, leicht Freundschaften zu schließen, und machte sich nur selten jemanden zum Feind. Daher war es ihm ein Rätsel, weshalb Niall Mackinnon eine derart ablehnende Haltung ihm gegenüber an den Tag legte.

Ihm war zu Ohren gekommen, dass Mackinnon sich als unersetzlich für MacDonald betrachtete. Und da der Haushofmeister seit dem Tod seiner Frau vor drei Jahren nicht wieder geheiratet hatte, fragte sich Lachlan, ob Mackinnon vielleicht ganz anderes im Sinn hatte, als dem Mädchen gegenüber nur den Beschützer zu spielen.

Er musste unbedingt mehr darüber herausfinden. Doch zunächst begnügte er sich damit, beiläufig einige anerkennende Bemerkungen über Mackinnon fallen zu lassen, in dem Bewusstsein, dass sie ihm zu gegebener Zeit zu Gehör kommen würden.

Wenn diese Taktik auch sonst nichts bewirkte, verleitete sie Mackinnon vielleicht immerhin zu der Annahme, dass Lachlan der Listige ein Dummkopf sei. Und dann konnte es leicht geschehen, dass der vermeintliche Dummkopf die Oberhand gewann.

Trotz der vielen Menschen, die verköstigt werden mussten, ging, wie in den meisten Häusern, auch auf Finlaggan das Mittagessen rasch vonstatten. Danach blieben nur diejenigen noch auf ein Schwätzchen sitzen, die weder zum Rat gehörten, noch der Verhandlung als Zuschauer beiwohnen wollten. Die meisten folgten MacDonald auf die Council Isle, wo der Gerichtstag jetzt seinen Fortgang nehmen sollte.

Lachlan stellte fest, dass Lady Margaret bereits die Halle verlassen und ihre Tochter mitgenommen hatte. Es blieb ihm also nichts anderes übrig, als seinen Pflichten im Rat nachzukommen und jedwedes Liebesgeplänkel auf den Abend zu verschieben. Und falls die Familie ihren Gästen während des Abendessens oder danach nicht Gesellschaft leistete, würde er sich eben mit seinen neuen Freunden unterhalten.

Als erfahrener Unterhändler wusste Lachlan, dass es immer hilfreich war, sich so desinteressiert wie möglich zu geben, wenn man etwas erreichen wollte. Zu viel Eifer schadete nur. Auch wenn es ihm schwerfiel, diese gespielte Gleichgültigkeit über längere Zeit aufrechtzuerhalten, war der Preis diesmal die Mühe wert.

Es überraschte Mairi nicht, dass Lachlan beim Mittagessen nicht neben ihr saß, denn diese Ehre wurde einem Gast nur selten zweimal zuteil. Dennoch wunderte sie sich selbst, wie enttäuscht sie darüber war, denn eigentlich hatte sie sich ja vor Lachlans unvermeidlicher Frage gefürchtet.

Lady Margaret hatte weder mit ihr geschimpft noch gefragt, wo sie so lange gewesen sei. Doch der Blick, den sie ihrer Tochter zugeworfen hatte, verursachte Mairi derartige Gewissensbisse, dass ihr eine offene Zurechtweisung fast lieber gewesen wäre. Stattdessen hatte Margaret sie nur gebeten, nach dem Essen zu einer der Hütten bei den Ställen zu gehen und nach der kranken Agnes Beton zu sehen. Das tat

Mairi nur zu gern, da sie hoffte, von Agnes, die Ewan Betons Mutter und eine Cousine von Elma MacCoun war, etwas über Elmas letzte Lebenstage zu erfahren.

Ihren Vater hatte Mairi noch nicht zu Gesicht bekommen, da er sich sein Essen in das einzige Gebäude auf der Council Isle hatte bringen lassen, wo auch die Utensilien und Unterlagen für die Ratsversammlungen untergebracht waren. Sie war zwar einerseits froh, dass sie dem Thema Alasdair noch eine Weile aus dem Weg gehen konnte, wusste jedoch nicht, wie sie Lachlan noch länger hinhalten sollte. Ihm war Alasdair vollkommen egal; er wollte sie für sich selbst. Doch Mairi hatte keine Ahnung, wie sie das MacDonald beibringen sollte. Es war einfach nicht üblich, dass junge Mädchen sich ihren Ehegatten selbst aussuchten.

Bei dem Gedanken erschrak sie. Sie wollte ihn doch gar nicht heiraten. Und überhaupt, wenn ein junger Mann sie zur Frau haben wollte, musste er eben bei ihrem Vater förmlich um ihre Hand anhalten. Bei seinem berühmten Verhandlungsgeschick sollte das Lachlan Lubanach ja nicht schwerfallen; jedenfalls bei weitem nicht so schwer wie ihr.

Nachdem sie sich all diese Argumente zurechtgelegt hatte, war sie entsprechend enttäuscht, als sie bei Tisch kein Wort mit ihm wechseln konnte.

Nach dem Essen scheuchte ihre Mutter sie förmlich aus der großen Halle, und Mairi richtete sich auf einen arbeitsreichen Nachmittag ein. Lachlan hatte ihr noch nicht einmal einen Blick zugeworfen, als sie an ihm vorüberging, also führte er irgendetwas im Schilde. Oder war sie ihm etwa inzwischen gleichgültig geworden?

Entschlossen schob Mairi den Gedanken an ihn beiseite und holte einen Korb mit zwei kleinen Weißbroten und einem Topf Suppe aus der Küche. Damit ging sie schnurstracks zu Agnes Betons weiß getünchtem Häuschen. Das rhythmische Hämmern der Männer auf dem Dach der Kapelle begleitete sie.

»Gesegnet seien alle, die hier wohnen«, rief sie und öffnete die Tür. »Ich bringe dir heiße Suppe und Brot, Agnes. Hoffentlich fühlst du dich gut genug, um zu essen.«

»Gesegnet seid auch Ihr, Mylady. Ich wünsche Euch einen guten Tag«, kam Agnes' keuchende Stimme von dem Strohsack in der Ecke. Dann wurde sie von einem Hustenanfall geschüttelt. Als sie wieder sprechen konnte, sagte sie: »Heute geht's mir schon besser, ich habe mir einen Trank gebraut. Aber diese Suppe riecht wirklich köstlich. Wenn Ihr den Topf nur auf den Herd stellen wollt, dann geht mir meine Bessie nachher beim Essen zur Hand.«

Da das Feuer in der winzigen Herdstelle ausgegangen war, schien es Mairi nicht sehr sinnvoll, den Topf daraufzustellen. »Sie ist noch warm«, sagte sie daher. »Wenn du mir sagst, wo ich einen Löffel finde, will ich dir behilflich sein.«

»Ihr seid ein wahrer Engel, Mädchen. Dort drüben unter dem Tisch steht ein Becher, und in dem Korb da liegt ein Löffelchen, und ich möchte Euch noch einmal von Herzen danken, falls ich sterbe, bevor ich die Suppe essen kann.«

Mairi grinste. »Du hast noch viele Jahre vor dir, Agnes, du bist zäh wie Juchtenleder. Das sagt jedenfalls mein Vater immer. Er braucht dich auch noch, weil niemand sonst so viel von Kräutern und Heilmitteln versteht.«

»Schon, aber viele glauben, dass ich selbst nie krank werden dürfte«, entgegnete Agnes mit einem schwachen Lächeln, das ein paar vereinzelte Zahnstümpfe und zahlreiche Lücken entblößte. »Stammen die beiden Brötchen da von der hohen Tafel?«

»Ja. Ich habe sie eigenhändig für dich in der Küche gestohlen«, sagte Mairi und zog einen Hocker näher an den Strohsack der alten Frau. »Hier, probier mal ein Stück.«

»Mit Eurer Erlaubnis, Mistress, würde ich lieber zuerst die Brühe trinken.« Mairi war ihr behilflich, bis Agnes die Suppe gegessen hatte, dann reichte sie ihr ein Brötchen, das die Alte sorgsam in Stücke brach.

»So was Feines«, sagte sie. »Ich könnte schwören, Mylady, dass es mich wieder ganz gesund macht.«

»Bist du schon lange krank?«

»Erst seit ein paar Tagen«, sagte Agnes. »Es hat mich wahrhaftig umgeworfen, als unser Ewan die Leiche meiner Cousine Elma am Strand fand. Das war vielleicht ein Schreck!«

»Weißt du, was mit ihr passiert ist?«

Agnes Augen wurden schmal; sie schüttelte den Kopf.

»Nein, Mylady, das weiß ich nicht. Manche sagen, es wäre dieses nichtsnutzige Scheusal von Mellis gewesen, aber andere behaupten immer noch, dass es Ian Burk getan hat.«

»Ian kann es nicht gewesen sein, weil er nicht hier war«, erwiderte Mairi mit Nachdruck.

»Ja, mir ist das jetzt schon klar. Aber es gibt Leute, wenn die sich erst mal was in den Kopf gesetzt haben, braucht es schon einen Blitzschlag, es ihnen wieder auszutreiben. Es ist ein Jammer, dass unsere Elma so ein hübsches Mädchen war.«

»Das war sie wirklich«, bestätigte Mairi. »Aber warum war das ein Jammer?«

Agnes bedachte sie mit einem langen Blick, sagte jedoch nichts.

»Komm schon, Agnes, wenn du noch etwas darüber weißt, musst du es mir sagen.«

»Ein loses Mundwerk bringt nur Unheil, Mylady. Ich sage nur so viel, dass Elma nicht besonders gut mit Mellis zurechtkam und sich von jemand anderem trösten ließ.«

»Von Ewan?«

»Aber nein, mein Ewan ist ein guter Junge! Er war zu Tode erschrocken, als er unsere Elma fand, das kann ich Euch sagen. Er war draußen auf dem Loch Gruinart beim Fischen und hat damit gerechnet, jede Menge Lachse rauszuholen. Stattdessen hat er Elma gefunden.«

Mairi kannte Ewan beinahe so gut und so lange wie Ian

Burk, daher glaubte sie Agnes, dass ihr Sohn wirklich beim Fischen gewesen war. Und da sie merkte, dass die Alte ihr gegenüber vorsichtig wurde, drang Mairi nicht weiter in sie. Sie stellte den leeren Becher mitsamt dem Löffel auf den Tisch, damit Agnes' Tochter sie später abwaschen konnte, und ging.

Der Nachmittag zog sich hin, doch endlich war spät genug, in die Schlafkammer zu gehen, die sie mit Elizabeth teilte, und sich fürs Abendessen umzukleiden. Doch dann wurde Mairi auf einmal die Zeit zu knapp, da sie sich nicht für ein Kleid entscheiden konnte. Eins nach dem anderen probierte sie an, bis Meg Raith verzweifelt die Arme hochwarf.

»Du lieber Himmel, Mistress, wenn Ihr Euch nicht bald festlegt, bekommen wir es mit Eurer Frau Mutter zu tun!«

»Ich behalte das hier an«, sagte Mairi und wies auf das himmelblaue Seidenkleid, das sie trug. »Hol mir meine Haube, Meg, währenddessen ziehe ich mir schon mal die Schuhe an.«

Meg gehorchte, wobei sie vor sich hin brummelte, Lady Margaret würde bestimmt eine ihrer Damen schicken, um ihnen Beine zu machen. Doch nichts dergleichen geschah, und gleich darauf ging Mairi ins Zimmer ihrer Mutter hinunter, wo Lady Margaret mit Elizabeth und den beiden Zofen eben zum Aufbruch bereit war.

»Schön, dass du noch rechtzeitig kommst«, sagte Margaret lächelnd zu ihrer Tochter. »Allerdings hat die Glocke schon vor ein paar Minuten geläutet. Wir müssen uns also beeilen, damit wir nicht ins Gedränge geraten.«

Doch in der großen Halle ging es bereits lebhaft zu. Überall stießen und schoben sich die Leute, um noch einen Platz an den aufgebockten Tischen zu finden. Mairi stellte fest, dass Niall die beiden Gillean-Söhne erneut ans Ende der hohen Tafel verbannt hatte. Dennoch blickte Hector Reaganach überaus selbstzufrieden drein, und Mairi erinnerte sich, dass sie weder ihn noch Ranald seit dem Mittagessen gesehen hatte. Lachlan saß neben seinem Bruder und schaute nicht zu ihr herüber.

Als sie Ranalds breites Grinsen sah, fragte Mairi ihre Mutter: »Wisst Ihr, wo Ranald den ganzen Nachmittag über war, Madam?«

»Das hat er mir nicht verraten«, antwortete Lady Margaret.

Doch das Geheimnis wurde bald gelüftet. Beim Essen sagte Godfrey zu Mairi: »Ranald hat eine Überraschung, die dir bestimmt gefallen wird.«

»Sagt Ihr mir, was es ist, Sir, oder muss ich raten?«

»Soweit ich weiß«, antwortete Godfrey lächelnd, »hat Ranald gehört, dass sich ein Trupp fahrender Komödianten auf Tarbert Castle aufhielt. Es hieß, sie seien großartig. Daraufhin ist unser Bruder gleich losgeritten und hat sie für einen Auftritt heute Abend bei uns abgeworben.«

Sie kicherte. »Lass das bloß nicht Seine Gnaden hören. Er wäre bestimmt nicht davon erbaut, dass man seinen Nachbarn die Schauspieler abspenstig macht.« In Wahrheit freute sie sich auf die Vorstellung. An ihrem eigenen Hof gab es fähige Spielleute, doch mittlerweile kannte jedermann ihr Repertoire in- und auswendig. Eine Abwechslung war daher hochwillkommen.

Die freudige Erregung, die sich in der Halle ausbreitete, verriet ihr, dass die Nachricht bereits die Runde machte.

Geschwind räumten die Diener nach dem Essen die Tische beiseite und schafften in der Mitte der Halle Raum für die Darsteller in ihren Masken und farbenfrohen Kostümen. Es handelte sich ausschließlich um Männer, von denen jedoch einige als Frauen verkleidet waren, was ihnen schallendes Gelächter seitens des Publikums eintrug. Es war ein simples Stück, eine bekannte Inselsage, die den Sieg des großen Somerled über die räuberischen Wikinger schilderte. Jeder der Zuschauer kannte die Geschichte, dennoch amüsierten sich alle und jubelten der Theatertruppe zu.

Die Schauspieler hatten sich offensichtlich mit MacDonalds Spielleuten abgesprochen, die die Vorstellung mit ihrer Musik begleiteten. Nachdem das Stück zu Ende war, wurde zu einem Schwertertanz aufgespielt, und mehrere Herren erhoben sich, um mitzumachen, darunter auch Lachlan Lubanach und sein Bruder.

Für den traditionellen *Gille Callum,* der bis auf die Zeit des Römischen Reiches zurückging und ursprünglich dazu diente, die Wendigkeit der Soldaten im Kampf zu fördern, wurden drei Paar gekreuzter Schwerter auf den Boden gelegt. Die Männer sprangen abwechselnd darüber hinweg und stellten so ihre Tanzkünste unter Beweis.

Hector mochte der unerbittlichere Kämpfer sein, doch schnell stellte sich heraus, dass Lachlan der bessere Tänzer war. Seine geschmeidigen Schritte und sein ansteckendes Lachen begeisterten das Publikum so sehr, dass es bald im Takt der Musik mitklatschte. In ihrer Dreiergruppe tanzten die beiden Brüder Seite an Seite, und Mairi bemerkte, dass Hector Lachlan immer wieder einen raschen Seitenblick zuwarf, als richte er sich nach ihm.

Hector schaffte alle Schritte fehlerfrei, nur einmal berührte er leicht eine der Klingen. Doch als die drei Tänzer sich bückten, um – noch immer tanzend – ihre Schwerter aufzuheben, kam er aus dem Tritt und wäre beinahe über seine eigenen Füße gestolpert.

Sein Schwert blitzte gefährlich auf, und wenn Lachlan nicht sofort eingeschritten wäre, hätte es den dritten Tänzer leicht den Kopf kosten können.

Die Zuschauer brüllten vor Lachen. Offenbar dachten sie, der Zwischenfall sei einstudiert gewesen, doch Mairi, die die Szene genau beobachtet hatte, waren die raschen Blicke, die die Brüder wechselten, nicht entgangen. Die steile Falte zwischen MacDonalds Brauen verriet, dass ihr Vater es ebenfalls bemerkt hatte. Doch nach der nächsten Runde klopften sich die drei Tänzer gegenseitig vergnügt auf die Schultern. Anscheinend hatten sie ihren Spaß an der Sache gehabt, und der Lord der Inseln nickte beruhigt.

Nach dem Schwertertanz stellten sich die Schauspieler in einer Reihe auf und luden die Zuschauer ein, beim Kettentanz mitzumachen. In dem fröhlichen Durcheinander, das nun folgte, reihten sich MacDonald, seine Lady und die Kinder in die Kette ein, zusammen mit Ratsherren, Gästen und Gefolgsleuten. Für diesen Tanz spielte es keine Rolle, dass viel mehr Männer als Frauen und Kinder anwesend waren; jeder schloss sich dort an, wo er gerade stand.

Einer der Komödianten trat aus der Reihe und verneigte sich tief vor Mairi, wobei er sie hinter seiner Maske anlachte. Dann nahm er sie bei der Hand und zog sie an den Anfang der Schlange. Dabei legte er ihr eine Kette mit klingelnden Glöckchen um den Hals, zum Zeichen, dass sie den Tanz anführen sollte. Schließlich trat der Schauspieler hinter ihr in die Schlange, ergriff erneut ihre Hand und drängte sie vorwärts.

Sie gehorchte lachend. Schneller und schneller spielten die Lauten und Flöten, immer ausgelassener wurden die Tänzer, die sich hintereinander durch die gesamte Halle schlängelten und jeden zum Mitmachen aufforderten, bis nahezu alle einbezogen waren. Der Schauspieler, der sie nach vorne gezogen hatte, verließ die Kette und kam gleich darauf mit dem grinsenden Lachlan Lubanach zurück.

In der Annahme, der Komödiant wolle selbst die Führung übernehmen, wollte Mairi die Glöckchenkette abnehmen, doch der Mann winkte ab und schob stattdessen sein neues Opfer in die Lücke hinter Mairi. Sie drehten immer weitere Runden, bis die Musik verklang und Mairi atemlos vor Niall Mackinnon zum Stehen kam.

»Ihr solltet auch mitmachen, Niall!«, rief sie ihm fröhlich zu.

»Ihr vergesst, Mylady, dass mein Bruder Fingon der Abt von Iona ist«, erwiderte Mackinnon schroff. »Der römischen

Kirche missfällt solch ein ausschweifendes Treiben und besonders Damen, die dabei mit Glöckchen um den Hals voranmarschieren.«

»Meine Güte, Sir, wenn mein Vater sich nicht daran stört, werde ich es bestimmt auch nicht tun.«

»Was gibt es denn an den Glöckchen auszusetzen?«, fragte Lachlan neben ihr, worauf Mackinnon mit einem abfälligen Blick antwortete: »Für die Kirche ist das Teufelszeug. Ein Kardinal hat einmal die Tänzer mit Rindern verglichen, denen man eine Glocke umhängt, um immer zu wissen, wo sie sind.«

»Wahrhaftig!«, fuhr ihn Lachlan an. »Wollt Ihr etwa die Lady mit einer Kuh vergleichen?«

»Ich habe nur die Worte des Kardinals de Vitry wiedergegeben«, entgegnete Niall von oben herab.

»Ich habe ja schon einiges gelesen«, erwiderte Lachlan, »doch jemand namens de Vitry ist mir noch nicht untergekommen.«

Darauf zitierte Niall: »Wie die Kuh, die die übrige Herde anführt, eine Glocke um den Hals trägt, so trägt die Frau, die den Tanz anführt, die Glocken des Teufels an sich. Denn wenn der Teufel den Klang der Glocken hört, so ist er frohgemut und spricht bei sich: ›Ich habe meine Kuh noch nicht verloren, sie ist noch immer mein.‹«

Mairi merkte, wie Lachlan neben ihr die Muskeln anspannte und scharf den Atem einzog.

7

»Nur ruhig Blut, Junge«, sagte der Lord der Inseln, der plötzlich wie aus dem Nichts auftauchte und Lachlan die Hand auf die Schulter legte. »Niall will sich nur über Euch lustig machen.«

Im selben Augenblick legte sich Hectors gewaltige Pranke auf Lachlans andere Schulter, und Mairi sagte zu Mackinnon: »Ich weiß, dass Ihr mich nicht beleidigen wolltet, Sir. Dennoch sollte mein Vater Euch als Wiedergutmachung befehlen, den nächsten Kettentanz anzuführen. Und zwar mit den Glöckchen um den Hals.«

Niall warf ihr einen finsteren Blick zu, doch bevor er etwas sagen konnte, ergriff Hector das Wort: »Verzeiht, Mylady, aber ich bin Rory Macleod noch etwas schuldig, weil ich ihm vorhin beim Schwertertanz um ein Haar den Kopf abgeschlagen hätte.« Mit übermütigem Grinsen fügte er hinzu: »Obwohl das sein Aussehen wahrscheinlich sehr verbessert hätte.«

»Nimm dich mit unserem Rory in Acht«, rief ein anderer Spaßvogel. »Er hat ein Auge auf Lady Elizabeth geworfen und wird vielleicht bald der Schwiegersohn Seiner Gnaden.«

Jemand wollte wissen, wie Hectors Buße denn nun aussehen sollte. »Ich soll ein, zwei Lieder singen«, antwortete dieser. »Aber wenn ihr lieber noch ein Tänzchen ...«

Lauter Jubel unterbrach seine Worte, und Mairi erkannte, dass Hector trotz seines Rufes als wilder Krieger beliebt war. Offensichtlich hatte er sich in der kurzen Zeit, seit er auf Finlaggan war, schon einen Ruf als Unterhaltungskünstler erworben. Ihr scherzhafter Einfall, dass Niall den Tanz anführen sollte, war vergessen, als Hector sich von einem der Musikanten eine Laute reichen ließ, sich auf der nächstbesten Bank niederließ und versuchsweise die einzelnen Saiten zupfte. Das Instrument wirkte winzig in seinen großen Händen, doch sein Anschlag war sicher, als er jetzt zu spielen begann.

Mairi war sich bewusst, dass er mit Absicht eingegriffen hatte, und war ihm sehr dankbar dafür. Ihr unbedachter Vorschlag hätte vermutlich nicht nur Niall gegen sie aufgebracht.

Jemand berührte ihren Arm, und als sie aufsah, bemerkte sie, dass Lachlan noch immer neben ihr stand. »Würdet Ihr ein wenig mit mir flanieren, solange er singt?«, fragte er förmlich, und Mairi überlegte, ob er noch immer böse mit Niall oder gar mit ihr selbst war.

Sie blickte zu ihrem Vater hinüber, doch der neigte sich gerade Lady Margaret zu, die lächelnd nickte.

»Das sollte ich besser nicht tun, Sir«, sagte sie. »Und das wisst Ihr. Vermutlich wollt Ihr mir nur wieder mit Fragen zusetzen, auf die ich keine Antwort weiß.«

»Ihr habt also noch nicht mit Seiner Gnaden gesprochen.«

»Nein, weil ich ihn kaum gesehen habe. Ich möchte Euch daran erinnern, dass wir Gerichtstag haben. Da verbringt er die meiste Zeit mit seinen Adeligen und anderen Männern und nicht mit uns Frauen.«

»Dann bittet ihn doch jetzt, einen kurzen Spaziergang mit Euch zu machen«, schlug Lachlan vor. »Im Moment scheint er ausgezeichneter Laune zu sein.«

Soeben lachte ihr Vater über etwas, das ihre Mutter gesagt hatte. Es tat ihr leid, die beiden jetzt zu stören, doch Hector hatte gerade ein lustiges Lied angestimmt, das, wie sie wusste, zahlreiche Strophen hatte. Jetzt war wohl der günstigste Augenblick, ja vielleicht sogar die einzige Gelegenheit. In den nächsten drei Tagen würden die Ratssitzungen seine Zeit vollkommen in Anspruch nehmen, und danach würden sich die Besucher, unter ihnen auch die Gillean-Söhne, in alle Winde zerstreuen.

Auf Lachlans ermunterndes Nicken hin gab sie sich einen Ruck und ging zu ihrem Vater.

»Verzeiht, Sir«, sagte sie leise, »aber wenn Ihr ein paar Minuten erübrigen könntet, würde ich gerne unter vier Augen mit Euch sprechen.«

»Aber gewiss«, antwortete er. »Sollen wir nach draußen gehen?«

Sie traten auf die Veranda hinaus, und Mairi beschloss, ohne Umschweife zum Thema zu kommen. »Ich hätte gerne gewusst, wie sehr Euch an meiner Heirat mit Alasdair Stewart gelegen ist, Sir.«

Im Licht der Fackeln, die die Veranda und einen großen Teil des Hofes erleuchteten, wirkte seine Miene überrascht. »Warum fragst du, Kind?«

Bei Lachlan hatte sich alles so schlüssig angehört, doch nun erschien es ihr einfach absurd. Sie kannte ihn ja kaum, und außerdem hätte *er* ihren Vater fragen sollen. Doch dafür war es jetzt zu spät.

Sie holte tief Luft und begann: »Lachlan Lubanach … das heißt, ich wüsste gerne, Sir … ich meine, ich wollte fragen, ob Ihr vielleicht …«

»Ach je, will der Mann dich etwa heiraten, Tochter?«

»Ja, Sir, das hat er zumindest gesagt. Es stimmt schon, ich kenne ihn nicht besonders gut und er mich auch nicht, aber er ist ein überaus anregender Gesprächspartner und scheint auch sonst von sehr angenehmem Wesen zu sein.« Wohlweislich verschwieg sie ihrem Vater, dass Lachlans Stimme ihren ganzen Körper in Aufruhr versetzte und seine leiseste Berührung ihr Blut so sehr in Wallung brachte, dass ihr war, als rase ein Feuer durch ihre Adern.

»Die Gillean-Söhne sind hier äußerst beliebt, meine Tochter«, erwiderte er. »Daher wundert es mich nicht, dass er auch dir gefällt. Genauso wenig überrascht es mich, dass er sich für dich interessiert. Doch Interesse, Beliebtheit und ein freundlicher Umgangston sind nicht die Eigenschaften, die ich mir in erster Linie für den Ehemann meiner Tochter wünsche. Darüber hinaus seid ihr so eng miteinander verwandt, dass für die Ehe ein päpstlicher Dispens nötig wäre.«

»Aber Sir«, gab sie zu bedenken, »Ihr habt doch selbst gesagt, dass kaum ein Paar in Schottland heiraten dürfte, wenn man die Vorschriften der Kirche allzu streng auslegen würde. Und Alasdair Stewart ist immerhin mein Onkel!«

»Alasdair Stewart könnte eines Tages König von Schottland sein.«

»Mit allem Respekt, Sir, aber das ist doch wenig wahrscheinlich.«

»Wie auch immer, der Papst wird jedenfalls viel eher seine Einwilligung zu der Ehe zwischen der Tochter des Lords der Inseln und dem zukünftigen König der Schotten geben als zwischen ebendieser Dame und dem Sohn eines kleinen Inseladeligen.«

»Aber ...«

»Mein Gott, Mädchen, was könnte ein Angehöriger des Gillean-Clans ...«

»Sein Vater ist immerhin Oberhaupt dieses Clans, und Lachlan wird eines Tages sein Nachfolger!«

»Selbst wenn es so ist, was hätte er der Tochter eines MacDonald schon zu bieten? Und was MacDonald selbst?«

»Ich müsste dann nicht von den Inseln fortziehen, Sir.«

»Eine Frau gehört zu ihrem Mann, Mairi. Ich kann nicht leugnen, dass deine Mutter und ich dich vermissen werden, doch du siehst dann deinen Großvater öfter, und außerdem wird es dir am Königshof bestimmt gefallen. Dann macht es dir nichts mehr aus, dass du die Inseln verlassen musstest.«

Ihr zog sich die Kehle zusammen. Sie hätte am liebsten geweint. Das Argument mit dem Weggang von den Inseln war ihr gerade erst eingefallen, doch jetzt wurde ihr klar, dass es sie sehr schmerzen würde.

MacDonald blickte sie ungehalten an. »Gewiss wird Alasdair dir gestatten, uns so oft zu besuchen, wie du möchtest. Und jetzt reden wir nicht mehr davon, Tochter. Und erwähne es auch keinem anderem gegenüber. Ich wünsche keinen Skandal.«

»Nein, Sir.« Sie zitterte ein wenig, zum einen wegen der kühlen Nachtluft, doch auch, weil ihr Vater sie zurechtgewiesen hatte. Schweigend ging sie mit ihm in die Halle zurück.

Über dem Feuer brauten Diener Punsch. Mittlerweile wurde Hector bei seinem Lautenspiel von einem Flötisten begleitet. Das Lied, das er gerade sang, war nicht ausgelassen wie das vorhergehende, sondern eher träumerisch. Die Leute hatten Bänke herangezogen und sich darauf niedergelassen. Sie nickten und wippten mit den Füßen im Takt der Musik.

Mairi trat näher. Sie konnte nicht nachvollziehen, warum man ihn Hector den Grimmigen nannte. Bestimmt war es nur ein Spitzname, den man ihm als Kind gegeben hatte. Die Weise war zu Ende. Er stimmte ein anderes, eher zotiges Lied an, und Mairi sah, dass seine Augen ebenso übermütig funkelten wie die seines Bruders. Als sie so in Gedanken versunken dastand, tippte ihr Lachlan auf den Arm. Sie fuhr vor Schreck zusammen, denn sie hatte ihn überhaupt nicht kommen hören.

Er lächelte ihr zu, doch als sie ernst blieb, sagte er: »Ich nehme an, Euer Vorstoß war nicht erfolgreich?«

»Das hättet Ihr Euch doch denken können«, erwiderte sie, froh darüber, dass er nicht wütend wurde.

»Man kann nie wissen, Mädchen«, sagte er. »Deshalb muss man es auf jeden Fall versuchen.«

»Doch das wäre die Aufgabe des Mannes gewesen, nicht meine.«

»Ich habe es Euch doch erklärt. Er hätte mir einfach geantwortet, dass Ihr bereits einem anderen versprochen seid.

Ich habe gehofft, dass Eure Worte mehr Eindruck auf ihn machen würden.«

»Nun, das haben sie nicht.«

»Dann bleibt uns nur eines übrig.«

»Ja«, sagte sie seufzend.

Sein Lächeln wurde zu einem Grinsen. »Ihr scheint ja ziemlich betrübt darüber zu sein, dass er Nein gesagt hat.«

Nachdenklich erwiderte sie: »Wenn es so wäre, dann nur, weil ich Euch gern besser kennenlernen würde, Sir. Ich habe unsere Konversation sehr genossen.«

»Na ja, aber ich kann mehr als nur reden, Mädchen. Ihr werdet Gelegenheit bekommen, das festzustellen, wenn Ihr tut, was ich sage.«

»Ich muss meinem Vater gehorchen.«

»Ja, das müsst Ihr wohl. Wir werden ihm also keine Gelegenheit geben, Verbote auszusprechen, die wir dann übertreten müssen.«

Sie runzelte die Stirn. »Hört auf, so zu reden. Ihr habt doch gesagt, dass uns nur noch eines übrig bleibt.«

»Stimmt.« Er zog die Brauen hoch. »Aber vielleicht habt Ihr ja doch nicht so viel Mumm, wie ich dachte. Dann ist es wohl gut, dass ich das noch rechtzeitig erkannt habe.«

Sie war völlig verwirrt. Offensichtlich sprachen sie von verschiedenen Dingen, und er hatte gar nicht die Absicht, sich den Anordnungen ihres Vaters zu beugen. »Rechtzeitig wofür?«, wollte sie wissen.

»Ich habe Euch doch gesagt, dass ich mich zum Heiraten entschlossen habe. Und ich glaube, dass Ihr genau die richtige Frau für mich seid. Doch große Ziele erfordern große Taten. Daher brauche ich eine Frau, die genauso wagemutig ist wie der überaus bedeutende Mann, den sie heiratet.«

Sie ließ sich nicht anmerken, dass die Behauptung, sie sei nicht so beherzt wie er, sie ärgerte. Stattdessen sagte sie nur: »So bedeutend seid Ihr nun auch wieder nicht.«

»Aber eines Tages werde ich das sein, und zwar bald.«

Das glaubte sie ihm. Er war so von sich überzeugt, und sein Lächeln war so unwiderstehlich, dass sie ihm alles geglaubt hätte. Zu gerne hätte sie beteuert, dass sie ebenso mutig war wie jeder beliebige Mann, doch wahrscheinlich wollte er genau das hören. Also reckte sie nur das Kinn und sah ihm fest in die Augen.

Mit einem leisen Lachen sagte er: »Fürchtet Ihr Euch davor, mit mir zu kommen?«

»Ich wünschte, Ihr würdet nicht so einen Unsinn reden.«

Er reichte ihr den Arm, und gemeinsam schlenderten sie zu einem Seitengang hinüber, wo sie ungestört waren und dennoch der Musik lauschen konnten. Doch statt am Ende kehrtzumachen und zurückzugehen, führte er sie zu der Tür zum Vorraum.

»Wohin wollt Ihr mit mir?«, fragte Mairi.

»Nach draußen, wo wir ungestört reden können. Es beobachtet uns gerade niemand.«

Da hatte sie ihre Zweifel. Selbst wenn die Leute ihnen nicht gerade hinterherstarrten, würde ihr Verschwinden doch nicht unbemerkt bleiben.

Draußen war ihr kälter als zuvor während des Gesprächs mit ihrem Vater, doch als Lachlan ihr einen Arm um die Schultern legte, wurde ihr auf einmal heiß. Sie hätte sich gern an ihn gelehnt und in seine Arme geschmiegt, doch sie sagte lediglich: »Bitte, Sir, das dürft Ihr nicht.«

Er nahm den Arm weg, und ihr wurde wieder kalt.

Im Schein der Fackeln, die neben dem Eingang zur Halle brannten, sah Lachlan, dass sie auf der Hut war. Um an sein Ziel zu kommen, würde er bedachtsam vorgehen müssen.

Schweigend schritt er auf den Rasenplatz zu, der vor der Kapelle lag, und nahm erleichtert zur Kenntnis, dass sie ihn ohne Widerspruch begleitete. Allerdings sprach auch sie kein Wort, doch er konnte warten. Außerdem wollte er sowieso in Ruhe nachdenken.

Hier, außerhalb des Lichtkreises der Fackeln, war alles dunkel und friedlich. Am sternbedeckten Firmament stand die schmale helle Mondsichel, vor der gerade ein kleines, federleichtes Wölkchen vorüberzog.

Bevor sie die Rasenfläche erreichten, fiel ihm ein, dass Mairi nur dünne Schuhe trug, die im feuchten Gras schnell durchweicht sein würden. Und falls jemand nach ihnen suchen sollte, war es immer noch schicklicher, mit ihr auf dem gepflasterten Hof spazieren zu gehen, als sich irgendwo in der Dunkelheit herumzudrücken.

Mairi faszinierte ihn. Sie war nicht nur die schönste Frau, die er kannte, sondern auch erfrischend spontan. Das kleine zornige Aufblitzen in ihren Augen hatte ihm verraten, dass er mit seiner Bemerkung über ihren fehlenden Mut ins Schwarze getroffen hatte. Dennoch hatte sie keine Miene verzogen, sondern ihn nur herausfordernd angeschaut.

In Wirklichkeit hielt er sie keineswegs für feige. Sie war sogar couragierter als die meisten Männer, die er kannte. Er brauchte bloß daran zu denken, wie er sie zum ersten Mal gesehen hatte. Da hatte sie vor MacDonalds Richtertisch gestanden und verlangt, angehört zu werden. Mit ihrem mutigen Auftreten hatte sie den Stallburschen Ian Burk vor dem Strang bewahrt.

Doch die Eigenschaften, die er an ihr bewunderte, stellten zugleich ein Hindernis für seine Pläne dar. Von Schmeicheleien, Witz und Charme würde sie sich nicht so leicht einwickeln lassen. Andererseits war ihre Empörung ein gutes Zeichen, denn das bedeutete, dass er leidenschaftliche Gefühle in ihr wecken konnte. Fast hatte er den Eindruck, er könne sich in sie hineinversetzen und ihre Gedanken lesen.

Es war schon viele Jahre her, dass er sich einer Frau so nahe gefühlt hatte, und er hatte die Hoffnung schon aufgegeben, jemals wieder etwas Ähnliches zu empfinden. Doch noch war die Bindung nicht verlässlich. Wenn alles nach seinem Willen ging, würde sich das schnell ändern.

Er lächelte im Stillen über sich selbst und dachte erneut über das anstehende Problem nach. Doch immer wieder lenkte ihn ihre bloße Gegenwart ab, was ebenfalls ungewöhnlich war. Normalerweise verließ ihn seine Findigkeit in keiner Situation, ein Umstand, der ihm mehr als einmal den Hals gerettet hatte. Nun jedoch drängte sich das Geraschel ihrer Röcke in sein Bewusstsein, der blumige Duft ihres Parfums und ihre leichten Schritte an seiner Seite.

Ob sie wohl dachte, er sei verstimmt, weil er den Arm nicht um sie legen durfte? Das war er keineswegs, denn er hatte es nur getan, um zu sehen, wie sie reagieren würde. In Verhandlungen, besonders, wenn es um etwas Wichtiges ging, verlegte Lachlan sich für gewöhnlich auf geschicktes Taktieren, doch zuweilen war ein direktes Vorgehen angebrachter.

»Seid Ihr mir böse, Mädchen?«, fragte er also unumwunden.

Ihre Antwort kam ohne Zögern: »Sollte ich das denn sein?«

»Nein, ich wollte nur sichergehen. Ihr seid auf einmal so still.«

»Eigentlich sollte ich ein schlechtes Gewissen haben, weil ich hier draußen mit Euch herumspaziere, zumal mein Vater gesagt hat, wir sollten uns jeden Gedanken an eine Heirat aus dem Kopf schlagen.«

»Hat er das wirklich so gesagt?«

Mit zusammengezogenen Brauen dachte sie nach. »Nein, nicht wörtlich«, antwortete sie schließlich. »Aber er hat darauf bestanden, ich müsse Alasdair heiraten, und das ist doch wohl dasselbe, nicht?«

»Nein, das finde ich nicht«, erwiderte er bestimmt.

»Er hat mich angewiesen, ich solle nicht darüber reden. Er will keinen Skandal.«

»Dann dürfen wir nur unter uns darüber sprechen. Reitet Ihr morgen früh wieder aus? Ich hatte es eigentlich vor, und dann könnten wir ja zusammen aufbrechen, wenn Ihr möchtet.«

Sie schüttelte den Kopf. »Das dürfen wir nicht, Sir. Mein Vater hat es zwar nicht ausdrücklich verboten, aber er würde es nicht gern sehen.«

»Na gut«, seufzte er. »So etwas habe ich mir schon gedacht.«

»Weil Ihr mich für einen Feigling haltet?«

»Nein, Mädchen. Nur für eine folgsame Tochter, und daran gibt es ja nichts auszusetzen.«

Dass sie nicht für feige gehalten werden wollte, kam ihm durchaus gelegen.

Er würde ihr schon bald die Gelegenheit geben, ihm das Gegenteil zu beweisen.

»Seid Ihr wirklich so belesen, wie man sich erzählt?«, fragte sie übergangslos.

»Ja«, erwiderte er. »Der Gillean-Clan hat von jeher gebildete Männer hervorgebracht. Seit Jahrhunderten gab es in jeder Generation Gelehrte, die ihr ganzes Leben dem Studium widmeten. Zu ihnen gehört auch mein Vater. Er hat Hector und mich unterrichtet und uns nach Frankreich geschickt, damit wir unser Wissen erweitern sollten. Ich habe mich mehr für Bücher interessiert und Hector mehr für Waffen. Hättet Ihr vielleicht Lust, lesen zu lernen, Mädchen?«

»Ich kann lesen«, sagte sie. »Mein Vater legt ebenfalls viel Wert auf die Erziehung seiner Kinder, auch der Mädchen. Doch ich wünschte, ich wäre gebildeter.«

»Man kann auch zu viel Zeit in der Studierstube verbringen«, sagte er, wobei er an seinen Vater dachte. Ian Dubh vergrub sich so sehr in seine Forschung, dass Lachlans mittlerweile verstorbene Mutter sich oft darüber beklagt hatte, dass er praktische Dinge, die ihr wichtiger erschienen, vernachlässigte.

»Ich nehme an, man kann auf alle möglichen Angelegenheiten zu viel Zeit verwenden«, entgegnete Mairi. »Niall hat gesagt, Ihr und Hector wäret Zwillinge. Dann müsst Ihr wohl der Ältere sein.«

»Nein, Hector ist fast eine Stunde vor mir zur Welt gekommen.«

»Aber Ihr werdet doch Clanoberhaupt.«

»Mein Vater hat gesagt, es sei an der Zeit, dass der Gillean-Clan mit Klugheit statt mit Muskeln geführt wird, und Hector hat nichts gegen seine Entscheidung einzuwenden.«

»Ich verstehe«, sagte sie und fügte seufzend hinzu: »Wir sollten jetzt wieder in die Halle gehen.«

»Gleich.« Er ließ sacht eine Hand auf ihre Schulter sinken und drehte sie zu sich herum. Sie reichte ihm kaum bis zum Kinn. Er legte ihr einen Finger unter das Kinn und hob ihr Gesicht an. Sie machte keinen Versuch, sich ihm zu entziehen, sondern blickte ihn ruhig und ernst an. Der schwache Schein der entfernten Fackeln spiegelte sich in ihren Augen. Weit und breit war niemand zu sehen.

Da beugte er sich zu ihr hinunter und drückte sanft die Lippen auf ihren Mund. Dabei registrierte er zufrieden, dass ihr Atem sich beschleunigte. Doch sie zuckte nicht zurück.

Er umfasste mit einer Hand ihren Hinterkopf, wobei er sich wünschte, er könnte ihr Haar berühren statt des rauen Netzgewebes ihrer Haube, und legte ein wenig mehr Leidenschaft in seinen Kuss.

Dann flüsterte er: »Ich will dich ganz für mich allein, Mairi von den Inseln.«

»Ich weiß«, flüsterte sie zurück. »Würdet Ihr mich wohl noch einmal küssen?«

»Ja, gern, aber lasst uns ein bisschen beiseitegehen, damit uns keiner sieht.«

»In diesem Teil des Hauses schlafen unsere Dienstboten«, sagte sie nur und ließ sich von ihm in den Schatten der Mauer ziehen. Dort drückte er sie an sich und küsste sie noch inniger und gefühlvoller als zuvor. Als er spürte, mit welcher Hingabe sie seinen Kuss erwiderte, musste er sich zusammenreißen, um sie nicht hochzuheben und an einen Ort zu verschleppen, an dem sie völlig ungestört wären.

Versuchsweise berührte er mit der Zungenspitze ihre Unterlippe, worauf ein leises Stöhnen aus ihrer Kehle drang. Da schob er seine Zunge zwischen ihre Lippen und erkundete die warme Höhle ihres Mundes, während er in wachsender Erregung die Hände über ihren schlanken, wohlgeformten Körper wandern ließ. Als er eine ihrer Brüste umfasste, drängte sie sich nur noch enger an ihn.

Ihr Hand ruhte leicht auf seiner Taille, und ihre Zunge spielte mit der seinen. Jetzt schien ihm der rechte Zeitpunkt gekommen, sich näher mit den Schnürbändern ihres Mieders zu befassen.

Doch im selben Augenblick hörte er ein Geräusch vom Eingang zur Halle. Er konnte zwar niemanden sehen, doch die Gefahr, dass die Wachen sie überraschten, war zu groß. Widerstrebend löste er sich von ihr, wobei er im Stillen ebenso die Störung wie die komplizierten Weiberkleider verfluchte.

»Es kommt jemand«, sagte sie leise. »Ich glaube, es ist Niall.«

»Hol der Teufel diesen Mann!«

Sie lachte leise, dann sagte sie: »Er darf uns auf keinen Fall finden; wir müssen wieder hineingehen. Kommt mit, hier ist eine Abkürzung zur Terrasse. Dann werden alle glauben, wir wären nur kurz bis zur Kapelle und wieder zurück spaziert.«

»Ihr seid aber ganz schön raffiniert, mein Mädchen«, sagte er, während er ihr folgte. »Habt Ihr Euch schon oft fortgeschlichen, um einen Mann zu küssen?«

»Das verrate ich Euch nicht«, sagte sie schelmisch.

»Ach ja?« Er ging schneller, ergriff ihren Arm und drehte sie zu sich herum.

Im Dunkeln konnte er ihr Gesicht nicht erkennen, doch ihre Stimme klang ruhig und gelassen. »Stört Euch das, Sir? Ihr habt kein Recht, mir eine solche Frage zu stellen.«

»Noch nicht«, entgegnete er. »Aber Alasdair Stewart verdient Euch nicht, Mädchen, und ich schwöre bei allem, was mir heilig ist, dass er Euch nicht bekommen soll.«

Bei seinen ungestümen Worten durchlief ein Schauer Mairis ganzen Körper, doch sie sagte nur: »Wie müssen uns beeilen, die Stimmen kommen immer näher.«

»Nun gut«, antwortete Lachlan. »Aber mein Entschluss steht fest.«

Wie gut, dachte sie, dass er nicht wusste, dass sie, von Begrüßungen und Verabschiedungen zwischen Verwandten und Freunden einmal abgesehen, noch nie zuvor einen Mann berührt hatte. Sie wünschte, er würde sie noch einmal küssen, doch dazu war jetzt keine Zeit. Hurtig liefen sie zurück auf die Terrasse.

Seine Worte hatten ihr ebenso gefallen wie sein entschiedener Ton. Dennoch gab sie auf beides nicht viel, denn selbst Lachlan der Listige konnte nicht gegen den mächtigen Lord der Inseln ankommen. Und der hatte es sich nun einmal in den Kopf gesetzt, sie mit Alasdair Stewart zu verheiraten. Selbst wenn ein Wunder oder das Schicksal oder das Kleine Volk ihn umstimmen könnten – ihr Großvater, Robert Stewart, würde niemals nachgeben.

Er und ihr Vater hatten oft darüber gesprochen, wie wichtig es war, die Kräfte Schottlands zu bündeln und in einer Hand zu vereinigen. Und das konnte Robert nur mit der Unterstützung der Inseln erreichen.

Ihre Heirat mit Alasdair würde viel dazu beitragen, das Bündnis zu festigen. Eine Ehe mit einem Angehörigen des Gillean-Clans, und sei er auch noch so gelehrt, hätte dagegen überhaupt keinen Nutzen.

Als sie auf den Rasenplatz traten, kamen ihnen zwei Männer entgegen.

»Wer ist dort?«, fragte eine Stimme.

»Ich bin es, Niall«, antwortete Mairi, die die Stimme des Haushofmeisters erkannt hatte. »Habt Ihr gedacht, ein Feind wäre in Finlaggan eingedrungen?«

»Ihr solltet nicht ohne Begleitung hier draußen herumstreifen«, sagte Niall Mackinnon tadelnd.

»Ich bin nicht allein«, erwiderte sie und unterdrückte den kindischen Anflug von Schuldgefühl, das sie so oft in seiner Gegenwart empfand. »In der Halle war es so heiß und stickig, und ich brauchte einfach ein bisschen frische Luft.«

»Seine Gnaden wird nicht erfreut sein, wenn ich ihm berichte, dass Ihr mit diesem Kerl hier draußen wart«, sagte Niall.

»Ihr braucht es ihm nicht zu erzählen, denn das tue ich schon selbst«, gab Mairi zurück. »Und er wird es wohl kaum gutheißen, dass Ihr Euch in Dinge einmischt, die Euch nichts angehen.«

Glücklicherweise ließ Niall das Thema auf sich beruhen. Er behandelte sie noch immer, als wäre sie ein Kind und er ihr zweiter Vater oder ein Lieblingsonkel. Immer wieder hatte er betont, dass sie ihm genauso viel bedeutete wie ein Mitglied seiner eigenen Familie, und mit den Jahren war er zu einem festen Bestandteil ihres Lebens geworden. Doch er gehörte nun einmal nicht zur Verwandtschaft, und es störte sie gewaltig, dass er ihr ständig vorschreiben wollte, was sie zu tun und zu lassen hatte.

»Ihr dürft Euch jetzt entfernen, Junge«, sagte er knapp. »Ich begleite die Lady zurück in die Halle.«

»Seid doch kein Narr, Mackinnon«, erwiderte Lachlan gelassen. »Wenn Euch wirklich am guten Ruf der Dame gelegen ist, solltet Ihr nicht so ein Gewese darum machen, dass Ihr sie aus meinen Klauen gerettet habt. Dann kommen die Leute nur auf die Idee, dass man sie mit keinem Mann, nicht mal mit Euch, allein lassen kann.«

»Wie könnt Ihr es wagen!«, fuhr Niall ihn an.

»Beruhigt Euch, Niall«, mischte sich Mairi ein, wobei sie es sogar fertigbrachte, ihren Schreck durch ein kleines Lachen zu überspielen. »Er hat doch recht, Sir. Was sollen denn die Leute denken, wenn Ihr jedes Mal dazwischengeht, sobald ich ein paar Worte mit einem Mann wechsle? Ich kann ausgezeichnet auf mich selbst aufpassen, das versichere ich

Euch. Oder glaubt Ihr etwa, Lachlan Lubanach ist ein Schurke, der mich entführen will?«

»Nein, Mädchen, das nicht, und es tut mir leid, wenn ich Euch beleidigt habe. Doch ich glaube wirklich, dass Ihr diesem Mann nicht trauen solltet. Er ist nur hierhergekommen, um sich bei Eurem Vater einzuschmeicheln und dessen Gutmütigkeit auszunutzen.«

»Haltet Ihr meinen Vater etwa für einen Dummkopf?«, fragte Mairi noch immer ruhig, doch mit einem gereizten Unterton.

»Aber nie und nimmer!«

»Dann achtet auf Eure Worte, Niall. Lachlan Lubanach und sein Bruder sind hier in ihrer Eigenschaft als Ratsmänner und Gesandte des Gillean-Clans. Ich wünsche, dass Ihr sie mit demselben Respekt behandelt wie alle Gäste Seiner Gnaden.«

Niall presste die Lippen zusammen, sagte jedoch nur: »Ja, Mylady. Gute Nacht, Mylady.«

Dann kehrten er und sein Begleiter um und gingen raschen Schrittes zurück zur Halle. In dem schlanken, dunkelhaarigen Mann hatte Mairi trotz der Dunkelheit Gil Dowell erkannt.

Langsam und schweigend folgten ihnen Mairi und Lachlan. »Ich hätte nicht so barsch zu ihm sein sollen«, sagte Mairi schuldbewusst.

»Nein«, stimmte ihr Lachlan zu. »Das war unklug.«

Plötzlich erkannte sie mit schmerzhafter Deutlichkeit, dass sie ihn damit hatte beeindrucken wollen.

»Ich muss zugeben«, fuhr er in beiläufigem Ton fort, »dass es mir Spaß gemacht hat, wie Ihr diesen aufgeblasenen Kerl zusammengestaucht habt. Doch in Zukunft solltet Ihr ihn nur unter vier Augen tadeln.«

»Er hat mich geärgert.«

»Das war ein Fehler.«

Sie brachte ein kleines Lächeln zustande. »Das finde ich

auch. Wenn man mich reizt, fahre ich nun einmal leicht aus der Haut.«

»Danke für die Warnung, aber das habe ich nicht gemeint.«

»Nein? Was denn dann?«

»Es war nicht sein, sondern Euer Fehler, Mädchen. Ihr habt Euch von Eurem Temperament hinreißen lassen. Es bringt nichts, wenn man seinen Gefühlen freien Lauf lässt.«

»Tut Ihr das denn nie?«

»Niemals«, antwortete er bestimmt. »Jedenfalls nicht mehr, seit ich alt genug bin, um zu wissen, dass man damit selten sein Ziel erreicht.«

»Oh«, sagte Mairi nur.

»Wenn Ihr mir versprecht, mir nicht den Kopf abzureißen, gebe ich Euch einen guten Rat.«

»Und der wäre?«

»Ich solltet Euch bei ihm entschuldigen.«

»Dazu habe ich nicht die geringste Lust, aber wahrscheinlich habt Ihr recht«, stimmte sie ihm seufzend zu. »Es war wirklich nicht nett von mir, ihn vor Gil Dowell – und in Eurer Anwesenheit – zurechtzuweisen. Zumal er mich ja nur beschützen wollte.«

»Unsinn. Dieser lästige Mensch schert sich um nichts und niemanden, sofern es nicht seiner eigenen Machtstellung dient. Ihr solltet Euch nur deswegen entschuldigen, weil es sich so gehört und ihm den Wind aus den Segeln nimmt.«

»Aber er hat sich doch auch nicht richtig verhalten, oder?«

»Nein. Er kann ja kaum ernstlich annehmen, dass Ihr hier unter all den Wachen und Gefolgsleuten Eures Vaters in Gefahr seid. Ihm ging es nur darum, mich zu beleidigen. Das versucht er ständig, seit mein Bruder und ich hier sind.«

»Aber warum denn?«

»Ich bin nicht ganz sicher. Er und mein Vater sind schon öfter aneinandergeraten, weil beide ihren Landbesitz auf der

Insel Mull vergrößern wollen, doch was Mackinnon sich hier leistet, ist wirklich der Gipfel.«

»Er hat mir gesagt, Ihr wäret der am besten informierte Mann in ganz Schottland«, sagte Mairi nachdenklich. »Vielleicht hat er ja Angst, dass Ihr als Spion hier seid.«

»Dann ist er noch dümmer, als ich dachte. Wenn es stimmt, dass ich leicht an Informationen komme, dann nur deshalb, weil mein Vater im Laufe der Jahre viele Söhne von Adeligen auf Seil beherbergt hat. Mit ihnen allen stehe ich noch immer in Verbindung. Doch ich gebe gern alles, was ich weiß, an Seine Gnaden weiter. Wir vom Gillean-Clan stehen treu zu unserem Lehnsherrn.«

»Aber es muss doch einen Grund haben, dass Niall Euch nicht leiden kann.«

»Hector glaubt, er beneidet uns, weil die Leute hier freundlich zu uns sind. Das macht ihn eifersüchtig. Andererseits«, setzte er gedankenversunken hinzu, »könntet Ihr durchaus mit Eurer Vermutung recht haben. Vielleicht hat er wirklich Angst, dass wir Seiner Gnaden schaden wollen, auch wenn wir so etwas niemals tun würden. Ich sollte diese Möglichkeit zumindest in Betracht ziehen.«

Mairi war stolz, dass er ihr recht gab, und sie hätte das Gespräch gern fortgesetzt. Doch als sie gerade die Treppe zur Halle hinaufsteigen wollten, kamen ihnen MacDonald und Lady Margaret entgegen.

»Da bist du ja, Tochter«, sagte MacDonald aufgeräumt. »Wir haben uns schon gefragt, wo du bleibst. Es war nett von Euch, auf sie aufzupassen, mein Junge.«

»Es war mir ein Vergnügen, Euer Gnaden«, antwortete Lachlan liebenswürdig. »Ich nehme an, mein Bruder hat mittlerweile aufgehört, die Zuhörer mit seinen unanständigen Liedern zu langweilen.«

»Hector Reaganach ist wirklich sehr unterhaltsam«, erwiderte Lady Margaret lächelnd. »Seine Musik hat uns viel Vergnügen bereitet.«

»Ich werde Euer Lob weitergeben«, sagte Lachlan und machte eine formvollendete Verbeugung. »Er wird sich gewiss außerordentlich darüber freuen.«

»Gute Nacht, Sir«, sagte Mairi.

»Schlaft gut, Mylady«, wünschte er ihr und bedachte sie wieder mit einem dieser Blicke, die ihr Herz erwärmten.

»Also, Mädchen, hast du dem Mann meine Worte mitgeteilt?«, erkundigte sich MacDonald, als sie auf dem Weg zu dem Wohnturm waren.

»Ja, Sir.«

»Gut. Er scheint es mit Anstand aufgenommen zu haben. Genau wie ich es mir gedacht habe, denn er macht einen vernünftigen und loyalen Eindruck.«

»Er ist Euch zweifellos treu ergeben«, pflichtete ihm Mairi bei. Was Lachlans Vernunft anging, so hätte sie dafür nicht die Hand ins Feuer gelegt. Wenn sie an seine Küsse dachte, konnte sie nur hoffen, dass er sich nicht immer nur von seinem Verstand leiten ließ.

8

Als Lachlan in die große Halle trat, brachen die meisten Gäste gerade auf, und Hector schäkerte mit einer Dienstmagd. Dem Mädchen, das damit beschäftigt war, die schmutzigen Krüge und Becher abzuräumen, schienen seine Schmeicheleien zu gefallen.

Lachlan, für den solch eine Szene ein vertrauter Anblick war, winkte seinen Bruder hinüber zum Feuer. Draußen war es kühl geworden, doch das hatte er erst gemerkt, als er hereingekommen war. Hoffentlich hatte das Mädchen nicht gefroren. Zumindest hatte sie sich nicht beklagt, aber sie wirkte auch nicht besonders zimperlich.

»Da bist du ja wieder!« Zur Begrüßung versetzte ihm Hector einen Schlag auf den Rücken, der Lachlan fast aus dem Gleichgewicht gebracht hätte. Dann fügte er mit gedämpfter Stimme hinzu: »Ich habe mich ein wenig umgehört, doch was die tote Frau betrifft, scheinen die Leute ein Gedächtnis wie ein Sieb zu haben. So ungefähr das Einzige, an das sich alle erinnern, ist, dass sie wegging, nachdem Godfrey mit seiner Gruppe aufgebrochen war. Dann wurde sie nicht mehr gesehen, bis Ewan Beton ihre Leiche beim Fischen am Loch Gruinart fand.«

»Lady Mairi ist überzeugt davon, dass jemand sie umgebracht hat, und ich glaube es auch.« Er berichtete Hector, was Mairi am Loch Gruinart über die Klippen und die Meeresströmung gesagt hatte.

»Aber Elmas Mann war die ganze Zeit über bei Godfrey, da sind sich auch alle einig«, sagte Hector. »Er hätte also keine Gelegenheit gehabt, sie zu töten, außer er hätte jemand anderen dazu angestiftet.«

»Sehr unwahrscheinlich, dass er weitere Personen in seinen Plan eingeweiht hätte«, erwiderte Lachlan.

»Auch wieder wahr. Ich wollte noch etwas mit dir besprechen, aber du warst auf einmal verschwunden. Ich dachte schon, du würdest nie mehr wiederkommen.«

»Ach was«, sagte Lachlan. »Ich habe bloß einen harmlosen kleinen Mondscheinspaziergang unternommen.«

»Das kann ich mir vorstellen. Du wärst ja auch viel zu klug, um diese Schönheit zu verführen oder gar zu entführen.«

»Ich pflege keine unschuldigen Mädchen zu entführen«, entgegnete Lachlan.

»Lang genug dafür warst du aber weg.« Sein Bruder warf ihm einen bedeutungsvollen Blick zu.

»Wir hatten etwas zu bereden. Lady Mairi hat ihren Vater gefragt, ob er in eine Heirat zwischen ihr und mir einwilligen würde.«

»Das kann doch wohl nicht wahr sein!«

»Doch.«

Hector stieß einen leisen Pfiff aus. »Das wäre ein Glückstreffer für uns.«

»Stimmt«, sagte Lachlan.

»Aber warte mal, wurde das Mädchen nicht Alasdair Stewart versprochen?«

»Seine Gnaden und Alasdairs erlauchter, beinahe königlicher Vater haben über eine derartige Verbindung gesprochen, aber noch nichts unterzeichnet.«

»Und du glaubst wirklich, sie ändern ihre Meinung? Was hat MacDonald gesagt?«

»Er erwartet von ihr, dass sie Alasdair heiratet und keinen Skandal macht.«

Hector grinste. »Immerhin hat er nicht Nein gesagt.«

»So langsam kommst du dahinter, wie Politik funktioniert«, bemerkte Lachlan lächelnd. »Ein Hoch auf die Intelligenz!«

»Glaubst du, du schaffst es?«

»Ich will es wenigstens versuchen. Ich bin schon vorangekommen, doch der nächste Schritt ist sehr riskant.«

»Was hast du vor?«

Er zögerte ein wenig, weil er wusste, dass Hector seinen Plan nicht gutheißen würde. Schließlich sagte er: »Ich werde dafür sorgen, dass ihr Vater einen guten Grund hat, uns die Heirat zu erlauben.«

»Eine Ehe mit einem Gillean-Sohn statt mit einem möglichen Thronerben? Warum sollte der Mann dem zustimmen?«

Als Lachlan mit dem goldenen Ring an seinem kleinen Finger spielte und schwieg, runzelte Hector die Stirn. Dann sagte er leise: »Ich habe durchaus bemerkt, dass du zwar behauptet hast, du würdest keine Mädchen entführen, doch übers Verführen hast du nichts gesagt.«

»Sie kann mich gut leiden, und wenn ich ihr ein Kind machen würde ...«

»Du bist nicht ganz bei Sinnen. Wenn du sie schwängerst ... ja, selbst wenn du sie nur verführst, wirst du eher an MacDonalds Galgen landen als vor dem Traualtar.«

»Wer nichts wagt, der nichts gewinnt«, zitierte Lachlan einen seiner Lieblingssprüche. »Man muss schon etwas riskieren, wenn es um lohnende Ziele geht.«

»Schön ist sie ja, aber ich finde trotzdem, keine noch so günstige Heirat ist es wert, dass du dein Leben aufs Spiel setzt.«

»Vielleicht glaubst du das ja nur, weil du noch nicht die Richtige gefunden hast.«

»Vielleicht zählen für mich einfach andere Dinge«, gab Hector zurück. »Du magst ja gescheit sein, mein Lieber, aber wenn du das Mädchen nur heiraten willst, weil es dir um Reichtum und politische Macht geht, dann bist du trotzdem ein Riesenhornochse.«

Lachlan schwieg. Dieses eine Mal ließ er seinem Bruder das letzte Wort.

Am folgenden Morgen erwachte Mairi noch vor Tagesanbruch und wusste sofort, dass sie nicht wieder einschlafen würde. Leise, um Elizabeth nicht zu wecken, stand sie auf und tastete im Dunkeln nach einem Kleid, das sie ohne Hilfe einigermaßen zubekam. Dann zog sie sich ihre Stiefel an und legte sich den warmen roten Umhang um die Schultern. Um das am Rücken noch teilweise offen stehende Mieder zu verdecken, flocht sie ihr Haar zu zwei dicken Zöpfen, die sie einfach lose hängen ließ. Dann lief sie in den Hof hinunter.

Eine Weile stand sie in der Dunkelheit und genoss die Stille zu dieser frühen Stunde, in der nur das Gesinde in Küche, Backhaus und Stall schon auf den Beinen war. Gewiss waren der Kaplan und seine Ministranten schon beim Gebet und die Wachen auf ihrem Posten, doch vom überdachten Vorhof aus sah Mairi keine Menschenseele und hörte nichts als das Rascheln des Windes im Gebüsch.

Sogar der Loch lag unbewegt da. Die Rufe der Nachtvögel waren verstummt, und für die Lieder der Singvögel war es noch zu früh.

Sie ging hinüber zu dem niedrigen Mäuerchen, das den Vorhof und die Burg von den Wirtschaftsgebäuden trennte. Am Himmel funkelten unzählige Sterne, da der Mond bereits untergegangen war, und unten, am Fuße des Hügels, lag der Loch, auf dessen glatter Oberfläche sich die Sterne wie winzige Fünkchen spiegelten.

Sie war hierhergekommen, um in Ruhe nachzudenken, musste jedoch feststellen, dass ihr Geist selbst in dieser tiefen Einsamkeit immer wieder abschweifte.

Sobald Lachlan der Listige im Spiel war, konnte sie einfach nicht mehr klar urteilen. Sie brauchte nur seinen Namen zu hören oder ihn sich vorzustellen, und schon war da wieder diese Wärme im ganzen Körper, als würde er neben ihr stehen und sie berühren.

Wie dumm, dachte sie, dass der bloße Gedanke an einen Mann einen solchen Aufruhr in ihrem Inneren auslösen konnte. Doch wenn sie ehrlich war, musste sie sich eingestehen, dass sie ihn schlicht und einfach begehrte.

Sie spürte förmlich, wie ihre Finger sanft über den weichen Stoff seiner Tunika glitten, wie sie ihm die widerspenstige Locke beiseitestrich, die ihm immer wieder in die Stirn fiel. Als sie sich daran erinnerte, wie er sie letzte Nacht umarmt und geküsst hatte, kribbelten ihre Brüste. Derartige Regungen hatte der angebliche Frauenheld Alasdair Stewart nie in ihr geweckt.

Sie seufzte. Nun, da es feststand, dass sie Alasdair heiraten musste, hätten ihr seine Eskapaden mit anderen Frauen eigentlich etwas ausmachen müssen, doch das war nicht der Fall. Vermutlich würde sich das nach der Hochzeit ändern, doch der Gedanke daran entlockte ihr nur einen weiteren Seufzer.

Endlich wich die Nacht dem ersten Schimmer des neuen Tages, und bald glitten die Strahlen der Sonne wie liebkosende Finger über Land und Wasser. Da es ein schöner Morgen zu werden versprach, eilte Mairi nach oben zu Meg Raith, die in dem winzigen Ankleideraum neben Mairis und Elizabeths gemeinsamer Kammer schlief.

Während Meg ihr das Mieder richtig schnürte, sagte Mairi: »Heute Morgen möchte ich keine Haube tragen, Meg. Frisier mich nur, und leg mir ein Haarnetz an. Ich will ausreiten.«

»Ihr wollt doch bestimmt erst einmal frühstücken, Mistress, und bei Eurer Frau Mutter nachfragen, welche Arbeiten heute anstehen.«

»Ihr macht es bestimmt nichts aus«, erwiderte Mairi. Wenn sie ihrer Mutter in die Arme lief, hieß es nur wieder Aufträge erledigen oder sich mit den Kindern beschäftigen. Doch vorher wollte sie unbedingt noch ausreiten. »Ich habe versprochen, ihr heute Nachmittag zur Hand zu gehen. Also werde ich vor der Sext wieder hier sein. Schick aber nicht gleich einen Suchtrupp los, wenn ich ein kleines bisschen später komme.« Meg schaute missbilligend, sagte aber nichts.

Als Mairi zum Stall kam, sah sie, dass Ian Hobyn schon bereit gemacht hatte. Der Graue beschnüffelte sie zutraulich.

»Ich danke dir«, sagte sie zu Ian. »Aber woher wusstest du, dass ich das Pferd brauchen würde?«

»Es ist ein so schöner Morgen, Mistress«, antwortete er achselzuckend. »Da reitet Ihr doch fast immer aus. Soll ich Euren Sattel auflegen oder Euch begleiten?«

»Nicht nötig. Ich reite nur bis Loch Indaal.«

»Ihr wollt doch wohl nicht die ganze Strecke zurücklegen?«

»Warum denn nicht?«, fragte sie. »Es ist auch nicht weiter als nach Loch Gruinart, wo ich gestern war. Wahrscheinlich brauche ich nicht einmal so lange, weil der Weg nicht durch die Berge, sondern am Fuß der Hügel entlangführt. Außerdem ist das Gelände nicht so schwer zugänglich.«

»Ja schon, aber dafür sind dort mehr Leute unterwegs. Ich bin sicher, Seine Gnaden und die Lady würden wollen, dass ich mit Euch komme.«

Mairi sah ihn mit zusammengekniffenen Augen an. »Ich weiß, dass du es Ihnen nur recht machen willst, Ian. Dennoch möchte ich dich bitten, mir nicht zu widersprechen. Wenn es jemandem nicht passt, dass ich ausreite, soll er sich an mich wenden.«

»Ja gewiss, Mistress«, beeilte sich der Stallbursche zu erwidern. »Ich wollte Euch nicht verärgern.«

»Ich weiß«, sagte sie ruhig. »Hilf mir bitte beim Aufsteigen, ja?«

Sie hatte den Damm schon zur Hälfte überquert, da fiel ihr ein, dass sie Ian eigentlich hatte fragen wollen, ob außer ihr noch jemand ausgeritten war. Doch das spielte jetzt keine Rolle. Sie ließ den Wallach traben, fest entschlossen, den strahlend schönen Morgen zu genießen und sonst an nichts und niemanden zu denken.

Im Schutz des halb überwucherten Weges lächelte Lachlan in sich hinein, während er ihr nachblickte. Offensichtlich hatte

Ian Burk den Mund gehalten. Lachlan hatte dem Burschen eine Münze gegeben und ihn höflich gebeten, niemandem etwas von seinem Ausritt zu sagen, da er, Lachlan, etwas Wichtiges zu erledigen habe.

Ohne es ausdrücklich zu erwähnen, wollte er Ian glauben machen, er sei im Auftrag Seiner Gnaden unterwegs. Diese kleine Schwindelei verursachte Lachlan kaum Gewissensbisse, denn er hielt es mit den Maximen, auf die er beim Studium der römischen Philosophen gestoßen war, etwa dass der Zweck die Mittel heiligte, sofern es nur um eine gute Sache ging.

Und das konnte er mit Fug und Recht behaupten, denn die oberste Pflicht eines jeden Clanmitglieds, ob er nun zum Gillean- oder Donald-Clan gehörte, war es, Besitz und Macht seiner Sippe zu mehren.

Da er nichts über sein Vorhaben verraten hatte, konnte selbst Ian nur sagen, dass er gesehen hatte, wie Lachlan Eilean Mòr verließ. Doch vermutlich würde Ian dichthalten, außer wenn MacDonald selbst ihn fragte. Dann würde er sein Schweigen natürlich brechen, denn MacDonald war sein Lehnsherr, und dem gegenüber musste man stets und ohne Umschweife die Wahrheit sagen. Doch bis dahin wäre sowieso schon alles vorüber.

Mairis leuchtend roter Umhang unterstrich noch ihre Schönheit. Da sie ihn nicht zugebunden hatte, sah Lachlan, als sie über den Damm auf ihn zugeritten kam, dass ihr himmelblaues Kleid eng wie eine zweite Haut anlag. Darüber hinaus gewährte das tief ausgeschnittene Mieder einen großzügigen Blick auf ihre wohlgerundeten Brüste.

Wenn sie erst einmal verheiratet waren, würde er ihr strikt verbieten, derartig einladend durch die Gegend zu reiten. Doch fürs Erste musste er sich damit begnügen, dafür zu sorgen, dass nicht irgendein Halunke auf die Idee kam, die Einladung gelte ihm.

Es war nicht schwer, ihr unbemerkt zu folgen, da das rote

Cape meilenweit leuchtete. Zudem war der Hügel, an dem er entlangritt, dicht mit Bäumen und Büschen bewachsen. Zwar waren die Bäume erst spärlich belaubt, doch zwischen den Buchen, Ulmen und Schwarzpappeln wuchsen zahlreiche immergrüne Gehölze. Er überließ es seinem Pferd, sich einen Weg durch das Gestrüpp zu suchen, und behielt das Mädchen im Auge.

Ab und an warf sie einen Blick über die Schulter, doch in seinem graugrünen Wams und Hut und den braunen Lederhosen verschmolz ihr Verfolger förmlich mit der Landschaft. Auch das rotbraune Fell seines Pferdes war in dieser Umgebung kaum auszumachen.

Nachdem sie etwa eine Meile weit dem Lauf des Flusses Sorn gefolgt waren, öffnete sich die Landschaft zu einem ausgedehnten Tal mit Weideland. Statt Buchen, Kiefern und Pappeln wie in den Hügeln wuchsen hier Birkenhaine, Weiden und Espen. In diesem offenen Gelände boten auch die Weiden- und Erlengehölze am Ufer des Flusses und seiner kleinen Zuläufe Lachlan keinen ausreichenden Schutz mehr. Er gab seinem Fuchshengst die Sporen.

Entgegen Ians Vorhersage begegnete Mairi keinem Menschen. Alles, was sie hörte, waren das Murmeln und Rauschen des Flusses, der dumpfe Schlag der Pferdehufe auf dem Pfad, die Rufe der Schnepfen über ihr und das Zwitschern der Vögel im Wald und am Ufer.

Der Morgen hielt, was er versprochen hatte, auch wenn der Wind hier im offenen Gelände ein wenig kräftiger blies. Goldenes Sonnenlicht spielte auf den Frühlingswiesen, die, von einer Unzahl weißer Gänseblümchen und gelbem Löwenzahn gesprenkelt, in der Brise wie ein grünes Meer wogten. Als sie sich auf dem Pfad dem Wasser näherte, paddelten zwei Blesshühner unter lauten Warnrufen davon.

Ohne auf Mairi oder das Zetern der Wasservögel zu achten, hob ein Eisvogel, der auf einer nahen Erle saß, plötzlich den Kopf und spähte zum Waldrand hinter ihr. Im gleichen Augenblick vernahm sie das Trommeln von Hufen und drehte sich im Sattel um.

Bei seinem Anblick stockte ihr der Atem. Sie hatte geahnt, dass er kommen würde, doch nun, da er wirklich da war, wusste sie nicht, ob ihr deshalb glücklich oder beklommen zumute sein sollte. Ihrem Herzklopfen nach zu urteilen, freute sie sich, doch ihr Verstand sagte etwas anderes. Sie setzte eine ruhige, beherrschte Miene auf und wartete.

Schon zügelte er sein Pferd neben ihr und begrüßte sie mit den Worten: »Ihr solltet nicht allein reiten, Mädchen.«

»Und Ihr solltet mir nicht folgen, Sir«, entgegnete sie und reckte das Kinn.

»Ach nein?« Seine Augen blitzten.

»Das wisst Ihr doch genau.« Jetzt konnte sie sich nur noch schwer ein Lächeln verkneifen.

»Habt Ihr ein bestimmtes Ziel?«, fragte er.

Sie schüttelte den Kopf. »Ich wollte bei dem schönen Wetter nur eben bis Loch Indaal und zurück reiten.«

»Ich dachte schon, Ihr wäret wieder der Lösung des Rätsels auf der Spur.«

»Nein, aber wo Ihr es gerade erwähnt, gestern habe ich etwas Neues erfahren.« Sie erzählte ihm, was sie von Agnes Beton über Emma gehört hatte.

»Emma hat sich also von anderen Männern trösten lassen«, sagte er nachdenklich. »Eine riskante Sache, vor allem, wenn man bedenkt, was Mellis für ein brutaler Kerl ist. Was ist mit den Zeugen? Könnte einer von ihnen ihr Liebhaber gewesen sein?«

»Bei Ewan glaube ich das kaum. Was Gil, Shim oder Fin McHugh betrifft, weiß ich es nicht.«

»Dann sollten wir vielleicht Erkundigungen über sie anstellen. Aber einen Mörder zu verfolgen kann gefährlich werden, besonders für eine Frau. Habt Ihr keine Arbeiten im Haus zu erledigen?«

»Doch, natürlich. Schließlich dauert die Ratsversammlung noch bis morgen, wie Ihr als Ratsmitglied ja wisst. Außerdem sitzt Niall als Oberhaupt der Mackinnons und Aufseher für Maße und Gewichte auf den Hebriden ebenfalls im Rat.«

»Dann habt Ihr ja eine Weile Ruhe vor ihm.«

»So würde ich das nicht ausdrücken«, sagte sie lächelnd. »Ich wollte damit sagen, dass ich mich während seiner Abwesenheit um ein paar Angelegenheiten kümmern muss, die normalerweise zu seinen Aufgaben gehören.«

»Ist das nicht sehr anstrengend? Ihr habt doch ohnehin schon genug zu tun.«

Sie lächelte noch breiter. »Meine Pflichten sind normalerweise nicht schwer, und zurzeit muss ich nur das Gesinde beaufsichtigen, das für die Bedienung der Ratsherren zuständig ist. Falls ich ein wenig zu spät komme, kann meine Schwester Elizabeth für mich einspringen. Müsstet Ihr heute Morgen nicht auch bei der Versammlung sein, Sir?«

»Ich war gestern Nachmittag dabei«, erwiderte er. »Deshalb ist jetzt Hector dran. Anscheinend hat der König mal wieder an Seine Gnaden appelliert, seinen Anteil am Lösegeld zu entrichten, das Edward von England fordert. Jetzt streiten sie darüber, welche Antwort sie David geben sollen, und werden bestimmt noch heute Nachmittag damit beschäftigt sein. Da konnte ich genauso gut ausreiten. Kennt Ihr zufällig Loch Cam?«

»Gewiss.«

»Ich habe mir sagen lassen, dass es dort wunderschön ist.«

»Cam ist nicht viel anders als die anderen Lochs auf Isla«, antwortete sie. »Nur höher gelegen und von steilen Bergen umgeben.«

»Ich wollte eigentlich über denselben Hügelkamm wie gestern reiten.«

»Es ist einfacher, dem Bach dort drüben zu folgen und von Süden zu kommen.«

»Zeigt Ihr mir den Weg?«

Sie zögerte. Hier auf dem Hauptweg war sie sicher, doch um nach Cam zu gelangen, mussten sie durch dichten Wald reiten, wo es außer den Wildwechseln keine Pfade gab. Diese Strecke war ihr eigentlich zu abgeschieden.

»Habt Ihr Angst, Mädchen?«, fragte er mit leiser, einschmeichelnder Stimme, und sofort spürte sie wieder dieses Prickeln. In ihrem Unterleib spannten sich Muskeln an, von deren Existenz sie gar nichts geahnt hatte.

Sie schluckte schwer.

»Also?«, fragte er mit hochgezogener Braue. »Gestern Abend wart Ihr auch mit mir allein, und es ist Euch nichts geschehen. Aber wenn Ihr Euch vor mir fürchtet ...«

»Nein, das tue ich nicht«, antwortete sie und hoffte, dass es einigermaßen überzeugend klang. »Und überhaupt, was könntet Ihr mir schon tun. Falls Ihr mir zu nahe tretet, brauche ich es nur meinem Vater zu sagen, und dann lässt er Euch aufknüpfen.«

»Ich dachte, Übeltäter werden von den Klippen gestürzt«, sagte er.

»Nicht hier auf Isla«, erwiderte sie. »Hier hängt man sie auf dem Judgment Knoll. Was Ihr meint, ist der Richterstein bei Ardtornish, den man auch *Creag na Corp,* den Leichenfelsen, nennt. Von dort aus werden verurteilte Verbrecher auf die darunterliegenden Felsen gestürzt.«

»Ihr würdet doch niemals zulassen, dass sie so etwas mit mir machen«, sagte er und blickte ihr fest in die Augen. »Wie ist es nun? Wagt Ihr es, mir den wunderschönen Loch Cam zu zeigen, oder nicht?«

Sie hätte Nein sagen müssen, denn ein solcher Ausflug würde bedeuten, dass sie erneut zu spät nach Hause käme. Stattdessen sagte sie ohne zu zögern: »Gern, wenn Ihr wollt.«

Nebeneinander ritten sie am Bach entlang, dann einen grasbewachsenen Abhang hinauf und in den dichten Wald hinein. Mairi, die einen Wildpfad entdeckt hatte, setzte sich an die Spitze.

Kurze Zeit später, als sie an einer Stelle vorüberkamen, an der rosa Gundelreben und gelbe Schlüsselblumen einen dichten Teppich bildeten, sagte sie: »Seht nur, Sir, jetzt kommt wahrhaftig der Frühling.«

»Ja«, flüsterte er, »und schaut mal, da rechts hinter den weißen Buschwindröschen!«

Bewegungslos wie Statuen standen die Ricke und ihr Kitz im Schatten einer hohen Pappel. Wenn er sie nicht darauf aufmerksam gemacht hätte, hätte sie die Tiere übersehen. Sie drehte sich lächelnd zu ihm um.

Der Pfad wurde immer steiler, und bald standen sie auf dem Hügelkamm und schauten auf den lang gestreckten Loch Cam hinunter, der nur etwa ein Drittel so groß wie Finlaggan war und tiefblau und friedlich zwischen zwei steilen Höhenzügen lag. Zu ihrer Rechten türmten sich große Felsbrocken, zwischen denen Heidekraut und Farne wuchsen. Da der Hügel zur Linken vor dem rauen Seewind, der von Nordwesten her durch das Tal pfiff, geschützt war, konnten sich an seinen Hängen Bäume und gelbe und weiße Blumen ausbreiten.

Vorsichtig dirigierte Mairi ihr Pferd zwischen Felsen und Gestrüpp hindurch zum Wasser.

»Lasst uns die Pferde anbinden und zu Fuß gehen«, schlug er vor.

Sie zögerte. »Ich darf nicht so lange fortbleiben.«

»Es ist doch nur ein kurzer Weg«, sagte er leichthin. »Ich würde gern die Aussicht vom Ende des Lochs aus genießen, und außerdem tut es uns gut, ein wenig zu laufen.«

Sie bezweifelte, dass er die Pause nötig hatte. Bestimmt war er schon längere Strecken ohne Unterbrechung geritten. Dennoch ließ sie es zu, dass er sie vom Pferd hob, nachdem er beide Tiere an einem Strauch angebunden hatte.

Fest und warm war der Griff seiner Hände, als er sie langsam herunterhob. Dabei schaute er ihr mit einem unergründlichen Ausdruck in die Augen. Wie zufällig streiften seine

Finger ihre Brust, als er sie auf den Boden stellte, und sofort reagierte ihr Körper auf die leichte Berührung. Doch er wandte sich ab und schaute auf den Loch hinaus.

»Das ist wirklich ein schönes, friedliches Fleckchen Erde«, sagte er.

»Wahrscheinlich sieht es nicht viel anders aus als alle Lochs, die Ihr bisher gesehen habt.«

»Auf Seil gibt es keine Lochs.«

»Mag sein, aber Ihr seid doch weit gereist, Sir. Sogar bis nach Frankreich. Im Übrigen besitzt Euer Vater Land auf der Insel Mull, die viele Lochs hat.«

»Ja schon, aber hier sind die Gerüche und Geräusche anders, findet Ihr nicht auch? Mull ist viel dichter bewaldet.«

»Ich liebe die Insel Mull«, sagte Mairi. »Von allen Burgen meines Vaters ist mir Duart Castle am liebsten, weil es eine so herrliche Aussicht hat.«

Beim Reden legte er ihr leicht die Hand ins Kreuz und führte sie oberhalb der Felsen entlang und über den Abhang mit den Bäumen ans linke Ufer des Lochs. Vom Ende des Gewässers aus bot sich ihnen ein weiter Blick auf die See im Norden und die Zwillingsgipfel der Paps auf Jura im Osten. Sie waren mutterseelenallein. Bei diesem Gedanken wickelte sich Mairi fester in ihren Umhang.

»Ist Euch kalt, Mädchen?«, fragte er, wobei er einen Arm um sie legte und sie an sich zog.

Um ihn nicht zu verärgern, ließ sie es wortlos geschehen.

»Was ist denn, Mairi?« Seine Stimme klang sanft und freundlich und hatte diesen verführerischen Unterton, den sie mittlerweile schon kannte.

»Es ist so einsam hier«, sagte sie.

»Wie kann es einsam sein, wenn wir beide zusammen sind?«

»Aber es schickt sich nicht, dass ich hier mit Euch allein bin, Sir.«

»Hättet Ihr es lieber, wenn noch andere Leute hier wären?«

»Ihr wisst genau, dass ich es nicht so gemeint habe«, erwiderte sie und blickte ihn an. Doch das bereute sie im selben Augenblick, denn sofort hielt er ihr Kinn fest. Sein Körper war einfach zu nah und zu warm und ... ach!

»Kann schon sein, dass ich es weiß«, sagte er in dem gleichen ruhigen Tonfall. »Mir ist es jedenfalls lieber, wir beide sind unter uns ohne eine ganze Horde Klatschmäuler, die uns beobachten.«

Sie unterdrückte ein Lachen. »Mäuler können doch nicht beobachten«, entgegnete sie scherzhaft.

»Ihr wisst schon, was ich meine«, sagte er und beugte sich nieder, um sie zu küssen.

Ihr Körper reagierte heftig auf die Berührung seiner Lippen, und so achtete sie nicht weiter auf die leise warnende Stimme in ihrem Hinterkopf. Sie wusste nicht, ob sie ihm Einhalt gebieten konnte, und wollte es eigentlich auch gar nicht wissen.

Nie und nimmer hätte sie es zugegeben, doch sie hatte sich schrecklich nach einem Kuss von ihm gesehnt.

Er legte die Arme um sie und streichelte ihr über Schultern und Rücken, während sie die Hände unter seinen Umhang bis zu seiner Taille schob. Das Wams, das er heute trug, fühlte sich rauer an als das samtene gestern. Dennoch schlang sie die Arme fest um seine Mitte und presste sich an ihn.

Wie am Loch Gruinart begann auch dieser Kuss mit einer leichten, zarten Berührung, doch bald schon wurde er stärker und fast beängstigend leidenschaftlich. Doch noch immer brachte sie es nicht fertig, ihn zurückzustoßen. Noch nie hatte sie einen Mann wie ihn gekannt, niemals ähnliche Liebkosungen genossen. Eine ebenso neue Erfahrung für sie war, dass ihr Körper unter seinen Händen geradezu in Brand geraten konnte.

Sie erwiderte seinen Kuss. Wie weiche Schwerter fochten ihre Zungen miteinander, und als er leise aufstöhnte, durchlief sie ein wollüstiger Schauer.

Sie hätte später nicht mehr zu sagen gewusst, wie es gekommen war, dass sie beide auf einmal auf dem Boden saßen, seinen Umhang als Decke unter sich und den ihren daneben achtlos hingeworfen. Sie war beinahe von Sinnen vor Wonne, als seine Hände ihr zärtlich über Brust und Bauch streichelten. Er hielt sie eng umschlungen, und sie gab sich ganz seiner Wärme hin, ohne zu merken, dass er sich an der Verschnürung ihres Kleides zu schaffen machte, bis ihr Mieder auf einmal nachgab und ihre bloße Haut im kühlen Frühlingswind fröstelte.

Da hielt er sie an den Schultern leicht von sich weg und sagte: »Ich möchte dich berühren, Mädchen, deinen zarten Körper überall streicheln und ihn bis in den letzten verborgenen Winkel erkunden. Ich möchte deine Brüste küssen und wie ein Kind an ihnen saugen.«

Sie unterdrückte die Aufwallung verwirrender Gefühle, die seine Worte in ihr auslösten, und flüsterte kaum hörbar: »Das dürft Ihr nicht.«

»Wollt Ihr es nicht?«

Sie biss sich auf die Lippen, da sie weder lügen noch die Wahrheit eingestehen wollte.

»Wenn du mir nicht Einhalt gebietest, gehe ich davon aus, dass du möchtest, dass ich weitermache.«

Darauf antwortete Mairi nichts. Vor Erregung konnte sie kaum atmen, geschweige denn reden.

Mit einer sanften, unwiderstehlichen Bewegung zog er sie näher an sich und schnürte ihr Mieder ganz auf, bis er ihr das Kleid von den Schultern streifen konnte. Darunter trug sie nichts als ein dünnes Hemd, das er ihr jetzt ebenfalls hinunterschob, bis ihre Brüste sich seinem Mund darboten.

»Du bist so wunderschön«, flüsterte er, während er mit den Lippen über ihre rechte Brust fuhr. Sein Atem war leicht und warm wie eine Sommerbrise. Dann schloss er die Lippen um die Brustwarze und umspielte sie mit der Zunge. Schauer des Entzückens jagten durch ihren Körper.

Er hob den Kopf nur so weit, dass er ihren Mund erreichen konnte. Während er sie lange und hingebungsvoll küsste, erkundeten seine Hände nach Herzenslust ihren Körper, bis sie sich vor Wonne wand und leise stöhnte. Er hielt inne, lächelte auf sie hinunter und sagte: »Ich will dich ganz – jetzt auf der Stelle.«

»Das dürfen wir nicht«, protestierte sie, doch ihre Stimme klang wenig überzeugend. Nach kurzem Nachdenken fügte sie hinzu: »Ich bin so gut wie verlobt mit Alasdair.«

»›So gut wie‹ heißt gar nichts, meine Süße. Und was das Nein deines Vaters zu unserer Heirat angeht, das überlass nur mir. Ich regle das schon. Glaubst du nicht, dass ich das schaffen werde?«

»Ich weiß nicht. Aber wenn ihn überhaupt jemand von seinem Entschluss abbringen kann, dann Ihr. Dennoch finde ich, wir sollten besser nicht miteinander schlafen«, antwortete Mairi.

»Und ich finde, wir sollten es auf der Stelle und so oft wie möglich tun«, sagte er leise. »Ich möchte dich zur Ehefrau haben, Mairi von den Inseln, und ich glaube, das erreiche ich nur, wenn ich deinen Vater vor vollendete Tatsachen stelle.«

Sie schwieg und versuchte sich vorzustellen, was geschehen würde, falls sie sich von ihm verführen ließ. Sie wusste nicht viel über Männer und die Ehe, nur das, was sie hin und wieder aus den Gesprächen verheirateter Frauen aufgeschnappt hatte.

»Ich bin davon überzeugt, dass du mich genauso begehrst wie ich dich«, begann er wieder. »Und wenn wir deinen Vater umstimmen wollen, müssen wir diesen Schritt wagen. Willst du mich zum Gatten?«

Sie nickte. »Ja«, flüsterte sie ungewohnt schüchtern. »Ich habe nämlich noch nie einen Mann wie Euch kennengelernt.«

»Es gibt ja auch keinen zweiten wie mich«, erwiderte er mit breitem Grinsen, presste sie abermals an sich und küsste sie heftig.

Daraufhin stemmte sie die Hände gegen seine Brust und schob ihn von sich.

Er zog die Augenbrauen hoch. »Nein?«

»Nein«, entgegnete sie und seufzte, teils vor Erleichterung, teils vor Enttäuschung. »Ich möchte es auch, da will ich Euch gar nichts vormachen. Aber nicht hier und nicht so. Und vor allem nicht, bevor ich nicht in Ruhe darüber nachgedacht habe.«

»Dann sollten wir lieber sofort zurückreiten«, sagte er, erhob sich und schüttelte den Umhang aus.

»Seid Ihr böse mit mir?«

Er schüttelte den Kopf. »Nein, Liebste. Enttäuscht, das schon – mehr, als ich selbst dachte. Aber wenn wir schon aufhören müssen, dann besser sofort. Ich habe einen starken Willen, bin aber auch sehr leidenschaftlich. Deshalb kann ich nicht dafür garantieren, dass ich mich später noch bremsen kann. Und was dich angeht, so habe ich wahre Schauermärchen über dein aufbrausendes Temperament gehört. Einen Wutanfall möchte ich nun wirklich nicht riskieren.«

»Wahrscheinlich nennt man Euch aufgrund solcher Dinge ›Lachlan den Listigen‹.«

»Ich persönlich ziehe ja ›Lachlan der Scharfsinnige‹ vor«, sagte er.

Sie überlegte mit schief gelegtem Kopf. »Und wie würdet Ihr Euren Bruder nennen, wenn nicht ›Hector den Grimmigen‹?«

Er lachte leise. »›Hector den Starrköpfigen‹ vermutlich. Du wirst noch merken, dass das mindestens ebenso gut auf ihn passt.«

Während sie redeten, half er ihr, sich anzuziehen. Sie drehte ihm den Rücken zu, damit er ihr das Mieder schnüren konnte. Dabei dachte sie daran, dass das noch nie ein Mann getan hatte. Als er ihr schließlich das Kleid an den Schultern glatt strich und sie zu sich herumdrehte, musste sie sich zusammenreißen, um nicht erneut in seine Arme zu sinken.

Er hielt sie auf Armeslänge von sich und musterte sie mit prüfendem Blick.

»Jetzt siehst du wieder vorzeigbar aus«, sagte er, gab ihr einen flüchtigen Kuss und fasste sie am Ellbogen. »Und nun wollen wir gehen.«

Eilig machten sie sich auf den Rückweg. Dabei raffte Mairi ihre Röcke und ließ sich von ihm durch das unwegsame Gelände helfen. Bei den Pferden angekommen, hob er sie auf Hobyns Rücken und saß ebenfalls auf. Sie ritt voran, bis sie zu der abschüssigen Weide kamen, wo das Bächlein dem Fluss Sorn entgegenplätscherte. Dort lenkte er sein Pferd neben sie und sagte: »Am besten reitest du allein zurück nach Finlaggan, Liebste. Und nimm dich vor Fremden in Acht.«

»Es gibt keine Fremden auf Isla«, sagte sie, insgeheim erfreut über seine Fürsorglichkeit. Dann fügte sie trotzig hinzu: »Im Übrigen rede ich, mit wem ich will.«

Er schüttelte den Kopf. »Ich möchte ja nur nicht, dass du dich mit fremden Männern unterhältst.«

»Warum denn nicht?«, fragte sie mit zur Seite geneigtem Kopf und einem schelmischen Lächeln.

»Weil den meisten von uns nicht zu trauen ist«, sagte er bestimmt. »Da brauchst du doch nur an mich zu denken.«

»Ihr seid ganz schön eingebildet, wenn Ihr meint, dass ich überhaupt an Euch denken werde.«

Grinsend wendete er seinen Fuchs und ritt in Richtung auf Loch Indaal davon.

9

Als Mairi nach Finlaggan zurückkahm, nahm zunächst kaum einer Notiz von ihr. Der Rat und die Zuschauer hielten sich noch immer auf der Council Isle auf, und Lady Margaret war in der Kinderstube. Als Mairi eintrat, sagte ihre Mutter lediglich, sie hoffe, Mairi habe einen schönen Ausritt gehabt, und bat sie, sich schleunigst für das Mittagessen umzuziehen.

Auf dem Weg in ihre Kammer traf sie Elizabeth, die bei ihrem Anblick einen erleichterten Seufzer ausstieß. »Ich bin ja so froh, dass du wieder da bist. Ich habe dich schon überall gesucht.«

»Was ist denn los?«

»Einer von den Dienern hat im Backhaus ein Tablett mit Weißbroten fallen lassen, und Niall sagt, sie wären für das Mittagessen nicht mehr zu gebrauchen. Jetzt haben wir nicht genug Brot, aber ich habe mich nicht getraut, Niall zu widersprechen.«

»Ich werde sehen, was sich machen lässt«, antwortete Mairi. »Lass mich nur erst mein Haar richten.«

Elizabeth eilte davon.

Nachdem sie sich flüchtig das Haar gekämmt und das Kleid glatt gestrichen hatte, ging Mairi hinüber zum Backhaus, wo sie den kleinen dicken Bäcker völlig aufgelöst und den Tränen nahe fand.

»Normalerweise hätten wir die Brote abgewischt und sie dann trotzdem auf den Tisch gebracht, Mistress«, klagte er. »Es ist ja nicht so, dass sie in den Dreck gefallen wären, und ich schwöre, ich fege das Backhaus immer gründlich aus. Aber gerade als Sym über seine eigenen Füße stolperte und ihm die ganzen Brote vom Tablett rutschten, musste ausgerechnet Niall Mackinnon in der Tür stehen.«

»Ich dachte, Niall wäre auf der Ratsversammlung.«

»Ja, sicher, als einer der obersten Ratsherren Seiner Gnaden sollte er auch dort sein«, erwiderte der Bäcker ungehalten. »Doch immer wenn man ihn am wenigsten gebrauchen kann, taucht dieser Mann plötzlich auf wie einer vom Kleinen Volk und stiftet Ärger.«

»Was hast du mit den Broten gemacht?«

»Ja, was denkt Ihr denn? Die liegen in dem Korb da drüben für die Tische unten in der Halle. Die Leute werden gar nicht wissen, wie ihnen geschieht, dass sie auf einmal so ein feines Brot bekommen. Aber jetzt bleibt mir keine Zeit mehr, neues zu backen. Was soll ich bloß den edlen Gästen Seiner Gnaden vorsetzen?«

»Du gibst ihnen einfach die frischen Brote.«

»Welche denn?«

»Na, die aus dem Korb«, sagte sie grinsend.

Er starrte sie einen Moment lang an, dann lächelte er ebenfalls. »Na gut, dann mache ich das eben, Mylady. Aber wenn Niall Mackinnon nun ...«

»Mach dir darüber keine Gedanken«, sagte Mairi. »Wir brauchen das Brot, auch wenn es einen kleinen Schönheitsfehler hat. Wärm die Laibe noch mal im Ofen auf, und bring sie dann wie gewöhnlich zu Tisch. Ich werde Seiner Gnaden sagen, dass uns deine Schnelligkeit vor einer Katastrophe bewahrt hat, und dabei lassen wir es bewenden.«

Sie wehrte seinen Dank ab und verließ das Backhaus, um nach den Wäsche- und Milchmädchen sowie den Frauen in der Küche zu sehen. Dann ging sie in die große Halle, wo die Tische bereits aufgebaut und mit Tüchern bedeckt auf die Gäste warteten. Die Dienstboten waren schon hinausgegangen, bis auf einen jungen Pagen, der damit beschäftigt war, ein Feuer im großen Kamin zu entfachen.

Es würde noch mehr als eine Stunde dauern, bis ihr Vater

mit den Ratsherren zum Mittagessen nach Eilean Mòr zurückkam, doch die Zeit würde Mairi auch brauchen, um sich wieder einigermaßen zurechtzumachen. Unverzüglich eilte sie durch den Zugang, der vom Podium aus in einen Seitenkorridor führte, doch als sie an der Pforte vorüberkam, hinter der sich die Treppe zur Musikantengalerie verbarg, schoss plötzlich eine Hand vor, packte ihren Arm und zog sie hinter die Tür.

Sie unterdrückte ihren Schreckensschrei, als sie Lachlan erkannte. Mit einem raschen Blick über die Schulter vergewisserte sie sich, dass der Bursche am Kamin nichts gemerkt hatte, bevor sie im dunklen Treppenaufgang verschwand.

»Was soll denn das?«, zischte sie ungehalten.

Er legte grinsend einen Finger an die Lippen und stieg mit ihr ein paar Stufen die Treppe hinauf, bis sie von der Halle aus nicht mehr zu sehen waren. Dann zog er sie in seine Arme und küsste sie leidenschaftlich.

Mit einem entzückten Seufzer gab sie sich seinem Kuss hin.

»Ich habe dich vermisst«, murmelte er in ihr lockiges Haar, das sie noch nicht unter einer Haube verborgen hatte.

»Ich dachte, Ihr wolltet nach Loch Indaal reiten«, sagte sie mit gedämpfter Stimme. »Ihr könnt aber nicht viel später zurückgekommen sein als ich.«

»Das wäre sicher ein schöner Ausflug gewesen, doch ohne dich wurde es mir langweilig. Das war die Strafe.«

»Ihr wart es doch schließlich, der mich weggeschickt hat«, erinnerte sie ihn.

»Ja, weil ich mir selbst nicht trauen konnte. Jetzt aber still, Liebste, sonst hört uns noch der Diener«, sagte er und küsste sie erneut. Komm, wir gehen nach oben.« Dann kam ihm ein Gedanke: »Oder lässt Seine Gnaden die Musikanten beim Essen aufspielen?«

»Ja, meistens«, antwortete sie, fügte jedoch hinzu: »Sie fangen jedoch erst zu spielen an, wenn das Essen bereits aufgetragen ist. Aber wenn wir hinaufgehen, könnte uns jemand hören. Und wie sollen wir ungesehen wieder hinunterkommen?«

»Du machst dir zu viele Sorgen«, erwiderte er und streichelte sie sanft. »Ach, Mädchen, was habe ich mich danach gesehnt, dich in den Armen zu halten!«

Flüchtig erschien Lady Margaret vor Mairis innerem Auge, doch sie schob das Bild beiseite. Seltsamerweise schienen ihr Sitte und Anstand nicht mehr so wichtig, wenn sie mit ihm zusammen war.

Lachlan atmete den Kräuterduft ihres Haares und ihrer Haut. Nachdem er und Mairi sich getrennt hatten, war er nur noch etwa eine halbe Meile weitergeritten. Dann hatte er es sich anders überlegt, war umgekehrt und hatte auf der Musikantengalerie auf sie gewartet.

Er war überaus enttäuscht gewesen, dass sie sich geweigert hatte, mit ihm zu schlafen. Andererseits waren ihm bereits Zweifel an seinem eigenen Plan gekommen. Hectors Worte gingen ihm nicht aus dem Kopf, und er wollte Mairi auf keinen Fall verletzen oder einen schlechten Eindruck auf sie machen. Er ritt nach Finlaggan zurück und traf wenige Minuten nach Mairi bei den Ställen ein.

Bis auf einige Dienstboten war weit und breit niemand zu sehen. Da er wusste, dass Mairi die Essensvorbereitungen beaufsichtigen würde, begab er sich in die große Halle. Von den Dienern, die geschäftig hin und her eilten, schenkte ihm keiner besondere Aufmerksamkeit, und er konnte ungehindert durch die Pforte schlüpfen und die Treppe zur Galerie hinaufsteigen.

Von dort aus beobachtete er fasziniert, wie Mairi die gedeckte Tafel auf dem Podium inspizierte. Wie eine wahre Prinzessin schritt sie dahin, mit gemessenen Bewegungen und hoch erhobenem Haupt. Er liebte den Schwung ihrer Hüften und die kleine Handbewegung, mit der sie sich eine dunkle Locke aus dem Gesicht strich. Jede ihrer Bewegungen war für ihn wie eine Verheißung. Zuvor, am Loch Cam, hatte sein Instinkt ihm geraten, ihren Willen zu respektieren, doch er begehrte sie mehr als zuvor.

Sie trug noch immer dieses blaue Kleid mit dem gewagt tiefen Ausschnitt. Es schmiegte sich so eng an ihren verführerisch schönen Leib, dass sein eigener Körper mit wachsender Erregung auf den Anblick reagierte. Er warf einen Blick auf den Pagen am Feuer, doch der Junge war ganz in seine Arbeit vertieft.

Als Lachlan Mairi vom Podium heruntersteigen sah, lief er die Treppe hinab, wartete, bis sie vorüberkam und trat ihr in den Weg. Er konnte es kaum abwarten, sich mit ihr auf die Galerie zurückzuziehen und sie zu küssen. Wenn sie doch nur mehr Zeit hätten!

Die Galerie mit dem taillenhohen Geländer bot nur etwa drei oder vier Spielleuten Platz. Lachlan breitete seinen Umhang auf dem Steinboden aus und zog das Mädchen zu sich herunter. Mit dem Rücken an die Wand gelehnt, saß er da, nahm sie zärtlich in den Arm und küsste sie erneut. Als sie leise aufstöhnte, hätte er sie am liebsten auf der Stelle genommen, doch da hörte er Stimmen unten in der Halle.

Mairi erstarrte.

Lachlan lauschte auf den kurzen Wortwechsel und flüsterte dann beruhigend: »Nur ein zweiter Diener, der gekommen ist, um denjenigen am Feuer abzuholen.«

Gleich darauf verließen die beiden Burschen die Halle, doch Mairis amouröse Stimmung war verflogen.

»Hier können wir nicht bleiben«, sagte sie entschieden. »Es ist zu gefährlich.«

»Mag sein«, erwiderte er leichthin und wartete darauf, dass ihr Lächeln zurückkehrte. Hier im Dämmerlicht wirkten ihre Augen riesengroß und dunkel. Er gab ihr einen Kuss auf jedes Lid. »Manchmal gibt Gefahr einem Erlebnis erst die richtige Würze«, sagte er.

»Ja, vielleicht. Aber zu viel Würze verdirbt das Essen.«

Mit einem leise glucksenden Lachen erwiderte er: »Wir gehen ja schon, Mädchen. Schließlich wollen wir uns den Spaß nicht verderben. Du könntest dich stattdessen heute Nacht hinausschleichen, und dann suchen wir uns ein stilles Plätzchen.«

»Das geht auf gar keinen Fall!«

»Ich glaube doch«, flüsterte er. »Ich will dich heiraten und du mich. Darüber sind wir uns doch einig.«

»Ja, aber das nützt alles nichts, wenn mein Vater es nicht erlaubt.«

»Wie ich schon sagte, dann müssen wir eben Seiner Gnaden einen Grund geben, seine Meinung zu ändern. Oder reizt dich vielleicht doch der Gedanke, dass Alasdair Stewart eines Tages auf dem schottischen Thron sitzen könnte?«

»Nein, das wisst Ihr doch genau!«

»Dann sehen wir uns also heute Nacht. Warte, bis es zur Komplet läutet, dann wird keiner mehr draußen sein. Ich warte im Vorhof zur Halle des Lairds auf dich.«

»Ich kann nicht.«

»Natürlich kannst du.«

Noch immer kopfschüttelnd, schickte sie sich an aufzustehen. Da nahm er sie noch einmal in die Arme und gab ihr einen langen, innigen Kuss. Dann erhob er sich, warf einen prüfenden Blick in die leere Halle und war ihr beim Aufstehen behilflich.

»Jetzt geh, ich passe solange hier auf. Und benimm dich ganz natürlich, wenn du von der Halle zum Wohnturm zurückgehst.« Mit diesen Worten strich er ihr eine vorwitzige Locke, die ihr auf die Wange gefallen war, aus dem Gesicht. Wie weich und lebendig sich ihr Haar anfühlte! »Und, Mädchen«, setzte er hinzu, »wenn du dich für das Mahl zurechtmachst, lass dein Haar offen. Ich mag es lieber so.«

Ohne ein weiteres Wort raffte Mairi ihre Röcke und lief eilig die Treppen hinunter, den Gang entlang zum Vorraum, wo sich die Eingangstür befand. Dann erinnerte sie sich an Lachlans Rat. Sie blieb stehen und atmete einmal tief durch, bevor sie die Tür öffnete und auf die Veranda hinaustrat.

Kein Lüftchen regte sich. Nach der menschenleeren Halle, in der es trotz des lodernden Feuers kühl war, erschien ihr die Sonne noch einmal so warm. Ruhig und gefasst schritt sie über den Hof und überlegte dabei, was sie anziehen sollte. Es musste schnell gehen, trotzdem wollte sie so elegant wie gewohnt auftreten.

Er hatte sich gewünscht, dass sie ihr Haar offen trug. Durfte sie ihm dieses Anliegen erfüllen? Unkonventionelles Aussehen war eine Sache, wenn sie frühmorgens ausritt oder Hausarbeiten erledigte, doch etwas ganz anderes, wenn sie in Gegenwart von Adligen, Vasallen, der Dienerschaft – und nicht zuletzt ihrer Eltern – speiste.

»Einen guten Tag, Mylady.«

Mairi schrak zusammen. Sie war so in Gedanken versunken gewesen, dass sie Niall gar nicht bemerkt hatte, der ihr von der Burg her entgegenkam.

»Heute ist wirklich ein schöner Tag, Sir«, antwortete sie rasch.

Es schien ihr, als musterte er sie argwöhnisch, doch er sagte nur: »Ihr findet Seine Gnaden bei Eurer Frau Mutter.«

»Ist denn die Ratsversammlung schon zu Ende?«

»Ja. Einige Leute sind aber noch auf ein Schwätzchen dortgeblieben.« Er runzelte die Stirn. »Ihr solltet Euch besser vorsehen, Mädchen, jetzt, da sich so viele Männer hier aufhalten. Ich hielte es für besser, wenn Ihr nicht ohne Eure Zofe oder einen unserer Diener ausgehen würdet. Ich möchte nicht, dass man Euch belästigt.«

»Verlangt bitte nicht von mir, dass ich ständig einen Dienstboten mit mir herumschleppe, Niall«, entgegnete sie. »Niemand würde es wagen, mich hier zu behelligen.«

»Ihr habt ohne Zweifel recht, Mylady«, sagte er mit einer Verbeugung. »Bitte vergebt einem Mann, dem seit Eurer

Kindheit Euer Wohlergehen am Herzen lag, seine übermäßige Sorge.«

Sie wusste, dass er recht hatte. Doch hinter seinen Worten verbarg sich auch ein Tadel. Seit einem Jahr war ihr zu ihrem Leidwesen aufgefallen, dass er ihr gegenüber ein immer tyrannischeres Verhalten an den Tag legte. Sein Benehmen, das früher von nachsichtigem Respekt geprägt gewesen war, hatte sich fast unmerklich zu einer väterlich-autoritären Haltung entwickelt. Ja, wenn sie es sich recht überlegte, so machte er ihr sogar noch mehr Vorschriften als ihr Vater.

Unvermittelt kam ihr der Tag in den Sinn, als er sie verprügelt hatte. Sie schob die Erinnerung beiseite und sagte ganz ruhig: »Ich bin Euch dankbar für Eure Fürsorge, Niall, denn ich weiß, dass Ihr es nur gut meint. Doch jetzt muss ich laufen, damit ich mich noch umziehen kann. Ich glaube kaum, dass mein Vater mir zuliebe das Essen verschiebt.«

Er lachte. »Nein, Mädchen, das wird er wohl nicht. Ich könnte mir vorstellen, dass alle Teilnehmer an der Ratsversammlung ähnlich hungrig sind wie ich.«

Mit einem kurzen Abschiedsgruß ging Mairi an ihm vorüber. Da sie sofort wieder in Gedanken versunken war, bemerkte sie den harten Blick nicht, den er ihr nachsandte.

Jahrelang hatte sie kaum an seine Tracht Prügel gedacht, doch nun fiel ihr alles wieder ein. Als wäre es gestern gewesen, spürte sie wieder, wie seine große Hand auf ihr kleines nacktes Hinterteil herabsauste. Sie hatte damals niemandem erzählt, dass er ihr den Rock hochgeschoben hatte. Und später, als ihr klar wurde, wie ungehörig das gewesen war, traute sie sich vor Scham nicht mehr, darüber zu reden. Außerdem hatte sie Angst, dass man sie auslachen würde.

Widerwillig schob sie den Gedanken an den unangenehmen Vorfall beiseite und lief rasch die Treppe hinauf.

Meg Raith wartete schon ungeduldig auf sie. Als Mairi ihr beiläufig mitteilte, dass sie ihr Haar heute offen tragen wollte, riet die Zofe ihr ab: »Das lasst lieber bleiben, wenn

Ihr Euch nicht einen Rüffel von Eurer Frau Mutter einhandeln wollt. Sie wird euch schnurstracks wieder nach oben schicken, damit ihr Euch anständig frisiert. Was Ihr bloß immer für Ideen habt!«

Mairi kam sich wie ein getadeltes Kind vor. Megs Worte hatten ihr klargemacht, was sie von ihrer Mutter zu hören bekommen würde. Welcher Teufel hatte sie nur geritten, etwas Derartiges auch nur vorzuschlagen? Jetzt ärgerte es Mairi, dass sie Lachlan dem Listigen ohne weiteres hatte gehorchen wollen, vor allem, ohne die Konsequenzen zu bedenken. Und, was noch schlimmer war, sie hatte sogar ernsthaft in Erwägung gezogen, auch seinen anderen Wunsch zu erfüllen und sich heimlich mit ihm zu treffen. Doch wenn sie es sich recht überlegte, so hatten seine Worte fast wie ein Befehl geklungen.

Gedankenverloren ließ sie sich von Meg in die blassgrüne Robe helfen und sich das Haar ordentlich unter Haube und Schleier feststecken. Sie drehte sich um, setzte sich und stand wieder auf, je nachdem, wie die Zofe es ihr gebot, und wählte achtlos eines von zwei Schmuckstücken aus, die Meg ihr hinhielt.

Was machte dieser Mann mit ihr? Er drängte und bohrte so lange, bis er bekam, was er wollte. Wenn sie ihm den kleinen Finger reichte, nahm er die ganze Hand. Ohne auf ihre Bedenken Rücksicht zu nehmen, hatte er von ihr verlangt, dass sie die Bewegungsfreiheit, die sie genoss, über Gebühr ausnutzte. Anscheinend war sie machtlos gegen ihn. Selbst jetzt, da sie die Folgen eines heimlichen Treffens bedachte, quälten sie keinerlei Gewissensbisse. Im Gegenteil, mit jeder Faser ihres Körpers sehnte sie sich danach, ihn wiederzusehen und ein Geheimnis mit ihm zu teilen.

Aber das ging einfach nicht, sagte sie sich. Schließlich war sie eine gehorsame Tochter und hatte außerdem nicht die geringste Lust, nach der Pfeife eines Mannes zu tanzen.

Als sie fertig war, begab sich Mairi zu ihrer Mutter und

den übrigen Mitgliedern der Familie, die bereits darauf warteten, zum Essen hinunterzugehen. In der großen Halle waren die Ratsherren gerade im Begriff, ihre Plätze auf dem Podium einzunehmen. Obgleich er nicht auf der Ratsversammlung gewesen war, hatte es Lachlan irgendwie geschafft, sich den Stuhl neben ihr zu sichern. Einen Augenblick lang war Mairi versucht, die Plätze mit Elizabeth zu tauschen, um ihm zu zeigen, dass es nicht immer nach seinem Willen ging, doch dann überlegte sie es sich anders. Ihr stand der Platz zur Linken von Lady Margaret zu, während Elizabeth wie gewöhnlich zwischen den Zofen Rose und Kraut am Ende der Damenseite saß.

Bei einem formellen Mahl, bei dem Adelige mit ihren Damen anwesend waren, saßen die Männer – streng in der Reihenfolge ihres Ranges – zur Rechten, die Frauen entsprechend zur Linken des Hausherrn. Früher hatten Lady Margaret und ihre Kinder nie mit den Ratsherren gespeist. Doch als ihre Töchter ins heiratsfähige Alter kamen, hatte die Lady darauf bestanden, dass sie zumindest hin und wieder an einem offiziellen Essen teilnahmen. Damit wollte sie die einflussreichen Gäste daran erinnern, dass sie hier eine passende Gemahlin für ihre Söhne finden konnten.

Den Blick sittsam gesenkt, folgte Mairi ihrer Mutter zur Tafel, wo sie an ihrem Platz stehen blieb, bis der Kaplan ihres Vaters das Tischgebet gesprochen hatte. Sie konnte ihren Sitznachbarn unmöglich während der gesamten Mahlzeit ignorieren, da sie sich aus derselben Saucenschüssel bedienten und die Höflichkeit es gebot, dass er ihr von den Speisen vorlegte, die der Page auf einer Platte präsentierte. Lediglich ihrem Vater und seiner Lady wurden die Speisen von einem eigenen Leibdiener serviert.

Kaum war das allgemeine »Amen« verklungen, begannen die Musikanten auf der Galerie zu spielen. Doch der Klang von Flöte und Harfe wurde übertönt vom allgemeinen Füßescharren und Bänkerücken, als sich jetzt alle setzten.

An der hohen Tafel ging es etwas leiser und gesitteter zu als unten in der Halle. Sobald alle Anwesenden ihre Plätze eingenommen hatten, wurde der erste Gang aufgetragen. Lachlan gab dem Knaben, der hinter Mairis Stuhl stand, einen Wink, weil er ihr selbst vorlegen wollte. Sie lehnte nicht ab, um kein Aufsehen zu erregen, bemerkte jedoch, dass Niall ihnen einen finsteren Blick zuwarf.

Mairi biss sich auf die Lippen, als der für das Brot zuständige Diener an die hohe Tafel trat, gefolgt von einem Jungen, der die Butter trug. Unter Nialls strengem Blick bot er zuerst ihrem Vater, dann ihrer Mutter den Korb mit den Weißbroten dar. Als Mairi selbst an der Reihe war, nahm sie sich gleichmütig einen der kleinen Laibe. Bestimmt würden sich auch ihre Eltern nicht daran stören, wenn sie wüssten, dass das Brot auf den sauber geschrubbten Boden des Backhauses gefallen war.

Unten in der Halle verteilten Küchenhelfer Holzbretter mit gröberem Brot auf den langen Tischen, während der Butler und seine Gehilfen bereits den schweren, auf den Inseln üblichen Brogac, sowie Claret für die hohe Tafel und Bier und Ale für die unteren Tische hereinbrachten.

»Ihr scheint Euch heute ja ausnehmend für die Dienerschaft zu interessieren«, sagte Lachlan neben ihr. Wie so oft klang seine Stimme ein wenig spöttisch.

Sie blickte starr geradeaus und erwiderte: »Einer der Männer hat heute Morgen einen riesigen Lachs gefangen, der gleich als erster Gang aufgetragen werden soll.«

»Das erklärt fürwahr Eure Faszination.« Trotz seines neckenden Tons weigerte sie sich noch immer, ihn anzusehen.

Sie hätte gern in Ruhe nachgedacht, doch so nahe bei Lachlan konnte sie kaum einen klaren Gedanken fassen. Bereits beim Eintreten hatte sie bemerkt, dass neben ihm sein Bruder und dahinter Sir Ian MacSporran, der Erbkämmerer Seiner Gnaden, saßen. Mairi fragte sich, warum MacSporran als Ranghöherer weiter von seinem Lehnsherrn entfernt saß als die Gillean-Söhne. Nur gut, dass Lachlan Lubanach wenigstens keine Bemerkung über ihre Haube gemacht hatte.

Als die Spielleute eine neue Weise anstimmten, musste sie wieder an ihr Beisammensein mit Lachlan auf der Galerie denken. Wenn die beiden Diener sie nicht mit ihrem Gespräch gestört hätten, hätte sie Lachlan bestimmt seinen Willen gelassen. Und wenn sie so dumm wäre, heute Abend zu dem Stelldichein mit ihm zu gehen, würde sie nicht als Jungfrau zurückkommen.

Eine Bemerkung von ihm riss sie aus ihren Gedanken.

Sie zupfte ein Stückchen Brot ab und sagte leichthin: »Verzeiht, Sir. Ich habe gerade nicht zugehört.«

»Das habt Ihr wahrhaftig nicht, Mädchen. Seid Ihr immer so unhöflich zu Eurem Tischherrn? Das muss unbedingt aufhören, wenn wir erst einmal verheiratet sind.«

Er sprach so laut, dass Lady Margaret ihn hätte hören können. Mairi verschluckte sich vor Schreck fast an dem Bissen Brot, den sie sich soeben in den Mund gesteckt hatte, und schaute ihn entgeistert an. Er erwiderte ihren Blick mit einem zufriedenen Grinsen.

Sobald sie wieder sprechen konnte, flüsterte sie empört: »Für diese Unverschämtheit habt Ihr eine Ohrfeige verdient!«

»Tatsächlich? Ihr könnt mich ja später bestrafen, wenn Ihr wollt, meine Süße.«

Diesmal hatte er Gott sei Dank die Stimme gesenkt. Dennoch blickte sie angestrengt auf ihren Teller, fest entschlossen, ihn nicht weiter zu beachten. Doch seine körperliche Nähe war ihr nur zu bewusst. Auch ohne ihn anzusehen, registrierte sie jede seiner Bewegungen und fuhr zusammen, als seine Hand unter dem Tisch ihren Schenkel streifte.

Doch schließlich war das Mittagsmahl vorüber, und die Männer begaben sich wieder auf die Council Isle. Zu Mairis Erleichterung schloss sich Lachlan den Ratsherren an und verließ die Halle.

Als er sich mit Hector und den übrigen Männern auf den Weg machte, musste Lachlan über Mairis Reaktion auf seine Neckereien bei Tisch schmunzeln. Hector warf ihm einen fragenden Blick zu, doch Lachlan sagte nichts, bis sie schon beinahe auf dem Damm zur Council Isle waren.

Dann flüsterte er seinem Bruder zu: »Bleib kurz stehen, und tu so, als würdest du dir den Schuh zubinden.« Sie ließen die anderen vorangehen und folgten ihnen in einigem Abstand. »Elma MacCoun hatte neben Mellis offenbar noch andere Männer«, erklärte Lachlan.

»Wer könnte ihr das verdenken?«, antwortete Hector. »Aber wenn Mellis wirklich so ein Grobian ist, wie die Leute behaupten, trieb sie ein gefährliches Spiel.«

»Das stimmt. Aber sieh doch mal zu, ob du herausfinden kannst, wer ihr Auserwählter war.«

»Ich habe mich schon umgehört, aber nichts erfahren, was uns weiterhilft«, sagte Hector. »Das Mädchen ließ sich anscheinend mit jedem ein, der ihr schöne Augen machte. War wohl ein kleines Flittchen.«

MacDonald hatte bereits seinen Platz an der großen steinernen Tafel eingenommen, daher blieb ihnen keine Zeit mehr zum Reden. »Bleib dran an der Sache«, sagte Lachlan noch, bevor sie sich eilig zu den Übrigen gesellten.

Da Agnes nicht beim allgemeinen Mittagessen gewesen war, beschloss Mairi, nach ihr zu sehen. Abermals holte sie Brot und Suppe aus der Küche und ging zur Kate der Alten. Agnes ging es schon viel besser, und Mairi fragte, ob Ewan sich um sie gekümmert hätte. »Ihn habe ich auch nicht beim Essen gesehen«, fügte sie lächelnd hinzu, während sie Brot und Suppe auf den Tisch stellte.

»Vergelt's Gott, Mistress«, bedankte sich Agnes und fügte hinzu: »Ewan ist wieder nach Kilchoman geritten, um dort zu arbeiten. Er kommt erst kurz bevor wir in den Norden aufbrechen wieder.«

Mairi erinnerte sich daran, dass Lachlan sie gebeten hatte, Erkundigungen über Shim MacVey, Fin MacHugh und Gil Dowell einzuholen. Daher fragte sie Agnes, ob sie die drei Männer gut kannte. »Sind das Freunde von Ewan?«

»Das kann ich mir nicht vorstellen, Mylady, aber was Genaues weiß ich nicht. Am besten fragt Ihr den Haushofmeister. Für den arbeiten sie meist, genau wie unser Ewan auch. Sie sind heute mit ihm nach Kilchoman geritten. Mellis ist mit von der Partie«, fügte sie hinzu.

»Waren sie alle damals mit Lord Godfrey unterwegs?«

»Das weiß ich nicht. Aber gewöhnlich schickt der Haushofmeister sie voraus, bevor der ganze Haushalt weiterzieht. Jetzt wird er sie wohl auch bald in den Norden schicken. Ewan sagt, auf Aros, Mingary und Ardtornish gibt es jede Menge zu tun.«

Mairi beschloss, Niall nicht zu fragen. Bestimmt wäre er nicht erbaut davon, dass sie sich für so eine abscheuliche Tat interessierte. Womöglich glaubte er nicht einmal an ein Verbrechen. Und dass Lachlan, ebenso wie sie, es für einen Mord hielt, konnte sie ihm erst recht nicht erzählen.

Der Nachmittag verging Mairi wie im Traum. Sie verbrachte die meiste Zeit mit Lady Margaret, den beiden Zofen und Elizabeth, hätte jedoch später nicht mehr zu sagen gewusst, worüber sie sich mit ihnen unterhalten hatte. Nachdem sie sich mit Megs Hilfe zum Abendessen umgekleidet hatte, kam Elizabeth in die Kammer. Nach einem Blick auf ihre Schwester rief sie: »Du meine Güte, warum ziehst du denn deine beste Samttunika an, wo wir doch bloß *en famille* zu Abend essen?«

»Ach ja?« Mairis Enttäuschung war groß.

Ihre Schwester zog die Augenbrauen hoch. »Das wusstest du doch. Unsere Frau Mutter hat uns vor einer Stunde mitgeteilt, dass Seine Gnaden es so wünscht.«

»Da habe ich wohl gerade geträumt«, erwiderte Mairi. »Gut, dass du mich daran erinnert hast, Elizabeth.«

»Seine Gnaden wird sich später zu seinen Gästen in die Halle begeben, aber für uns wird es ein ruhiger Abend, fürchte ich. Das ist besonders schade, weil Hector Reaganach versprochen hat, noch einmal das Kreuzfahrerlied zu singen. Er ist wirklich sehr amüsant.«

»Ich weiß nur noch, dass einige seiner Lieder reichlich gewagt waren«, erwiderte Mairi. Als Hector dieses spezielle Lied gesungen hatte, war sie wohl gerade mit Lachlan draußen gewesen.

Elizabeth kicherte. »Das kann ich mir vorstellen, dass du dich daran erinnerst. Manchmal denke ich, du bist ein bisschen leichtfertig, Mairi. Was würde unsere Frau Mutter dazu sagen?«

»Diese Lieder bringen mich eben zum Lachen«, sagte Mairi leichthin. Sie glaubte nicht, dass die Worte ihrer Schwester einen verborgenen Hintersinn hatten oder dass sie etwas von der Beziehung ahnte, die sich zwischen Mairi und Lachlan anbahnte. Elizabeth war von Natur aus weder übermäßig scharfsinnig noch besonders arglistig. Wenn sie etwas vermutet hätte, hätte sie Mairi offen darauf angesprochen.

Im Gegensatz zu ihr selbst würde sich Elizabeth auch bestimmt nicht heimlich verlieben. Ihre Zukunft war genauso vorherbestimmt wie die von Mairi oder ihrer Halbschwester Marjory. Elizabeth sollte Black Angus Mackay von Strathnaver heiraten, der, ebenso wie Marjorys Macleod, eines Tages an der Spitze seines Clans stehen würde. Mackay war ein wichtiger Verbündeter, der über ein weitläufiges Gebiet herrschte, und Elizabeth stellte für MacDonald ein Mittel dar, um dieses Bündnis zu besiegeln, so wie Mairis Heirat dazu dienen sollte, die Verbindungen zum schottischen Königshaus zu untermauern.

Wie sich herausstellte, verlief das Abendessen für die Frauen sogar noch ruhiger als vermutet, da sie völlig unter sich waren. Als sich Mairi nach ihrem Vater erkundigte, sagte Lady

Margaret: »Seine Gnaden hat beschlossen, mit seinen Ratsherren zu speisen. Sie wollen noch weiter darüber diskutieren, welche Antwort sie dem König der Schotten in dieser fatalen Lösegeldangelegenheit geben sollen. Außerdem geht es um die Frage, bis zu welchem Grad sich Seine Gnaden David als seinem Lehnsherrn beugen muss.«

»Aber wieso kann David dergleichen von ihm verlangen?«, fragte Elizabeth schüchtern.

»Ich finde, Seine Gnaden braucht sich überhaupt nicht zu unterwerfen«, erklärte Mairi bestimmt. »Der König ist nicht sein Lehnsherr, und dieses dumme Lösegeld geht uns gar nichts an. Cousin David soll froh sein, dass Seine Gnaden es mit ausgehandelt hat, sonst säße er wohl noch immer in England fest.«

Elizabeth seufzte. »Das ist alles furchtbar kompliziert, nicht wahr, Madam?«

Margaret lächelte. »Uns mag es so erscheinen, doch wir Frauen müssen lernen, dem Urteil unseres Gemahls zu vertrauen, Liebes. Männer verstehen von diesen Dingen einfach mehr.«

Mairi ballte die Fäuste, sagte jedoch nichts. Sicher kannten sich mächtige Männer, vor allem jene, die unmittelbar an wichtigen Ereignissen wie dem Krieg zwischen Frankreich und England beteiligt waren, besser in der Politik aus. Doch niemals würde sie glauben, dass ein Mann mehr von allem und jedem verstand, nur weil er ein Mann war.

Wieder musste sie daran denken, wie selbstverständlich Lachlan von ihr erwartete, dass sie ihr Haar offen trug oder sich mit ihm traf. Hoffentlich hatte er nicht die Absicht, sie herumzukommandieren, falls ihr Vater jemals seine Einwilligung zur Heirat geben sollte. Denn dann würde sich Lachlan der Listige auf eine Überraschung gefasst machen müssen.

10

Nach dem Abendessen war Mairi gereizt und unruhig und nicht zu oberflächlichem Geplauder aufgelegt. Nachdem die Diener den Tisch abgeräumt hatten, nahm Elizabeth ihre Stickerei zur Hand. Mairi hatte jedoch keine Lust, sich mit Handarbeiten zu beschäftigen. Sie wollte nachdenken, doch in ihrem Kopf purzelten die Gedanken durcheinander.

Es dauerte nicht lange, und Lady Margaret fiel die Rastlosigkeit ihrer Tochter auf.

»Meine Liebe«, sagte sie, »kannst du dich nicht irgendwie beschäftigen?«

Bevor Mairi antworten konnte, sagte Elizabeth: »Ich wette, sie würde lieber mit in der großen Halle sitzen als hier bei uns, Madam. Mir geht es ja genauso.«

»Sei nicht so vorlaut«, wies Margaret sie zurecht. »Immerhin sind wir noch in der Fastenzeit, da sollte man fromme Gedanken hegen und nicht nach weltlichen Freuden streben.«

»Ja, Madam«, erwiderte Elizabeth ohne wirkliche Überzeugung.

»Hab noch ein bisschen Geduld«, sagte Mairi zu ihrer Schwester. »Die Fastenzeit ist bald vorüber, und dann kommen die Herren mit ihren Damen nach Ardtornish und ...« Als sie den missbilligenden Blick ihrer Mutter bemerkte, ergänzte sie hastig: » ... und John Og wird endlich seinen Sohn haben und wir einen Grund zum Feiern.«

»Wenn ihr beide heute Abend euer Nachtgebet sprecht«, bemerkte Lady Margaret trocken, »dann betet darum, dass John Ogs Kind gesund zur Welt kommt und dass unsere Gäste nicht alle auf einmal auf Ardtornish einfallen und nicht zu lange bleiben. Der Frühling wird für uns alle angenehmer, wenn sich die Abtrittgruben nicht so rasch füllen wie vor zwei Jahren, als wir unseren Aufenthalt abbrechen mussten, noch bevor euer Vater richtig zur Ruhe kommen konnte.«

»Er wird schon dafür sorgen, dass so etwas nicht wieder passiert«, erwiderte Mairi zuversichtlich.

So plätscherte das Gespräch dahin, bis Mairi glaubte, sich zurückziehen zu können, ohne sich einen Vorwurf von ihrer Mutter einzuhandeln. Rasch lief sie in ihre Schlafkammer, denn Elizabeth würde schon bald nachkommen. Wie kam Lachlan nur auf die Idee, sie könnte sich so ohne weiteres aus dem Haus schleichen? Wieso denke ich überhaupt darüber nach?, schalt sie sich selbst. Ich werde mich nicht mit ihm treffen, und fertig. Das wäre der blanke Wahnsinn.

Als Mairi in die Kammer trat, war Meg noch nicht da. Ohne einen Augenblick zu überlegen, was sie eigentlich vorhatte, ging sie in den angrenzenden Ankleideraum, wo die Kleider aufbewahrt wurden und Meg für gewöhnlich schlief. Sie holte sich einen alten schwarzen Umhang, den sie nur bei besonders kaltem Wetter trug, und lief damit zurück in ihre Schlafkammer. Dort stand sie dann, die Ohren gespitzt, ob Elizabeth oder Meg schon kamen, und blickte sich um.

Bis auf einen Hocker, den Waschtisch, das Himmelbett an der Wand und den Kerzenleuchter daneben gab es in der Kammer keine Möbel. Die blausamtenen Bettvorhänge reichten nicht ganz bis zum Boden. Mairi bückte sich und schaute unter das Bett, ob sie dort wohl den Umhang verstecken konnte. Dabei wurde ihr bewusst, dass sie zwar noch immer entschlossen war, nicht zu dem Rendezvous zu gehen, gleichzeitig aber bereits Vorbereitungen dafür traf.

Ob das wohl geht?, fragte sie sich, während sie mit dem zusammengeknüllten Umhang vor dem Bett auf dem Boden kniete. Was ist, wenn Meg ausgerechnet heute Abend nachsehen will, ob unter dem Bett gefegt wurde?

Als Meg und Elizabeth schließlich kamen, hatte Mairi bereits die Kerzen angezündet. Sie hatte sich entschieden, ihrer drängenden Leidenschaft nachzugeben. Während Meg ihr beim Auskleiden half und ihr einen Morgenrock reichte, um gleich darauf Elizabeth behilflich zu sein, musste Mairi sich zwingen, nicht alle paar Sekunden nachzuschauen, ob der Umhang unter dem Bett auch wirklich nicht zu sehen war.

Sie putzte sich am Waschtisch die Zähne, wusch sich das Gesicht und warf dabei immer wieder einen nervösen Blick zur Zofe hinüber. Sie war davon überzeugt, dass Meg ihr die Aufregung anmerken müsste.

Da Mairi, wie es allgemein üblich war, nackt schlief und nicht mehr in den Ankleideraum gehen konnte, wenn Meg sich dort zur Ruhe gelegt hatte, konnte sie nur hoffen, dass die Zofe ihre Sachen zum Lüften an die Kammertür hängen würde, bevor sie sie am nächsten Tag in einer der Truhen verstaute. Zuweilen ging Meg jedoch nicht sofort schlafen, sondern setzte sich noch mit einer Flickarbeit ans Küchenfeuer und hielt dabei ein Schwätzchen mit einer Freundin.

Rose und Kraut hatten ihre Strohsäcke in der großen Kammer, unmittelbar neben den inneren Gemächern, wo Lady Margaret und der Lord schliefen. Der Weg in den Hof führte durch diese große Kammer, doch Mairi wusste aus Erfahrung, dass die beiden Zofen ihrer Mutter einen festen Schlaf hatten. Dann blieb als einziges Problem die Tatsache, dass sich Mairis Vater und ihre Brüder noch immer in der Halle aufhielten. Sie musste sich also vorsehen, dass sie keinem von ihnen auf der Treppe oder draußen in die Arme lief.

Lachlan würde mit ihr bestimmt nicht auf dem Hof bleiben wollen, überlegte Mairi, während sie sich das Haar bürstete. Zwar mochte er der Meinung sein, dass Gefahr einem Abenteuer erst die rechte Würze verlieh, doch so tollkühn wäre nicht einmal er. Normalerweise handelte er durchaus vernünftig, wenn er auch manchmal ein wenig zu sehr von sich überzeugt war.

Daher wollte sie ihm das weitere Vorgehen überlassen. Bei dem Gedanken an das Zusammensein mit ihm überlief sie ein wohliger Schauer.

In sein Schlafgemach konnte er mit ihr nicht gehen, denn obgleich es auf Finlaggan zahlreiche Gästezimmer gab, musste Lachlan seine Kammer bestimmt mit seinem Bruder und vielleicht sogar mit einem oder zwei weiteren Gentlemen teilen.

Es gehörte zu Niall Mackinnons Aufgaben, den Besuchern ihre Zimmer zuzuweisen, und mit der Unterbringung der Gillean-Söhne hatte er sich vermutlich keine besondere Mühe gegeben.

»Wo bist du denn mit deinen Gedanken, Mairi?«, fragte Elizabeth. »Meg hat dich schon zweimal gefragt, was du morgen anziehen willst.«

Mit einer kurzen Entschuldigung gab Mairi ihrer Zofe die gewünschte Auskunft, dann legte sie ihren Morgenrock ab und stieg ins Bett. Sie war froh, dass ihre Schwester an der Wandseite lag; immerhin würde sie nicht über sie hinwegklettern müssen.

Als Meg die Bettvorhänge zuzog, murmelte Elizabeth schläfrig: »Heute Abend scheinst du ein wenig durcheinander zu sein, Mairi. Du wirst doch nicht krank werden, oder?«

»Nein, meine Liebe, ganz gewiss nicht«, antwortete Mairi. Aber möglicherweise konnte man ihren emotionalen Zustand durchaus als Krankheit bezeichnen.

In der großen Halle spielte Lachlan mit seinem goldenen Ring, während er im Stillen über das endlose Geschwätz der übrigen Ratsherren fluchte. Zumindest hatte MacDonald darauf bestanden, dass sie zum Essen in die große Halle zurückkehrten. Viele der Männer hatten auf der Ratsinsel bleiben und dort weiter debattieren wollen. Das taten sie nun eben hier, und jeder, der wollte, konnte zuhören, so wie es auch bei der Verhandlung gegen Ian Burk gewesen war. Lady

Margaret und ihre Töchter waren natürlich nicht anwesend, und das, fand Lachlan, war auch besser so.

Seit dem Mittagessen kauten die Ratsherren wieder und wieder die gleichen Fragen durch wie bereits am Morgen, als Lachlan sich mit Mairi vergnügt hatte. Doch was ihn am meisten frustrierte, war, dass die anderen den einzigen Ausweg aus dem Dilemma nicht erkannten.

Am liebsten wäre er aufgestanden und hätte es ihnen erklärt, doch er wusste aus Erfahrung, dass sie seinen Vorschlag rundheraus ablehnen würden. Zwar waren er und sein Bruder als Abgesandte ihres Vaters freundlich empfangen worden, doch als es an die Beratungen ging, zeigte sich rasch, dass die anderen Männer die Gillean-Söhne für zu jung und unerfahren hielten, um sich ein Urteil in den komplizierten politischen Angelegenheiten erlauben zu dürfen.

Sie hatten die beiden damit nicht beleidigen wollen; dennoch hatte Hector es ihnen sehr übel genommen, mehr noch um Lachlans als um seiner selbst willen. Jetzt saß er gereizt und angespannt neben Lachlan, wie ein Falke, der bereit ist, auf seine Beute herabzustoßen.

Lachlans innere Uhr sagte ihm, dass es bald zur Komplet läuten würde. Falls die anderen die Absicht hatten, die ganze Nacht lang weiterzudiskutieren, wollte er jedenfalls nicht dabei sein. Andererseits würde es sicher nicht gut aufgenommen werden, wenn er die Versammlung verließ, bevor das anstehende Problem gelöst wäre oder MacDonald sie alle zu Bett schickte.

»Sie fragen uns noch nicht einmal nach unserer Meinung«, murmelte Hector.

»Deine Meinung kennen sie schon in- und auswendig«, flüsterte Lachlan zurück.

Als Hector ihn daraufhin wütend anfunkelte, sagte Lachlan lächelnd: »Schau nicht so böse, sonst jagst du noch jemandem einen Schrecken ein. Das bringt uns auch nicht weiter.«

»Vielleicht kann ich ihnen ja einen solchen Schrecken einjagen, dass sie endlich zu einem Ergebnis kommen.«

»Sie würden dann wohl eher glauben, dass du tatsächlich lieber die Streitaxt der Gilleans mit ins Bett nimmt als eine hübsche Frau.«

Hector musste wider Willen lächeln. »So eine Streitaxt ist doch eine hervorragende Gefährtin«, sagte er und fügte ernster hinzu: »Ich bin sicher, du hast die Lösung schon parat. Warum verrätst du sie ihnen nicht, damit wir endlich fertig werden?«

»Weil sie mir doch nicht zuhören würden. Denk doch nur mal daran, wie Mackinnon gestern jedes meiner Argumente abgeschmettert hat, als wäre ich ein hirnverbrannter Idiot. Aber jetzt sei still, ich will zuhören.«

»Ich bitte um Vergebung, Euer Gnaden«, ließ sich die barsche Stimme des kräftigen Murdoch Macleod vom anderen Ende der hohen Tafel vernehmen. »Wie der Erbkämmerer gerade sehr richtig bemerkte, müsste Euch der König dankbar dafür sein, dass Ihr mit den Engländern ein Lösegeld für ihn ausgehandelt habt. Doch ich habe das Gefühl, dass dieser dumme Mensch sich mehr an die Engländer hält als an uns.«

»Ja, das stimmt«, pflichtete ihm Andrew MacSporran bei. »Immerhin war unser Davy eine Zeit lang mit der Schwester des englischen Königs Edward verheiratet. Und hat er nicht vor drei Jahren vorgeschlagen, dass Edwards ältester Sohn sein Nachfolger werden soll, weil er selbst ja anscheinend keinen Thronerben zustande bringt?«

In das allgemeine missbilligende Gemurmel hinein meldete sich erneut Macleod zu Wort: »Hinzu kommt noch, dass Ihr, Euer Gnaden, durch Eure Heirat mit Lady Margaret – Glück und Segen über sie – mit den Stewarts verbündet seid. Und Davy fürchtet nun, dass Ihr ihn stürzen und einen Stewart auf den Thron setzen wollt.«

»Ja«, erwiderte MacDonald, »so würde ich den Charakter des Königs ebenfalls einschätzen.«

»Wenn er überhaupt einen hat«, murmelte einer. – »Bei allem Respekt, Euer Gnaden«, sagte Niall Mackinnon, »aber der König hat schon seine Gründe. Er hat offen kritisiert, dass Ihr Euch, ohne die Ehe annullieren zu lassen, von Eurer ersten Frau getrennt und Lady Margaret geheiratet habt. Zweimal hat er bereits darauf hingewiesen, dass Ihr nun zwei Ehefrauen habt, was gegen das Gesetz verstößt.«

Lachlan waren der König der Schotten und seine Ansichten herzlich egal, doch die empörten Ausrufe, die hier und dort laut wurden, waren ein Anzeichen dafür, dass die Debatte wieder hitzig zu werden drohte. Er fragte sich, ob Mackinnon Unruhe stiften wollte oder die Bemerkung aus purer Langeweile gemacht hatte. Wie bei allen Versammlungen war auch hier das Problem, dass es neben wichtigen Wortmeldungen auch viel leeres Geschwätz gab.

Mit einer scheinbar linkischen Bewegung stieß Lachlan seinen Kelch um, sprang auf und schnappte sich ein Tuch von einem vorübergehenden Pagen. Damit versuchte er, den Wein aufzuwischen, bevor er seinem Sitznachbarn Mackintosh, dem Oberhaupt des Chattan-Clans, über die Kleidung laufen konnte.

»Verzeiht mir meine Ungeschicklichkeit, Sir«, entschuldigte er sich lächelnd bei dem älteren Mann. »Ich fürchte, ich habe etwas zu gebannt die Diskussion verfolgt und dabei nicht auf meinen Becher geachtet.«

»Ihr tut gut daran, Euch die Debatte anzuhören, Junge«, erwiderte Mackintosh.

»Ja, aber ich bin nicht sicher, ob ich auch alles richtig verstanden habe«, sagte Lachlan und wandte sich an MacDonald: »Dürfte ich wohl eine Frage stellen, Euer Gnaden?«

»Aber sicher, mein Junge«, sagte der Lord der Inseln freundlich. »Fragt, soviel Ihr wollt. Diese Debatten sind manchmal wirklich verwirrend.«

»Nun ja, ich bin sicher, dass Ihr alle hier das Problem bereits durchschaut habt. Also berichtigt mich bitte, wenn ich etwas Falsches sage. So wie ich es sehe, ist das Dilemma dadurch entstanden, dass das schottische Parlament gegen Euch, Euer Gnaden, Klage erhoben hat. Und zwar zum einen, weil Ihr Euch weigert, die Abgabe an die Krone zu entrichten, mit der der König der Schotten sein Lösegeld an die Engländer bezahlen will. Und zum anderen wegen angeblicher Anstiftung zur Rebellion, da andere Inseladlige Eurem Beispiel gefolgt sind und ebenfalls nicht gezahlt haben.«

»Ja, das habt Ihr ganz richtig verstanden, mein Junge«, bemerkte Agnew, der Erbsheriff von Galloway, anerkennend.

»Ich danke Euch, Sir«, antwortete Lachlan. »Dann trifft es vermutlich auch zu, dass der König Seine Gnaden aufgefordert hat, vor ihm zu erscheinen und sich für sein Verhalten zu rechtfertigen.«

»Ja, Junge, das stimmt auch«, sgte Macleod von Glenelg.

»Aber ich gehe doch wohl recht in der Annahme«, fuhr er fort, »dass Seine Gnaden noch immer Lord der Inseln und König der Hebriden ist, oder?«

»Das ist er fürwahr!«, riefen einige und schlugen mit der Faust auf den Tisch.

Lachlan wartete, bis sich alle wieder beruhigt und seine Worte verarbeitet hatten.

»Was ist, Junge?«, erkundigte sich Agnew. »Habt Ihr noch etwas auf dem Herzen?«

»Ich hätte doch gern gewusst, wann der König der Schotten die Herrschaft über den König der Hebriden gewonnen hat«, erwiderte Lachlan mit gespieltem Erstaunen.

»Das hat er nie und wird er auch nie!«, rief Mackintosh. »Jeder König ist einem anderen König gleichgestellt. Somerled, der Ahnherr Seiner Gnaden, nannte sich König der Inseln *und* der Hebriden.«

»Ich hoffe, Ihr seht mir nach, dass ich erst jetzt verstehe, was Euch allen schon längst klar ist. Als unabhängiger Souverän hat Seine Gnaden das Recht, unbeeinflusst von anderen Herrschern seine Entscheidungen zu treffen.«

»Ja, genau!«, riefen Agnew und MacSporran wie aus einem Munde.

Dann schauten sie einander an. In der Halle war es totenstill.

Endlich hatten sie begriffen!, dachte Lachlan. Ruhig und gelassen begegnete er MacDonalds langem, eindringlichem Blick. Schließlich schaute der Lord der Inseln zum anderen Ende der Tafel hinüber.

Lachlan wartete schweigend.

Als er spürte, wie Hector neben ihm nervös auf dem Stuhl herumrutschte, legte er seinem Bruder beruhigend die Hand auf die Schulter.

Der alte Cameron von Lochaber, der den Ehrenplatz neben MacDonald einnahm, hatte sich den ganzen Abend noch nicht zu Wort gemeldet. Vor sechsundvierzig Jahren hatte er die Ehre gehabt, zu den Mitunterzeichnern der Erklärung von Arbroath zu gehören. In diesem Schreiben an den Papst hatten acht schottische Grafen und einunddreißig Barone ein für alle Mal erklärt, dass Schottland sich niemals und unter keinen Umständen England unterwerfen werde. Für dieses Verdienst genoss Lochaber den Respekt aller Anwesenden.

In diesem Augenblick begann es zur Komplet zu läuten. Lachlan unterdrückte einen Seufzer.

Jetzt erhob sich der Alte und wartete, bis aller Augen auf ihn gerichtet waren. Dann sprach er bedächtig: »Jeder von Euch weiß, dass ich MacDonalds Gefolgsmann bin und dass ich an die Freiheit glaube, ebenso wie Ihr und jeder gute Mann auf den Inseln – ja, überhaupt jeder Schotte, ob hochgestellt oder von niederer Abkunft. Lasst mich Euch daran erinnern, dass wir nicht für Ruhm, Ehre oder Reichtum kämpfen, sondern einzig und allein für die Freiheit. Dafür tritt jeder von uns mit seinem Leben ein.«

»Jawohl, so ist es!«, riefen einige, während andere zustimmend nickten.

»MacDonald, der Lord der Inseln, ist unser Fürst«, fuhr

Lochaber fort. »Und ebenso wie der König der Schotten oder Englands Edward ist er ein souveräner Herrscher. Genau das werden wir auch Davy zur Antwort geben. Wir werden ihm sagen, dass Seine Gnaden nicht bereit ist, mit seinem Geld zu Englands Reichtum beizutragen, und dass er seine Entscheidung dem König der Schotten gegenüber nicht zu rechtfertigen braucht.«

In den allgemeinen Jubel hinein erhob sich MacDonald und rief: »Wenn Ihr alle einverstanden seid, werde ich David diese Antwort schicken!«

Dann ergriff er Lochabers Hand. Als wieder Ruhe eingekehrt war, sagte er zu ihm: »Ich danke Euch für Euren guten Rat und erkläre die heutige Versammlung für geschlossen. Morgen nach dem Frühstück treffen wir uns wieder auf der Council Isle, um noch ausstehende Fragen zu erörtern.«

Lachlan neigte sich zu seinem Bruder hinüber und flüsterte ihm ins Ohr: »Ich brauche deine Hilfe.«

»Was soll ich denn tun?«

»Plage Seine Gnaden und dessen Söhne mit deinen Liedern, und halte sie so lange wie nur irgend möglich vom Vorhof zur Halle des Lairds fern.«

»Und dürfte ich auch fragen, warum?«

»Du darfst fragen, aber ich sage es dir nicht. Und jetzt muss ich los.«

»Viel Glück, mein Lieber. Du wirst es vermutlich brauchen.«

Die Worte klangen Lachlan noch im Ohr, als er raschen Schrittes davoneilte.

Der Hof lag verlassen im Schein der Fackeln, die neben dem Eingang zum Wohnturm brannten. Nur wenige Minuten nachdem Elizabeths tiefe Atemzüge Mairi verraten hatten, dass sie eingschlafen war, hörte sie, wie es zur Komplet läutete. Rasch, aber vorsichtig stieg sie aus dem Bett und holte ihren Umhang darunter hervor.

Als sie lauschend am Vorhang zur Ankleidekammer stand, hörte sie Meg leise schnarchen. Sie zog sich ihr Kleid über den Kopf, schnürte so gut es ging die Bänder im Rücken und legte sich das Cape um. Dann holte sie ihre Stiefel, die Meg vor die Tür der Schlafkammer gestellt hatte, für den Fall, dass ihre Herrin am Morgen ausreiten wollte, und schlich barfuß und auf Zehenspitzen die Treppe hinunter, bevor sie sich auf eine Stufe setzte und in die Schuhe schlüpfte.

Verstohlen drückte sie sich an der Wand entlang bis zu der Seite des Vorhofes, die dem Loch zugekehrt war. Dort blieb sie im Schatten stehen. Der Himmel funkelte von Sternen, und über die Hügel im Osten ergoss sich der goldene Schein des aufgehenden Mondes.

Während sie sich fester in ihren Umhang wickelte und das Tor im Auge behielt, fragte sich Mairi, ob sie nicht besser wieder hineingehen sollte. Doch da erblickte sie einen hochgewachsenen Mann, der mit energischen Schritten auf sie zukam. Im Gegenlicht der Fackeln, die ihn von hinten beschienen, sein Gesicht jedoch im Dunkeln ließen, konnte Mairi nicht erkennen, ob es tatsächlich Lachlan war. Daher trat sie vorsichtshalber hinter eine Säule.

»Du brauchst dich nicht zu verstecken; wir haben keine Zeit zu verlieren«, sagte die Gestalt mit leiser, aber deutlich vernehmbarer Stimme.

»Woher wusstet Ihr, dass ich es bin? Es hätte doch irgendjemand sein können«, sagte sie leise, als er nahe genug herangekommen war.

»Nein, meine Süße«, erwiderte er. »Du gleichst keiner anderen. Aber komm jetzt. Die Versammlung ist zu Ende, und die anderen werden bald herauskommen.«

»Aber wohin sollen wir gehen? Wir werden ihnen direkt in die Arme laufen.«

Er umfasste ihre Hände, um sie zu wärmen.

»Du hättest Handschuhe anziehen sollen«, sagte er. »Es ist kalt hier draußen.«

»Meine Güte, Sir. Ich bin froh, dass ich überhaupt etwas gefunden habe, das ich überwerfen kann. Meine Zofe schläft in der Ankleidekammer, und deshalb musste ich den Umhang unter meinem Bett verstecken. Wenn sie nicht mein Kleid zum Lüften in unserem Gemach aufgehängt hätte, hätte ich jetzt unter meinem Mantel keinen Faden am Leibe.«

»Das könnte mir gefallen«, neckte er sie, während er mit ihr zu der niedrigen Brüstung ging, von wo aus man einen weiten Blick über den Loch hatte. »Aber wenn du das Gewand von heute Morgen trägst, bin ich auch zufrieden.«

»Die Zofe und die Kleider waren nicht die einzigen Probleme«, fuhr sie fort. »Meine Schwester schläft auch noch bei mir. Ich weiß wirklich nicht, wie Ihr auf die Idee gekommen seid, ich könnte mich so einfach hinausschleichen.«

»Aber du hast es doch geschafft, oder? Und dein Haar trägst du auch offen. Wir können alles, wenn wir es wirklich wollen.«

»Manchmal vielleicht, aber nicht immer.«

»Was sein muss, das schaffen wir auch. Das Problem ist nur, zu erkennen, was nötig ist.«

Er schwang ein Bein über die Brüstung und fasste sie um die Taille, um sie zu sich herüberzuheben. »Da fällt mir eine mögliche Schwierigkeit ein«, sagte er. »Lässt Seine Gnaden immer die Tore abschließen, wenn er abends nach Hause kommt?«

»Nein, nie«, antwortete sie. »Der Damm zum Festland wird bewacht, doch innerhalb des Burggeländes gibt es keine Wachen. Die Insel selbst beschützt uns besser als unsere Krieger.«

»Ich hätte eigentlich erwartet, dass der Lord der Inseln auf Schritt und Tritt von Bewaffneten umgeben ist, so, wie es seinem Rang zukommt.«

»Auf Reisen nimmt er schon seine Männer zum Geleit mit. Aber hier auf den Inseln ist es sicher. Kaum jemand schließt seine Haustür ab. Auf Ardtornish ist der Schlüssel zur

Haupteingangstür so groß, dass ich ihn nicht einmal hochheben kann. Als ich dreizehn war, habe ich es probiert. Aber wir benutzen ihn nie. Im loyalen Morvern droht uns keine Gefahr.«

»Hier entlang.« Mit diesen Worten dirigierte er sie zur Südspitze von Eilean Mòr.

Jenseits des aus Steinen und Holzstämmen bestehenden Dammes war undeutlich die Council Isle zu erkennen, umgeben von der schwarzen Wasserfläche, auf der sich die Sterne spiegelten.

»Wohin bringt Ihr mich?«

»Vertrau mir. Ich kenne ein Plätzchen, an dem wir ungestört sind.«

Das klang vielversprechend, doch dann kam ihr ein entsetzlicher Gedanke. »Ihr … Ihr werdet doch wohl nicht in das Haus auf der Insel gehen wollen! Die Dokumente meines Vaters … Der Ort ist ebenso heilig wie der Steintisch, Sir!«

Er lachte leise. »Glaub mir, Mädchen, ich habe nicht vor, einen heiligen Ort zu entweihen. Nicht einmal, um mit dir zusammen zu sein. Wenn es allerdings regnen sollte, wäre ich nicht abgeneigt …«

»Der Himmel ist klar.«

»Stimmt. Jetzt sei vorsichtig, wenn wir über den Damm gehen. Ein paar von den Balken knarren.«

Doch ihre Schritte waren so leise, dass niemand sie hören konnte. Im Übrigen lief es sich hier leichter als auf dem unebenen Boden aus festgestampfter Erde. Er stützte ihren Ellbogen mit einer Hand und führte sie sicher über jedes kleinste Hindernis. Hoffentlich war er im Aufspüren eines geeigneten Schlupfwinkels ebenso geschickt, dachte sie.

Während sie so neben ihm lief, musste sie daran denken, auf was für ein verrücktes Abenteuer sie sich da eingelassen hatte. Sie konnte nur froh sein, dass ihr Vater ein friedfertiger Mensch war. Es gab Männer, die brachten ihre Töchter um, wenn diese ihre Jungfräulichkeit an einen Mann verloren, dem sie nicht versprochen waren. Es war kaum anzunehmen, dass MacDonald sie töten würde, doch was ihre Brüder oder ihre Mutter anging, war sich Mairi nicht so sicher.

Bei dem Gedanken an eine mordlüsterne Lady Margaret musste sie lächeln, doch plötzlich stand das Bild ihres gestrengen Großvaters vor ihrem inneren Auge, und das erinnerte sie an die Existenz von Alasdair Stewart.

»Was ist denn, Mädchen?«

»Wie bitte?« Sie gingen auf das Gebäude zu, das etwa fünf Meter lang und halb so breit war. Davor, zu ihrer Linken, stand der große Steintisch.

»Du grübelst doch über etwas nach«, sagte er. »Das ist mir nicht entgangen.«

»Ich musste an Alasdair denken, wie er sicher vor Wut schäumen wird«, antwortete sie wahrheitsgemäß.

»Zerbrich dir nicht den Kopf über ihn«, sagte Lachlan energisch und zog sie mit sich auf die Seite des Gebäudes, die dem Loch zugekehrt war.

»Aber was ist, wenn ich doch mit ihm vermählt werde? Dann wird er bestimmt merken, dass ich …«

»Du brauchst Alasdair Stewart nicht zu heiraten, und deshalb müssen wir uns seinetwegen auch keine Gedanken mehr machen. Dieser dumme Kerl geht mir sowieso schon gehörig auf die Nerven.«

»Aber Sir, ich dachte, Ihr kennt ihn gar nicht.«

»Das tue ich auch nicht. Aber er muss einfach nicht ganz bei Sinnen sein, wenn er Euch zur Frau bekommen kann und die Chance nicht ergreift. Und jetzt hier entlang.«

Gleich darauf standen sie am anderen Ende der Council Isle, durch das Haus gegen neugierige Blicke von Eilean Mòr geschützt.

Er bückte sich und tastete unten am Gemäuer herum.

»Was sucht Ihr denn da?«

»Ich war heute schon einmal hier«, antwortete er. »Bevor der Rat in die Mittagspause ging. Hoffentlich hat keiner mein Bündel gefunden.«

»Was für ein Bündel?«

»Das hier.« Er hielt seinen Fund hoch. »Ein Krug Wein mit zwei Bechern, eingewickelt in zwei schöne dicke Umhänge.«

»Ihr habt drei Umhänge dabei? Ihr habt doch behauptet, Ihr wäret arm.«

»Einer gehört Hector«, erklärte er mit dem amüsierten Unterton, der ihr mittlerweile so lieb geworden war.

»Und der andere?«

»Das weiß ich nicht«, musste er zugeben. »Jemand hat ihn in unserer Kammer liegen lassen. Da habe ich ihn mir ausgeborgt, weil ich dachte, auf zwei Umhängen liegt es sich weicher als auf einem.« Mit diesen Worten wickelte er die silbernen Becher und den Wein aus und breitete ein Cape auf dem Boden aus. »Wie wäre es mit etwas Wein, Mylady?«

Zu ihrer eigenen Überraschung musste sie kichern, was sonst überhaupt nicht ihre Art war. Als Nächstes hätte sie sich am liebsten auf der Stelle umgedreht und wäre davongelaufen. Doch sie widerstand dem Impuls und sagte tapfer: »Gern, Sir.«

11

Sie saßen ein Weilchen mit dem Rücken an die Steinwand des Hauses gelehnt und tranken den Wein, der Mairi von innen heraus wärmte.

Von den Stallungen drang ein leises Wiehern an ihr Ohr, dann war es wieder so still, dass sie ihren eigenen Atem hören konnte. Doch Lachlans Gegenwart gab ihr Sicherheit. Wenn jemand ihr prophezeiht hätte, dass sie hier glücklich und zufrieden mit einem Mann sitzen würde, dem sie erst vor drei Tagen begegnet war, hätte sie ihn ausgelacht. Doch jetzt kam es ihr tatsächlich so vor, als kenne sie Lachlan schon eine Ewigkeit.

Er legte den Arm um sie, und sie lehnte den Kopf an seine Schulter und schaute zum Himmel hinauf, wo gerade eine Sternschnuppe leuchtend verging.

»Hast du das gesehen?«, fragte er.

»Ja. Und ich habe mir etwas gewünscht. Ihr auch?«

»Aber sicher. Und dieser Wunsch wird jetzt wahr«, antwortete er, rückte näher und küsste sie. Dann nahm er ihr den Becher aus der Hand, stellte ihn auf den Boden und zog sie noch enger an sich.

Mit der anderen Hand streifte er ihr den Umhang ab und streichelte den Ansatz ihrer weichen, vollen Brüste in dem weiten Ausschnitt ihres Kleides.

Sie stieß einen tiefen Seufzer aus, als er ihr das Kleid von den Schultern schob. Darunter trug sie nichts, weil Meg ihr Hemd bereits weggeräumt hatte.

»Kleider sind so lästig«, murmelte er, den Mund auf ihre Lippen gepresst, während er mit einer Hand noch immer ihre Brust liebkoste.

Seine Hand war ganz warm. Immer rascher rauschte das Blut durch ihre Adern, bis sie das Verlangen nach ihm kaum mehr ertragen konnte.

Dicht an ihn gepresst, umfing sie ihn, während er sie sanft auf den ausgebreiteten Umhang niederdrückte. Abermals küsste er sie. Seine Zunge erkundete die warme Höhlung ihres Mundes, und seine Hände wanderten über ihren Körper und ließen Flammen des Begehrens auflodern, wo immer sie ihre Haut berührten.

Dann hielt er inne, stützte sich auf den Ellbogen und sah ihr ins Gesicht. Über den Hügeln stand die schmale Sichel des Mondes. In seinem silbrigen Licht sah sie, dass er sie zärtlich anblickte.

»Ich will, dass du die Meine wirst, Mairi. Das sollst du wissen.«

Statt einer Antwort drängte sie sich nur noch fester an ihn. »Ich weiß nicht, was ich darauf entgegnen soll«, flüsterte sie.

»Am besten gar nichts.« Wieder küsste er sie.

Jetzt wanderten seine Hände über ihren Bauch und weiter hinunter bis zu ihren Schenkeln. Als er ihren Rock hochschob, spürte sie die Nachtluft wie einen kühlen Hauch, doch sein Körper, der halb auf ihr lag, schützte sie vor der Kälte. Und außerdem kreiste ihr Blut immer heißer durch die Adern. Als er die nackte Haut ganz oben an der Innenseite ihres Beines streichelte, schwanden ihr vor Wonne fast die Sinne.

Lachlan spürte ihre weichen Lippen und die Haut, die noch zarter war, als er sich vorgestellt hatte. Ganz versunken in seine Empfindungen, ließ er die Finger spielen. Sie zeigte keine Spur von Angst, sondern ging bereitwillig auf seine Zärtlichkeiten ein, und für einen flüchtigen Augenblick schoss ihm der Gedanke durch den Kopf, ob sie vielleicht doch erfahrener in der Liebe war, als er dachte.

Aber nein, das konnte unmöglich sein. Ihre Reaktionen waren von einer so unschuldigen Neugier, und außerdem konnte er sich nicht vorstellen, dass ein Mann, der sie auch nur einmal besessen und sich an ihrer aufblühenden Leidenschaft erfreut hatte, sie je wieder freigeben würde.

In einem tiefen, ausgiebigen Kuss weidete er sich an der samtigen Glut ihres Mundes und dachte dabei voller Vorfreude an eine andere warme, weiche Stelle ihres Körpers. Dabei ließ er seine Hand sanft über die seidige Haut ihres Schenkels gleiten, bis sie vor Erregung stöhnte.

Er sorgte sich, sie könnte auf dem Gipfel der Lust aufschreien und sie beide verraten. Zu gern hätte er sich ausgiebig mit ihr beschäftigt und ihren Körper genossen, doch selbst, wenn sie sich still verhielten, bestand die Gefahr, dass über kurz oder lang jemand auftauchen würde. Während Lachlan sie weiter liebkoste, während er spürte, wie sie sich wollüstig unter ihm wand, und ihr unterdrücktes Stöhnen hörte, war ein Teil seiner stets wachen Sinne damit beschäftigt, das Risiko abzuschätzen, das sie hier eingingen.

Offenbar hatte Mairi recht mit dem, was sie über die Wachen auf Finlaggan gesagt hatte. Er hatte selbst schon bemerkt, dass die Männer die meiste Zeit damit beschäftigt waren, Ringkämpfe zu veranstalten, sich im Bogenschießen zu üben, die Boote zu überholen oder auf dem Loch zu segeln. Nur wenige von ihnen standen tatsächlich Wache. Dennoch konnte er sich nicht vorstellen, dass ein so kluger und mächtiger Mann wie MacDonald es zuließ, dass seine Leute ihre Pflicht vernachlässigten, denn für ihn hatte die Sicherheit seiner Familie absoluten Vorrang. Kein feindliches Heer hätte vom Land oder Wasser aus auf Isla, geschweige denn auf Finlaggan, einfallen können, doch Lachlan war davon überzeugt, dass es möglich wäre, mit ein paar Männern in einem Boot heimlich bei Nacht an Land zu gehen.

Ob sie es allerdings schaffen würden, in den Bereich der Burg vorzudringen, in dem die Privaträume des Lords der Inseln und seiner Familie lagen, stand auf einem anderen Blatt. Wenn das so einfach wäre, wäre MacDonald wahrscheinlich schon tot, und ein anderer säße auf seinem Thron.

Während ihm diese Gedanken durch den Kopf gingen, fuhr Lachlan fort, Mairi zu küssen und ihren Körper mit seinen Händen zu erforschen. Jetzt beugte er sich hinunter und küsste ihre Kehle und die kleine Mulde unter ihrem Ohr, bevor er mit kleinen Zärtlichkeiten bis zu ihrer rechten Brust hinabwanderte und ihre Brustwarze zwischen die Lippen nahm. Seine Erregung wuchs, als er sich vorstellte, wie das Mädchen ebenfalls mit dem Mund seinen Körper erkundete. Er beugte sich tiefer hinunter und bedeckte auch ihren Bauch mit Küssen.

Sie keuchte, als er mit den Fingern in die feuchte Höhle zwischen ihren Beinen eindrang.

Seit ihrer ersten Begegnung mit Lachlan war Mairi klar geworden, dass sie so gut wie keine Ahnung hatte, was zwischen einem Mann und einer Frau vor sich ging. Ihr gesamtes Wissen stammte aus den kurzen Hinweisen, die ihre Schwester Marjory und John Ogs Frau Freya ihr gegeben hatten, als Mairi sich verschämt nach den Geheimnissen des Ehebettes erkundigt hatte.

»Bekommen die Menschen ihre Kinder ebenso wie die Pferde, Hunde und Rinder oder eher so wie Hühner und Falken?«, hatte sie Freya in ihrer Naivität gefragt.

»Leider Gottes wie die Pferde«, hatte ihre Schwägerin geantwortet und dann errötend hinzugefügt: »Und jetzt geh an deine Arbeit, Mairi. Über so etwas möchte ich nicht reden.«

Seitdem hatte Mairi des Öfteren vergeblich versucht, sich die dürre Freya als rossige Stute und John Og als erregten Hengst vorzustellen.

»Hast du Angst, Mädchen?«, fragte Lachlan leise und sah auf, während seine Finger noch immer zwischen ihren Beinen spielten.

»Nein!«, flüsterte sie atemlos.

»Aber ich habe doch gemerkt, dass du mit deinen Gedanken woanders warst.«

»Ich habe keine Angst«, sagte sie, »sondern ich bin neugierig darauf, was Ihr als Nächstes tun werdet.«

»Das hier«, erwiderte er, und gleich darauf spürte sie seinen warmen Atem an dem lockigen Nest, in dem seine Hand noch immer beschäftigt war.

»Oh! Was macht Ihr denn da?«

»Ich küsse dich überall, so, wie ich es gesagt habe.«

»Aber doch nicht an dieser Stelle!«

»Überall.«

Eine kleine warnende Stimme in seinem Hinterkopf riet ihm, sich zu beeilen und sie so schnell wie möglich in Besitz zu nehmen. Während er sein Gesicht in ihrem Schoß vergrub und ihren weiblichen Duft einatmete, sandte er ein Stoßgebet gen Himmel, dass sein Plan funktionierte. Um sie nicht zu beunruhigen und weiteren Protesten zuvorzukommen, richtete er sich auf und küsste sie auf den Mund.

Im Handumdrehen hatte er sich seiner Kleider entledigt. Die Schnalle aus Metall klirrte leise, als er seinen Gürtel beiseitewarf. Dann legte er rasch die schenkellange Tunika und die Beinlinge ab und erkundete vorsichtig mit den Fingern, ob sie für ihn bereit war. Auf ihr erregtes Stöhnen hin drang er behutsam in sie ein. Sein Verlangen nach ihr war so groß, dass er sich kaum beherrschen konnte. Sein Atem ging stoßweise, sein Herz hämmerte, und sein ganzer Körper sehnte sich nach Erfüllung. Es war, als müsse er ein wildes Tier in seinem Inneren im Zaum halten.

Als Mairi merkte, dass etwas anderes die Stelle seiner Finger eingenommen hatte, hielt sie überrascht die Luft an. Sie hätte zu gern gesehen, wie es aussah. Gemessen an seinen Fingern fühlte es sich riesig an, und sie musste wieder an Freyas Aussage über die Pferde denken.

Doch es tat ihr nicht weh. Vielmehr schien es sie zu necken und mit ihr zu spielen, bis sie es vor Erregung kaum noch aushielt. Von diesen Empfindungen konnte sie gar nicht genug bekommen. Ob Lachlan etwas Ähnliches fühlte?, dachte sie.

Er bedeckte ihre Lippen, Wangen und Lider mit leichten, zarten Küssen, und als sie sie erwiderte und die stoppelige Wange an ihrem Mund spürte, schmolz sie schier vor Lust und Zärtlichkeit dahin.

Dann drang er tiefer in sie ein, bis sie einen ziehenden Schmerz verspürte. Sie zuckte zusammen und zog scharf die Luft ein, doch schon verschloss er ihr die Lippen mit einem Kuss. Dabei streichelte er mit einer Hand ihre Brust. Dann stützte er sich auf dem Boden neben ihr ab und stieß fest zu. Mit seinem Mund erstickte er ihren Schrei.

Keuchend bewegte er sich immer schneller und wilder, bis er schließlich kurz innehielt und dann auf ihr zusammensank.

»Ach, Liebste«, murmelte er.

»Hat es Euch auch wehgetan?«

»Mir? Nein. Und du wirst beim nächsten Mal auch keine Schmerzen mehr haben. Es tut einer Frau nur beim allerersten Mal weh.«

»Woher wisst Ihr so viel über die Empfindungen einer Frau?«

Er lachte. »Hector hat mir davon erzählt.«

Ungehindert erreichte Mairi bald darauf den Wohnturm und schlüpfte neben der schlafenden Elizabeth ins Bett. Sie dachte darüber nach, was heute Nacht geschehen war, und kam zu dem Schluss, dass der Liebesakt nicht so war, wie Freya ihn beschrieben hatte, dass es aber auch nichts Außergewöhnliches war. Sie hatte noch immer Schmerzen, blutete jedoch nicht mehr. Lachlan hatte gesagt, es sei normal, dass sie blutete, doch wirklich entsetzt war sie erst, als er erklärte, sie eigenhändig säubern zu wollen. Schließlich gab sie jedoch nach und ließ sich das Blut mit einem großen Tuch abtupfen, das sich ebenfalls in seinem Bündel fand.

Seltsamerweise hatten diese zarten Berührungen sie erneut erregt. Wenn sie jetzt näher darüber nachdachte, musste sie zugeben, dass es eigentlich doch recht angenehm gewesen war. Ob Freya wohl etwas Ähnliches erlebt hatte? Aber vermutlich war John Og nicht so zartfühlend gewesen wie Lachlan.

Sie dachte noch ein wenig über Lachlans Liebeskünste nach und schlief darüber ein. Als sie erwachte, war es bereits heller Morgen. Meg zog die Bettvorhänge beiseite und reichte den Mädchen ihre Morgenmäntel. Als Mairi den ihren anzog und die Beine über den Bettrand schwang, warf sie einen verstohlenen Blick auf ihr Kleid, das an einem Haken an der Wand hing. Sie wollte sich vergewissern, dass weder Grashalme noch trockene Blätter daran hingen. Doch es war nur ein wenig staubig am Saum, was Meg kaum auffallen würde.

Mairi ging hinüber zum Waschtisch, und Elizabeth sprang aus dem Bett und lief in die Ankleidekammer. Auf einmal hörte sie Meg sagen: »Ja, was ist denn das? Das habe ich gestern Abend gar nicht gesehen, sonst hätte ich es zum Waschen mit nach unten genommen.«

Die Zofe betrachtete eingehend den Saum von Mairis Robe. »Was ist denn damit?«, fragte Mairi betont harmlos.

»Hier ist ein Fleck.« Meg schüttelte den Kopf. »Ich glaube, ich werde alt. Ich kümmere mich gleich darum, Mistress. Ich weiß ja, wie gern Ihr dieses Kleid anzieht.«

Mairi nickte nur. Die Kehle war ihr wie zugeschnürt.

»Es sieht fast wie Blut aus«, sagte Meg und nahm die verschmutzte Partie näher in Augenschein. »Aber das ist eine komische Stelle dafür.«

Mairi wollte schon sagen, dass sie sich am Fuß gekratzt habe, schwieg dann aber.

Achselzuckend nahm die Zofe das Kleid herunter und klemmte es sich unter den Arm. »Ich hole Lady Elizabeth nur eben ihre Tunika«, sagte sie. »Eure Sachen habe ich aufs Bett gelegt, Mistress. Wenn Ihr schon mal das Hemd anziehen wollt? Ich bin gleich wieder da und helfe Euch mit den Schnürbändern.«

Mairi atmete auf. Gehorsam zog sie sich an, und als Elizabeth fertig angekleidet zurückkam, saß sie bereits auf einem Hocker und ließ sich von Meg das Haar flechten.

Als die beiden Mädchen nach dem Morgengebet in die große Kammer traten, hatte ihr Vater bereits gefrühstückt und sich zur Council Isle begeben, um die letzte Ratsversammlung zu eröffnen.

»Reisen heute alle wieder ab, Madam?«, erkundigte sich Mairi, als sie neben ihrer Mutter am Tisch Platz nahm.

»Viele schon, aber wahrscheinlich nicht alle«, erwiderte Lady Margaret.

»Weiß man schon, wer noch bleiben wird?«

Ihre Mutter zog die sorgfältig gezupften Augenbrauen hoch. »Wer auch immer noch bleiben möchte, ist willkommen, Mairi. Das verlangt das Gesetz der Gastfreundschaft.«

»Ja, natürlich, Madam«, sagte sie hastig. »Ich war nur neugierig.«

Sie hatte vor dem Sprechen nicht nachgedacht, doch nun war es zu spät.

Lady Margarets Miene wurde ernst. »Neugier ist keine Entschuldigung für Unhöflichkeit«, sagte sie betont ruhig.

»Ja, Madam. Es tut mir leid.«

»Es missfällt mir, wenn du so gedankenlos daherplapperst.«

»Ja, Madam.« Mehr wagte Mairi nicht zu sagen aus Furcht, ihre Mutter könnte ihr verbieten auszugehen.

Nach einem kurzen gespannten Schweigen sagte Margaret: »Elizabeth, wenn du fertig bist, hol deine Stickerei. Dann zeige ich dir den Stich, nach dem du gestern Abend gefragt hast.«

Die Gefahr war vorüber; Mairi war noch einmal davongekommen. Nach dem Frühstück eilte sie sofort nach unten, doch die Einzigen, die sie zu Gesicht bekam, waren Dienstboten, da alle anderen offensichtlich an der Ratsversammlung teilnahmen. Sie überlegte, ob sie auch hingehen sollte, entschied sich dann aber dagegen. Wahrscheinlich hätte sie die Augen nicht von Lachlan abwenden können und sich damit verraten. Also machte sie sich an ihre alltägliche Arbeit, wobei sie ständig an ihn denken musste.

Jetzt, am helllichten Tage, hatte sie heftige Gewissensbisse wegen der Ereignisse der vergangenen Nacht, doch sie brauchte sich nur vorzustellen, wie er ihre Hand, ihre Schulter oder ihre Brust berührte, und schon flammte die Leidenschaft erneut in ihr auf.

Sie wollte ihn sehen, aus seinem Mund hören, dass sie ihm wirklich etwas bedeutete und er sie zur Frau nehmen würde. Dass sie ihn liebte, würde in den Augen ihres Vaters nicht viel zählen. Adelige Eheschließungen waren viel zu wichtig, als dass man dabei Rücksicht auf die Gefühle einer Frau nehmen konnte. Als Nachkomme eines so mächtigen Mannes war Mairi lediglich eine Schachfigur im Spiel um politische Macht.

Sie wusste, dass sie ihrem Vater etwas bedeutete, ja, dass er sie liebte. Dennoch war sie für ihn das Gleiche wie Lady Margaret für ihren Vater, Robert Stewart. Jeder einflussreiche Mann betrachtete eine Tochter in erster Linie als Möglichkeit, um vorteilhafte Verbindungen zu knüpfen.

Marjorys Hochzeit mit Roderic Macleod war ein prunkvolles Ereignis gewesen, zu dem die illustren Gäste in goldgeschmückten Booten von den Inseln und sogar von der Küste des Festlands nach Ardtornish gekommen waren. Selbst Robert Stewart hatte teilgenommen. Alle, die nicht dabei sein konnten, erfuhren durch Leuchtfeuer auf den Zinnen jeder Burg davon, dass die Trauung vollzogen worden war. Noch ein Jahr später sprachen die Leute weit und breit von diesem Hochzeitsfest.

Auch Mairi wünschte sich Freudenfeuer und flatternde

Fahnen bei ihrer Trauung. Wenn sie Lachlan heiratete, würde sie die Inseln nicht verlassen müssen, und außerdem gäbe es für sie noch viele Nächte wie die vergangene.

Je mehr sie darüber nachdachte, desto banger wurde ihr zumute. Was wäre, wenn ihr Vater trotz allem nicht nachgab? Als die Gäste zum letzten gemeinsamen Mittagsmahl in die große Halle kamen, hatte sich Mairi bereits in helle Aufregung hineingesteigert.

An ihrem Platz an der hohen Tafel angekommen, musste sie feststellen, dass man Sir Ian MacSporran an ihrer Seite platziert hatte. Lachlan saß wieder am Ende der Tafel neben Niall und beachtete sie gar nicht. Als sie zu ihm hinüberschaute, handelte sie sich einen tadelnden Blick des Haushofmeisters ein.

Mit einem Seufzer wandte sie die Augen ab. Wenn nicht ein Wunder geschah, hatte sie bis nach dem Essen keine Möglichkeit, auch nur ein Wort mit Lachlan Lubanach zu wechseln.

Das Mahl zog sich endlos hin. Sie konnte Ian MacSporran gut leiden, weil er ihr geduldig all ihre Fragen über Steuerangelegenheiten beantwortete. Doch später hätte sie nicht mehr zu sagen gewusst, worüber sie sich überhaupt mit ihm unterhalten hatte.

Die versammelten Ratsherren waren aufgeräumt, ja sogar ein wenig ausgelassen, als hätten sie bedeutende Entscheidungen getroffen. Mairi war jedoch klar, dass sie sich wahrscheinlich nur freuten, weil sie die Ratstage ohne größere Auseinandersetzungen über die Bühne gebracht hatten. Zu ihrem eigenen Erstaunen fiel ihr auf, dass sie gar nicht genau wusste, worum es bei den Sitzungen überhaupt gegangen war. Das war ungewöhnlich, denn normalerweise interessierte sie sich durchaus für die Angelegenheiten ihres Vaters und fragte ihn lang und breit aus. Beinahe das Einzige, womit sie sich seit ihrer Ankunft auf Finlaggan beschäftigt hatte, war – neben Elmas Ermordung – Lachlan der Listige gewesen. Er hatte sie in seinen Bann geschlagen, und Mairi musste unwillkürlich denken, ob er wohl so plötzlich verschwinden würde wie boshafte Elfen und andere Leute vom Kleinen Volk, die sich in Luft auflösten, sobald sie ihre nichtsnutzigen Streiche begangen hatten. Der Gedanke machte sie traurig, doch er ließ sie nicht los.

Als Lady Margaret sich nach dem Essen von ihrem Platz erhob, folgte ihr Mairi. Sie war jetzt sehr niedergeschlagen, weil sie keine Gelegenheit mehr sah, auch nur ein Wort mit ihm zu wechseln. Niemals hätte sie es gewagt, einfach zu ihm zu gehen und ihn anzusprechen, als er am Ende der Tafel mit Niall und einigen anderen Männern zusammenstand. Mit einem solchen Verhalten würde sie genau den Skandal verursachen, den MacDonald auf jeden Fall vermeiden wollte.

Hoch erhobenen Hauptes ging sie hinter ihrer Mutter her, entschlossen, sich ihre Enttäuschung nicht anmerken zu lassen. Elizabeth und Lady Margarets Zofen folgten ihnen die Treppe hinunter und hinaus auf den Hof. Dort blieb Mairi stehen und holte tief Luft, als könne sie so die trüben Gedanken vertreiben. Da ertönte plötzlich eine Stimme hinter ihr.

»Ich bitte Euch, Mylady, vergebt uns, dass wir Euch gefolgt sind und Euch auf derart ungehobelte Art und Weise ansprechen. Doch noch viel unhöflicher wäre es, wenn wir uns nicht von Euch verabschieden würden nach all der Freundlichkeit, die Ihr uns erwiesen habt. Wie ich hörte, stehen die Pferde, die uns Seine Gnaden für den Ritt nach Askaig zur Verfügung stellt, schon in den Ställen bereit.«

Mit heißen Wangen fuhr Mairi herum, als sie Lachlans Stimme erkannte, nur um festzustellen, dass er ihre Mutter gemeint hatte.

»Es ist keineswegs unhöflich von Euch, Sir«, erwiderte Lady Margaret. »Wir freuen uns, dass Ihr und Hector Reaganach uns nicht ohne einen Abschiedsgruß verlassen wollt.«

»Habt noch einmal vielen herzlichen Dank für Eure Gastfreundschaft«, sagte Lachlan und machte eine tiefe Verbeugung. Hector tat es ihm nach. »Wir haben den Aufenthalt hier sehr genossen.«

Er sah ihre Mutter beim Sprechen unverwandt an, und obgleich Mairi wusste, dass es sich so gehörte, fühlte sie sich zurückgesetzt. Als sie bemerkte, dass Hector sie ebenso verschmitzt betrachtete, wie es sein Bruder oft tat, wusste sie, dass man ihr ihre Gefühle deutlich anmerkte. Sie lächelte ihm zu und erntete dafür einen vorwurfsvollen Blick von Lachlan. Bei dieser Reaktion wurde ihr auf einmal ganz leicht ums Herz.

Ihre Mutter versicherte den beiden Brüdern, dass sie, ebenso wie ihr Vater Ian Dubh, jederzeit auf Finlaggan willkommen wären. Noch bevor Lachlan etwas entgegnen konnte, fragte Mairi beiläufig: »Habt Ihr die Absicht, auch nach Ardtornish zu kommen, wenn sich der Hofstaat Seiner Gnaden dort aufhält, Sir?«

»Ja, Mylady«, antwortete Lachlan mit einer erneuten Verbeugung. »Seil liegt, wie Ihr wisst, nicht weit entfernt, und Seine Gnaden hat uns freundlicherweise zu seiner großen Osterjagd eingeladen. Allerdings habe ich es versäumt zu fragen, ob die Damen des Hofes gewöhnlich auch daran teilnehmen.«

»Das tun wir, Sir, wenn das Wetter schön ist«, sagte Lady Margaret.

»Das heißt, wenn es weder stark regnet noch gewittert«, sagte Mairi. »Letztes Jahr nieselte es den ganzen Tag, doch das hat uns nicht abgehalten. Und da sich das Wild auch nicht am schlechten Wetter stört, war uns das Jagdglück hold, und wir konnten zwei Hirsche erlegen.«

Sie tauschten noch einige Höflichkeiten aus, bevor Lady Margaret sich von den beiden Gentlemen verabschiedete und Mairi es ihr notgedrungen nachtun musste. Es ergab sich keine weitere Gelegenheit, mit Lachlan zu sprechen, da die Brüder sofort aufbrachen. Und obwohl es noch drei Tage dauerte, bis die letzten Gäste Finlaggan verlassen hatten, erschien ihr ohne die beiden Gillean-Söhne alles öd und leer.

Dabei hatte Mairi alle Hände voll zu tun, da der Haushalt in weniger als vierzehn Tagen nach Ardtornish aufbrechen wollte, um dort bis zum Mittsommer zu bleiben. Ranald sollte sich für kurze Zeit nach Dunyvaig begeben und Godfrey nach Kilchoman, während sich das zahlreiche Gesinde um die Vorbereitungen für den Umzug kümmerte.

Da Mairi neben ihren sonstigen Pflichten auch noch ihre Sachen packen musste, verging die Zeit schneller als erwartet, und schon bald war der Vorabend der Abreise gekommen. Nach dem Abendessen verabschiedete sie sich von einigen Dienstboten, die nicht mitkommen würden. Eine beträchtliche Anzahl von ihnen würde bleiben, da man einen Wohnsitz wie Finlaggan nicht unbeaufsichtigt lassen konnte, doch Niall, Ian MacSporran und viele ihrer Helfer würden mitkommen. Ebenso wie Agnes Beton, die als Heilkundige unverzichtbar war und stets mit der Familie von Ort zu Ort reiste.

Als Mairi an die alte Kräuterfrau dachte, fiel ihr ein, dass sie seit fast einer Woche nicht mehr nach ihr gesehen hatte. Agnes war wieder gesund, doch da sie gesagt hatte, ihr Sohn Ewan würde von Kilchoman zurückkommen, bevor sie in den Norden zogen, beschloss Mairi, ihr einen Besuch abzustatten.

Es dämmerte schon, als Ewan ihr die Tür der Kate öffnete. Mit den üblichen Segenswünschen trat Mairi ein.

»Gottes Segen auch für Euch, Mylady«, sagte Agnes und erhob sich fast so schwungvoll wie früher von ihrem Stuhl. »Es ist sehr freundlich, dass Ihr gekommen seid.«

»Ich wollte mich vergewissern, ob du kräftig genug für die Reise bist«, antwortete Mairi.

»Aber ja. Ich bin wieder ganz die Alte.«

»Kommst du auch mit, Ewan?«

»Nein, Mistress. Hier auf Finlaggan gibt es jede Menge zu

tun. Daher bleibe ich hier in der Hütte und kümmere mich um Mutters Kräutergarten und solche Dinge.«

»Habt Ihr etwas über unsere Elma herausfinden können, Mistress?«, fragte Agnes.

»Nichts, was uns weiterhilft, fürchte ich.«

Ewan sagte leise: »Ich glaube mittlerweile, dass es kein Unfall war, Mistress. Sie lag zu weit oben am Strand, als dass die Wellen sie dort angespült haben konnten.«

»Der Meinung bin ich auch, Ewan. Kannst du mir etwas über Gil Dowell, Shim MacVey und Fin MacHugh erzählen? Ich kenne die drei nicht besonders gut.«

Er runzelte die Stirn. »Was wollt Ihr denn wissen?«

»Alles, was du weißt. Besonders gern hätte ich gewusst, wieso sie sich in dem Tag geirrt haben, an dem sich Ian Burk mit deiner Cousine auf dem Damm unterhalten hat.«

»Ach, wisst Ihr, Mistress, wir konnten uns alle nicht mehr recht an diesen Tag entsinnen. Auch mir fiel erst wieder ein, dass Ian damals nach Dunyvaig aufgebrochen ist, als Ihr es erwähnt habt.«

»Wisst ihr beide zufällig noch, was Elma an jenem Tag gemacht hat?«

Mutter und Sohn sahen sich ratlos an. Dann sagte Agnes: »Für uns ist ein Tag wie der andere, Mistress. Wahrscheinlich hat sie wie immer die Gemächer des Haushofmeisters und des Kämmerers aufgeräumt und die Betten gemacht. Aber es gibt auch welche, die behaupten, sie wäre gleich nach dem Mittagessen weggegangen.«

»Und die Zeugen? Was haben die an dem Tag getan?«

»Die waren mit mir auf Kilchoman«, sagte Ewan.

»Aber wenn das so ist, hätten sie doch wissen müssen, dass sie Elma noch nach deren Gespräch mit Ian gesehen haben, denn sie brachte doch Mellis das Essen, kurz bevor Lord Godfrey und seine Männer aufbrachen. Stattdessen haben alle behauptet, sie hätten sie danach nicht mehr gesehen.«

»Ja, dann werden sie es wohl einfach vergessen haben«, sagte Ewan.

Auf dem Rückweg zur Burg dachte Mairi über das Gehörte nach. Möglicherweise war es den Männern wirklich entfallen, dass sie Elma gesehen hatten, doch vielleicht hatten sie auch alle miteinander gelogen.

Mairi ging in die Küche, um sich auch von den Dienstboten dort zu verabschieden. Sie wollte gerade die Speisekammer durchqueren, als sie MacDonalds Stimme aus der großen Halle vernahm. Ihr Vater klang müde und verärgert, und Mairi überlegte, ob sie nicht lieber umkehren sollte, um ihm nicht gerade jetzt unter die Augen zu kommen.

Doch in diesem Augenblick hörte sie Niall, der sagte: »Ich wollte Euch eigentlich nicht damit belästigen, Euer Gnaden, doch ich bin so besorgt, dass ich nicht länger schweigen kann.«

»Mir ist nicht entgangen, dass du für die beiden Burschen nicht viel übrig hast, aber ich schätze ihre offene und ehrliche Art, und der Jüngere scheint mir äußerst gewitzt zu sein.«

»Das ist es ja, was mir Sorgen macht«, antwortete Niall. »Nicht umsonst nennt man ihn Lachlan den Listigen.«

Unter gar keinen Umständen hätte Mairi jetzt noch ihren Horchposten verlassen.

»Und was genau beunruhigt Euch?«, erkundigte sich MacDonald mit mühsam beherrschter Ungeduld.

»Es ist doch offensichtlich, dass unsere Lady Mairi und dieser raffinierte Gillean-Sohn ineinander verliebt sind. Allerdings glaube ich, dass seine Liebe in erster Linie ihrem Stand und ihrem Erbe gilt.«

»Weder seine noch ihre Gefühle könnten auch nur das Geringste an ihrer Zukunft ändern.«

»Und wenn sie bereits ihren Gefühlen nachgegeben haben?«, fragte Niall.

»Auch dann nicht«, brummte MacDonald.

»Aber Laird, bedenkt doch, was der Steward dazu sagen würde oder dieser Satansbraten, den Ihr zum Ehemann für das arme Mädchen bestimmt habt! Was wäre, wenn ...«

MacDonald schnitt ihm das Wort ab: »Im schlimmsten Fall brauchte sich Alasdair nur so lange von ihr fernzuhalten, bis er sicher sein kann, dass sie nicht das Kind eines anderen trägt. Bei seinen vielen Verhältnissen sollte ihm das ja nicht schwerfallen. Doch er hätte dann immer noch eine Prinzessin der Inseln zur Frau, mit all den Beziehungen und der Macht, die dazugehört. Er wird die Hand meiner Tochter nicht ausschlagen, Niall. Das könnt Ihr mir glauben.«

Mairi jedenfalls glaubte ihm aufs Wort. Bei dem Gedanken, dass ihr geliebter Vater die gleiche Meinung über Alasdairs Charakter hatte wie Niall und Lachlan, wurde ihr ganz schlecht. Doch das Schlimmste an der Sache war, dass er sie zwingen würde, Alasdair zu heiraten, auch wenn sie keine Jungfrau mehr war.

Denn kein Ehemann würde seiner Frau einen solchen Verrat verzeihen. Für diesen Fall gab das Gesetz jedem Mann, ob hoch oder niedrig, das Recht, die Frau mit Schimpf und Schande zu ihrer Familie zurückzuschicken und die Ehe annullieren zu lassen. Doch selbst wenn er sie nicht fortjagte, müsste die bedauernswerte Frau die Hölle auf Erden erleben, denn jede Frau war ihrem Gatten auf Gedeih und Verderb ausgeliefert.

Bei einem Mann wie ihrem Vater war das zu ertragen, da er nicht zu Gewalttätigkeiten neigte, doch nach allem, was Mairi gehört hatte, war Alasdair Stewart aus ganz anderem Holz geschnitzt.

Was würde Lachlan dazu sagen? Er hatte ihr versprochen, dass sie Alasdair nicht heiraten musste. Doch er war ja auch der Meinung, sie brauchten ihrem Vater nur von ihrer Liebesbeziehung zu erzählen, und schon würde er ihnen die Eheschließung gestatten. Wenn er sich in dem einem Punkt irrte, dann vielleicht auch im anderen.

12

Kurz nachdem die königliche Flotte das grandiose Duart Castle passiert hatte, das Mairi von den zahlreichen Burgen ihres Vaters am liebsten mochte, erspähte sie am gegenüberliegenden Ufer sein geschätztes Ardtornish. Beide Burgen standen auf Felshängen und boten eine schöne Aussicht, doch von Duart, das an der nordöstlichen Landspitze der Insel Mull lag, dort, wo der Sund von Mull sich mit dem Firth of Lorn vereinigte, hatte man einen besonders spektakulären Blick. Die Burgen gehörten zu einer Kette von acht Festungen, die über die beiden strategisch wichtigen Wasserstraßen, den Sund und den Firth, wachten.

Einige Zeit vorher waren die Schiffe an dem hohen, einsamen Turm von Dunconnel vorübergekommen. Diese erste Bastion in der Reihe lag auf einem nahezu uneinnehmbaren Felsen auf der nördlichsten der vier winzigen Isles of the Sea. Dunollie und Dunstaffnage, die nächsten beiden Burgen, befanden sich in Sichtweite, während Castle Achaduin, seit mehr als einhundert Jahren Sitz des Bischofs von Argyle, auf der weiter nördlich gelegenen Isle of Lismore kaum zu erkennen war. Aros und Mingary, die letzten beiden, befanden sich westlich von Ardtornish an der Nordküste von Mull beziehungsweise am westlichen Zipfel einer Halbinsel mit Namen Ardnamurchan. Sie alle, und noch einhundert weitere Burgen, standen unter der Herrschaft des Lords der Inseln und damit des Donald-Clans.

Hornsignale begrüßten die königliche Galeere und ihre vier Begleitboote, als sie sich mit flatternden Bannern, die das kleine schwarze Schiff zeigten, der Landestelle an der Ardtornish Bay näherten.

Die u-förmige Bucht mit ihrem felsigen Strand war von Buchenwäldern umgeben. Darüber ragte eine Reihe eindrucksvoller Basaltklippen auf, von denen sich jetzt, nach einigen Regentagen, das Wasser in zahlreichen Wasserfällen, den Morvern Witches, ergoss.

Am höchsten Punkt der Klippen befand sich ein großer flacher Felsen, den man *Creag na Corp* oder Leichenfelsen nannte. Von dort aus wurden zum Tode verurteilte Verbrecher in die Tiefe gestürzt.

Die Fahrt durch die Bucht dauerte nicht lange, und schon bald legte die königliche Galeere an der befestigten Landungsstelle an. Sofort eilten Helfer herbei, um die Boote festzumachen und den Passagieren beim Aussteigen behilflich zu sein. Seine Gnaden ging an Land und reichte dann seiner Lady die Hand.

Gleich darauf hatten auch Mairi und Elizabeth sowie die beiden Zofen der Lady wieder festen Boden unter den Füßen. Meg Raith fuhr auf dem zweiten Schiff, das, ebenso wie die restlichen drei, darauf wartete, dass das Boot des Königs den Platz am Pier frei machte. Dann legten sie nacheinander an und wurden entladen. Schließlich segelten alle fünf Galeeren nach Westen um die Landspitze herum zum Loch Aline, wo sie vor Anker gingen.

Mairi wartete nicht auf ihre Eltern oder Meg. Begierig zu sehen, ob sich etwas verändert hatte, lief sie die in den Felsen gehauenen Stiegen zum Wohnturm des Lairds hinauf. Der Eingang an der Ostseite der Burg führte zu einem Treppenhaus mit breiten Sandsteinstufen. Mairi ging an der großen Kammer auf dem ersten Treppenabsatz vorüber und kletterte hinauf bis zum Wehrgang, von wo sie einen herrlichen Blick über den Sund und die Insel Mull hatte.

An diesem sonnigen Tag konnte sie bis nach Aros Castle im Westen und Duart im Osten sehen. Da die Burgen auf Sichtweite voneinander entfernt lagen, konnte man in klaren Nächten Warnungen oder Nachrichten, wie die von Marjorys Hochzeit, durch Signalfeuer von einer Burg zur anderen weitergeben. Mairi hätte gern gewusst, ob Lachlan sich auf einem der Landgüter seines Vaters auf Mull aufhielt. Wenn sie doch bloß ein Zeichen vereinbart hätten!

Doch dann fiel ihr ein, dass sie gar nicht wusste, auf welchem Teil der Insel sich die Besitzungen von Ian Dubh Maclean befanden. Womöglich lagen sie weit im Süden oder Westen gegenüber Iona, der Heiligen Insel, in direkter Nachbarschaft zu Niall Mackinnons Land. Selbst wenn Lachlan in eben diesem Moment am Fenster von Aros Castle stünde und nach Ardtornish herüberblicken und an sie denken würde, könnte er sie nicht sehen, und sie würde ebenfalls nichts davon mitbekommen.

Obwohl sie wusste, dass man sie unten bald vermissen würde, nahm sie sich die Zeit und umrundete das Schieferdach des Turms einmal. Mit seinen fünfundzwanzig mal fünfzehn Metern war der Wohnturm des Lairds ein stattliches Bauwerk. An der nordwestlichen Ecke, wo sich auch der Abortturm befand, hatte man einen neuen Flügel mit Küche und Braustube unten und Gästezimmern im ersten Stock angebaut. Neben dem Wohnturm gab es auf Ardtornish noch einzeln stehende Gebäude, wie die große Halle auf der nordwestlichen sowie einen Pferdestall mit Korndarre und mehrere Bootsschuppen auf der südöstlichen Seite.

Geschützt wurde Ardtornish durch den Felsen, auf dem die Burg stand. Die Wehrmauern waren nicht der Rede wert, und nördlich der großen Halle gab es überhaupt keine Befestigungsanlagen; dies zeigte, wie sicher sich Seine Gnaden in dem ihm treu ergebenen Morvern fühlte.

Fröhlich lief Mairi in die große Halle hinunter. Sie freute sich, wieder auf Ardtornish zu sein, doch noch mehr freute sie sich auf ein Wiedersehen mit Lachlan. Dann würde sie ihm von dem Gespräch zwischen ihrem Vater und Niall Mackinnon berichten, das sie belauscht hatte.

Dank des tüchtigen Niall war auf Ardtornish alles bereit

für die Ankunft der Familie und der Gäste, von denen die ersten bereits am folgenden Tag eintreffen würden. Doch die Gillean-Söhne hatten sich erst für ein paar Tage später angekündigt, für den Mittwoch vor Ostern.

Mairis Vorfreude erhielt einen gehörigen Dämpfer, als MacDonald den Brüdern bei der Begrüßung mitteilte, dass er sie auf Duart unterbringen wollte.

»Das werdet Ihr besonders am Freitagmorgen zu schätzen wissen«, sagte er lachend. »Denn da Ihr Euch schon auf Mull befindet, könnt Ihr ein wenig länger schlafen als wir.«

Am Freitag sollte die große Jagd stattfinden.

Mairi war wütend. Bestimmt war es Nialls Idee gewesen, die Brüder fünf Meilen entfernt am anderen Ufer des Sundes unterzubringen. Sie versuchte, sich nichts anmerken zu lassen, doch auf einmal kam ihr Ardtornish noch enger und überfüllter vor als Finlaggan.

Am Nachmittag hätte sie mit Lachlan sprechen können, doch niemals unter vier Augen. Überall, sogar in den Wäldern bei den Klippen und am Strand, spazierten die Gäste umher. Sie sah keine Möglichkeit, auch nur einige Minuten mit ihm allein zu sein, wenn sie sich nicht gerade im Abortturm mit ihm treffen wollte. Und dann hätten die Leute bestimmt auch dort vor der Tür Schlange gestanden.

Noch waren es drei Tage bis zum Ende der Fastenzeit, doch die Festgesellschaft am Hofe des Lords der Inseln feierte bereits laut und fröhlich.

Besonders ausgelassen ging es bei den Mahlzeiten zu, zur Nacht noch mehr als mittags, denn nach dem gewöhnlichen Abendessen um fünf wurde noch ein später Imbiss für diejenigen gereicht, die es schafften, bis spät in die Nacht hinein wach zu bleiben und dennoch rechtzeitig zur Frühmesse aufzustehen.

Nur einmal hatte Mairi Gelegenheit, einige unverbindliche Worte mit Lachlan zu wechseln. Als sie und die beiden Brüder sich vor dem Abendessen in der überfüllten Halle begegneten, fragte Lachlan höflich: »Habt Ihr noch immer die Absicht, am Freitag an der Jagd teilzunehmen, Mylady?«

»Ja, Sir, gewiss.«

»Werdet Ihr und die übrigen Damen auch mit Bogen bewaffnet sein, oder wollt Ihr nur zusehen?«

Sie schaute ihn empört an. »Natürlich werde ich auch schießen, Sir. Ich habe schon mit zehn meinen ersten Bogen bekommen.«

»Dann könnt Ihr bestimmt ausgezeichnet damit umgehen«, sagte er lächelnd.

»Ich wage zu behaupten, dass ich mein Ziel immer treffe.«

Nachdem er einen raschen Blick mit Hector gewechselt hatte, sagte er: »Ich würde mich zu gern mit Euch messen. Wo gibt es denn hier einen Übungsplatz?«

»Oberhalb der Burg im Norden«, erwiderte sie und fügte eilig hinzu: »Aber ich wollte damit keinesfalls sagen, dass ich genauso gut schieße wie Ihr oder Hector. Mein Bogen ist kürzer und nicht so stark wie der eines Mannes.«

»Dann werden wir bei unserem Wettschießen Euren Bogen benutzen. Ist Euch das recht?«

Einige der Umstehenden, die das Gespräch mitbekommen hatten, wollten sogleich Wetten abschließen und schlugen vor, einen regelrechten Wettkampf zu veranstalten. Als MacDonald von der Idee hörte, fand er, dass es eine gute Vorbereitung auf die Jagd wäre.

Mairi seufzte im Stillen. Für einen kurzen Augenblick hatte sie gehofft, Lachlan hätte eine Möglichkeit gefunden, sich allein mit ihr zu treffen, doch es sollte nicht sein. Sie wandte sich ab, um ihrem Vater nicht zu zeigen, wie enttäuscht sie war, da fasste sie jemand am Arm und sagte leise: »Lauf doch nicht weg, Liebste!«

Freudestrahlend drehte sie sich um, und als sie bemerkte, dass sich gerade niemand in der Nähe aufhielt, flüsterte sie hastig: »Ich muss mit Euch reden. Niall hat zu meinem Vater gesagt, dass er glaubt, wir wären ineinander verliebt.«

»Das stimmt doch auch. Aber trotzdem wünsche ich den Kerl zum Teufel.«

»Aber mein Vater …«

»Reg dich nicht auf, Mädchen. Das wusste dein Vater doch schon, nicht?«

»Ja, aber …«

»Wir reden später darüber«, flüsterte er. »Jetzt ist keine Zeit dafür.«

»Ach, ich habe so gehofft, dass wir morgen auf dem Schießplatz allein wären«, sagte sie wehmütig.

Er grinste. »Das werden wir auch. Es wird nämlich regnen.«

»Was wird das schon ändern? Und woher wisst Ihr das überhaupt?«

»Ich weiß alles«, entgegnete er, und sein Grinsen wurde noch breiter. »Also sieh dich vor, was du tust, wenn ich nicht bei dir bin.«

Jetzt war es ihr egal, ob jemand ihre Worte mitbekam. »Ich habe schon gehört, dass Euch kaum etwas entgeht«, neckte sie ihn. »Es heißt, Ihr hättet Eure Augen und Ohren überall, selbst wenn Ihr Euch nicht Eurer Spione bedient.«

»So ein Ruf hat auch seine guten Seiten«, erwiderte er. »Ihr würdet Euch wundern, was mir die Leute alles freiwillig erzählen, nur um ihren Feinden zuvorzukommen, die mir ihre Version der Geschichte präsentieren könnten.«

»Habt Ihr auch Erkundigungen über meinen Vater eingezogen?«

Er beugte sich zu ihr und flüsterte: »Ich sammle zwar Informationen, meine Süße, gebe sie aber nicht weiter, außer an meinen Lehnsherrn. Aber das eine kann ich dir verraten: Von einem äußerst vertrauenswürdigen Mann habe ich erfahren, dass Mellis MacCoun seine Frau nicht getötet haben kann.«

Stirnrunzelnd sagte sie: »Seid Ihr da sicher? Agnes Beton hat gesagt, dass es höchstwahrscheinlich Mellis gewesen ist, und sie sollte es wohl am besten wissen. Selbst meine Frau Mutter verdächtigt Mellis.«

»Er war es aber nicht.«

»Und wer ist dieser vertrauenswürdige Gefolgsmann, der Euch das erzählt hat?«

»Das verrate ich nicht.«

»Hat er auch etwas über die Zeugen herausbekommen? Ich dachte, Fin MacHugh, Gil Dowell und Shim MacVey wären damals den ganzen Tag auf Finlaggan gewesen, doch Ewan sagt, sie seien alle drei nach Kilchoman geritten. Aber einer von Ihnen hätte doch vorher mitbekommen müssen, wie Elma ihrem Mann das Essen brachte.«

»Ja, daran hätten sie eigentlich denken müssen, bevor sie Ian Burk beschuldigten. Falls sie hier sind, könnte ich sie ja noch einmal befragen. Wir werden sehen.«

»Ich glaube, Gil und Fin sind hier, Ewan und Shim aber nicht.«

»Ich werde mich darum kümmern. Aber lauf du nicht herum und stell den Leuten komische Fragen, Mädchen. Wer schon einmal eine Frau umgebracht hat, kann es auch ein zweites Mal tun.«

Mairi antwortete nicht, sondern blickte zu Hector hinüber, der sich gerade mit Fiona MacDougall, der koketten Tochter des Burgvogts von Dunstaffnage, unterhielt. Dabei überlegte sie, ob Hector wohl Lachlans vertrauenswürdiger Zuträger war. Doch woher sollte er mehr über Mellis und die anderen Männer wissen als sie selbst? Sie beschloss, nicht weiter in Lachlan zu dringen, weil sie fürchtete, er könnte ihr beim nächsten Mal nichts mehr erzählen. Da fiel ihr seine zweite Bemerkung wieder ein.

»Wieso sollte Regen vorteilhaft für uns sein?«, fragte sie.

»Du wirst schon sehen«, entgegnete er mit verschmitztem Blick. Sie wollte gerade nachbohren, doch in diesem Augenblick wandte sich Fiona mit dem kastanienbraunen Haar von Hector ab. Mit einigen Freundinnen kam sie zu Mairi herüber und lud sie ein, mit ihnen auf dem Wehrgang zu flanieren und dabei über Männer und ähnlich faszinierende Themen zu schwatzen. Die Höflichkeit erforderte es, dass Mairi mit ihnen ging, zumal Lachlan sich davongemacht hatte, sobald er die Mädchen kommen sah.

Für den Rest des Tages ergab sich keine Gelegenheit mehr für ein vertrauliches Gespräch mit Lachlan. Kurz nach den Macleans war Nialls Bruder Fingon, der berüchtigte Abt von Iona, nebst seinem Gefolge, der Dame seines Herzens und zwei seiner kräftigen Söhne eingetroffen, um mit MacDonald zu Abend zu speisen. In Nialls Augen waren die Gillean-Söhne, verglichen mit den zahlreichen anwesenden Clanchiefs und ihren Familien, zweitrangig und verdienten es nicht, an der hohen Tafel platziert zu werden. Doch das Gastmahl war köstlich und von vielerlei Lustbarkeiten begleitet.

Nach dem Essen fanden sich die jüngeren Frauen zusammen, um sich die Vorführung einer Truppe fahrender Possenreißer anzuschauen. Dabei sagte Fiona leise: »Ich möchte wetten, der Papst würde dieses ausgelassene Spektakel scharf verurteilen, wenn er davon wüsste.«

»Mag sein«, erwiderte Mairi, »aber der Grüne Abt hat schon so oft gegen solcherlei Ablenkungen während der Fastenzeit gewettert, und jetzt sitzt er da und lacht ebenso herzlich darüber wie alle anderen auch.«

»Warum nennt man ihn eigentlich den Grünen Abt?«, fragte Ailsa Macleod, ein schüchternes blondes Mädchen von der Insel Skye.

»Ich bin mir nicht sicher, aber vielleicht, weil der Papst immer noch Vorbehalte gegen ihn hat. Er erkennt ihn nach wie vor nicht als offiziellen Bischof von Iona an«, erklärte Mairi.

»Fingon hat viele Söhne und Töchter«, sagte Fiona. »Die meisten Päpste haben etwas gegen Priester mit Kindern einzuwenden, nicht wahr?«

Lächelnd erwiderte Mairi ihrer alten Freundin aus Kindertagen: »Aber Fingon hält sich doch bloß an die alte keltische Sitte, nach der Geistliche eben heiraten dürfen.«

»Ja, schon, aber die römische Kirche ist schon von jeher gegen die alten Bräuche gewesen«, sagte Ailsa. »Wahrscheinlich wird sie die Dinge immer anders sehen als wir Leute von den Inseln und aus dem Hochland.«

Eine weitere Frau aus dem Kreis gab ihr recht. »Aber was macht das schon?«, sagte sie. »Hierzulande haben sie sich noch nie viel um Rom geschert. Wir unterwerfen uns ja noch nicht einmal dem König der Schotten, wieso sollten wir dann einem gehorchen, der noch viel weiter weg ist?«

Mairi genoss den Abend. Einmal, während eines Rundtanzes, konnte sie sogar Lachlans Hand für wenige Augenblicke halten, jedoch kein Wort mehr mit ihm wechseln, bis er und Hector mit einigen anderen Männern schließlich nach Duart aufbrachen.

Als sie am nächsten Morgen erwachte, hing dichter Nebel über dem Land, der sich nach Sonnenaufgang jedoch rasch auflöste. Nur vereinzelte weiße Wölkchen standen noch am Himmel. Es sah nicht nach Regen aus.

Während sie ihren morgendlichen Pflichten nachkam, hielt Mairi immer wieder Ausschau nach dem Boot von Duart. Kurz vor dem Mittagessen traf es endlich ein. Zu diesem Zeitpunkt war der Himmel bereits von tiefen, schweren Wolken verhangen.

Da der Grüne Abt und sein Gefolge wiederum an der Mahlzeit teilnahmen, mussten sich die beiden Brüder erneut mit einem Platz in der Halle begnügen. Mairi dagegen saß mit den übrigen Damen links von Lady Margaret, während die Herren an MacDonalds rechter Seite Platz genommen hatten. Ohne Lachlan langweilte sich Mairi während des Essens maßlos, woran auch die zähe Konversation mit der Dame neben ihr nichts ändern konnte. Um sich ein wenig abzulenken, überlegte Mairi immer wieder, wie das Wetter wohl werden mochte.

Diejenigen unter den Gästen, die sich auf den Schießwettstreit gefreut hatten, waren dagegen enttäuscht. Ein Gentleman äußerte die Befürchtung, dass das heraufziehende Unwetter bis zum nächsten Tag anhalten und ihnen auch noch die Jagd verderben könnte. Andere dagegen hofften, dass es sich nur um ein kurzes Gewitter handelte, das bis zum Morgen längst abgezogen wäre.

Auf den Inseln, wo das ganze Leben vom Meer und seinen Launen abhing, hielt sich jeder für einen Fachmann in der Wettervorhersage, doch Mairi glaubte nicht, dass Lachlan von dieser Kunst mehr verstand als andere. Sie hatte nichts gegen Regen einzuwenden, solange er ihr ein ungestörtes Treffen mit Lachlan bescherte und ihnen nicht die Jagd verdarb.

Endlich erhob sich Lady Margaret zum Zeichen, dass das Mittagessen offiziell beendet war. Die meisten Damen zogen sich zusammen mit der Gastgeberin in die große Kammer zurück. Lediglich Ailsa Macleod und Fiona MacDougall wollten bei dem Wettschießen dabei sein und liefen in ihre Zimmer, um sich Umhänge und festeres Schuhwerk anzuziehen.

Mairi, die sich schon vor dem Essen entsprechend gekleidet hatte, wartete in der großen Halle auf sie.

»Wo habt Ihr denn Euren Bogen, Mädchen?«

Sie hatte ihn gar nicht kommen sehen. Doch nun, da sie seine Stimme hörte, schien ihr ganzer Körper vor Freude zu singen. Eilfertig drehte sie sich um und sagte: »Ich bewahre meine Ausrüstung in einem der Außengebäude auf, Sir. Ian Burk holt mir gerade Bogen, Köcher und Handschuhe und bringt auch gleich die Ausrüstung für Ailsa und Fiona mit. Ich habe ihm gesagt, dass er uns begleiten soll.«

»Ihr Frauen solltet Eure Sachen selbst tragen«, entgegnete er lächelnd. »Oder wollt Ihr uns Männer vielleicht müde machen? Schließlich müssen wir ja auch noch unsere eigenen Waffen schleppen.«

»Ich dachte, Ihr wolltet mit Frauenbogen schießen.«

»Ja, aber nur beim Wettkampf. Angus Macleod und Giles Duffy, die sich als Einzige auch nicht vom Wetter abschrecken lassen, wollen hinterher noch für die Jagd morgen trainieren. Wir werden also zusätzlich unsere Langbogen mitnehmen.«

»Wenn Euch Eure Waffen zu schwer sind und Ihr keine eigenen Diener habt, müsst Ihr wohl alles Ian aufladen«, erwiderte sie zum Scherz.

»Aber mir geht es doch gerade darum, dass keine Diener mitkommen, Mädchen.«

»Dann sage ich Ian eben, dass ich ihn nicht brauche. Nur gut, dass Fiona und Aisla mitkommen. Meine Eltern würden mir bestimmt nicht erlauben, mit ein paar übermütigen jungen Gentlemen loszuziehen.«

»Das habe ich mir auch gedacht. Deshalb hat Hector Fiona bekniet mitzukommen, und die wiederum hat Ailsa überredet.«

»Aber wenn Euch schon Ian im Weg ist …« Sie machte eine vielsagende Pause.

Er schüttelte nur den Kopf, und da in diesem Augenblick die beiden Mädchen zurückkamen, sagte auch Mairi nichts weiter.

Der Aufstieg zum Bogenschießplatz erwies sich als nicht besonders anstrengend, obwohl das Areal, das an drei Seiten von Buchenwald umgeben war, so hoch lag, dass man einen weiten Blick über Land und Sund hatte. Sie folgten einem ausgetretenen Pfad bis zu einer ebenen Wiese, die mit bunten Blumen übersät war. Noch immer drohten dunkle Wolken, doch hin und wieder brach auch die Sonne durch, und so marschierten sie unverdrossen weiter.

Die vier Männer stellten mehrere Schießscheiben aus Stroh in einer Reihe auf, maßen mit Schritten die Distanz und zogen in der gewünschten Entfernung eine Linie auf dem Boden, von der aus sie schießen wollten.

Lachlan erinnerte die anderen daran, dass sie bei dem Wettstreit nur mit Frauenbogen schießen durften, worauf

Angus Macleod, Ailsas pausbäckiger Vetter von der Insel Lewis, vorschlug: »Ja, gut, aber wie wäre es, wenn wir vier zuerst gegeneinander antreten würden, um zu sehen, wer von uns der beste Schütze ist?«

Lachlan schaute zum Himmel hinauf, dann fragte er an Hector gewandt: »Was hältst du davon? Ich würde mich auch ganz gern zuerst mit einem richtigen Bogen einschießen.«

Die Männer überlegten hin und her, bis Mairi sie unterbrach: »Wenn Ihr Euren eigenen Wettstreit austragen wollt, dann aber bitte bald. Es kann jeden Augenblick anfangen zu regnen.«

Darauf nickte Lachlan und packte seinen Bogen mit festem Griff. »Wer macht den Anfang?«

Giles Duffy meldete sich, wohingegen Hector lieber abwarten wollte, wie die anderen schossen. Lachlan ließ Angus den Vortritt, sodass dieser als Zweiter an der Reihe war.

Die Pfeile der beiden ersten Schützen landeten knapp neben der Mitte der Scheibe.

Als Hector seinem Bruder zunickte, sagte der: »Nein, schieß du zuerst. Ich will nicht, dass du meinen Pfeil mit deinem spaltest wie beim letzten Mal. Ich brauche ihn noch.«

Prustend hob Hector seinen Bogen und schoss, scheinbar ohne zu zielen. Dennoch traf er genau in die Mitte. Er gewinnt bestimmt, dachte Mairi.

Dann nahm Lachlan an der Linie Aufstellung, spannte den Bogen und peilte mit zusammengekniffenen Augen das Ziel an. Endlich ließ er den Pfeil von der Sehne schnellen. Mit einem dumpfen Geräusch schlug er unmittelbar neben Hectors Geschoss ein.

»Na warte, mein Lieber«, sagte Hector, während sich die Männer zu der Zielscheibe begaben. »Wenn du mir meinen Pfeil beschädigt hast, kannst du was erleben.«

Mairi folgte ihnen, um sich die Treffer genauer anzusehen, und Lachlan ging langsam neben ihr her.

»Ich weiß ja nicht, wie gut Ihr schießen könnt, Mädchen, aber ich rate Euch, nehmt Euch genügend Zeit. Reagiert nicht übereilt, nur um Eindruck zu schinden. Und lasst den anderen Mädchen den Vortritt.«

Sie ärgerte sich ein wenig über seine ungebetenen Ratschläge und sagte kurz angebunden: »Das hätte ich sowieso getan. Alles andere wäre unhöflich. Und außerdem spornt es mich an, wenn die anderen ihre Sache gut machen.«

Er grinste und sagte so leise, dass nur sie es hören konnte: »Ich lasse mich auch gerne anspornen, meine Süße.«

Mairi spürte, wie sie rot wurde, und vermied es, ihn anzusehen.

Es folgten erstaunte Ausrufe, als die Männer feststellten, dass Lachlans Pfeil wirklich um Haaresbreite neben dem seines Bruders gelandet war. Doch Mairi trieb sie mit dem Hinweis an, dass sie jetzt besser weitermachten, wenn sie wollten, dass ihre Bogen für die morgige Jagd trocken blieben.

Ailsa und Fiona waren damit einverstanden, zuerst zu schießen. Zu Mairis Überraschung schwenkte Lachlan auf einmal um: »Die ersten Tropfen fallen schon, und bald wird es einen ordentlichen Guss geben. Damit es schneller geht, schlage ich vor, dass die Frauen auch gegeneinander antreten. Die Gewinnerin schießt dann hinterher gegen den besten Schützen unter den Männern.«

»Dann müsst Ihr aber zuerst noch einmal gegen Hector schießen«, bemerkte Ailsa lachend.

»Ja«, pflichtete ihr Mairi bei. »Und Ihr müsst beide kleinere Bogen nehmen. Vielleicht solltet Ihr Männer ja alle noch mal mit den kurzen Bogen schießen.«

»Kommt nicht infrage!«, protestierte Hector. »Schließlich muss ich an meinen Ruf denken. Es wäre schon schlimm genug, gegen eine Frau zu verlieren, und obendrein mit einem Kinderbogen gesehen zu werden ...« Er schüttelte sich.

»Feigling«, murmelte Lachlan, doch da er dabei lächelte, nahm Hector es nicht weiter übel.

»Also kein zweiter Durchgang«, sagte Angus. »Hector und du, ihr wart gleich gut, und ich habe genauso wenig Lust wie er, gegen eine Frau anzutreten.«

Da Giles der gleichen Meinung war, sagte Lachlan: »Also gut. Dann schieße ich gegen das Mädchen, das gewinnt.«

Mairi war klar, dass er mit ihrem Sieg rechnete, doch sie wusste auch, wie gut Fiona mit dem Bogen umgehen konnte. Ailsas Schießkünste konnte sie nicht einschätzen, da diese weit entfernt auf Skye lebte, doch nach Dunstaffnage war es nicht weit, und Fiona und Mairi sahen einander, wann immer MacDonald auf Ardtornish weilte. Die beiden Mädchen hatten schon oft um die Wette geschossen.

Jede der Frauen hatte drei Schuss, doch schon nach dem ersten zeigte sich, dass Ailsa den beiden anderen nicht das Wasser reichen konnte. Mairi traf zweimal genau und Fiona dreimal fast ins Schwarze, doch da Mairis dritter Pfeil danebenging, stand die Siegerin nicht eindeutig fest. Alle traten nahe an die Scheibe heran. Schließlich erklärten sie Mairi aufgrund der beiden genauen Treffer zur Gewinnerin.

Lachlan bedachte sie mit einem anerkennenden Grinsen, bevor er die Pfeile wieder einsammeln half. »Du bist als Erste dran, Mädchen, und ich nehme Fionas Bogen. Du scheinst ein ernst zu nehmender Gegner zu sein.«

Sie stellten sich auf, und Mairi, die plötzlich nervös wurde, holte tief Luft, zielte und schoss. Lachlans Pfeil schlug unmittelbar hinter dem ihren in die Scheibe ein. Da legte Mairi den nächsten Pfeil auf die Sehne und spannte den Bogen.

Alle waren so vertieft in den Wettstreit, dass die Frauen erschrocken aufschrien, als der Platzregen unvermittelt losbrach. Mairi ließ den Bogen fallen, und alle rafften ihre Umhänge vom Boden auf.

Die Männer waren ihnen beim Anziehen behilflich. Hector trieb sie zur Eile an, doch Lachlan protestierte: »Wir sind doch noch gar nicht mit dem Wettschießen fertig.«

Als Mairi ihm einen tadelnden Blick zuwarf, sah sie das spitzbübische Funkeln in seinen Augen.

»Bis Ihr an der Burg seid, habt Ihr sowieso keinen trockenen Faden mehr am Leibe, Mädchen«, sagte er. »Was macht es da für einen Unterschied, wenn wir erst noch den Sieger ermitteln? Oder habt Ihr Angst, ich könnte gewinnen?«

Fiona lachte, wie sie es gern und oft tat, und sagte: »Wir bleiben bestimmt nicht hier, um zuzuschauen, Sir. Aber wenn Ihr unbedingt noch weitermachen wollt, statt mit uns ins Trockene zu gehen, könnt Ihr gern meinen Bogen behalten.«

Stirnrunzelnd schüttelte Hector den Kopf. »Ihr beide könnt aber nicht allein hier draußen bleiben«, sagte er.

»Stimmt«, erwiderte Lachlan. »Also wirst du bei uns bleiben. Es sein denn, du hast Angst vor Gewittern.«

Noch immer kopfschüttelnd sah Hector ihn an, sagte jedoch nichts.

Lachend rannten die anderen davon.

Sofort wechselten die Brüder einen Blick, worauf Hector sich umdrehte und zum Rand der Wiese ging und der heimkehrenden Gruppe nachblickte.

»Wir schießen doch nicht wirklich weiter, oder?«, fragte Mairi.

»Nein. Wir bestimmen einfach denjenigen zum Sieger, dessen Pfeil näher am Zentrum ist. Komm mit mir hinüber zu den Bäumen, dort können wir reden. Hector passt auf, dass uns niemand stört.«

Es goss in Strömen. Mairi blickte mitleidig zu Hector hinüber. »Macht es ihm denn nichts aus, so schrecklich nass zu werden?«

»Ach was, Mädchen. Den hat es schon schlimmer erwischt. Mehr als einmal ist er über Bord gegangen oder auf einer seiner Reisen in einen Wolkenbruch geraten.«

»Wir bleiben ja auch nicht lange«, sagte sie, fasste ihn unter und lief mit ihm in den Schutz der Bäume.

»Abwarten«, sagte er und lachte leise. »Ich muss gestehen, es wäre mir lieber, wenn unsere Umhänge nicht so nass geworden wären.«

Jetzt musste auch Mairi lachen. »Habt Ihr wirklich gedacht, uns bliebe Zeit für mehr als nur ein paar Worte?«, fragte sie.

»Man muss jede Gelegenheit nutzen«, erwiderte er und zog sie unter dem schützenden Laubdach in seine Arme. »Gib mir erst einen Kuss, dann reden wir.«

Hingebungsvoll erwiderte sie seinen Kuss und stöhnte leise, als sie seine Zunge in ihrem Mund spürte. Ihr ging der Gedanke durch den Kopf, ob Hector sie wohl sehen könnte, doch als Lachlan mit der Hand unter ihren Umhang fuhr und ihre Brüste zu streicheln begann, vergaß sie alles andere. Sie sträubte sich nicht, als er ihr den nassen Umhang abstreifte und auf den Boden fallen ließ. Wenn er es verlangt hätte, wäre sie sogar mit Wonnen bereit gewesen, sich mit ihm auf den durchnässten Stoff zu legen.

Auch Lachlan fand die Idee überaus verlockend, gleich hier an Ort und Stelle mit ihr zu schlafen, während der Regen auf die Blätter prasselte, doch er wusste, dass Hector nicht so lange bleiben wollte. Er durfte es nicht riskieren, MacDonald warten zu lassen.

Lachlan hatte seinem Bruder erklärt, dass er unter vier Augen mit Mairi sprechen und sich ein paar Minuten mit ihr amüsieren wollte. Doch um einiger Küsse und Zärtlichkeiten willen ihren Vater zu verärgern, wäre unklug gewesen, denn wenn Lachlan ihn doch noch dazu bringen wollte, seine Meinung zu ändern, musste er sich gut mit ihm stellen.

Es fiel ihm schwer, sich zu beherrschen, zumal sie ihm nur zu bereitwillig entgegenkam. Doch es ging nicht anders. Also riss er sich zusammen, gab ihr noch einen letzten Kuss und hielt sie dann ein wenig von sich ab. Mit einem tiefen Blick in ihre dunklen Augen fragte er: »Und jetzt erzähl mir, was Niall zu deinem Vater gesagt hat.«

Sie seufzte und antwortete: »Ich habe schon befürchtet, die Antwort meines Vaters würde Euch nicht interessieren. Also, Seine Gnaden sagte zu Niall, es würde keine Rolle spielen, ob wir einander liebten. Darauf fragte Niall, ob es denn nichts ausmachen würde, wenn ich keine Jungfrau mehr wäre.«

»Dieser Mann verursacht wirklich nichts als Ärger! Und was hat Seine Gnaden darauf geantwortet?«

»Dass es nicht darauf ankäme. Alasdair brauche mich nur irgendwo einzusperren, bis er sicher sein könne, dass ich kein Kind von einem anderen erwarte. Ihm blieben dann immer noch alle Vorteile, die die Ehe mit einer Prinzessin der Inseln mit sich bringt. Was sollen wir jetzt bloß tun?«

»Ich werde mir etwas überlegen«, sagte er. »Vertrau mir.«

»Aber es geht mich doch auch etwas an. Ich weiß wirklich nicht, warum Ihr immer ...«

»Pläne schmieden und wichtige Entscheidungen treffen ist Männersache, meine Süße. Das kannst du getrost mir überlassen.«

»Das will ich aber nicht! Ich möchte über Eure Ansichten Bescheid wissen und meine Meinung sagen. Schließlich bin ich ja auch nicht auf den Kopf gefallen und kann genauso gut nachdenken wie Ihr.«

»Du zitterst ja vor Kälte«, sagte er und küsste sie wieder. »Wir gehen nachsehen, wer gewonnen hat, und dann laufen wir hinunter und wärmen uns in der Halle am Feuer.«

Sie warf ihm einen unwilligen Blick zu, doch er beachtete es nicht weiter und ging mit ihr zur Zielscheibe hinüber. Er hoffte nur, sie würde nicht zu enttäuscht sein, wenn sie feststellte, dass sie verloren hatte.

Sie war keineswegs enttäuscht, denn ihr Pfeil steckte genau in der Mitte.

13

Hector wartete am Weg auf sie, und sie liefen zusammen den Hügel hinab. Der Regen ließ bereits nach, als sie die große Halle erreichten.

Der Grüne Abt und sein Gefolge waren schon fort, doch andere hielten sich noch in der Halle auf, unter anderem ihre Gefährten, die jetzt wissen wollten, wer den Schießwettstreit gewonnen hatte.

Mairi sagte nichts. Sie wartete ab, was Lachlan ihnen erzählen würde. Er hatte seinem Bruder nichts über den Ausgang des Wettstreits verraten, doch nun sagte er mit etwas betretenem Blick: »Lady Mairi hat gewonnen.«

»Man kann auch nicht erwarten, dass ein Mann mit einem kurzen Bogen vernünftig trifft«, bemerkte Giles lachend.

Angus war der gleichen Meinung. »Ich wette, selbst meine Cousine Ailsa würde mich übertreffen, wenn ich versuchte, mit ihrem winzigen Bogen zu schießen.«

Ailsa und Fiona verwahrten sich lautstark gegen diese Herabsetzung ihrer Waffen, und Hector, der die Bogen neben dem Kamin an die Wand gelehnt hatte und nun damit beschäftigt war, die Sehnen auf einer Bank zum Trocknen auszulegen, blickte auf und fragte: »Glaubst du wirklich, dass es nur am Bogen gelegen hat?«

Mairi hielt den Atem an, doch Lachlan schüttelte den Kopf. »Ich würde es ja gern behaupten«, antwortete er, »aber ich fürchte, für so eine plumpe Lüge würde Gott mich mit Blitz und Donner bestrafen.« Er lächelte Mairi zu und fuhr fort: »Nein, nicht Lady Fionas Bogen war schuld an meiner Niederlage, sondern die Treffsicherheit der Lady und meine eigene Überheblichkeit.«

Mairi erwiderte sein Lächeln, bevor sie zum Kamin hinüberging, ihren Umhang ablegte und ihn zum Trocknen über eine andere Bank breitete. Dann wärmte sie sich die Hände am Feuer.

Ihr Kleid war noch immer triefend nass. Als daher Ailsa ein paar Minuten später hinausschaute und verkündete, dass der Regen aufgehört hatte, verließ sie mit den anderen die Halle, um sich umzuziehen.

Es freute sie, dass Lachlan so bereitwillig seine Niederlage eingestanden hatte. Andererseits ärgerte sie sich noch immer über ihn, weil er so selbstverständlich davon ausging, dass sie ihr Schicksal ohne weiteres in seine Hände legen würde. Sie hatte nie zu den Menschen gehört, die ohne aufzumucken andere über sich bestimmen ließen. Nein, sie wollte auch ein Wörtchen dabei mitreden, selbst wenn sich dadurch letztlich nicht viel ändern konnte. Ihr Vater hatte sie in dieser Haltung immer bestärkt, ganz im Gegensatz zu Lady Margaret, die sie oft ermahnt hatte, denen zu gehorchen, die für sie verantwortlich waren.

Mairi war sich bewusst, dass sie ihrem Vater zu ähnlich war, um diesen Rat zu beherzigen. Die Vorstellung, ihr Vater könnte ruhig ausharren und andere über sich verfügen lassen, war für sie genauso undenkbar wie ein Lord der Inseln, der Röcke trug und einen Knicks vor dem König der Schotten machte.

Lachlan und Hector hatten sich für das Abendessen und die anschließende gesellige Runde Kleider zum Wechseln mitgebracht, die sie nun im Gästezimmer eines ihrer Bekannten anlegen wollten. Als sie aus der Halle traten, bemerkte Lachlan Ian Burk, der beim Küchenanbau stand und ihm ein Zeichen gab.

»Ich komme gleich nach«, sagte Lachlan zu Hector. Dann wartete er, bis alle anderen fort waren, und ging zu Ian hinüber. »Was ist denn, Junge?«, fragte er.

»Ach, Sir«, sagte Ian. »Stimmt es, dass Ihr und Lord Hector morgen mit den anderen auf die Jagd gehen wollt?«

»Ja, warum?«, antwortete Lachlan. Als Ian zögerte und sich auf die Lippen biss, setzte er leicht gereizt hinzu: »Hast du vielleicht etwas dagegen?«

»Nein, Sir«, beeilte sich Ian zu sagen. »Aber, Ihr wisst ja, ein Mann hat seine Verpflichtungen. Ich weiß genau, wem ich Lehnstreue schuldig bin, und das ist, mit Verlaub, nicht der Gillean-Clan.«

Lachlan kniff die Augen zusammen, sagte jedoch nichts.

Da verzog Ian ein wenig das Gesicht, schaute ihm fest in die Augen und fuhr fort: »Aber mir scheint, dass ich auch nicht den Mackinnons verpflichtet bin, sondern einzig und allein Seiner Gnaden.«

»Ich glaube, ich fange an zu begreifen, Junge«, sagte Lachlan. »Niall Mackinnon macht ja kein Hehl aus seiner Abneigung gegen die Männer vom Gillean-Clan.«

»Er würde Euch alle am liebsten unter der Erde sehen, Sir. Und deshalb habe ich gedacht, es wäre besser, wenn Ihr Euch morgen anderweitig beschäftigen würdet.«

»Aber als Haushofmeister Seiner Gnaden wird er sich doch nicht zu einer Gewalttat hinreißen lassen«, sagte Lachlan.

Ian konnte nur mit Mühe ein abfälliges Schnauben unterdrücken. »Er gilt als geschickter Schwertkämpfer, Sir«, sagte er. »Allerdings würde er sich nie die Hände schmutzig machen, wenn es sich vermeiden lässt.«

Als Lachlan nur schweigend nickte, seufzte der Stallbursche und sagte langsam und bedächtig, so als spräche er zu einem begriffsstutzigen Kind: »Der Haushofmeister hat Männer, auf die er sich verlassen kann, darunter auch zwei ausgezeichnete Bogenschützen.«

»Na hör mal«, sagte Lachlan leise, »willst du etwa damit sagen, dass diese Männer etwas im Schilde führen?«

Ians Miene wurde ausdruckslos.

»Nun komm schon, Junge«, ermunterte ihn Lachlan.

»Ich will nichts gesagt haben«, erwiderte Ian, dem zusehends unbehaglicher wurde. Doch als Lachlan ihn weiter fixierte, nickte er schließlich rasch und verstohlen, als fürchte er die nächste Frage.

Lachlan war jedoch nicht so dumm, einem wertvollen Informanten gegen dessen Willen Namen zu entlocken. Stattdessen blickte er nachdenklich gen Himmel, als stünde dort die Antwort auf seine Fragen. »Ich kann mir nicht vorstellen«, sagte er schließlich, »dass selbst ein Mann, der so von sich eingenommen ist wie der Haushofmeister, ohne weiteres zwei Gäste seines Lehnsherrn ermorden lässt.«

»Mag sein, Sir«, stimmte Ian zu. »Aber ich habe ihn sagen hören, im Wildbestand hier auf Mull gebe es zwei widerspenstige Hirschböcke, die er aussondern lassen will. Er sagt, er will das seine beiden besten Bogenschützen erledigen lassen, damit nicht womöglich ein Unschuldiger zu Schaden kommt.«

»Ich verstehe.«

»Ja, Sir. Und deswegen dachte ich, es wäre vielleicht besser, wenn Ihr und Hector Reaganach Euch morgen woanders aufhalten würdet. Meine Lady wäre untröstlich, wenn einem von Euch etwas zustoßen würde. Sie kann Euch nämlich beide gut leiden.«

»Ich passe schon auf, dass uns nichts passiert«, versicherte ihm Lachlan. »Und dich möchte ich bitten, zu keinem auch nur ein Sterbenswörtchen darüber zu sagen. Vor allem nicht zu deiner Lady. Verstanden?«

Ian schluckte, dann nickte er. »Ja, Sir, ich werde den Mund halten. Sie würde sich bestimmt nur Sorgen machen.«

»Gut so«, sagte Lachlan erleichtert und drückte dem Burschen zwei Münzen in die Hand. Dann sah er sich nach Hector um. Der hatte sich noch immer nicht umgezogen, sondern schäkerte gerade mit einem gelockten Wäschemädchen.

»Lass das arme Ding seine Arbeit machen, und geh ein bisschen mit mir auf der Mauer spazieren.«

Hector drückte dem Mädchen noch rasch einen Kuss auf die Lippen, bevor er sich wortlos mit Lachlan auf den Weg machte. Erst als sie unbehelligt auf dem Wehrgang angelangt waren, warf er seinem Bruder einen fragenden Blick zu.

»Es gibt da ein Problem«, sagte Lachlan.

»Spielt Lady Mairi nicht mit? Das hätte ich eigentlich nicht erwartet.«

Lachlan schüttelte den Kopf, ging aber nicht näher auf die Bemerkung ein. »Es geht nicht um mein Mädchen, sondern darum, dass uns jemand nach dem Leben trachtet«, sagte er.

»Was meinst du damit?«

»Na ja, wie ich aus zuverlässiger Quelle erfahren habe, sollen uns in Kürze zwei fehlgeleitete Pfeile treffen.«

»Das hast du natürlich von Ian Burk. Wann denn, bei der Hirschjagd?«

»Ausnahmsweise bist du mal nicht schwer von Begriff. Es besteht also noch Hoffnung.«

»Ich geb dir gleich Hoffnung, mein Lieber, wenn du weiter so frech zu mir bist«, sagte Hector. »Will uns tatsächlich jemand zur Zerstreuung der Gäste Seiner Gnaden umbringen?«

»Ja, und wenn der junge Ian recht hat, ist dieser jemand kein anderer als unser lieber Freund Niall MacGillebride Mackinnon.«

»Das ist ja wirklich die Höhe! Niall will uns also an den Kragen, was?«

»Offensichtlich«, erwiderte Lachlan und berichtet seinem Bruder, was er von Ian gehört hatte.

Hectors Miene wurde immer finsterer, und schließlich sagte er: »So ein Plan ist eines ehrenhaften Mannes unwürdig. Ist ihm denn nicht klar, dass seine Männer einen Unbeteiligten treffen könnten?«

»Ich glaube, das würde ihm nicht allzu viel ausmachen, solange es sich nicht um einen Mackinnon handelt.«

»Und was ist mit Lady Mairi?«, fragte Hector. »Sie geht

doch mit auf die Jagd, und Niall will bestimmt nicht, dass ihr etwas zustößt.«

»Nein, vermutlich nicht«, erwiderte Lachlan scheinbar gleichmütig.

Hector blickte ihn forschend an, sagte jedoch nur: »Ich würde die Jagd ungern verpassen. Mit der Einladung erweist uns Seine Gnaden eine große Ehre, und unser Vater ist sehr stolz darauf. Es wäre eine grobe Unhöflichkeit, wenn wir jetzt absagen würden. Andererseits dürfen wir nicht andere in Gefahr bringen. Vielleicht könnten wir uns doch unter einem Vorwand entschuldigen.«

»Du wirst dir doch wohl von Niall Mackinnon keine Angst einjagen lassen!«

»Ich habe nicht gesagt, dass ich Angst habe!«, protestierte Hector.

»Reg dich nicht auf. Wir werden beide an der Jagd teilnehmen, ohne dass uns das Geringste passiert. Das verspreche ich dir.«

»Na gut«, sagte Hector. »Hast du übrigens schon mal darüber nachgedacht, dass einer, der zu so etwas fähig ist, auch einen anderen Mord auf dem Gewissen haben könnte?«

»Ja, zumal die ermordete Frau ihre Gunst offenbar sehr freigebig verschenkt hat. Und Mackinnons Frau ist vor etwa drei Jahren gestorben.«

»Andererseits ist er aber ein ziemlich steifer Mensch«, wandte Hector ein. »Er ist nicht der Typ Mann, der sich mit einer Dienstmagd einlässt, auch wenn es Elma MacCouns Aufgabe war, sein Zimmer aufzuräumen – und übrigens auch das von Ian MacSporran.«

Die Vorstellung, der dicke, wichtigtuerische Kämmerer hätte Elma verführt, war zu komisch, doch mit Mackinnon sah die Sache anders aus. »Unser guter Niall achtet also vielleicht mehr bei anderen auf gutes Benehmen als bei sich selbst. Und wenn Elma verfügbar war …«

»Schon möglich, aber vielleicht bist du ja auch ungerecht

ihm gegenüber, weil du dich darüber ärgerst, mit welchen Blicken er Lady Mairi bedenkt – oder du siehst gerade aus diesem Grund klarer als ich«, fügte Hector nachdenklich hinzu.

Lachlan dachte bei sich, dass er Mackinnon ganz gut einschätzen konnte, wollte jedoch seinem Bruder nicht widersprechen.

Als sie kurz darauf die Stufen hinuntergingen, sagte Hector beiläufig: »Und ansonsten läuft alles gut, nehme ich an?«

»Ziemlich gut. Aber lass uns nicht hier im Treppenhaus darüber reden, wenn es dir nichts ausmacht.«

»Wie du willst. Sprechen wir also über den Ablauf des morgigen Tages. Ich weiß nur, dass unsere eigenen Pferde in einem Stall auf Duart untergebracht sind, aber das ist auch schon alles.«

»Ich nehme an, ein ganzer Schwarm Diener bringt heute Nacht Vorräte über den Sund nach Craignure Bay, damit die Gäste vor der Jagd noch frühstücken können«, sagte Lachlan. »Und morgen besteigt die Jagdgesellschaft in aller Herrgottsfrühe die Boote und setzt über. MacDonald wird wohl Pferde für seine Gäste bereithalten. Heute beim Abendessen werden wir sicher Näheres erfahren.«

»Wahrscheinlich«, entgegnete Hector. »Aber wenn wir uns jetzt nicht beeilen und uns umziehen, versäumen wir das Abendessen.«

Als Mairi in ihren feuchten, ramponierten Kleidern in die Kammer trat, konnte Meg ihre Empörung nicht verbergen.

»Meine Mutter hätte mich in so einem Fall gefragt, ob ich zu dumm bin, mich irgendwo unterzustellen«, sagte sie ungehalten. »Aber jetzt müsst Ihr ganz schnell die nassen Sachen loswerden.«

»Wir haben ein Wettschießen veranstaltet, Meg. Das habe ich dir doch erzählt.«

»Dann könnt Ihr ja noch von Glück sagen, dass Ihr nicht

Eure guten Sachen angezogen habt. Die wären jetzt vollkommen ruiniert.«

Ohne ein weiteres Wort ließ sich Mairi von ihrer Zofe aus den Kleidern helfen und in einen dicken, warmen Hausmantel einwickeln. Dann nahm sie auf einem Schemel Platz, damit die ältere Frau ihr vor dem Feuer das Haar bürsten konnte.

Sie plauderten noch miteinander, als Elizabeth hereinkam. »Oh, gut, dass du hier bist, Meg«, sagte sie. »Ich muss mich auch zum Abendessen umziehen, aber zuerst löse ich mein Haar, solange du Mairi frisierst. Von dieser Haube habe ich schreckliche Kopfschmerzen bekommen.«

»Nehmt sie ab, Mistress, und dann legt euch ein feuchtes Tuch über die Augen. Das hilft.«

»Eigentlich schade, dass ich nicht mit dir zum Bogenschießen gegangen bin, Mairi«, sagte Elizabeth, während sie die Kopfbedeckung zur Seite legte und sich die Haarnadeln herauszog. »Angus Macleod würde ich gern näher kennenlernen. Schließlich ist er mit Marjorys Mann Roderic verwandt.«

»Er macht wirklich einen netten Eindruck«, stimmte ihr Mairi zu. »Aber ehrlich gesagt kommt es mir so vor, als hätte er ein Auge auf seine Cousine Ailsa geworfen. Er neckt sie andauernd und spielt sich gleichzeitig als ihr Beschützer auf.«

»Das hört sich aber mehr wie ein geschwisterliches Verhältnis an«, wandte Elizabeth ein. »Ich will doch hoffen, dass Verliebte nicht miteinander spaßen. Zwischen ihnen sollte es romantisch zugehen, finde ich.«

»Jetzt holt Euch endlich das feuchte Tuch, Lady Elizabeth«, ermahnte Meg sie. »Wenn Ihr Euch hingelegt habt, könnt Ihr beide ja weiterschwatzen. Sollten Eure Kopfschmerzen nicht weggehen, müsst Ihr eines von Agnes Betons Pülverchen einnehmen.«

Folgsam legte sich Elizabeth mit einem feuchten Tuch über

der Stirn aufs Bett und schloss die Augen. Als Meg mit Mairis Haar fertig war, schlief sie bereits tief und fest.

»Nach einem kleinen Nickerchen wird es ihr besser gehen«, sagte Meg. »Und Euch helfe ich jetzt beim Ankleiden.«

Als sie fertig war, legte sich Mairi ihren roten Umhang über den Arm und ging in die große Kammer, wo sie jedoch niemanden antraf. Da fiel ihr ein, dass sie noch gar nicht mit Ian über die Vorbereitungen für die morgige Jagd gesprochen hatte.

Selbstverständlich wusste Ian, was zu tun war, doch Mairi hatte keine Ruhe, bis sie sich selbst davon überzeugt hatte, dass ihre Ausrüstung bereitlag. Also warf sie das Cape über und lief eilig zum Stall, wobei sie vergeblich nach Lachlan Ausschau hielt.

Ian war gerade damit beschäftigt, die schöne graue Stute, Mairis Lieblingspferd auf Ardtornish, zu striegeln. Mairi bevorzugte Grauschimmel und wollte bei der Jagd einen silbergrauen Wallach reiten, der von denselben Eltern abstammte wie die Stute und auf Duart für sie bereitstand.

»Ist alles fertig für morgen?«, fragte sie.

»Ja, Mistress. Ich habe Euer rotes Zaumzeug blank poliert, eine neue Sehne auf Euren Bogen gespannt und noch ein paar Ersatzpfeile in den Köcher gesteckt.«

Sie stellte ihm noch weitere Fragen, die er respektvoll wie immer beantwortete. Dennoch merkte sie, dass etwas nicht stimmte.

»Was ist los?«, fragte sie schließlich. »Will die Stute nicht fressen?«

»Nein, Mistress, mit den Pferden ist alles in Ordnung. Ich habe vor kurzem auch noch nach dem Wallach gesehen; er scheint sich ebenso sehr auf die Jagd zu freuen wie Ihr.«

»Gut. Ich möchte nämlich gewissen Leuten zeigen, dass eine Frau vom Pferderücken aus genauso gut schießen kann wie aus dem Stand.«

»Ja, sicher. Ihr seid wirklich geschickt mit dem Bogen, Mistress«, erwiderte Ian. Er klang betrübt.

»Was ist denn, Ian? Jetzt sag es mir endlich, bevor ich noch die Geduld verliere!«

»Ich fürchte nur, es könnte morgen nicht alles so sein, wie Ihr es Euch wünscht«, erwiderte der Bursche zögernd und mit betretenem Blick.

»Warum nicht?«, fragte sie. »Die Gäste sind doch glänzender Laune, und die Jagd wird bestimmt ganz herrlich werden.«

»Es könnte Ärger geben«, sagte Ian widerstrebend.

»Wer hat das behauptet?«

»Das weiß ich nicht«, entgegnete er hastig. »Ich dachte nur, Ihr solltet wissen, dass vielleicht einige bei der Jagd fehlen werden. Ich habe doch gemerkt, dass Ihr einen Narren an Lachlan Lubanach und Hector Reaganach gefressen habt.«

»Du glaubst doch wohl nicht, dass er ... ich meine, dass *sie* nicht dabei sein werden!«

»Ich habe nur gehört, dass ein paar Leute nicht teilnehmen wollen.«

»Pah!«, rief Mairi. »Die beiden sind doch keine Feiglinge. Und außerdem würde sich niemand eine Einladung seiner Gnaden zur Jagd entgehen lassen.«

»Das stimmt schon, Mylady«, erwiderte Ian unglücklich.

Am liebsten hätte sie ihn geschüttelt, um alles aus ihm herauszuholen, was er wusste. Es war einfach absurd! Mairi drehte sich um und lief schnurstracks in die große Halle, wo sie mit mühsam unterdrückter Ungeduld auf Lachlan wartete.

»Ihr beide kommt doch morgen mit auf die Jagd, oder?«, überfiel sie ihn, ohne die üblichen Formen zu wahren, kaum dass die beiden Brüder eingetreten waren.

Ihr entging nicht das unwillige Aufblitzen seiner Augen, bevor Lachlan antwortete: »Aber sicher, meine Süße. Ein solches Vergnügen werden wir uns doch nicht entgehen lassen. Warum fragt Ihr?«

»Ich wollte nur sichergehen. Es wäre schade, wenn uns jemand den schönen Tag verderben würde.«

»Nein, nein, wir werden schon dabei sein«, sagte er leichthin und fügte hinzu: »Dürft Ihr Euch eigentlich allein hier aufhalten, bevor Eure Eltern da sind?«

»Wollt Ihr mir wieder einmal vorschreiben, was ich zu tun habe, Sir?«

Er warf einen Blick auf seinen Bruder. Dessen Augenbrauen schossen in die Höhe, was ziemlich komisch aussah. Dann sagte Lachlan: »Mir ist klar, dass ich nicht das Recht habe, Euch etwas zu befehlen, Mädchen. Ich möchte nur nicht, dass Seine Gnaden oder Eure Frau Mutter einen Anlass haben, Euch zu tadeln.«

»Darüber macht Euch keine Sorgen, Sir«, entgegnete sie. Sie zwang sich zur Ruhe, musste aber an Ranalds Worte denken, dass ihr Ehemann ihr schon Gehorsam beibringen würde, sobald sie erst einmal verheiratet war. Ranald hatte natürlich Alasdair Stewart gemeint. Dennoch wurde ihr bei der Vorstellung sehr unbehaglich zumute.

Als habe er ihre Gedanken gelesen, sagte Lachlan: »Ein Diener hat mir erzählt, dass Alasdair Stewart auch zur Jagd kommt. Wusstet Ihr davon, Mächen?«

»Nein«, erwiderte sie so kurz angebunden, dass Lachlan die Stirn runzelte. Soll er doch, dachte sie. Er hätte sie eben nicht reizen sollen. So benahm sich kein Mann, der einer Frau den Hof machte.

»Hector, ich würde gern mehr darüber erfahren, was Alasdair Stewart vorhat«, sagte er.

»Ich werde mal mit den Jungs reden.« Mit diesen Worten verbeugte sich Hector vor Mairi und ging davon.

»Ach, so funktioniert das also?«, fragte sie. »Ihr schickt ihn einfach los, um für Euch Erkundigungen einzuholen. Das ist ja reizend, wie Ihr Euren älteren Bruder herumkommandiert!«

»Sollen wir uns zum Podium begeben, meine Süße? Es fällt

auf, wenn wir noch länger hier herumstehen. Doch keiner kann etwas dagegen einzuwenden haben, dass ich Euch zur hohen Tafel geleite.«

»Ich glaube, wir haben uns schon lange genug unterhalten«, entgegnete sie kühl.

Dennoch reichte er ihr den Arm. Dabei blickte er sie wieder mit diesem spitzbübischen Ausdruck an, dem sie so schwer widerstehen konnte.

»Ich habe Euch offenbar verärgert«, sagte er. »Aber ich muss gestehen, dass ich nicht weiß, womit.«

Leicht pikiert reckte sie das Kinn, doch als sie seinem Blick begegnete, gab sie schließlich nach und legte ihm die Hand auf den Arm.

Wie auf Finlaggan verlief auch in dieser Halle im Abstand von etwa zwei Metern zu den Längswänden eine Säulenreihe. Sie stützte das Dach und bildete einen Wandelgang, durch den Lachlan nun mit Mairi bis zum Podium schritt. Dort verabschiedete er sich mit einer Verbeugung und ging davon.

Mairi nahm ihren Umhang ab und breitete ihn über ihren Stuhl. Sie wusste nicht, ob sie sich über Lachlan ärgern oder amüsiert sein sollte. Auf jeden Fall würde sie sich nicht dazu herablassen, ihm hinterherzustarren. Stattdessen begrüßte sie ihren Bruder Ranald derart überschwänglich, dass er sie ganz verblüfft ansah.

Auf ihre Frage, ob Alasdair wirklich bei der Jagd mitmachen wollte, antwortete Ranald: »Da er noch immer nicht hier ist, bezweifle ich es. Seine Gnaden hat jedenfalls nichts davon erwähnt. Aber unser Vater macht sich im Moment vor allem Gedanken darum, ob John Ogs Sohn bereits zur Welt gekommen ist.«

»Ich habe eigentlich auch längst mit einer Nachricht gerechnet«, sagte Mairi. »Glaubst du, dass etwas nicht in Ordnung ist?«

»Wahrscheinlich hat John Og nur die Nase voll von den ständigen gut gemeinten Ratschlägen«, antwortete Ranald lachend. »Als unsere Frau Mutter ihm ihren letzten Brief schickte, ließ Meg ihm bestellen, er solle dem Kind beim ersten Schrei einen Löffel Salz in den Mund schütten, um es vor den Elfen zu schützen. Ich glaube ja, einem Sohn von John Og würde ein Löffel Brogac viel besser schmecken.«

Mairi stimmte in sein Gelächter ein. In diesem Augenblick fiel ihr Blick auf Lachlan und Hector, die in ein Gespräch mit MacDougall von Dunstaffnage und Fiona vertieft waren. Unwillkürlich ballte Mairi die Fäuste, rief sich aber sogleich zur Ordnung. Sie musste unbedingt aufhören, sich derart kindisch zu benehmen. Als ihre Eltern auf das Podium traten, fragte sie Lady Margaret, ob Fiona beim Essen neben ihr sitzen dürfe. Als sie die Erlaubnis erhielt, ging sie zu Fiona hinüber, um sie einzuladen. Dabei wechselte sie einige freundliche Worte mit MacDougall, Hector und den Übrigen, die bei ihnen standen, bevor sie mit Fiona an die Tafel zurückkehrte.

»Jedermann fiebert schon der Jagd entgegen«, sagte Fiona und ließ ihre Blicke durch die Halle schweifen. »Hältst du mich für albern, wenn ich dir sage, dass ich mich viel mehr auf das Osterfest am Sonntag freue?«

Mairi wusste, dass es Fiona schwergefallen war, die ganze Fastenzeit über auf den Genuss von Fleisch zu verzichten. Lächelnd versicherte sie ihr, dass auch sie sich auf Ostern freute. Dabei hielt sie verstohlen Ausschau nach Lachlan.

Da er jedoch mittlerweile auf derselben Seite des Tisches, allerdings am anderen Ende bei den Männern, Platz genommen hatte, konnte sie keinen Blick auf ihn erhaschen. Sie spekulierte darauf, später noch ein paar Worte mit ihm wechseln zu können, aber Lady Margaret machte ihre Hoffnung zunichte. Kaum war das Essen vorüber, erhob sie sich und sagte in einem Ton, der keinen Widerspruch duldete: »Du und Elizabeth, ihr braucht euren Schlaf, wenn ihr morgen bei der Jagd ausgeruht sein wollt. Also ist es das Beste, ihr geht jetzt gleich in eure Kammer. Sag das bitte auch deiner Schwester, Liebes.«

Mairi ignorierte den mitleidigen Blick, den Fiona ihr zuwarf. Sie stand auf und ließ dabei unauffällig den Umhang, auf dem sie gesessen hatte, vom Stuhl rutschen. Während sie noch einige höfliche Worte mit der Frau neben Fiona wechselte, schob sie ihn mit der Fußspitze unter das lang herabhängende Tischtuch. Dann machte sie sich wie befohlen auf die Suche nach Elizabeth.

Sie konnte nur hoffen, dass niemand sie dabei beobachtet hatte, doch auf die Schnelle war ihr kein anderer Vorwand eingefallen, um noch einmal zurückzukommen. Die Männer würden sich noch ein paar Stunden in der Halle aufhalten, und Mairi wollte unbedingt noch einmal mit Lachlan reden, um ihren kleinen Streit von vorhin beizulegen.

Allerdings musste sie warten, bis sich Lady Margaret mit ihren Frauen in die innere Kammer zurückgezogen hatte, denn ihre Mutter würde bestimmt einen Pagen nach dem Umhang schicken.

Endlich war es so weit. Während Meg damit beschäftigt war, Elizabeth zum Schlafengehen fertig zu machen, rief Mairi: »Ach je, jetzt habe ich meinen roten Umhang in der Halle vergessen, und den brauche ich doch morgen. Ich gehe ihn schnell holen.«

Bevor die Zofe Einspruch erheben konnte, rannte Mairi aus der Kammer und die Treppe hinab. Als sie über den Hof lief, sah sie, dass die Tür zur großen Halle offen stand. Sie bildete ein helles Viereck in der dunklen Masse des Gebäudes. Links und rechts der Tür brannten Fackeln, doch ansonsten lag der Hof im Dunkeln. Als sie nur noch wenige Schritte entfernt war, hörte Mairi über das allgemeine Stimmengewirr hinweg Lachlans Stimme in der Nähe der Tür. Sofort blieb sie stehen und lauschte. Als der Lärm drinnen ein wenig abebbte, ertönte klar und deutlich Hectors Antwort: »Bei dir geht also alles nach Plan. Aber bist du wirklich immer noch der Meinung, du müsstest Reichtum und Ansehen des Gillean-Clans um jeden Preis mehren?«

»Ja, es läuft alles bestens. Aber hier ist nicht der richtige Ort, um darüber zu reden.«

Mairi hielt den Atem an. Hoffentlich ließ sich Hector nicht von seinem Thema abbringen!

Tatsächlich fuhr er spöttisch fort: »Ich verstehe ja durchaus, wie sehr dir an Diskretion gelegen ist, mein Lieber, aber offensichtlich hat dein schlaues Köpfchen eine entscheidende Kleinigkeit übersehen.«

»Und das wäre?«

»Dass MacDonald, statt dir seine Tochter zu geben, dich vielleicht einfach aufknüpfen oder vom *Creag na Corp* werfen lässt.«

»Das Risiko besteht, aber du musst zugeben, dass es die Sache wert ist.«

Wie betäubt schlich Mairi sich davon.

Reichtum und Ansehen? Darum ging es ihm also?

Bis zu diesem Augenblick hatte sie geglaubt, dass Lachlan sie ebenso sehr liebte wie sie ihn, doch wenn ihn einer kannte, dann war es Hector, und Lachlan hatte zwar etwas davon gesagt, dass ihm die Sache das Risiko wert war, doch direkt widersprochen hatte er seinem Bruder nicht.

14

Sobald sie sich ein wenig gefasst hatte, lief Mairi zurück zum Wohnturm und hinauf in ihre Kammer, wo Meg schon auf sie wartete. Der Umhang war völlig vergessen.

»Wo habt Ihr denn Euren Umhang?«

»Ich ... ich habe ihn doch nicht geholt«, erklärte Mairi mit gepresster Stimme. Als Meg ihr einen prüfenden Blick zuwarf, fügte sie hinzu: »Ich schicke morgen früh jemanden danach.«

»Wo habt Ihr ihn denn zuletzt gesehen?«

»Ich habe darauf gesessen, und ...« Sie schwieg und überlegte, wie sich eine direkte Lüge vermeiden ließ. »... und dann ist er wahrscheinlich vom Stuhl gerutscht.«

»Ich schicke jetzt gleich einen Pagen«, sagte Meg, noch immer argwöhnisch. »Ihr hättet mir gleich Bescheid sagen sollen, statt Hals über Kopf hinauszurennen.«

Mairi war so aufgewühlt, dass sie nur nicken konnte. Dann ließ sie sich von Meg fürs Zubettgehen fertig machen. Als Elizabeth noch ein wenig schwatzen wollte, drehte Mairi ihr mit der Bemerkung, sie wolle schlafen, den Rücken zu.

Sie erwachte vom Rascheln der Bettvorhänge und dem Licht einer Kerze, das auf ihr Lager fiel. Sie bekam kaum die Augen auf, denn den größten Teil der Nacht hatte sie wach gelegen und krampfhaft überlegt, ob Lachlan mit seinen Worten nicht doch etwas anderes gemeint haben könnte. Ihr fiel jedoch beim besten Willen nichts ein. Jedes Mal, wenn sie an diesem Punkt angelangt war, kamen ihr die Tränen. Sie schluckte sie tapfer hinunter. Für keinen Mann auf der Welt würde sie sich wie eine Heulsuse benehmen.

Sie kam einfach nicht über seinen Verrat hinweg. Mit jeder Faser ihres Herzens klammerte sie sich an die winzige Hoffnung, dass sie sich geirrt haben könnte. Die Erinnerungen überfielen sie immer von neuem – daran, wie er sie umarmt, berührt und geküsst hatte, wie ihr Körper vor Freude gejubelt hatte und an die Nacht, als sie die Seine geworden war. Am Ende tobten in ihr widerstreitende Empfindungen, doch das vorherrschende Gefühl war Zorn.

»Beeil dich, Mairi!«, rief Elizabeth. »Du weißt doch, unsere Frau Mutter will nicht, dass wir Seine Gnaden ausgerechnet heute warten lassen.«

»Ihr seht krank aus«, bemerkte Meg. »Vielleicht solltet Ihr im Bett bleiben. Ich kann nach Agnes Beton schicken; die gibt Euch einen Trank, der Euch wieder einschlafen lässt.«

»Mir geht es gut«, sagte Mairi schroff und setzte, als die beiden anderen sie verblüfft anblickten, hastig hinzu: »Es tut mir leid. Ich habe nicht gut geschlafen, das ist alles. Aber ich bin gleich fertig.«

Sie zog sich in aller Eile an, legte den roten Umhang um, den Meg hatte holen lassen, und ging mit Elizabeth hinunter. Die anderen warteten bereits im Hof. Lady Margarets Ansichten über Saumseligkeit waren allgemein bekannt, und obgleich es MacDonald wohl nichts ausgemacht hätte, Nachzügler von einem Boot abholen und über den Sund bringen zu lassen, wollte doch keiner so unhöflich sein und zu spät kommen.

Als sie über die in den Felsen gehauene Treppe zum Anlegeplatz hinunterstiegen, dämmerte ein bleigrauer, wolkenverhangener Morgen. Auf den nahe gelegenen Hügeln und über dem Sund von Mull schwebten dünne Nebelschwaden wie die Fetzen eines zerrissenen Tuches. Doch davon ließ sich die Jagdgesellschaft die Laune nicht verderben, im Gegenteil, denn Nebel dämpfte die Gerüche und Geräusche. Er würde es ihnen leicht machen, sich an die Beute anzupirschen.

Farbenfroh hoben sich die Schiffe von der düsteren Umgebung ab. Angeführt wurde die Flotte von der königlichen Galeere. Ihre Banner mit dem schwarzen Schiff darauf flatterten im Wind. Dann folgte Lady Margarets Boot, auf dem außer der Lady auch Mairi und Elizabeth fuhren. Mit dem nächsten Schiff kamen die Zofen der Lady und diejenigen Gäste, die mit ihr zusammen jagen wollten, und den Abschluss bildete ein Zug unterschiedlichster Fahrzeuge, alle mit Bändern und Wimpeln fröhlich geschmückt.

Ihr Ziel, Craignure Bay, lag zwei Meilen westlich von Duart und vier Meilen südöstlich von Ardtornish. Da Ebbe herrschte und die Schiffe schwer beladen waren, dauerte die Fahrt über eine Stunde.

Schließlich legten sie an der langen, aus Steinen und Planken errichteten Mole an. Sie befand sich unmittelbar an der steilen Klippe, die die Bucht nach Osten hin abgrenzte. Der Steuermann, der Lady Margaret beim Aussteigen half, mahnte sie: »Passt gut auf, wo Ihr hintretet, Mylady. Und Ihr anderen seid auch vorsichtig. Der Felsen fällt hier zehn, zwölf Meter steil ab, und das Wasser ist tief. Hier sind schon Leute vom Steg ins Wasser gefallen, wie ein Stein untergegangen und nie wieder ans Licht gekommen.«

Während sie hinter MacDonald an einem verlassenen dreistöckigen Wachturm vorüber zu ihren Pferden gingen, ruderten die Bootsleute zur Duart Bay, die unmittelbar unterhalb der Burg lag. Dort würden sie zu Mittag essen und sich ausruhen, bis es an der Zeit war, die Jagdgesellschaft wieder nach Hause zu bringen.

Die Pferde waren von MacDonalds Gütern auf Mull nach Craignure gebracht worden und standen der Gesellschaft von Ardtornish und weiteren Gästen, die von den nahe gelegenen Inseln zu ihnen stoßen würden, zur Verfügung. Mairi bemerkte, dass einige der Besucher bereits eingetroffen waren.

Die große Osterjagd erforderte umfangreiche Vorbereitungen, und der Gastgeber musste sich mehr als einmal fragen lassen, warum er die Jagd nicht einfach auf der Halbinsel

Morvern abhielt. Darauf pflegte MacDonald zu sagen, dass er einfach lieber auf Mull jagte, doch Mairi wusste, dass es einen anderen Grund hatte. Viele Mitglieder der Gesellschaft, die etwa zu gleichen Teilen aus Männern und Frauen bestand, nahmen an der Jagd nur teil, weil sie den Lord der Inseln nicht brüskieren wollten. Da war es gut, wenn die Leute nicht allzu lange auf ihre Beute warten mussten. Darüber hinaus vermehrte sich das Wild auf Mull viel zu rasch, wenn es nicht bejagt wurde.

Bevor er aufsaß, wechselte MacDonald einige Worte mit einem Diener und sagte dann: »Die Leute von Duart müssten auch hier entlangkommen, aber wir werden nicht auf sie warten. Sie kennen den Weg zu der Lichtung, wo wir unser Frühstück einnehmen werden, und kommen bestimmt bald nach.«

Als endlich alle auf ihren Pferden saßen, waren die Schiffe bereits hinter der Landspitze verschwunden. Die Reiter setzten sich in Bewegung und erreichten kurz darauf die nahe gelegene Lichtung.

Mairi wusste, dass Niall Mackinnon bereits zwei Stunden zuvor über den Sund gefahren war, um die Vorbereitungen zu überwachen. Das Ergebnis war beeindruckend. Fast wie in der großen Halle auf Ardtornish standen weiß gedeckte Tische in drei langen Reihen auf der Wiese. Der köstliche Duft nach gebratenem Rindfleisch wehte den Reitern entgegen, als sie ihre Tiere durch ein munter dahinplätscherndes Bächlein lenkten. Die Köche hatten das Fleisch bereits auf der Burg zubereitet und hielten es jetzt warm, indem sie es an Spießen über einem Feuer drehten. An einer anderen Feuerstelle grillten die Diener frischen Lachs.

Die Fastenzeit würde erst in zwei Tagen mit dem Osterfest enden, doch selbst auf die Gefahr hin, dass einige daran Anstoß nehmen würden, hatte MacDonald, der selbst gern Fleisch aß, schon jetzt Braten für seine Gäste zubereiten lassen. Wie die meisten anderen Inselbewohner kümmerte auch er sich herzlich wenig um die strengen Vorschriften aus dem fernen Rom.

»Wo sind die anderen«, fragte Elizabeth. »Von Duart ist es doch nicht so weit. Sie hätten schon längst hier sein müssen.«

Gerade wollte Mairi erwidern, dass es ihr vollkommen egal sei, wann sie eintrafen, doch da bemerkte sie, dass ihr Vater sie aufmerksam beobachtete. Sie hielt es daher für angeraten, ihre Gefühle zu verbergen.

Mit einem kleinen Achselzucken sagte sie nur: »Ich bin sicher, dass sie noch rechtzeitig eintreffen werden, Elizabeth. Lässt sich dein Pferd gut reiten?«

MacDonald wandte seine Aufmerksamkeit Ranald zu, und Elizabeth drehte sich erstaunt zu ihrer Schwester um. »Aber sicher. Es stammt doch von Duart, und ich habe es in den letzten zwei Jahren oft geritten.«

»Das hatte ich ganz vergessen«, entgegnete Mairi. »Aber jetzt sollten wir uns zu unserer Frau Mutter hinüberbegeben, meinst du nicht auch?«

Mit einem letzten Blick nach Osten, dorthin, wo Duart lag, fragte sich Mairi, wo sie nur blieben. Es waren nur zwei Meilen, und sie hätten längst angekommen sein müssen. Mairi konnte es kaum erwarten. Sie brannte darauf, ein Wörtchen mit Lachlan Lubanach zu reden.

Obgleich normalerweise nicht eben bekannt für seine Geduld, war Lachlan dieses eine Mal dankbar, dass zwei der Gäste auf Duart einfach nicht fertig wurden. Das gab ihm Zeit, unauffällig einige Vorbereitungen zu treffen.

»Du bist ja ziemlich schweigsam«, sagte Hector, als sich die Gruppe endlich in Bewegung setzte. Ebenso wie Lachlan hatte auch er sein Schwert umgegürtet und trug, wie immer, wenn er zu Pferd saß, seine berühmte Streitaxt auf den Rücken geschnallt. »Ich habe eigentlich damit gerechnet, dass du den beiden Schlafmützen ein bißchen auf die Sprünge helfen würdest.«

»Wie schon so oft hast du mich wieder völlig falsch eingeschätzt«, erwiderte Lachlan. »Mir geht es nicht um blinde Hast, sondern darum, die Zeit zu gut wie möglich zu nutzen.«

Hector lachte leise. »Na, das hast du ja offensichtlich getan. Gestern Abend bist du erst zu Bett gegangen, als ich schon schlief, und heute Morgen warst du in aller Herrgottsfrühe schon wieder auf den Beinen.«

»Nach meinem Gespräch mit Ian hielt ich es für geraten, ein paar Vorkehrungen zu treffen«, sagte Lachlan mit einem wachsamen Blick auf die vier Männer und zwei Frauen, die vor ihnen herritten.

»Sie sind zu weit weg, um uns zu hören«, sagte Hector, als habe er die Gedanken seines Bruders gelesen. »Hast du einen Auftrag für mich?«

»Nein. Halte nur wie immer die Augen offen, und achte darauf, ob etwas Ungewöhnliches vor sich geht«, antwortete Lachlan. »Ich haben unseren Verschwörern eine Falle gestellt, doch wir müssen zusehen, dass wir so lange am Leben bleiben, bis sie hineintappen.«

»Na gut. Sollen wir jetzt zu den Übrigen aufschließen?«

»Noch nicht. Ich möchte mich nicht auf Ians Behauptung verlassen, dass wir bis zum Beginn der Jagd sicher sind. Bei dem großen Abstand könnte nur ein miserabler Bogenschütze versehentlich einen der anderen treffen.«

»Hast du vor, mich in deinen Plan einzuweihen?«

»Ja, aber erst, wenn ich weiß, dass alles vorbereitet ist. Ich bin übrigens froh, dass du deine Axt mitgenommen hast, auch wenn mancher behaupten mag, dass sie für die Hirschjagd nicht allzu gut taugt.«

»Die meisten Leute wissen doch, dass ich sie immer bei mir trage«, erwiderte Hector. »Und bei den ganzen Schwertern und Dolchen und anderen Waffen, die die meisten Männer heute mit sich herumschleppen, fällt die Axt gar nicht weiter auf.«

»Niall Mackinnon bringt es fertig und bittet die Gäste, die nicht benötigten Waffen am Treffpunkt zurückzulassen.«

Hector zuckte die Achseln. »Der kann mich von mir aus bitten, um was er will.« Nach kurzem Schweigen setzte er hinzu: »Für mich ist der Mann ein ausgemachter Schuft. Aber ich weiß trotzdem nicht, womit ausgerechnet wir uns seine Abneigung verdient haben.«

»Wir sind Gillean-Söhne. Das dürfte schon reichen. Und falls er wirklich bei dem Mord an Elma MacCoun seine Finger im Spiel hatte, wird es ihm nicht passen, wenn wir zu viele Fragen stellen. Außerdem habe ich ihm wohl noch einen weiteren Grund gegeben.«

»Das Mädchen?«

»Ja, genau.«

»Glaubst du wirklich, er würde uns umbringen, nur weil du mit ihr flirtest, oder ahnt er deine wahren Ziele?«

»Er würde uns töten, weil er sie für sich selbst will. Oder, besser gesagt, die Macht und den Reichtum, die er durch sie gewinnen könnte.«

»Und was ist mit dir? Willst du nicht das Gleiche?«

Lachlan zögerte.

»Du hast mir die Frage gestern Nacht nicht beantwortet«, knurrte Hector, »aber ich finde, das solltest du tun, bevor du Mackinnon verurteilst.«

Lachlan starrte seinen Bruder entgeistert an. »Glaubst du vielleicht, ich würde einen Menschen töten, um sie zu bekommen?«

»Nein, natürlich nicht. Aber Mackinnon kann doch nicht im Ernst glauben, dass MacDonald seine Tochter, dieses kostbare politische Faustpfand, einem Mann von so geringer Stellung wie ihm oder dir zur Frau gibt. Schließlich ist Alasdair Stewart nicht der einzige Heiratskandidat mit Verbindungen zum Königshaus.«

»Du unterschätzt mich immer noch, Brüderchen, ganz im Gegensatz zu Mackinnon. Er rechnet wirklich damit, sie für sich zu gewinnen, falls aus ihrer Ehe mit Alasdair nichts wird. Deshalb ist er ja so wütend, dass ich auf einmal aufgetaucht bin. Bevor wir beide nach Finlaggan kamen, war er davon überzeugt, dass es nur eine Frage der Zeit wäre, bis er sie bekäme. Er dachte, er brauchte nur abzuwarten. Doch jetzt bin ich da, und Lady Mairi macht kein Hehl daraus, dass sie mich gut leiden kann. Außerdem passe ich vom Alter her viel besser zu ihr. Niall ist für sie so etwas wie ein väterlicher Freund, auch wenn sie ihn bei Weitem nicht so gern hat wie ihren richtigen Vater.«

»Es könnte aber auch sein, dass du einfach blind vor Verlangen nach ihr bist«, erklärte Hector unumwunden. »Du wärst nicht der erste Mann, bei dem der Verstand aussetzt, wenn es ihn nach einem schönen Mädchen gelüstet. Oder eben nach Macht und Reichtum.«

Lachlan lächelte. »Ich sage dir, wenn Alasdair Stewart auf die Heirat verzichtet und auch der alte Steward nicht darauf besteht, habe ich die besten Chancen, das Mädchen zu bekommen.«

»Wahrscheinlich hast du mir mal wieder nicht alles verraten, was du weißt.«

»Stimmt. Aber es ist doch kein Geheimnis, dass politische Veränderungen in der Luft liegen, und ich habe erfahren, dass Mackinnon Seine Gnaden ständig bekniet, den alten Steward und den Papst nicht zu drängen, sondern zu warten, bis die Zeit für eine Eheschließung reif ist. Darüber hinaus nutzt Niall die verwandtschaftlichen Beziehungen zu seinem Bruder, dem Grünen Abt von Iona, aus. Dieser alte Gauner versucht MacDonald einzureden, dass der Papst noch nicht bereit wäre, einen Dispens für die Heirat zwischen Lady Mairi und Alasdair Stewart zu erteilen.«

»Wenn er vernünftig wäre, würde der Papst diese Verbindung nie erlauben.«

»Das finde ich auch. Aber kannst du dir nicht vorstellen, dass ein Gesuch vom zukünftigen König der Schotten und dem gegenwärtigen König der Hebriden und Lord der Inseln seine Heiligkeit nicht doch überzeugen könnte?«

Hector seufzte. »Doch, wahrscheinlich.«

»Eben. Deshalb vermute ich, dass das Problem bei Alasdair selbst liegt. Dir ist ja sicher aufgefallen, dass er sich weder auf Finlaggan noch heute bei der Jagd hat sehen lassen. Es würde mich nicht wundern, wenn sogar dieser Halunke davor zurückschreckt, seine eigene Nichte zu ehelichen.«

»Aber vielleicht liegt es doch nicht an Alasdair. Immerhin ist MacDonald beim König der Schotten wieder einmal in Ungnade gefallen«, gab Hector zu bedenken. »Möglicherweise wollen MacDonald und der Steward einfach noch abwarten, weil sie befürchten, David könnte sich einmischen.«

»Das ist auch möglich.«

»Ich finde auf jeden Fall, du solltest Alasdair nicht so leicht abtun. Er ist zwar noch jung, hat aber schon bei mehr als einer Gelegenheit bewiesen, dass er keine Skrupel kennt. Ich kann mir nicht vorstellen, dass eine Heirat mit seiner Nichte ihm schlaflose Nächte bereiten würde.«

»Mag sein. Aber ich tue ihn trotzdem ab. Ich werde es sein, der sie heiratet, und fertig.«

Hector nickte nur, nachdem er seinem Bruder einen kurzen Blick zugeworfen hatte.

Lachlan hätte gern mit ihm über seine Gefühle für Mairi gesprochen, aber erstens war er sich selbst nicht darüber im Klaren, und außerdem wusste er, dass für Hector das Thema erst einmal erledigt war.

Sie ritten auf eine Anhöhe und sahen auf einen rauschenden Bach und die dahinterliegende Lichtung hinunter. Lachlan hatte Mairi sofort erspäht. Er musste lächeln, als er sah, dass sie sich als Einzige nicht nach den beiden Neuankömmlingen umdrehete.

Sie war ihm schon bisweilen ein Rätsel, seine Mairi, aber er war sicher, dass er es bald lösen würde.

Mairi wusste, dass er sie beobachtete. Sie spürte seine bohrenden Blicke im Rücken, widmete jedoch weiter ihre Aufmerksamkeit Fiona und den Frühstücksvorbereitungen.

»Dieses Fleisch duftet einfach himmlisch«, sagte Fiona. »Aber mein Herr Vater würde mich prügeln, wenn ich mir auch nur einen Bissen davon genehmigen würde. Weißt du, je mehr der Grüne Abt mit seiner Buhle und seinen vielen Kindern herumprotzt, desto strenger besteht mein Vater darauf, dass wir die Vorschriften der römischen Kirche genau einhalten.«

Mairi murmelte einige mitfühlende Worte, doch ihre ganze Aufmerksamkeit galt den beiden Reitern. Obwohl sie noch immer wütend auf Lachlan war, wäre sie am liebsten zu ihm gelaufen und hätte sich in seine Arme geworfen. Nur gut, dass sie sich das nicht traute, denn nicht nur Niall ließ sie nicht aus den Augen. Auch ihr Vater warf ihr wieder einmal einen seiner prüfenden Blicke zu. Und was Lady Margaret zu einem derartigen Benehmen sagen würde, mochte sie sich gar nicht erst ausmalen.

Am besten wäre es also, Lachlan würde sie völlig ignorieren. Aber als er sie dann wirklich nicht beachtete, war sie enttäuscht.

Bald saßen alle Gäste zu Tisch, wo es weniger förmlich zuging als sonst. Nach dem Tischgebet zerlegte der Vorschneider hurtig das Fleisch. MacDonalds Leibdiener legte seinem Herrn und Lady Margaret vor, während Pagen Platten voller Rinderbraten und gegrilltem Lachs an die Tische brachten, wo bereits jede Menge große runde Brote lagen. Wein und Brogac flossen reichlich.

Mairi saß zwischen Fiona und Elizabeth am Frauentisch, ihnen gegenüber Ailsa Macleod und ihre Mutter. Sie hatten die Mahlzeit bereits beendet und tranken ihren Wein, als die versammelte Gesellschaft plötzlich in Jubel ausbrach. Als Mairi sich umdrehte, sah sie den Oberjäger Seiner Gnaden, wie er mit dem Horn in der Hand vor seinem Herrn niederkniete.

»Ich war noch nie auf einer Jagd«, sagte Ailsa. »Was macht der Mann dort?«

»Der Oberjäger und seine Männer berichten Seiner Gnaden, dass sie auf eine frische Fährte gestoßen sind«, erklärte Mairi ihr. »Aus der Entfernung zwischen den einzelnen Hufeindrücken und der Höhe, an der der Hirsch an den Bäumen seinen Bast gefegt hat, kann der Jäger die Größe des Tieres abschätzen.«

»Was für einen Bast denn?«

»Das ist der samtartige Überzug, der das wachsende Geweih bedeckt«, sagte Fiona. »Wenn er getrocknet ist, schabt ihn der Hirsch an der Baumrinde ab. Es scheint sich hier übrigens um ein ziemlich großes Exemplar zu handeln«, fügte sie hinzu, als der Oberjäger sich auf MacDonalds Nicken hin erhob.

»Und was passiert jetzt?«, wollte Ailsa wissen.

Mairi sagte: »Die Treiber pirschen sich an den Hirsch an. Gleichzeitig schneiden ihm die Hundeführer den Weg ab, und ein paar Jungen klettern auf Bäume, um zu sehen, wohin er läuft.«

»Vertreiben sie ihn denn damit nicht?«, fragte Ailsa.

»Nein, denn es sind alles erfahrene Leute«, erwiderte Mairi. »Seine Gnaden bezahlt seinen Oberjäger gut und gibt ihm obendrein zehn Pence für jeden Tag, den die Jagd dauert.«

Dann erhob sie sich, und die anderen Frauen taten es ihr nach. »Bespannt euren Bogen, falls ihr schießen wollt«, sagte sie. »Wir werden bestimmt bald losreiten.« Und an Ailsa gewandt: »Warte, bis Seine Gnaden dir sagt, dass du schießen darfst.«

Ailsa lächelte. »Ich habe nicht vor zu schießen. Wie du ja gestern gesehen hast, bin ich kein guter Schütze. Aber ich kommt mit euch, weil ich gerne etwas Neues sehe.«

Ein rascher Blick verriet Mairi, dass Lachlan, der an einem Tisch hinter MacDonald saß, sich ebenfalls zum Aufbruch rüstete. Als der Lord der Inseln zu den Pferden ging, folgte ihm die ganze Jagdgesellschaft.

Mairi, die sich neben ihrem Vater hielt und mit Fiona plauderte, bemerkte Lachlan erst, als er sie um die Taille fasste und sie aufs Pferd hob.

»Ich danke Euch«, sagte sie und musste unwillkürlich lächeln.

»Es ist mir eine Ehre, Mylady«, erwiderte er und neigte leicht den Kopf.

Dann wandte er sich zu ihrer Enttäuschung ab und stieg auf das schwarze Pferd, das er an diesem Tag ritt. Er dirigierte es zwischen ihren Vater und Niall. Sein Bruder ritt an MacDonalds linker Seite, doch als er Mairis Blick bemerkte, ließ er sich ein wenig zurückfallen, bis er neben ihr ritt.

»Ich wünsche einen guten Morgen, Mylady«, sagte er vergnügt. »Glaubt Ihr, dass wir einen sonnigen Tag haben werden?«

Sie gab ihm eine höfliche Antwort, und bald plauderten sie fröhlich miteinander. Man konnte sich hervorragend mit Hector unterhalten, und Mairi mochte ihn mittlerweile sehr gut leiden. Dennoch wünschte sie, er würde die Plätze mit seinem widerspenstigen Bruder tauschen.

Lachlan, der noch immer dicht neben MacDonald ritt, hörte, wie einer der Treiber Seiner Gnaden mitteilte, dass die Hunde bereit seien und der Hirsch sich in einer günstigen Position befinde.

Das war das vereinbarte Zeichen, auf das Lachlan gewartet hatte. Der Mann schaute ihn kurz an und legte die Hand an die Stirn – ein verbreiteter respektvoller Gruß, doch der Bursche hielt dabei die drei mittleren Finger gestreckt, während sich Daumen und kleiner Finger berührten.

Lachlan ließ es sich nicht anmerken, dass er den Hinweis gesehen hatte.

Im selben Augenblick stieß MacDonald in sein Jagdhorn

aus Elfenbein. Das war das Signal für die Hundeführer, ihre Meute loszulassen, damit sie den Hirsch auf die Schützen zutreiben konnte. Es dauerte nicht lange, und das Tier war zwischen den Hunden und den Reitern eingekeilt. Zu Lachlans Überraschung nickte ihm der Gastgeber zu und gab ihm damit die Erlaubnis, den ersten Hirsch des Tages zu erlegen.

Lachlans Pfeil traf rasch und genau, und der Hirsch brach tot zusammen. Sofort liefen die Jagdhelfer herbei, um ihn zu häuten und zu zerlegen. Bis auf die kleinen Happen, die die Hunde erhielten, würden sie das gesamte Fleisch zur Lichtung bringen und dort gut vor hungrigen Raubtieren bewachen. Später sollte es dann nach Ardtornish geschafft werden und zu Ostern als Festbraten auf den Tisch kommen. MacDonald hatte angekündigt, dass sie an diesem Tag mindestens vier Hirsche erlegen wollten.

Also würde wahrscheinlich genug Fleisch übrig bleiben, um alle Inselbewohner im Umkreis von einer Tagesreise zu versorgen.

»Ein ausgezeichneter Schuss, mein Junge«, lobte MacDonald. »Ich habe schon gehört, dass Ihr ein guter Schütze seid.«

Lachlan setzte ein schiefes Lächeln auf. »Das wisst Ihr wohl von Lady Mairi, Euer Gnaden. Bestimmt hat sie Euch auch erzählt, dass sie mich gestern beim Wettschießen besiegt hat.«

»Ja, das hat mir das freche Ding schon vor dem Frühstück berichtet. Aber sie hat auch gesagt, dass Ihr um der Fairness willen mit ihrem Bogen geschossen habt. Ich schätze Fairness bei einem Mann.«

Irgendetwas in seinem Ton machte Lachlan stutzig, doch er antwortete ruhig: »Auch ich bewundere diese Eigenschaft sehr, Sir.«

»Mein Haushofmeister befürchtet, dass Ihr auch nach wie vor meine Tochter sehr bewundert.«

»Da es wohl Lady Mairi selbst war, die Euch auf diesen

Umstand hingewiesen hat, Euer Gnaden, kann Euch diese Tatsache nicht neu sein.«

»Nein, das nicht, aber ich dachte, ich hätte meinen Standpunkt dazu deutlich gemacht.«

»Ja, Sir, das habt Ihr.«

»Dann brauchen wir uns ja nicht weiter mit dem Thema zu befassen, nicht wahr?«

Lachlan neigte den Kopf und erwiderte gehorsam: »Wie Ihr wünscht, Euer Gnaden.«

In diesem Augenblick trat der Oberjäger zu seinem Herrn, um ihm mitzuteilen, dass man den nächsten Hirsch aufgespürt habe.

MacDonald drehte sich im Sattel um und bedeutete MacDougall von Dunstaffnage, dass er als Schütze an der Reihe sei. Dann gab er seinem Oberjäger ein Zeichen.

Lachlan wusste, dass gleich die Jagd von neuem beginnen würde. Allerdings war der Ausdruck etwas missverständlich, denn niemand jagte im Galopp hinter dem Wild drein.

Mackinnon war nirgendwo zu sehen. Anscheinend war er davongeritten, um sich um das Fleisch oder andere, persönlichere Angelegenheiten zu kümmern. Lachlan hätte zu gern gewusst, wer von den Gästen im Zweifelsfall zu dem Haushofmeister halten würde und wer nur seinem Lehnsherrn MacDonald gegenüber loyal war. Doch da er das nicht beurteilen konnte, versuchte er, jeden Einzelnen im Auge zu behalten. Seine Blicke huschten hin und her, als Hector sein Pferd neben ihn lenkte.

»Du solltest dich dicht bei der Lady oder Seiner Gnaden halten«, flüsterte Lachlan. »Mackinnon wird es nicht riskieren, seinen Lehnsherrn oder jemanden von der Familie zu treffen.«

»Das werde ich tun. Ich wollte dir nur sagen, dass ich den Wortwechel zwischen Seiner Gnaden und dir mit angehört habe.«

»Deine Ohren sind so scharf wie immer«, entgegnete Lachlan. »Aber du brauchst keine Angst zu haben, kein anderer hat etwas mitbekommen.«

»Das mag wohl sein, aber ich fürchte, er wird seine Meinung in deiner Herzensangelegenheit nicht ändern, selbst wenn Alasdair ... ich wollte sagen, selbst wenn der Abwesende nie wieder auftauchen sollte«, verbesserte er sich, als ein Reiter in ihre Nähe kam.

»Sag, was du willst. An meinen Plänen wird es nichts ändern.«

»Ich verstehe. Du hast ja auch nicht gesagt, dass du die Entscheidung Seiner Gnaden akzeptierst, nicht wahr?«

»Das ist dir aufgefallen?«

»Ich habe einige Erfahrung mit deinen Wortklaubereien, mein Lieber. Die meisten Leute hören nur das, was sie hören wollen, doch bei dir tut man gut daran, ganz genau aufzupassen.«

»Du lenkst mich ab«, sagte Lachlan und schaute scharf hin, als unmittelbar vor ihnen ein Bursche auf einen Baum kletterte. Doch zu seiner Erleichterung war es nur ein unbewaffneter Jagdgehilfe, der nach dem Hirsch Ausschau hielt. »Reite nach hinten, und halte dich neben meinem Mädchen. Dort bist du in Sicherheit, und die Leute zerreißen sich vielleicht zur Abwechslung über dich das Maul.«

Hector schüttelte seufzend den Kopf, gehorchte jedoch.

»Hat Euer Bruder beschlossen, nie wieder ein Wort mit mir zu reden?«, fragte Mairi, als Hector wieder neben ihr ritt.

»Das hat er nicht gesagt, Mylady«, antwortete er lächelnd. »Wahrscheinlich kriegt er sich vor Stolz gar nicht ein, weil Euer großzügiger Herr Vater ihn den ersten Hirsch erlegen ließ.«

»Das war wirklich freundlich von ihm. Viele Männer hier hätten gerne diese Ehre gehabt.«

Hector gab keine Antwort. Stattdessen beobachtete er eingehend einen von Nialls Männern, der soeben auf einen Baum kletterte.

Da kam das Signal, dass die Hunde dem Hirsch den Weg abgeschnitten hatten, worauf das Tier unverzüglich kehrtmachte und direkt auf die Jagdgesellschaft zulief. MacDonald blies erneut in sein Jadhorn und gab damit den Hirsch zum Abschuss frei. Kurz darauf hatte MacDougall das Tier erlegt.

Von nun an durfte jeder sein Glück versuchen, sobald die Treiber ein Wild aufgestöbert hatten, und der Morgen verging wie im Flug. Mairi fiel auf, dass sich Hector die meiste Zeit in ihrer Nähe aufhielt, wogegen Lachlan sie überhaupt nicht beachtete.

Bald darauf machte die Gesellschaft Rast und stärkte sich mit Brot und Fleisch. Als Mairi sah, dass sich Lachlan neben ihren Vater setzte, fragte sie sich ein weiteres Mal, warum er sie links liegen ließ.

Er konnte ja nicht wissen, dass sie das Gespräch zwischen ihm und Hector letzte Nacht belauscht hatte und deswegen böse mit ihm war.

Aber vielleicht tat er es ja aus Rücksicht auf sie, weil auch ihm aufgefallen war, dass MacDonald sie beide beobachtete. Aber so recht mochte sie selbst nicht daran glauben. Er hätte sie doch wenigstens zur Kenntnis nehmen oder hin und wieder das Wort an sie richten können.

Auch Hector benahm sich merkwürdig. Seit seiner Ankunft auf Ardtornish hatte sowohl Fiona als auch Elizabeth mit ihm geflirtet, und er war bereitwillig darauf eingegangen. Heute jedoch kümmerte er sich ausschließlich um Mairi, doch war es offensichtlich, dass sein Interesse nichts mit Verliebtheit zu tun hatte. Fast hatte es den Anschein, als wollte er sie beschützen, doch nur ein Dummkopf konnte auf die Idee kommen, dass ihr inmitten dieser Gesellschaft Gefahr drohte.

Auch am Nachmittag war das Jagdglück ihnen hold, und

ehe Mairi es sich versah, waren sie wieder auf der Lichtung, und Lady Margaret verkündete, dass sie nach Ardtornish zurückkehren wollte.

»Wer mich begleiten will, soll sich sogleich melden«, sagte sie. »Sicher wollen sich einige von Euch noch zum Abendessen umziehen.«

Mairi zögerte und suchte nach einem Vorwand, um bleiben zu können.

»Mairi, du und Elizabeth, ihr geht mit eurer Mutter«, befahl MacDonald, während er vom Pferd stieg.

Es blieb ihr nichts weiter übrig, als zu gehorchen.

Lachlan war erleichtert, als das Mädchen mit Lady Margaret und den anderen Frauen nach Craignure Bay davonritt, wo die Schiffe schon auf sie warteten. Bis auf die Wachen und den Leibdiener Seiner Gnaden ritten alle Männer mit ihnen. Auf Ardtornish wartete das Abendessen mit anschließenden Lustbarkeiten auf die Gäste, und die Männer waren ebenso hungrig wie die Frauen.

»Reiten wir nicht mit den anderen?«, fragte Hector leise.

»Nein, wir bleiben unter einem Vorwand bei MacDonald. Er wartet sicher, bis alle Gäste sich auf den Weg gemacht haben, bevor er selbst das Schiff besteigt. Wahrscheinlich wird Mackinnon ihn bis zur Mole begleiten. Bis dahin sind wir sicher. Ich nehme an, sie schlagen am Anlegeplatz zu, sobald MacDonald weg ist.«

»Gibt es denn kein Boot für die Gruppe aus Duart?«

»Wahrscheinlich ist es schon weg oder taucht gar nicht erst auf.«

»Wird MacDonald dann nicht erwarten, dass wir mit ihm nach Ardtornish zurückreiten?«

»Selbst wenn«, entgegnete Lachlan. »Ich will das hier hinter mich bringen. Ich habe keine Lust, ständig über meine Schulter zu schauen, ob nicht einer von Mackinnons Männern mir auf den Fersen ist. Wenn das Boot wirklich schon weg ist, werden wir Mackinnon anbieten, mit ihm zu reiten, damit er keinen Verdacht schöpft.«

»Aber bringen wir uns damit nicht in Gefahr?«

»Du vergisst meine kleine Falle«, antwortete Lachlan.

»Stimmt. Aber vielleicht erzählst du mir ja jetzt, was es ist.«

»Männer!«, rief in diesem Augenblick MacDonald. »Fahrt Ihr nicht mit den anderen?«

Lachlan winkte ihm zu, während er absaß. Bevor sie zu Seiner Gnaden hinübergingen, sagte er zu seinem Bruder: »Ich will versuchen, Mackinnon mit seinen eigenen Waffen zu schlagen. Sei auf jeden Fall bereit, rasch zu handeln, denn falls Mackinnon meinen Plan durchschaut, werden wir unsere ganze Findigkeit und unser Schwert brauchen, wenn wir unser Leben retten wollen.«

15

Lachlan musste sich beherrschen, um nicht die Hand auf den Schwertgriff zu legen. Stattdessen sagte er nur: »Zu Diensten, Euer Gnaden. Sollen wir irgendwo mit anfassen?«

»Nett von Euch«, antwortete MacDonald und wandte sich dann an Mackinnon: »Werden Eure Männer hier allein fertig, Niall, oder könnt Ihr noch Helfer gebrauchen?«

»Nein, Euer Gnaden, es geht schon. Die Hundeführer bringen ihre Tiere jetzt in die Zwinger zurück, und meine Männer haben fast alles zusammengepackt.«

»Dann können wir ja alle gemeinsam zurückfahren«, sagte MacDonald.

Mackinnons Antwort bestätigte Lachlans schlimmste Vermutungen. »Ich fürchte, ich habe das Boot von Duart zu früh fortgeschickt«, erklärte der Haushofmeister. »Dougald MacHenry, der auch auf Duart untergebracht ist, sagte, seine Lady wolle vor dem Essen noch ein wenig ruhen, und weil ich nicht damit gerechnet habe, dass Ihr so früh kommt, habe ich ihnen das Boot überlassen. Ich weiß nicht einmal, ob sie zurück nach Duart oder schon nach Ardtornish gefahren sind.«

»Ach so«, erwiderte MacDonald. »Dann wird es wohl eine Weile dauern, bis das Boot zurückkommt, und auf den anderen Schiffen ist nicht genug Platz für uns alle.«

»Der Steuermann von Duart weiß, dass das Boot hier noch gebraucht wird. Er wird sich bestimmt beeilen«, sagte Niall. »Aber Ihr solltet schon vorausfahren und Euch um Eure Gäste kümmern, Euer Gnaden. Falls es zu lange dauert, können die beiden Gentlemen sich ja mir anschließen, wenn sie wollen.«

»Gute Idee. Ich möchte nur nicht, dass sie das Abendessen versäumen«, antwortete MacDonald.

»Keine Angst, Sir. Ich habe befohlen, dass das Essen eine Stunde nach Eurer Ankunft auf Ardtornish aufgetragen wird. Das ist zwar etwas früher als gewöhnlich, aber ich dachte, nach diesem anstrengenden Tag wollen einige der Gäste bestimmt zeitig zu Bett gehen.«

»Dann fahrt doch mit Mackinnon, Jungs, wenn es Euch recht ist.«

»Vielen Dank, Euer Gnaden«, sagte Lachlan, während er fieberhaft überlegte. Als MacDonald auf sein Pferd stieg, setzte er hinzu: »Wenn es hier nichts für uns zu tun gibt, könnten Hector und ich ja mit Euch zur Anlegestelle reiten und den Stallburschen schon unsere Pferde übergeben, Sir. Dann brauchen wir uns später nicht mehr damit aufzuhalten.«

»Ganz ausgezeichnet«, erwiderte MacDonald. »Ich würde mich über Eure Gesellschaft freuen, und wenn das Boot von Duart kommt, können alle, die noch hier sind, mitfahren. Niall wird dann ja anhand Eurer An- oder Abwesenheit feststellen können, ob das Boot schon abgelegt hat.«

Mackinnon willigte sofort ein. Das war für Lachlan der letzte Beweis, dass das Duart-Boot auf Geheiß des Haushofmeisters nicht zurückkommen würde.

Während die beiden Brüder ihre Pferde wendeten, um MacDonald zu folgen, wisperte Hector Lachlan erregt zu: »Bist du verrückt geworden? Du hast doch selbst gesagt, dass die Mole der günstigste Platz für einen Angriff ist. Sobald Seine Gnaden fort ist, werden sie uns abschießen wie die Hasen.«

»Noch viel dümmer wäre es, wenn wir allein mit Niall und seinen Gefolgsleuten auf der Lichtung blieben«, flüsterte Lachlan zurück. »Solange wir uns dicht bei MacDonald halten, können sie nichts unternehmen, doch sobald wir mit ihnen allein wären, würde uns mit Sicherheit bald ein tragischer Unfall zustoßen. Und Mackinnon würde sich eine glaubwürdige Geschichte dazu einfallen lassen.«

»Hast du schon mal daran gedacht, dass MacDonald mit ihm unter einer Decke stecken könnte?«, fragte Hector nachdenklich.

»Nein, das ist unmöglich«, erwiderte Lachlan voller Überzeugung. Im gleichen Augenblick drehte sich MacDonald im Sattel um, um zu sehen, warum die beiden zurückblieben. »Lass uns jetzt nicht weiter darüber reden«, fügte Lachlan hinzu. »Aber Seine Gnaden ist weder gewalttätig noch hinterlistig. Wenn er unseren Tod wollte, würde er uns einfach aufhängen lassen.«

»Na, das ist ja überaus tröstlich«, entgegnete Hector sarkastisch. Doch Lachlan war schon vorausgeprescht.

Da die übrigen Gäste bereits zur Anlegestelle geritten waren, wurde MacDonald nur von seinem Leibdiener und vier bewaffneten Männern begleitet. Als die Brüder wieder zu ihm aufgeschlossen hatten, sagte er: »Ich glaube, meine Gäste hatten einen schönen Tag, trotz des unbeständigen Wetters.«

»Ja, Euer Gnaden. Alle haben sich gut gehalten«, erwiderte Hector. »Mir ist aufgefallen, dass Lady Mairi jeweils den ersten Schuss auf die beiden letzten Hirsche abgegeben hat. Sie hat ein scharfes Auge und eine sichere Hand.«

»Ja, das Mädchen hat viele Begabungen«, erwiderte MacDonald voller Stolz. »Seit sie alt genug ist und mehr gelernt hat als das, was ihr ihre Frau Mutter beibringen konnte, höre ich immer öfter auf ihren Rat.« Mit einem vielsagenden Blick auf Lachlan fügte er hinzu: »Sie wird ihrem königlichen Gemahl eine gute Ehefrau werden.«

Lachlan schluckte die Bemerkung hinunter, die ihm auf der Zunge lag, und behielt stattdessen die Umgebung im Auge. Zwar war es unwahrscheinlich, dass Mackinnons Männer sie im Beisein ihres Lehnsherrn angreifen würden, aber man konnte nie wissen. Er wusste, Hector war ebenfalls auf der

Hut und würde notfalls im Handumdrehen seine geliebte Streitaxt zücken.

Als sie sich dem Felsen über der Craignure Bay näherten, warf Lachlan einen scharfen Blick zu dem Wachturm hinüber. Auf dem Hinweg war ihm aufgefallen, dass die einzigen Schießscharten auf den Sund hinausgingen, doch von den Zinnen aus hatte man einen guten Rundumblick. Es war ein idealer Platz für einen Überfall.

Als er sah, dass Hector den Turm ebenfalls besorgt betrachtete, zwinkerte Lachlan ihm beruhigend zu.

Wenige Minuten später ritten sie an dem Bauwerk vorüber. Die Tür, die zuvor geschlossen gewesen war, stand nun einen Spaltbreit offen, doch zu Lachlans Erleichterung konnte er drinnen kein Lebenszeichen entdecken.

Die Flut hatte ihren höchsten Stand erreicht. Unten an der Mole wurden Schiffe beladen, und eines, auf dem sich neben Mairi, ihrer Mutter und Schwester auch die meisten anderen Frauen befanden, legte soeben ab. Die dunklen, regenschweren Wolken, die sich im Westen zusammengeballt hatten, kamen immer näher. Da der Wind von Westen wehte, war es sinnlos, die Segel zu setzen. Doch die Ruderer waren starke Männer und obendrein ausgeruht. Lachlan war sicher, dass alle Schiffe, bis auf Mackinnons Boot, noch vor dem Sturm den sicheren Hafen erreichen würden.

Sie kamen gerade noch rechtzeitig, dass MacDonald den abfahrenden Schiffen nachwinken und selbst an Bord gehen konnte. Der alte Cameron von Lochaber, MacDuffie von Colonsay, MacDougall und MacDonalds Leibdiener fuhren mit ihm auf der königlichen Galeere.

»Es ist doch noch Platz, wie Ihr seht«, sagte MacDonald zu Lachlan. »Wenn Ihr wollt, könnt Ihr herzlich gern mit uns kommen.«

»Vielen Dank, Sir, aber wenn Niall Mackinnon uns hier nicht antrifft, denkt er womöglich, das Boot von Duart wäre zurückgekommen und hätte die restlichen Gäste abgeholt.

Dann bleiben vielleicht versehentlich einige Nachzügler zurück.«

»Aber dort drüben liegt doch Nialls eigenes Schiff. Seine Ruderer und der Steuermann sind zwar gerade nirgends zu sehen, aber die Burschen, die sich um die Pferde kümmern, können ihm Bescheid sagen.«

Lächelnd erwiderte Lachlan: »Wenn Ihr erlaubt, Euer Gnaden, würden wir gern wie vereinbart warten. Vielleicht ist es ja Eurer Aufmerksamkeit entgangen, doch Euer Haushofmeister hat eine unerklärliche Abneigung gegen uns gefasst. Deshalb möchten wir ihn nicht noch mehr verärgern.«

»Er scheint Euch tatsächlich nicht zu mögen«, stimmte ihm MacDonald zu. »Aber ich glaube, das hat eher mit Eurem Vater als mit Euch zu tun.«

»Trotzdem ...«

»Ja, ich verstehe Euch. Vermutlich würde ich genauso handeln, denn ich verabscheue Zank und Streit ebenso sehr wie Ihr. Also tut, wie Euch beliebt. Obgleich ich sagen muss, dass Niall sehr starrsinnig sein kann, wenn er sich etwas in den Kopf gesetzt hat. Doch Ihr beiden Burschen habt Euch viele Freunde an meinem Hof gemacht. Dann gelingt es Euch vielleicht auch, dass er seine Haltung Euch gegenüber ändert.«

»Ich danke Euch, Mylord«, sagte Lachlan, ohne Hector anzusehen. Er hatte ein schlechtes Gewissen, weil er MacDonald gegenüber nicht ganz ehrlich gewesen war.

Hector wartete, bis MacDonalds Galeere abgelegt hatte, dann fragte er seinen Bruder: »Glaubst du wirklich, das war klug?«

»Hätte ich Seiner Gnaden lieber erzählen sollen, wir hätten den Verdacht, dass sein Haushofmeister uns nach dem Leben trachtet, und wollten ihm eine Falle stellen?«

»Ich bin sicher, dass Mackinnon uns hinterher bei seinem Herrn anschwärzen wird, und dann ...«

»Lass uns erst einmal hier verschwinden«, unterbrach ihn Lachlan. »Es ist besser, wir gehen in Deckung, bevor die königliche Galeere außer Sicht ist. Komm mit zu dem Wachturm dort.«

Sie liefen den Hügel hinauf, doch es war bereits zu spät. Bevor sie auch nur die halbe Strecke zurückgelegt hatten, sahen sie sich rund zwanzig bewaffneten Männern gegenüber, die in einer Reihe auf dem Hügelrücken Stellung bezogen hatten.

»Jetzt gnade uns Gott. Wir stehen hier wie die perfekten Zielscheiben«, murmelte Hector.

»Grüße sie!«, befahl Lachlan seinem Bruder, während er selbst den Männern lächelnd zuwinkte. »Und jetzt unauffällig zurück zur Mole, damit sie glauben, wir hätten nur dem Schiff nachblicken wollen. Es läuft nicht ganz wie geplant, aber es wird schon klappen.«

»Du lieber Himmel, die erschießen uns doch, sobald wir ihnen den Rücken kehren!«

»Und wie wollen sie das später Seiner Gnaden erklären?«, fragte Lachlan. »Mackinnon kann ja schlecht behaupten, seine Männer hätten an der Anlegestelle auf einen Hirsch gezielt und stattdessen uns getroffen. Hoffentlich wartet Niall nicht ab, bis wir an Bord seines Schiffes sind.«

»Mir wäre aber viel wohler, wenn wir auf dem Schiff wären.«

»Auch wenn er uns dort von seinen Männern niedermachen und über Bord werfen lässt?«

»Du hattest immer schon entschieden zu viel Fantasie, mein Lieber«, knurrte Hector.

»Die Wirklichkeit ist noch viel unerfreulicher.«

»Na gut, wie ist also dein Plan?«

»Wir lassen ihn noch ein wenig in dem Glauben, dass alles nach seinen Wünschen läuft.«

»Dann geh du voran, denn wenn du dich irrst und die Burschen da oben uns sofort angreifen, kann ich vielleicht ein paar von ihnen mit meiner Axt erledigen.«

Lachlan widersprach ihm nicht. Er wusste, dass ein Streit

sinnlos wäre und nur unnötig die Aufmerksamkeit von Mackinnons Männern auf sie lenken würde. Scheinbar gelassen schlenderte er weiter und hielt dabei angestrengt Ausschau nach einem Platz, wo sie in Deckung gehen konnten. Nur im Schwertkampf Mann gegen Mann hatten sie beide eine winzige Chance gegen die Übermacht.

Ins Wasser zu springen, um nach Morvern hinüberzuschwimmen, war ebenfalls aussichtslos, denn dann wären Mackinnons Männer in Windeseile ins Boot gesprungen und hätten sie eingeholt. Lachlan war beinahe erleichtert, als er die Stimme des alten Halunken hörte, sobald er einen Fuß auf den Landungssteg setzte. Seine fast unerträgliche Spannung löste sich.

»Lachlan Lubanach! Ich habe ein Wörtchen mit Euch zu reden!«

Mit einer Handbewegung bedeutete Lachlan seinem Bruder beiseitezutreten, um ihm freie Sicht zu geben. Da kam auch schon der Haushofmeister an der Spitze seiner Männer auf sie zugeschritten. Einige der Bogenschützen hatten auf die beiden Brüder angelegt.

Jetzt, da der Kampf unmittelbar bevorstand, war Lachlans Geist ganz klar und konzentriert. Mit locker herabhängenden Armen blickte er den Männern entgegen, als käme er gar nicht auf die Idee, sein Schwert oder den Dolch zu ziehen. Sein Bruder tat es ihm nach.

Mittlerweile hatte der Wind aufgefrischt. Die Wellen im Sund und in der Bucht trugen weiße Schaumkronen und zerrten an Mackinnons Galeere, dass sie gegen die hölzernen Planken stieß.

»Ihr habt das Vertrauen Seiner Gnaden missbraucht, Lachlan Lubanach!«, rief Mackinnon mit höhnischem Grinsen. »Ich habe Befehl, Euch festzunehmen.«

»Ach tatsächlich? Mir hat Seine Gnaden eben versichert, dass er mich und meine Familie sehr schätzt.«

»Die unerfreulichen Aufgaben überlässt er eben gern

mir«, antwortete Mackinnon, der jetzt nahe herangekommen war.

»Ich kann mir nicht vorstellen, dass er sich nicht traut, offen mit mir zu sprechen, oder dass er sich ausgerechnet auf einen Mackinnon verlässt«, gab Lachlan zurück.

»Wie könnt Ihr es wagen, so mit mir zu reden!«, blaffte Mackinnon. »Wir sind in der Überzahl, also legt beide Eure Waffen ab, sonst helfen wir ein bisschen nach.«

»Vielleicht solltet Ihr Euch zuerst einmal umdrehen«, erwiderte Lachlan in sanftem Ton.

Als Mackinnon über seine Schulter blickte, sah er, dass von den Zinnen des Wachturms das Banner der Gilleans wehte. Auf dem Hügelrücken, wo gerade noch seine eigenen Männer gestanden hatten, waren jetzt vierzig Bogenschützen des Gillean-Clans postiert und zielten auf ihn.

Mackinnons Männer starrten sie entsetzt an, dann ließen sie ihre Waffen sinken.

»Das geht zu weit!«, stieß Mackinnon mit zusammengebissenen Zähnen hervor, zog sein Schwert und brüllte: »Auf sie! Bringt sie alle um!« Dann wirbelte er herum und stürzte sich auf Lachlan.

Doch auch Lachlan hatte blitzschnell sein Schwert gezückt und parierte elegant den Hieb. Da hob der Schütze, der direkt hinter Mackinnon stand, den Bogen und zielte auf Lachlan. Doch bevor er den Pfeil von der Sehne schnellen lassen konnte, brach er, von Hectors Streitaxt getroffen, zusammen.

Im Nu hatte Hector Schwert und Dolch in der Hand und stürzte sich in das Kampfgetümmel, das nun ausbrach. Tapfer verteidigten sich Mackinnons Männer gegen die Übermacht, doch immer, wenn ein Kämpfer der Gilleans in Bedrängnis geriet, rettete ihn ein Pfeil von den Zinnen des Turms, von wo aus treffsichere Bogenschützen die Mackinnons ins Visier nahmen.

Lachlan kämpfte noch immer mit dem Haushofmeister, während Hector sich auf zwei von Mackinnons Männern stürzte, die ihrem Herrn mit ihren gewaltigen Beidhändern zu Hilfe eilen wollten.

Mackinnon verstand ausgezeichnet mit dem Schwert umgehen, doch Lachlan fühlte sich ihm gewachsen, wenn seine Clanbrüder ihm nur den Rücken frei hielten. Außerdem hoffte er, dass der ältere Mann schneller als er selbst ermüden würde.

»Ihr hattet gar keinen Befehl von Seiner Gnaden«, sagte er grinsend, um seinen Gegner noch mehr in Rage zu versetzen, und tänzelte dabei rückwärts über den Landungssteg.

Statt einer Antwort ging Mackinnon erneut zum Angriff über, den Lachlan jedoch mit einem kraftvollen Schwertstreich parierte. Klirrend prallten die Waffen aufeinander, und noch immer zeigte Mackinnon kein Anzeichen von Erschöpfung. Doch dann, auf Höhe des leeren Langschiffes, rutschte der Ältere in einer Pfütze aus und drohte zu straucheln.

Da Lachlan nicht von diesem unfairen Vorteil profitieren wollte, bremste er seinen Schlag ab, nur um festzustellen, dass Mackinnon ihn hatte hereinlegen wollen und sofort wieder auf ihn losging. Lachlan erkannte die Finte gerade noch rechtzeitig und sprang zur Seite, sodass Mackinnons Klinge lediglich Lachlans Ärmel aufschlitzte und ihm einen Kratzer am Arm beibrachte.

»Der erste Treffer geht wohl an mich«, feixte Mackinnon.

»Ja, aber Ihr habt mir noch keine Antwort gegeben«, antwortete Lachlan, während er den nächsten Streich abwehrte. »Ich behaupte, Ihr seid ein Lügner, und MacDonald hat gar nichts gegen mich.«

»Vielleicht hält er ja eine nette Trauerrede auf Eurer Beerdigung«, keuchte Mackinnon, dem die Anstrengung nun doch allmählich anzumerken war. »Aber seine Tochter werdet Ihr niemals heiraten.«

»Wir werden ja sehen. Ihr bekommt sie jedenfalls nicht.«

»Seine Gnaden glaubt alles, was ich ihm erzähle.«

»Ihr vergesst, dass es jede Mengen Zeugen für Euren Angriff auf zwei arglose Männer gibt.«

»Dafür müssen Eure Männer die meinen erst einmal besiegen.«

»Sie sind gerade dabei«, entgegnete Lachlan und machte einen Ausfall.

»Vielleicht solltet Ihr einen Blick zu den Zinnen hinaufwerfen«, knurrte Mackinnon, während er mit knapper Not Lachlans Angriff abwehrte.

Im selben Augenblick, als Lachlan nach oben sah, riss sein Gegner das Schwert mit beiden Händen hoch und ging auf Lachlan los, als wollte er ihm den Schädel spalten.

»Ich stelle fest, dass der Turm noch immer in meiner Hand ist und dass Eure Männer reihenweise niedergemäht werden«, sagte Lachlan und trat einen Schritt zur Seite. Durch die Wucht seines eigenen Hiebs aus dem Gleichgewicht gebracht, taumelte Mackinnon auf ihn zu und direkt in seine Klinge. Mit einem erstaunten Gesichtsausdruck griff sich der Haushofmeister mit einer Hand an die Brust, dann stürzte er, sein Schwert noch immer fest umklammert, zwischen der Mole und dem Schiff ins Wasser.

Lachlan starrte auf sein blutiges Schwert, trat an den Rand des Stegs und blickte in die Tiefe. Doch das Einzige, was er sah, waren einige Luftblasen und ein paar Blutschlieren an der Oberfläche.

Als er sich umdrehte, stellte er fest, dass Hector mindestens drei der Angreifer überwältigt hatte. Die Männer des Gillean-Clans hatten den Kampf schon so gut wie gewonnen. Da ertönte ein lauter Ruf. Mackinnons Leute hatten bemerkt, dass ihr Herr tot war, und ließen die Waffen fallen.

»Hector, komm her!«, rief Lachlan.

»Wo ist Mackinnon?«

»Tot, fürchte ich.« Lachlan deutete ins Wasser. »Ich habe ihn an der Brust getroffen, und er ist hineingefallen und nicht wieder hochgekommen.«

»Dann wird er wohl verschwunden bleiben«, erwiderte Hector und starrte ebenso in die Tiefe wie zuvor sein Bruder. »Wenn er noch lebte, wäre er mittlerweile bestimmt aufgetaucht.«

»Ob er sich irgendwo an das Langschiff klammert?«

Hector sprang ins Boot und spähte über die Reling. »Da ist niemand. Wenn du ihm wirklich das Schwert in die Brust gestoßen hast, ist er wohl schon bei Gott – oder beim Teufel. Ich nehme nicht an, dass du ihn mit Absicht getötet hast.«

»Nein«, sagte Lachlan. Mit einem Blick zum Hügel vergewisserte er sich, dass Mackinnons Leute sich ergeben hatten.

»Wo sind die nur so plötzlich hergekommen?«, fragte Hector.

»Es sind die Helfer von der Lichtung und seine Bootsleute, nehme ich an.«

»Ich meinte unsere Männer«, knurrte Hector.

»Ich habe letzte Nacht alle unsere Leute auf Mull alarmiert. Es sind nur wenige ausgebildete Waffenknechte darunter, doch viele von ihnen können hervorragend mit Pfeil und Bogen umgehen, und die meisten verstehen sich auch auf den Schwertkampf. Ich habe darauf gesetzt, sie mit einer Übermacht zu überraschen, und als ich den Wachturm sah, hielt ich es für angebracht, ihn besetzen zu lassen. Denn ich war von Anfang an davon überzeugt, dass es hier an der Anlegestelle zum Kampf kommen würde. Allerdings hatte ich Angst, dass Mackinnon den Turm zuerst in die Hand bekommen könnte.«

»Das hat er auch, Mylord«, sagte eine Stimme.

Lachlan erkannte den Mann, der die Leute des Gillean-Clans angeführt hatte. »Was meinst du damit, Rankin?«, fragte er.

»Als wir zum Turm kamen, trafen wir auf zwei Burschen«, sagte Rankin. »Einen mussten wir töten, doch der andere liegt noch gefesselt drinnen.«

»Den wollen wir uns mal ansehen«, sagte Lachlan. »Vielleicht können uns die Gefangenen ja helfen, ein kleines Problem zu lösen.«

»Ja, große Probleme haben wir ja Gott sei Dank nicht«, murmelte Hector und warf seinem Bruder einen spöttischen Blick zu.

Lachlan reagierte mit einem schiefen Lächeln. Gewiss, auf dem Weg zu seinem Ziel hatte er noch viele Hindernisse zu überwinden, doch solche Herausforderungen war er gewohnt, und normalerweise konnte er sich auf seine Findigkeit verlassen.

Während seine Männer die Gefallenen fortschafften und sich um die fünf überlebenden Gegner kümmerten, folgte er Rankin zum Wachturm.

Der Gefangene lag gefesselt und geknebelt auf der Wendeltreppe, die zu den Zinnen führte.

»Er und der andere waren oben auf dem Turm, als wir ankamen, Sir.«

»Nimm ihm den Knebel ab, und bring ihn nach draußen, damit ich ihn besser sehen kann«, sagte Lachlan.

Hector zog den schlaksigen, dunkelhaarigen Mann auf die Füße und schleppte ihn vor die Tür. Während er ihm den Knebel aus dem Mund zog, sagte er: »Der Sturm wird bald da sein.«

»Ja«, stimmte ihm Lachlan zu. Dann musterte er den Gefangenen nachdenklich. »Du kommst mir bekannt vor. Wie heißt du?«

»Gil Dowell. Aber ich habe Euch nichts zu sagen.«

»Verstehe. Nun, ich glaube, du hast mir sehr wohl etwas zu erzählen, aber das hat noch Zeit. Die Leute Seiner Gnaden werden dich und deine Freunde schon noch gründlich befragen. Bis dahin werden meine Männer auf euch aufpassen. Ich kann nicht dafür garantieren, dass sie euch mit Samthandschuhen anfassen, aber das habt ihr euch selbst zuzuschreiben.«

Der Mann zuckte bloß die Achseln.

»Bring ihn weg, Rankin, und pass gut auf ihn auf. Ich brauche ihn noch.«

»Verzeiht, Sir, aber was sollen wir mit den anderen machen?«

»Begrabt die Gefallenen, und bringt die anderen nach Amalaig. Sperrt sie dort in den Turm, bis ich mich mit ihnen befassen kann. Ein Boot soll von Bellachuan kommen, um sie abzuholen.«

»Ja, Sir. Bis dahin werden wir sie gut bewachen.«

»Du hast gesagt, es seien zwei Männer auf dem Turm gewesen«, sagte Lachlan. »Wo ist der zweite?«

»Dort hinten bei den anderen Toten«, antwortete Rankin und deutete mit der Hand in Richtung der Gefallenen.

»Zeig ihn mir.«

Lachlan wusste, wer dieser Mann war. Als er seinen Bruder ansah, bemerkte er, dass auch Hector Fin MacHugh erkannt hatte. Lachlan fragte sich, wo wohl Shim MacVey sein mochte, bevor ihm einfiel, dass der dritte Zeuge im Prozess gegen Ian Burk auf Finlaggan geblieben war.

»Ich brauche Ruderer für das Langboot, Rankin«, sagte er.

»Ja, Sir, sofort.«

»Wir warten unten an der Mole auf euch.« Mit diesen Worten bedeutete er Hector, ihm zu folgen.

»Das waren die beiden Kerle, die gegen Lady Mairis Ian ausgesagt haben«, sagte Hector. »Sie haben behauptet, er wäre an Elma MacCouns letztem Tag mit ihr zusammen gewesen.«

»Ja. Zuerst dachte ich, sie hätten sich einfach im Tag geirrt, doch dass sie zu Mackinnons Männern gehören, gibt mir doch zu denken.«

»Stimmt. Aber jetzt zu etwas anderem. Wie willst du Seiner Gnaden beibringen, dass du seinen Haushofmeister getötet hast?«

Lachlan überlegte. »Genau genommen gibt es ja keine Leiche«, sagte er schließlich.

»Das ist schon richtig, aber trotzdem lässt sich die Sache nicht vertuschen«, erwiderte Hector. »Einige von unseren Gefangenen haben es bestimmt gesehen und werden behaupten, dass du ihren Herrn ermordet hast.«

»MacDonald mag uns, und außerdem können unsere Männer bezeugen, dass es ein fairer Kampf war«, sagte Lachlan wie zu sich selbst, während sie dahinschritten. Es war alles so schnell gegangen, dass er noch gar nicht darüber nachgedacht hatte, was er Seiner Gnaden erzählen wollte.

»MacDonald ist unser Verwandter und hat uns viel Ehre erwiesen«, stimmte ihm Hector zu. »Trotzdem wird er mit Sicherheit wütend sein, dass sein Haushofmeister tot ist, selbst wenn wir ihn davon überzeugen können, dass Mackinnon uns angegriffen hat. Darüber hinaus war Mackinnon auch ein mächtiger Mann. Sein Clan ist groß und bedeutend, und seine Mitglieder werden uns bestimmt kein Wort glauben.«

»Und obendrein hat Niall auch noch einen sehr einflussreichen Bruder mit zahlreichen Söhnen«, fügte Lachlan hinzu. »Der Grüne Abt mag noch so viel gegen die alten Gebräuche wettern, trotzdem wird er schnell damit bei der Hand sein, uns Blutrache zu schwören. Und exkommunizieren kann er uns auch noch.«

Hector zuckte die Achseln. »Er steht sich zurzeit nicht besonders gut mit dem Papst.«

»Ich rede nicht vom Papst, sondern von den Schwierigkeiten, die Fingon uns hier machen kann. Selbst wenn er der römischen Kirche nicht in allem ein gehorsamer Diener ist, verfügt er doch über beträchtlichen Einfluss, und ich bin nicht erpicht darauf, von unseren frommen Nachbarn geschnitten zu werden. Glaubst du vielleicht, MacDougall von Dunstaffnage würde weiterhin dein Geschäker mit seiner Tochter Fiona dulden, wenn der Grüne Abt uns exkommunizierte?«

Hector runzelte die Stirn. »Das müssen wir unbedingt verhindern, denn unser Vater würde sich schrecklich darüber aufregen. Aber was ich, ehrlich gesagt, am meisten fürchte, ist MacDonalds Zorn. Wenn er uns nun für vogelfrei erklärt, dann dürfte uns jeder ungestraft töten ...«

Unheilvoll hingen seine Worte in der Luft. Wenn sie einem solchen Schicksal entgehen wollten, musste sich Lachlan unbedingt etwas einfallen lassen. Seine Verstand arbeitete fieberhaft.

»Die königliche Galeere ist zwar außerordentlich seetüchtig, aber nicht so schnell wie ein Langboot. Vor allem nicht gegen den Wind«, sagte er schließlich. »Und außerdem hatte es Seine Gnaden ja nicht besonders eilig. Ich wette, er ist erst auf halbem Weg nach Ardtornish.«

»Worauf willst du hinaus?«, fragte Hector mit zusammengekniffenen Augen.

»Er verfügt nur über acht Ruderer. Die anderen hat er hier zurückgelassen, um mehr Platz für seine Gäste zu schaffen. Wir dagegen haben sechzehn.«

Hector nickte zögernd. »Ich weiß ja, dass du dir immer alles sorgfältig überlegst und dass jetzt für uns viel auf dem Spiel steht, aber falls du wirklich vorhaben solltest, die königliche Galeere einzuholen und sie alle umzubringen, nur damit wir ungeschoren davonkommen ...«

»Aber nicht doch! Lord Ranald und Godfrey, ganz zu schweigen von Mairi, würden uns doch sofort auf die Schliche kommen. Und außerdem mag ich MacDonald und hätte ihn viel lieber als Verbündeten.«

»Aber wie willst du dir seine Freundschaft erhalten, nachdem du den Mann getötet hast, der nicht nur sein Freund und Haushofmeister war, sondern auch Oberhaupt der Mackinnons und ein Mitglied des Inselrates?«

»Ganz einfach, wir entführen den Lord der Inseln und überzeugen ihn davon, dass wir treu und unverbrüchlich zu ihm stehen.«

16

Hector musste sich seinen Einspruch verkneifen, denn in diesem Augenblick betraten der Steuermann und die Ruderer den Landungssteg. Unverzüglich sprangen die Männer in das Langboot und legten sich in die Riemen. Der Sturm kam immer näher. Tief hingen die dunklen Wolken, der Wind blies heftig, und die aufwirbelnde Gischt behinderte die Sicht.

»Das ist eine völlig hirnverbrannte Idee«, sagte Hector endlich leise zu seinem Bruder, als sie dicht nebeneinander im Bug des Bootes saßen.

»Schon möglich, aber es ist unsere einzige Chance.«

Die schwer schuftenden Ruderer bekamen von dem Wortwechsel nichts mit, doch selbst wenn, hätte es keine Rolle gespielt. Sie alle gehörten dem Gillean-Clan an und waren Lachlan als ihrem zukünftigen Chief treu ergeben. Weder die Männer noch sein Bruder Hector würden ihn jemals im Stich lassen.

»Dann können wir MacDonald ebenso gut umbringen«, murmelte Hector. »Denn eine Entführung würde er uns nie verzeihen.«

»Denk doch mal nach! Ihn umzubringen würde uns gar nichts nützen. Es wäre ein Riesenfehler.«

»Und ihn zu entführen etwa nicht?«

»Doch, vielleicht schon, aber wenn wir ihn töten, haben wir alle Clans auf dem Hals, ganz zu schweigen von Ranald, der dann die Männer seines Vaters befehligen würde. Die Gefahr, die uns von Seiten dieses üblen Abtes droht, wäre nach einer solchen Tat ungleich größer.«

Hector schnaubte unwillig. »Du weißt doch, dass ich niemals einen Mord begehen würde«, sagte er erbost. »Ich würde ohne zu zögern jeden töten, der mich oder die Meinen angreift, doch meinen Lehnsherrn umbringen, das ist einfach unvorstellbar.«

»Da bin ich ganz deiner Meinung. Aber jetzt hör mir mal gut zu. Stell dir vor, was uns passiert, wenn einer von Mackinnons Leuten MacDonald die Ereignisse schildert – zum Beispiel der Grüne Abt. Wenn wir Seine Gnaden dagegen vorher in unsere Gewalt bringen, kann ich ihm erzählen, wie es wirklich war. Und ich bin sicher, er wird mich anhören und zu einem gerechten Urteil kommen. Wir müssen unseren Feinden einfach zuvorkommen ...«

»Von denen die meisten sowieso schon tot oder in unserer Hand sind«, warf Hector ein.

»Es sind noch genug übrig«, erwiderte Lachlan. »Du kannst dich darauf verlassen, dass Mackinnon noch mehr Leute ins Vertrauen gezogen hat, zum Beispiel seinen Bruder Fingon. Auf jeden Fall müssen wir versuchen, etwas aus Gil Dowell herauszubekommen, bevor Seine Gnaden ihn verhört.«

»Das mag ja alles sein, aber du hast doch selbst gesagt, dass MacDonald ein gerechter Mann ist, der immer beide Seiten anhört. Und außerdem würde Lady Mairi für dich bestimmt noch vehementer eintreten als für Ian Burk.«

»Das Risiko ist mir zu groß, dass Mackinnons Freunde im Inselrat Seine Gnaden beeinflussen. Dann stünden wir als Verbrecher da und hätten alles andere als einen fairen Prozess zu erwarten.« Hector schwieg.

»Und jetzt überleg mal«, fuhr Lachlan fort. »Um unsere Sache zu vertreten, müssen wir mit MacDonald reden, bevor man ihn gegen uns aufhetzen kann. Seine Gnaden ist ein umgänglicher Mann, der Gewalttätigkeit verabscheut. Er hat ja selbst gesagt, dass er Zank und Streit nicht mag.«

Hector spähte mit zusammengekniffenen Augen in die Ferne. »Ich glaube, da hinten sehe ich ein goldenes Banner mit einem kleinen schwarzen Schiff darauf«, sagte er.

»Also, wie ist es? Sollen wir versuchen, ihn auf unsere Seite zu ziehen?«

»Ja, das wäre vielleicht wirklich das Beste. Aber du weißt ja, egal wie die Sache ausgeht, auf mich kannst du immer zählen. Für dich würde ich durch die Hölle gehen.«

Immer wieder blickte Mairi prüfend zum Himmel, während sich das Boot Ardtornish näherte. Bei Sturm verwandelte sich der Sund in einen brodelnden Hexenkessel. Doch schon hatten das Schiff mit den Damen und die drei folgenden Boote den rettenden Hafen erreicht. Für die übrigen Schiffe jedoch konnte es gefährlich werden.

Von einem der Männer, die am Landungssteg warteten, erfuhr Mairi zu ihrer Überraschung, dass das Duart-Boot mit Dougal MacHenry und seiner Lady schon lange zuvor eingetroffen und nicht wieder nach Craignure zurückgefahren war. Stattdessen hatten es die Ruderer zu MacDonalds Ankerplatz im Loch Aline gebracht.

Als sie mit Elizabeth hinter Lady Margaret und den übrigen Damen die Felstreppe hinaufstieg, fragte Mairi: »Findest du es nicht auch merkwürdig, dass das Duart-Boot nur zwei Personen befördert hat, wo doch acht Leute aus Duart bei der Jagd waren?«

»Ja, schon«, erwiderte Elizabeth. »Aber die einzige Frau unter ihnen geht da vorne neben unserer Frau Mutter.«

»Bleiben noch fünf Männer«, bemerkte Mairi.

»Von denen dich aber nur einer interessiert«, neckte Elizabeth sie.

»Ja, das stimmt«, musste Mairi errötend zugeben.

»Willst du ihn heiraten?«, erkundigte sich Elizabeth, als sie hintereinander die Treppe im Wohnturm hinaufgingen.

»Aber Elizabeth, wie kannst du nur so etwas fragen?«, rief Mairi empört. Wenigstens waren die anderen so weit voraus, dass sie nichts mitbekommen hatten.

»Also, willst du nun, oder nicht?«

»Ach, sprich nicht davon. Unser Vater würde es ja doch nie erlauben.«

»Aber du möchtest gern, oder?«

»Lachlan Lubanach kann einem ganz schön auf die Nerven gehen«, antwortete Mairi. Sie musste daran denken, dass er sie nur wegen ihres Geldes und ihres guten Names heiraten wollte. Und außerdem hatte er sich heute den ganzen Tag lang nicht um sie gekümmert, bis auf einen kurzen Augenblick am Morgen, als er sie wortlos in den Sattel gehoben hatte. Obendrein verlangte er ständig, dass sie ihm jede Entscheidung überließ, so als hätte sie keinen Funken Verstand.

»Mir scheint, du willst ihn wirklich heiraten«, sagte Elizabeth lächelnd.

»Das stimmt nicht. Und selbst wenn, ich muss ja doch Alasdair zum Mann nehmen.«

»Ach, diesem Alasdair wünsche ich die Blattern an den Hals!«, rief Elizabeth, als sie über die Schwelle der großen Kammer traten.

»Ich will doch nicht hoffen, dass du das ernst gemeint hast, Nichte«, ließ sich da eine gedehnte Stimme vernehmen. »Diese abscheulichen Blattern verderben auch die eleganteste Erscheinung.«

»Ach herrje!« Mit weit aufgerissenen Augen schlug sich Elizabeth die Hand vor den Mund.

Auch Mairi starrte entgeistert auf den blonden Mann, der vor ihnen stand und sie süffisant anlächelte. Alasdair Stewart war doch noch erschienen.

Kaum hatte Lachlan seinen Ruderern erklärt, was er vorhatte, holte das Langboot bereits die schwerfälligere Galeere ein und ging längsseits.

MacDonald begrüßte die beiden Gillean-Brüder vergnügt. »Kommt doch an Bord, Jungs!«, rief er. »Ihr habt ja ordentlich Tempo gemacht, aber ich sehe, dass Niall Euch sein Langboot überlassen hat, und bei dem Wetter wartet er bestimmt schon ungeduldig darauf, dass es zurückkommt und ihn abholt.«

»Nun ja, Sir, in gewisser Weise hat er es uns tatsächlich überlassen«, sagte Lachlan und kletterte auf die Galeere hinüber. »Wir bringen traurige Kunde.«

»Ach ja?« Verwirrt sah MacDonald zu, wie Lachlans Ruderer ebenfalls an Bord kamen. »Fährt das Boot denn nicht zurück?«

»Das ist nicht nötig, Euer Gnaden.«

Mit zusammengekniffenen Augen beobachtete MacDonald, wie einer von Lachlans Männern die beiden Boote miteinander vertäute, doch er sagte lediglich: »Setzt Euch doch. Ihr möchtet bestimmt etwas trinken, und mir ist auch nach einem Schluck zumute.«

Lachlan und Hector nahmen zwischen MacDougall von Dunstaffnage und MacDuffie, dem Archivar, Platz. Der alte Cameron von Lochaber saß ihnen gegenüber. MacDonald gab seinem Leibdiener einen Wink, worauf dieser fünf silberne Becher aus einem Korb holte und erst seinem Herrn, dann den Übrigen Brogac einschenkte.

Lachlan nahm seinen Becher entgegen und sagte: »Ich bedauere, Euch mitteilen zu müssen, dass wir alle unser Vertrauen in einen verräterischen Schurken gesetzt haben.«

»Tatsächlich?«

»Ja, Sir. Er gab sich als Euer Freund aus und schmiedete gleichzeitig Ränke gegen Euch und Eure Familie. Er hatte vor, Euch Euren kostbarsten Besitz zu rauben und Hector und mich zu ermorden.«

»Spielt Ihr damit auf Niall Mackinnon an? Es fällt mir schwer zu glauben, dass er so etwas Schreckliches im Schilde geführt haben sollte.«

»Es tut mir sehr leid, Sir, aber ich meine wirklich Mackinnon.«

Als er die Worte aussprach, empfand Lachlan ehrliches Bedauern, denn in ihrer Welt gab es nichts Wertvolleres als treue Gefolgsleute, und Mackinnon hatte seinen Lehnsherrn verraten, den Mann, dem er vor allen anderen verpflichtet war. »Er hat nicht nur Euch verraten, Euer Gnaden, sondern das gesamte Königreich der Inseln. Zum einen war er ...«

»War?«

»Ja, Sir. Es wäre mir lieber, wenn er selbst hier sein könnte, um für sich zu sprechen. Doch so, wie die Dinge nun einmal liegen, müsst Ihr Euch auf unser Wort und das unserer Männer verlassen. Allerdings haben wir auch einige Gefangene gemacht.«

»Ihr habt mir nie einen Grund gegeben, an Eurem Wort zu zweifeln, und ich tue es auch jetzt nicht, Sir.«

Bei MacDonalds Worten regte sich Lachlans Gewissen. Er sagte zwar in der Regel die Wahrheit, drückte sich aber zuweilen bewusst missverständlich aus. Jetzt sagte er: »Ich danke Euch, Sir. Wir Ihr ja wisst, warteten wir an der Anlegestelle auf Mackinnon, nachdem Euer Schiff abgelegt hatte. Als er dann kam, brachte er eine kleine Armee mit. Er hatte uns eine Falle gestellt, doch glücklicherweise erfuhr ich rechtzeitig davon und konnte so das Schlimmste verhindern.«

»Gewiss hat Gott Euch beschützt, mein Lieber! Aber wie habt Ihr es denn herausgefunden?«

»Es ist Euch ja bekannt, Sir, dass ich ein gewisses Geschick im Sammeln von Informationen besitze.«

Um MacDonalds Mund zuckte es leicht, als er nickte.

Erleichtert fuhr Lachlan fort: »Von Eurem ergebenen Gefolgsmann Ian Burk erfuhr ich, dass Mackinnon seinen beiden besten Bogenschützen befohlen hatte, Hector und mich am Ende der Jagd zu erschießen.«

»Es ist schon wahr, dass Niall Euch nicht besonders mochte«, erwiderte MacDonald seufzend. »Er hat Euch sogar beschuldigt, meine Tochter verführt zu haben.«

»Ihr wisst, wie sehr ich Lady Mairi verehre«, sagte Lachlan darauf, ohne näher auf das Thema einzugehen. Stattdessen berichtete er weiter: »Obgleich ich gar nicht glauben konnte, dass er zu einem solchen Verbrechen fähig wäre, traf ich dennoch gewisse Vorkehrungen.«

»Ich verstehe«, sagte MacDonald. »Darf ich also davon ausgehen, dass Ihr Euch nicht nur aus Freude an meiner Gegenwart heute ständig in meiner Nähe aufgehalten habt?«

»Ihr habt in gewisser Weise recht, Sir«, gab Lachlan zu. »Wir wollten die Jagd gern mit heiler Haut überstehen.«

»Aber offensichtlich gab Niall nicht auf.«

»Nein. Mit zwanzig Mann griff er uns vom Hügel an der Mole aus an und ging mit dem blanken Schwert auf mich los, um mich zu töten, Euer Gnaden.«

»Du meine Güte, Junge! Ich weiß ja, wie aufbrausend er war und wie sehr er den Gillean-Clan verabscheute, doch einen meiner Gäste derart heimtückisch zu überfallen war feige und gemein.«

»Ja, Sir. Doch dank Ians Warnung konnte ich rechtzeitig unsere Leute auf Mull alarmieren. Den ganzen Tag über hielten sie Wache, und als Mackinnon und seine Männer dann angriffen, stellten sie sich ihnen entgegen.«

»Und Niall ist gefallen, sagt Ihr?«

»Ich muss leider zugeben, dass mein eigenes Schwert ihn traf, Euer Gnaden. Ich wollte ihn lediglich entwaffnen, doch dann rutschte er auf dem nassen Steg aus. Ich wartete, bis er sich wieder gefangen hatte, doch er versuchte, mich zu überrumpeln und ging unversehens auf mich los.«

»Ja, diesen Trick mit dem Stolpern habe ich auch schon bei ihm beobachtet.«

»Ich sprang zur Seite, doch er konnte nicht mehr anhalten und lief genau in meine Klinge. Er taumelte und stürzte, das Schwert noch immer in der Hand, vom Steg ins Wasser. Ich konnte nicht schnell genug nach ihm greifen, und er tauchte nicht wieder auf.«

MacDonald schüttelte den Kopf. »Es war offensichtlich Gottes Wille, dass Ihr den Angriff überlebt habt. Zwanzig Mann gegen Euch zwei, sagt Ihr?«

Lachlan nickte. »Hector hat die Hauptarbeit geleistet. Im Kampf wiegt er allein mindestens drei schwer bewaffnete Gegner auf. So konnten wir uns die Angreifer vom Leibe halten, bis meine Leute da waren. Als Mackinnons Männer die Übermacht erkannten, wollten sie sich ergeben, doch ihr Herr befahl ihnen, bis zum bitteren Ende weiterzukämpfen. Ich bedaure, dass er durch meine Hand starb, Sir. Aber wenigstens kann er jetzt Euch und Eurer Familie nicht mehr schaden.«

Falls MacDonald über Mackinnons Tod betrübt war, ließ er es sich nicht anmerken. Das passte zu seinem Charakter, dachte Lachlan. Der Lord der Inseln war ein Politiker, ja ein wahrer Staatsmann. Er dachte zuallererst darüber nach, was die Ereignisse für seine eigene Stellung und seinen Clan bedeuteten, bevor er einen Gedanken an Mackinnon oder an seine eigenen Gefühle verschwendete.

»Wir haben anscheinend den Kurs geändert«, sagte er milde, als die Galeere immer rascher dahinglitt. »Einer Eurer Männer hat das Ruder übernommen, Sir.«

»Nur eine Vorsichtsmaßnahme, Euer Gnaden«, erwiderte Lachlan. »Möglicherweise hatte Mackinnon für den Notfall noch einen zweiten Plan in der Hinterhand. Ich könnte mir vorstellen, dass sein Clan nichts Eiligeres zu tun hat, als dem unseren die Blutfehde erklären. Daher sollten wir drei irgendwohin weit weg von Ardtornisch fahren, wo wir uns in Ruhe über die Zukunft unterhalten können.«

Acht von Lachlans Männern hatten sich jeweils neben einen der königlichen Ruderer gesetzt, die übrigen acht kletterten wieder in Mackinnons Langboot.

»Was für eine Art von Unterhaltung schwebt Euch denn vor?«, erkundigte sich MacDonald, während er ihnen zusah.

»Ein vertrauliches Gespräch zwischen den anwesenden Gentlemen, Euer Gnaden. Dabei werden wir sicherlich zu Ergebnissen kommen, die für alle Seiten von Nutzen sind. MacDougall und die anderen Herren hier können dann später als Zeugen fungieren.«

Mit geblähtem Segel und von je einem Mann auf der Ruderbank gesteuert, machte das Langboot zügig Fahrt in östlicher Richtung.

»Und wo soll diese Unterredung stattfinden?«, fragte MacDonald.

»Die Festung Dunconnel scheint mir dafür besonders geeignet.«

»Lieber Himmel, Junge!«, rief MacDougall, der dem Gespräch notgedrungen zugehört hatte. »Ihr werdet uns alle umbringen, wenn Ihr versucht, in dem heraufziehenden Sturm bei Dunconnel anzulegen.«

»Ich bin sehr gern auf Dunconnel, Sir, und kenne es wie meine Westentasche«, antwortete Lachlan, während er beobachtete, wie zwei seiner Männer das Segel der Galeere setzten. »Außerdem weiß ich zufällig, dass sich dort zurzeit nur ein, zwei Männer aufhalten, um, wenn nötig, das Leuchtfeuer zu entfachen. Ich verspreche Euch, dass wir sicher landen und dort völlig ungestört sein werden.«

Bei dem kräftigen Wind machte die Galeere rasche Fahrt, doch das vorausfahrende Langboot war schon beinahe außer Sicht.

Lachlan bemerkte den Blick, der zwischen MacDonald und MacDougall hin- und herging. Ihm war klar, dass die beiden Männer um ihre Sicherheit fürchteten, dennoch sagte er nichts mehr. Ihnen würde nichts geschehen, falls es nicht durch höhere Gewalt zu einem Unglück kam. Doch das war ziemlich unwahrscheinlich.

»Dunconnel besitzt keinen Hafen«, ließ sich MacDonalds ruhige Stimme vernehmen.

»Seit unserer Kindheit sind wir dort viele Male an Land gegangen, Euer Gnaden. Hector und ich kennen einen sicheren Landeplatz, und mein Steuermann versteht seine Sache ausgezeichnet.«

»Aber …«

»Ich kann nicht leugnen, dass es ein bisschen heikel werden könnte, falls der Wind noch weiter auffrischt, doch es wird uns nichts geschehen. Ich könnte mir sogar vorstellen, dass Euch der Ort zusagt.«

»Warum das?«

»Zum einen, weil es unser gemeinsamer Vorfahr, Conal, König von Dalriada, war, der Dunconnel erbaut hat. Zum anderen lässt sich die Burg mit einer Handvoll Männer gegen jede Übermacht verteidigen. Es heißt, dass ein Mann allein das Fallgitter herablassen kann, wenn er weiß, wie es geht. Und wenn das erst einmal unten ist, ist die Festung uneinnehmbar. Der ideale Ort für uns.«

»Mit anderen Worten«, bemerkte MacDonald trocken, »Ihr wollt mich dort gefangen halten.«

»Wie ich schon sagte, Sir, wünsche ich mir, dass wir ungestört sind. Doch ich möchte Euch den Aufenthalt so angenehm wie möglich machen. Deshalb habe ich das Langboot vorausgeschickt, um alles für unsere Ankunft vorzubereiten. Da alle Eure Vorratskammern gut gefüllt sind, wird sich bestimmt etwas für ein anständiges Abendessen finden.«

»Du hast ja wirklich an alles gedacht, Junge.«

Lachlan konnte nur hoffen, dass MacDonald damit recht hatte. Sie hatten sich auf eine gefährliche Sache eingelassen, bei der auch der kleinste Fehler ihren Tod bedeuten konnte. Doch wenn alles gut ging, würde mehr für sie dabei herausspringen, als sich selbst Hector vorstellen konnte.

»Nun, Mädchen, habt Ihr Eure Zunge verschluckt?«, fragte Alasdair Mairi.

Bei seinem Anblick drehte sich ihr der Magen um. Sie war nie davon erbaut gewesen, diesen stämmigen, affektiert grinsenden Menschen zu heiraten, der wie ein jüngeres Abbild ihres Großvaters wirkte. Doch wenn sie ihn jetzt mit Lachlan verglich – dessen berechnenden Charakter sie für diesen einen Augenblick außer Acht ließ –, wurde ihr bei der Vorstellung gänzlich übel.

Alasdair, dem der Humor und der höfische Schliff des alten Robert Stewart völlig abging, stand ruhig da und wartete auf ihre Antwort.

»Ihr solltet die Leute nicht so erschrecken«, sagte sie streng.

»Mag sein, aber meine geliebte Schwester Margaret hat gerade keine Zeit für mich, weil sie sich zum Abendessen umkleiden muss, und außerdem fand ich Eure Unterhaltung sehr amüsant.«

»Wie viel habt Ihr davon mitbekommen?«

»Nur dass Elizabeth sagte, dass Ihr ihn heiraten wollt, und Eure Antwort, dass Ihr Alasdair heiraten *müsst* – ach ja, und dann noch, dass sie mir die Blattern an den Hals wünscht. Ich muss gestehen, mir ist nicht recht klar, ob Ihr so schnell wie möglich heiraten wollt und es gar nicht mehr erwarten könnt, dass wir uns endlich verloben, oder ob meine Person an sich das Problem darstellt.«

»Nun, das wird euch wohl weiter unklar bleiben, denn ich werde kein Wort mehr darüber verlieren«, erwiderte Mairi. »Aber Ihr hättet wenigstens eine Nachricht schicken können, Sir. Ihr wusstet doch, dass heute die große Jagd stattfindet. Warum seid Ihr nicht nach Craignure Bay gekommen?«

»Na hört mal! Ich habe dem Haushofmeister Seiner Gnaden sehr wohl eine Nachricht geschickt, dass ich keine Lust hätte, an der Jagd teilzunehmen. Ich hasse diese großen gesellschaftlichen Ereignisse, außer, wenn ich sie selbst veranstalte.«

»Eure Botschaft muss wohl verloren gegangen sein. Deshalb haben wir nicht mehr mit Euch gerechnet, nachdem Ihr heute Morgen nicht nach Finlaggan gekommen seid.«

Er zuckte die Achseln. »Ich habe noch einen Besuch bei John Og gemacht.«

Elizabeth stand noch immer wie angewurzelt mit der Hand vor dem Mund da, doch bei diesen Worten wurde sie plötzlich wieder lebendig. »Ist das Kind schon da? Oh bitte, Alasdair, spannt uns nicht auf die Folter!«

»Ja, es ist da. Aber weder John Og noch Freya wollten mir verraten, wie es heißen soll. Sie haben Angst, die Elfen könnten ihm schaden, solange es noch nicht getauft ist.«

»Aber ist es denn ein Junge?«

»Aber ja, gewiss. Warum sollte mich sonst der Name interessieren? Ich hoffe, sie nennen ihn nach mir.«

Nach einem raschen Seitenblick auf ihre Schwester fragte Elizabeth: »Wollt Ihr denn überhaupt heiraten, Alasdair?«

»Ja, natürlich. Jeder Mann sollte sich vermählen und einen Haufen Kinder zeugen, die seinen Namen bewahren und für ihn sorgen, wenn er alt und schwach ist.«

»Aber wollt Ihr Mairi heiraten?«

Abermals zuckte er mit den Schultern. »Sicher. Sie hat sich gut herausgemacht, und ihre Mitgift ist sehr ansehnlich. Allerdings haben unsere Väter bisher noch nichts in der Angelegenheit unternommen. Aber das soll sich ja jetzt ändern.« Er blickte Mairi durchdringend an. »So langsam bekomme ich allerdings das Gefühl, dass ich für Euch nicht der ersehnte Verlobte, sondern eher ein Hindernis bin.«

Mairi würde sich hüten, ihm die Wahrheit zu sagen, denn Alasdair war gerissen. Schon als Kind hatte er alles, was er erfuhr, zu seinem Vorteil – und meist zum Nachteil anderer – ausgenutzt.

Sie waren ganz allein in der großen Kammer, da die übrigen Frauen Lady Margaret in die innere Kammer gefolgt waren, und Mairi fragte sich, ob Alasdair überhaupt schon ihre Mutter begrüßt hatte. Es hätte ihm ähnlich gesehen, einfach stumm dazustehen und darauf zu warten, dass seine Schwester vor Überraschung aufschrie und ihren jüngsten Bruder überschwänglich willkommen hieß. Solch einen Trubel zu verursachen wäre ihm eine Genugtuung gewesen. Doch Mairi hatte nicht das Geringste von einer freudigen Begrüßung mitbekommen. Stattdessen hatte Alasdair ihre Unterhaltung mit Elizabeth belauscht und bestimmt mehr gehört, als er zugeben wollte. Sie versuchte sich zu erinnern, was genau sie beide gesagt hatten. Dabei war sie ziemlich sicher, dass Lachlans Name nicht gefallen war. Und von sich aus wäre Alasdair niemals auf die Idee gekommen, in Lachlan einen Rivalen zu sehen. Vermutlich war Alasdair nur gekommen, um ihren Vater daran zu erinnern, dass es langsam an der Zeit war, sich um den päpstlichen Dispens zu bemühen.

»Kommt«, sagte Alasdair und nahm ihren Arm. »Ich schenke uns einen Becher Wein aus dem dicken Krug dort ein, und dann könnt Ihr mir den neuesten Klatsch vom Hofe Eures Vaters berichten.«

»Ihr könnt auch gleich für Elizabeth einen Becher füllen, Sir. Es ziemt sich nämlich nicht, dass ich hier allein mit Euch sitze und Wein trinke«, erwiderte Mairi und warf ihrer Schwester einen beschwörenden Blick zu. Am liebsten hätte sie ihn einfach sich selbst überlassen, doch sie hatte in der Vergangenheit die schlechte Erfahrung gemacht, dass er dann schnurstracks zu Lady Margaret laufen und sich beklagen würde.

Hoffentlich kamen ihr Vater und Lachlan bald zurück, damit sie sich nicht die ganze Zeit über mit Alasdair abgeben musste. Andererseits fürchtete sie, dass Seine Gnaden gerade jetzt ihrer Verlobung mit ihm zustimmen könnte.

Mit dem Wind im Rücken machten sie rasch Fahrt, und weniger als eine Stunde später kam die Felsenfestung Dunconnel in Sicht. Die See ging hoch, in der Ferne grollte der Donner, und aus den schwarzen Wolkenmassen über ihren Köpfen fielen die ersten Tropfen. Die Insel bot einen beeindruckenden Anblick. An drei Seiten, nach Norden, Westen und Süden hin, fielen die Felswände steil zum Wasser hin ab, und Lachlan fragte sich ein wenig beklommen, ob sie wirklich heil an Land gehen und später wieder ablegen konnten. MacDonald warf ihm einen Blick zu, sagte aber nichts. Auch er war schon häufig auf Dunconnel gewesen und kannte dort jedes Fleckchen Erde.

Der Steuermann befahl, das Segel einzuholen, um das Schiff besser um die Nordspitze der Insel lenken zu können. Auf der Leeseite zwischen den zerklüfteten Felsen gab es ein paar enge Buchten, in denen sie anlegen konnten.

Als erfahrener Seemann ließ er sich von den Brechern nicht beeindrucken, die unablässig gegen die schroffen Klippen donnerten, sondern lenkte das Schiff sicher hindurch zum Anlegeplatz und ließ es neben einem flachen Fischerboot vor Anker gehen.

Auf einen Wink von Lachlan stiegen zwei der Ruderer in das kleine Boot um. »Mit Eurer Erlaubnis fahren wir beide als Erste, Sir«, wandte er sich dann an MacDonald.

Sogleich sprangen Hector und ein fast ebenso hünenhafter Mann auf und halfen MacDonald, aus der königlichen Galeere in das kleinere Boot umzusteigen, wo ihm einer der Ruderer bereits die Hand entgegenstreckte. Dann setzte sich das Boot mit kraftvollen Ruderschlägen in Bewegung und landete wenige Minuten später auf dem Kiesstrand einer kleinen Bucht. Zwei Männer, die Lachlan vorausgeschickt hatte, halfen MacDonald an Land.

»Ich schlage vor, wir warten nicht auf die anderen, Euer Gnaden«, sagte Lachlan in das laute Donnergrollen, als er aus dem Boot sprang. »Sie werden bald nachkommen, und der Regen wird immer stärker. Das Gewitter kann jeden Augenblick seinen Höhepunkt erreichen.«

MacDonald nickte und ging voraus. Während die Sturmböen an ihren Kleidern zerrten, stiegen die beiden Männer die steilen, roh behauenen Stufen zum Burgtor hinauf. Erst als die schwere Tür hinter ihnen zufiel, wurde das Heulen des Windes leiser.

Im Schein des flackernden Kaminfeuers wirkte die Halle warm und einladend. Lachlan sagte beiläufig: »Solange wir auf die anderen warten, könntet Ihr mir doch eigentlich den Trick mit dem Fallgitter zeigen, Sir.«

»Jetzt nicht, mein Junge. Vielleicht später.«

Auch auf Ardtornish tobte der Sturm um die Mauern, als wolle er die Burg von ihrem Felsen stürzen, und der Regen prasselte nur so herab. Als Mairi und Elizabeth es endlich geschafft hatten, sich von Alasdair Stewart loszueisen, war es allerhöchste Zeit, sich zum Abendessen umzukleiden. In der Eile bemerkten sie gar nicht, dass MacDonald schon längst wieder hätte zu Hause sein müssen.

Schließlich kam Lady Margaret in ihre Kammer, um ihnen Bescheid zu sagen, dass das Abendessen für die Familie und die erlauchtesten Gäste in der großen Kammer serviert würde. Die Pagen konnten die Speisen aus der Küche im neuen Gebäudeflügel heraufbringen, sodass sich niemand außer den Dienstboten und den Waffenknechten, die in der großen Halle schliefen, in das Unwetter hinauswagen musste.

»Könnt ihr euch vorstellen, wo euer Herr Vater so lange bleibt?«, fragte sie zum Schluss ihre Töchter.

»Ist er denn noch nicht da?«, wunderte sich Mairi. »Und was ist mit den anderen von Duart, die nachkommen wollten?«

Lady Margaret schüttelte den Kopf. »Der Sturm ist mittlerweile so stark, dass er eine Galeere so leicht zum Kentern bringen könnte, als wäre sie ein Kinderspielzeug.«

»War Ranald bei Seiner Gnaden?«, fragte Mairi.

»Nein, er ist mit einem früheren Boot zurückgekommen.«

»Ich werde ihn suchen gehen«, sagte Mairi und griff nach ihrem Umhang. Falls sie ihren Bruder nicht drinnen fand, würde sie sich in die Eiseskälte hinauswagen müssen.

17

Der Sturm war so gewaltig, dass er den Leuten noch lange in Erinnerung bleiben sollte, doch in Lachlans Pläne fügte sich das Wetter ausgezeichnet. Hier auf der windumtosten Festung Dunconnel, an deren Felsen sich die aufgewühlten Wogen brachen, waren sie unerreichbar. Glücklicherweise gab es ausreichend Vorräte, aus denen seine Männer eine einfache, doch schmackhafte Mahlzeit bereitet hatten.

Sie speisten in der Halle, die, zusammen mit dem Vorraum, den größten Teil des ersten Stocks einnahm. Nach dem Essen blieben Lachlan, MacDonald und die übrigen Gentlemen noch bei Wein und Brogac sitzen.

Als Archivar des Lords der Inseln trug MacDuffie stets einen kleinen Lederbeutel mit sich, den er jetzt neben sich auf die Bank gelegt hatte. MacDonald und MacDougall teilten sich eine Bank mit ihm, während Lochaber mit Hector und Lachlan an der gegenüberliegenden Seite der Tafel saßen. Die Ruderer und die beiden Männer, die auf Dunconnel nach dem Rechten sahen, aßen an einem gesonderten Tisch.

MacDonald, dem sein Leibdiener aufwartete, wirkte so entspannt und behaglich, wie man es unter den gegebenen Umständen nur erwarten konnte. Endlich hielt Lachlan den rechten Augenblick für gekommen. Er schickte alle bis auf Hector und die drei Begleiter Seiner Gnaden aus der Halle.

Kaum waren sie unter sich, schenkte er Brogac nach und begann: »Was wir heute zu besprechen haben, Sir, betrifft die Zukunft des gesamten Königreichs der Inseln. Wenn wir es nicht verhindern, werden die Männer von Mackinnons Clan eine Blutfehde gegen den Gillean-Clan vom Zaun brechen, um den Tod ihres Chiefs zu rächen. Dabei spielt es, wie Ihr

Euch denken könnt, keine Rolle, wie und warum er zu Tode gekommen ist.«

»Da habt Ihr recht«, pflichtete MacDonald ihm bei. »Dafür wird schon der Grüne Abt sorgen. Der sitzt bestimmt nicht untätig herum, wenn er irgendwie Unruhe stiften kann.«

»Ich glaube, wir alle sind heute noch einmal davongekommen«, fuhr Lachlan fort. »Denn meiner Meinung nach führte der habgierige Mackinnon noch weitere Schandtaten im Schilde. Was Ihr braucht, Euer Gnaden, ist ein absolut loyaler, vertrauenswürdiger Mann, der als Euer Stellvertreter fungiert.«

»Ja, Sir«, stimmte Hector leise zu. »Das wäre wirklich eine gute Sache.« Wie MacDuffie seine Ledertasche, so hatte Hector die Streitaxt und seine übrigen Waffen während des Essens auf die Bank gelegt. Von Zeit zu Zeit strich er mit dem Daumen fast zärtlich über die Schneide. So auch jetzt, während er sprach.

Lachlan wusste, dass es eine alte Gewohnheit war, die Hector selbst gar nicht mehr bewusst wurde. Doch als er den Blick bemerkte, mit dem MacDougall und schließlich auch MacDonald auf die Waffe starrten, hätte er Hector am liebsten zugerufen, er solle damit aufhören.

Doch da unterbrach MacDonald Lachlans Gedanken: »Und als diesen Stellvertreter wollt Ihr wohl Euch selbst vorschlagen, nehme ich an?«

Lachlan nickte. »Ja, Sir. Denn ich glaube, das wäre für uns alle von Vorteil. Doch die Entscheidung liegt selbstverständlich bei Euch.«

»Und wie genau habt Ihr Euch das vorgestellt?«

Bei den meisten anderen hohen Herren hätte Lachlan hinter einer solchen Frage Ironie vermutet. Doch nicht so bei MacDonald. Schließlich war der Lord der Inseln ein überaus pragmatischer und realistischer Mann, der sich von seiner ersten Frau getrennt hatte, um Margaret Stewart zu heiraten, weil er sich von ihren engen Verbindungen zur Krone Vorteile für sich selbst und seinen Clan versprach. Ein solcher Mann würde ihm erst einmal zuhören und dann den Nutzen seines Vorschlags abwägen.

»Es ist in unser aller Interesse, dass das Königreich der Inseln von Zwist und Hader verschont bleibt. Daher müssen wir verhindern, dass es zwischen dem Gillean-Clan und den Mackinnons zum offenen Kampf kommt«, erklärte Lachlan. »Das erreichen wir am besten, indem wir allen klarmachen, dass der Gillean-Clan unter Eurem Schutz steht und ein Angriff auf ihn einem Angriff auf den Lord der Inseln gleichkäme. Das könnten wir auf verschiedene Art und Weise erreichen.«

»Fahrt fort«, sagte MacDonald und schaute dabei MacDougall an, zwischen dessen Brauen sich eine steile Falte gebildet hatte.

»Zum Beispiel«, sagte Lachlan, »könnte ich Euch als Großadmiral der Inseln und Oberbefehlshaber Eures Heeres dienen.«

»Jetzt geht Ihr aber entschieden zu weit, Junge!«, rief MacDougall dazwischen.

MacDonald legte seinem Freund beschwichtigend die Hand auf den Arm. »Lass ihn ausreden.«

»Vielen Dank, Sir. Ich weiß, es klingt anmaßend, aber mit mir als Befehlshaber braucht Ihr Euch um Eure militärischen Angelegenheiten nicht mehr zu sorgen. Lord Ranald und Lord Godfrey sind ausgezeichnete Anführer, wie wir alle wissen, doch sie können nicht überall gleichzeitig sein. Eure beiden Söhne würden weiterhin Euch direkt unterstehen, doch ansonsten würdet Ihr in politischer, gesellschaftlicher und militärischer Hinsicht von meinen weit reichenden Beziehungen profitieren. Hinzu käme die Tatsache, dass nahezu jeder Adelige auf den Inseln mich unterstützen würde. Als Euer Bevollmächtigter würde ich dafür sorgen, dass Eure Männer stets gut ausgebildet, bewaffnet und ausgerüstet wären und

Eure Flotte jederzeit zum Einsatz bereitstünde. Dann könnte sich der Inselrat wichtigeren politischen Angelegenheiten, wie beispielsweise Grenzstreitigkeiten, widmen, die jetzt nur allzu oft im täglichen Hickhack untergehen.«

Er schwieg und ließ den vier Männern Zeit, über seinen Vorschlag nachzudenken, wobei es ihm gleichgültig war, was MacDougall, MacDuffie oder der alte Cameron davon hielten. Ihm kam es nur auf MacDonald an.

Draußen wütete noch immer das Unwetter und rannte mit Blitz und Donner gegen die dicken Mauern der Burg an, als wollte es sie erstürmen. Drinnen herrschte Schweigen, und Hector streichelte nach wie vor gedankenverloren seine Streitaxt.

Endlich nickte MacDonald und sagte: »Solch eine Regelung könnte durchaus von Vorteil sein.«

»Ja, wahrhaftig«, bemerkte auch der alte Cameron von Lochaber und nickte bedächtig. »Ich finde allerdings, wir sollten noch andere Stimmen dazu hören, was auf der Mole von Craignure Bay geschehen ist.«

MacDougall nickte, dann warf er einen verstohlenen Blick zu Hector hinüber, bevor er sich an Lachlan wandte: »Nehmt es mir nicht übel, Junge«, sagte er. »Ich zweifle nicht an Eurer Aufrichtigkeit, doch ich frage mich, was andere dazu sagen werden, dass Euer Vorschlag so rasch nach Mackinnons überraschendem Ableben kommt.«

»Ich weiß ein offenes Wort zu schätzen, Sir«, erwiderte Lachlan, »möchte Euch jedoch daran erinnern, dass es Zeugen für den Vorfall gibt, darunter mindestens fünf von Mackinnons Männern, die den Kampf überlebt haben.«

»Von einem von ihnen könnten wir vielleicht sogar noch mehr erfahren, Euer Gnaden«, mischte sich Hector ein. »Zwei der Beteiligten haben nämlich als Zeugen in der Verhandlung gegen Ian Burk ausgesagt. Es ist nur noch einer von ihnen am Leben, aber ich könnte mir vorstellen, dass er etwas über den Mord an Elma MacCoun weiß.«

»Meine Güte!«, rief MacDonald. »Behauptet Ihr allen Ernstes, Niall Mackinnon hätte etwas mit diesem Unglücksfall zu tun? Sie ist doch abgestürzt.«

»Ich will damit nur sagen, Sir, dass dieser Mann, der gegen einen Unschuldigen ausgesagt hat, uns womöglich noch so manches erzählen kann.«

»Na gut, wir werden sehen. Niall war ein ehrenwerter Mann und mir viele Jahre lang treu ergeben. Allerdings hatte er in seiner Jugend tatsächlich eine Schwäche für die Frauen«, fügte MacDonald nachdenklich hinzu. »Vielleicht fing er ja wieder damit an, nachdem seine Gattin tot war. Ich habe, wohlgemerkt, nie wieder einen Hinweis darauf bemerkt, aber wir werden Euren Gefangenen auf jeden Fall gründlich befragen.«

»Ich bin sicher, dass keiner der Männer es wagen würde, Euch anzulügen, Euer Gnaden«, sagte Hector.

»Dafür würde ich meine Hand nicht ins Feuer legen«, erwiderte MacDonald mit einem Anflug von Humor. Dann wandte er sich an Lachlan: »Doch das nur nebenbei. Ich finde Eure Argumente durchaus überzeugend. Wenn es zu einer Blutfehde zwischen den Macleans und den Mackinnons kommt, kann das großen Schaden anrichten.«

»Ich war mir sicher, dass ein Mann von Eurem Weitblick die Vorteile meines Vorschlags auf der Stelle erkennen würde«, antwortete Lachlan. »Um unserer eigenen Sicherheit willen müssen wir alle dem Lord der Inseln mit uneingeschränkter Treue dienen.«

»Da stimme ich Euch zu«, erwiderte MacDonald mit einer Spur Ironie in der Stimme. »Darf ich daraus schließen, dass Ihr sonst nichts von mir verlangt?«

MacDonalds drei Gefährten warteten mit angehaltenem Atem auf Lachlans Antwort. MacDuffie, der bisher geschwiegen hatte, schaute Hector an, doch der hatte die Ellbogen auf die Tischplatte gestützt und das Kinn auf die gefalteten Hände gelegt.

Lachlan holte einmal tief Luft, dann sagte er: »Es gibt in der Tat noch eine andere Sache, über die ich mit Euch reden möchte. Und diese Sache ist mir wichtiger als Ruhm, Ehre und gesellschaftliche Stellung. Wenn Ihr mir diese eine Bitte erfüllen würdet, wäre das der größte Beweis Eures Vertrauens.«

»Ich glaube, ich weiß schon, worum es geht«, erwiderte MacDonald.

»Ja, Sir. Ich bitte Euch um die Hand von Lady Mairi. Sie liebt mich, und auch ich empfinde zu ihr eine so starke Zuneigung, wie ich es niemals für möglich gehalten hätte.«

»Ihr beide liebt euch also, ja?«

»Ich bin davon überzeugt, dass meine Liebe zu ihr ebenso stark ist wie seinerzeit Eure Gefühle, als Ihr um Lady Margaret anhieltet. Im Übrigen wäre eine solche Verbindung bestens geeignet, den Pakt zwischen Eurem und meinem Haus zu besiegeln.«

Etwas wie Sarkasmus blitzte in MacDonalds Augen auf. Vielleicht dachte er gerade daran, dass er seine zweite Frau keineswegs nur aus Liebe geheiratet hatte. Doch er sagte nur: »Wenn meine Tochter diese Verbindung wirklich wünscht, werde ich mich nicht widersetzen.«

Lachlan erhob sich, nahm den Krug mit Brogac und füllte die Becher der Männer bis zum Rand. »Dann lasst uns auf die Gesundheit Seiner Gnaden anstoßen. Und auf das Wohl der Gillean-Söhne, seiner ergebenen Gefolgsleute.«

Kaum hatten die Männer ihre Becher geleert, füllte Hector sie erneut. Bald darauf trat MacDonalds Leibdiener ein, um das Feuer zu schüren und die Runde mit einem weiteren Krug Brogac zu versorgen.

Eine ganze Zeit später erklärte MacDonald mit schon etwas schwerer Zunge: »Ich muss gestehen, mein Junge, dass ich eigentlich damit gerechnet hatte, Ihr würdet als Gegenleistung für meine Sicherheit mein ganzes Königreich von mir verlangen. Angesichts Eures gewagten Handstreichs konnte man ja auch auf die Idee kommen, zumal Hector der Grimmige auch noch ständig mit seiner verdammten Streitaxt hantierte.«

Lachlan lächelte. »Ja, das ist wirklich eine schlechte Angewohnheit von ihm, Sir.«

»Ich nehme an, Ihr möchtet, dass wir unser Abkommen schriftlich festhalten.«

»Die Entscheidung überlasse ich Euch, Euer Gnaden. Ich für mein Teil vertraue auf Euer Wort und das der hier anwesenden Gentlemen.«

»Besonders, da es hier ja auch nicht um die Überschreibung von Landbesitz geht«, bemerkte MacDougall.

Es entstand eine kleine bedeutungsvolle Pause, dann sagte Lachlan: »Auch das stelle ich ganz Eurem Belieben anheim, Euer Gnaden. Doch da Ihr als großzügiger Mann bekannt seid, werdet Ihr Eure Tochter gewiss nicht mit leeren Händen in die Ehe gehen lassen. Irgendwann werden wir über diesen Punkt sprechen müssen; um Zeit zu sparen, kann ich Euch auch gleich sagen, an welche Besitztümer ich gedacht hatte.«

Der alte Cameron räusperte sich und blickte zur Decke hinauf. MacDonald sah Lachlan an und sagte auf seine gewohnt gelassene Art: »Ich bin gespannt. Wollt Ihr Ardtornish oder Aros?«

»Keines von beiden, Sir. Wenn es Euch recht ist, würde ich Duart vorziehen. Mit seiner Lage am Sund von Mull, dem Firth of Lorn und der Einfahrt nach Loch Linnhe ist es genau der richtige Platz für den Großadmiral Eurer Flotte. Außerdem liebt mein Mädchen die Insel Mull und Duart sehr. Allerdings …«

»Jetzt kommt der Haken an der Sache …«, warf Cameron trocken ein.

»Wie ich bereits sagte«, fuhr Lachlan ungerührt fort, »wäre Duart ein hübsches Geschenk für die Lady. Falls Ihr mir darüber hinaus noch eine Freude machen wollt, könntet

Ihr mir die vier Isles of the Sea zum Erblehen geben und mich zum Burgvogt und Kommandanten von Dunconnel ernennen.«

»Zweifellos zur Erinnerung an die schönen Stunden, die wir hier miteinander verbracht haben«, sagte MacDougall und verzog das Gesicht.

»So ist es, Sir«, erwiderte Lachlan ungerührt.

»Und was ist mit Hector dem Grimmigen? Was für ein kleines Andenken hätte er gern?«

Ohne eine Sekunde zu zögern, sagte Lachlan: »Auch Hector ist von der Insel Mull sehr angetan, Sir. Ich könnte mir vorstellen, dass er sich freuen würde, wenn Ihr ihm Lochbuie überlassen würdet.«

Schweigend verfolgte MacDonald den Wortwechsel. Schließlich verstummten alle, und die Stille wurde nur unterbrochen vom Knistern und Knacken des Feuers und den gedämpften Schritten des Leibdieners, der abermals nachschenkte.

Lachlan blickte die Männer der Reihe nach an. MacDuffie hatte kaum ein Wort gesprochen, seit die königliche Galeere am Nachmittag ihren Kurs geändert hatte. Wortlos verfolgte der Archivar die Gespräche der anderen und warf von Zeit zu Zeit einen Blick auf Hector.

MacDougall trank schweigend, und auch Cameron widmete sich eingehend seinem Becher.

Endlich sagte MacDonald: »Ich denke, wir müssen alles unternehmen, um eine Blutfehde zu verhindern. Und dazu erscheint es mir unerlässlich, dem Gillean-Clan offen meine Unterstützung zu gewähren. Damit wir so schnell wie möglich wieder von diesem verflixten Felsen herunterkommen, soll MacDuffie, sofern er Tinte und Feder zur Hand hat, alles niederschreiben, was heute hier zwischen uns vereinbart wurde. Dann werde ich umgehend meinen Namen und mein Siegel unter das Dokument setzen.«

Mit einem Kopfnicken langte MacDuffie in seinen Lederbeutel, zog eine Pergamentrolle, eine Schreibfeder, ein Federmesser, eine rote Wachskugel und ein Tintenfass heraus und breitete alles vor sich auf dem Tisch aus.

»Das ist äußerst liebenswürdig von Euch, Euer Gnaden«, sagte Lachlan gemessen.

»Nun ja, ich stehe zu meinen Zusagen. Doch bedenkt, mein Junge, dass sowohl das Eheversprechen, die Heirat selbst als auch die Mitgift von Mairis Einverständnis abhängen.«

»Sie wird einverstanden sein, Euer Gnaden. Da bin ich mir absolut sicher.«

Endlich ließ der Sturm nach. Zumindest schien es Mairi, als sei das Heulen des Windes und das Klappern der Fensterläden nicht mehr ganz so laut. Doch noch immer kostete ein Gang durch die Eiseskälte zum Abtritt beträchtliche Überwindung.

Ranald hatte sich sorglos gegeben, als sie ihm gegenüber ihre Befürchtungen geäußert hatte.

»So unklug verhält sich Seine Gnaden doch nicht«, hatte er gesagt. »Niall ist auch noch nicht zurück. Glaubst du vielleicht, die beiden kämen nicht auf die Idee, an Land zu gehen, wenn es auf dem Wasser gefährlich wird? Wahrscheinlich war der Sturm am Südende des Sundes noch stärker, und sie haben sich entschlossen, die Nacht auf Duart zu verbringen. Wir werden sie schon finden, wenn das Wetter sich erst einmal beruhigt hat.«

»Dann müssen wir uns aber gleich morgen früh bei Tagesanbruch auf die Suche machen«, entgegnete Mairi entschieden.

»Wir reiten los, sobald die Männer das Wildbret für die große Osterfeier hergerichtet haben. So würde Seine Gnaden es wollen, das weißt du doch. Und solange Alasdair Stewart sich unter unserem Dach aufhält, ist es deine Pflicht, die zuvorkommende Gastgeberin zu spielen.«

»Ihr und Elizabeth könnt euch ja um die Festvorbereitungen kümmern«, erwiderte Mairi. »Und was Alasdair angeht, ist es mir vollkommen gleichültig, ob er mich für eine gute Gastgeberin hält oder nicht. Ich werde jedenfalls dafür sorgen, dass morgen beim ersten Tageslicht ein Langboot für uns bereitsteht.«

»Und wohin genau willst du fahren, Mädchen?«

»Natürlich nach Duart, wenn Ihr so sicher seid, dass Seine Gnaden dort ist.« Damit drehte sie sich um und ging davon. Sie mochte sich selbst nicht eingestehen, dass es nicht so sehr Seine Gnaden als vielmehr ein arroganter, unverschämter Mann mit lustig zwinkernden blauen Augen war, der sie nach Duart Castle zog.

Die Stimmung beim Abendessen wurde ein wenig durch die Abwesenheit des Hausherrn, Nialls und der Gillean-Söhne getrübt. Alle machten sich Gedanken, wo sie wohl abgeblieben waren, kamen aber schließlich zu dem Ergebnis, dass sie einfach irgendwo vor dem Sturm Schutz gesucht hatten.

Dennoch wurde Mairi ein ungutes Gefühl nicht los. Von ein bisschen Wind und Regen würden sich weder ihr Vater noch Niall oder die beiden Brüder einschüchtern lassen. Doch sie konnte sich beim besten Willen nicht vorstellen, was die vier Männer und ihre Bootsleute sonst aufgehalten haben könnte.

Ihr Unbehagen nahm noch zu, als sie bemerkte, dass nur einige der Diener, die Niall begleitet hatten, zurückgekehrt waren. Auf ihre Frage erzählte ihr einer der Männer, dass Niall ihnen befohlen hatte, mit dem Boot nach Duart zu fahren und dort Tische und andere Ausrüstungsgegenstände abzuholen. Von dort aus waren sie direkt nach Ardtornish gekommen.

»Wir sind lange vor der Jagdgesellschaft aufgebrochen, Mylady«, setzte der Diener hinzu. »Auf Duart gab es jede Menge Arbeit für uns.«

»Aber habt ihr dort denn nicht den Haushofmeister oder Seine Gnaden gesehen?«

»Nein. Und später hatten wir alle Hände voll zu tun, um unser Langboot sicher aus der Duart Bay zu manövrieren. Fast hätte uns der Wind nach Oban abgetrieben.«

An die Zeit konnte er sich nicht genau erinnern, und so blieb Mairi weiter im Ungewissen, wo ihr Vater und die anderen abgeblieben waren. Grübelnd saß sie da, ohne auf die Gespräche ringsum zu achten, als der Schrei einer Frau sie plötzlich aus ihren Gedanken riss. Als sie aufblickte, sah sie, wie Alasdair Stewart auf den Kamin zutaumelte. Ranald machte einen Satz und konnte ihn gerade noch am Arm packen und zurückreißen, bevor Alasdair kopfüber ins Feuer stürzte.

Sofort kniete sich Ranald neben den zu Boden sinkenden Mann. Der besorgte Gesichtsausdruck ihres Bruders verriet Mairi, dass Alasdair keineswegs nur betrunken war. Rasch stand sie auf, winkte einen Diener herbei und sagte: »Hol auf der Stelle Agnes Beton. Sag ihr, ein Gast sei krank geworden und sie solle sofort kommen.«

Mit den Worten »Jawohl, Mistress« rannte der Mann davon.

Mairi trat zu Ranald und fragte: »Was ist los mit ihm?«

Mit gerunzelter Stirn blickte ihr Bruder zu ihr auf: »Er hat nur ein Wort gesagt.«

»Was denn?«

»Gift.«

»Um Gottes willen!« Sie schaute zu dem Platz hinüber, wo Alasdair noch wenige Augenblicke zuvor gesessen und aus einem silbernen Becher getrunken hatte. Doch dort stand kein Becher mehr. Sie ließ ihren Blick durch den Raum schweifen. Hier und da schenkten Pagen den Gästen Wein oder Ale ein, doch keiner von ihnen trug ein Tablett hinaus. Mairi ging zu dem Tisch hinüber und sagte zu der Frau, die neben Alasdair gesessen hatte: »Ich dachte, Alasdair Stewart hätte es mit dem

Wein übertrieben, aber ich sehe, dass er gar nichts getrunken hat.«

Die Frau blickte sie erstaunt an. »Doch, Mylady. Er stellte seinen Becher auf den Boden, bevor er aufstand. Ein Diener muss ihn weggenommen haben. Aber ich nehme an, er braucht ihn heute sowieso nicht mehr. Dass Männer immer erst dann aufhören können, wenn sie umkippen.«

Daraufhin suchte Mairi in der Menge nach einem älteren Diener, der ihrem Vater schon seit vielen Jahren treue Dienste leistete. Als sie ihn erspäht hatte, ging sie zu ihm und sagte leise: »Gabriel, finde doch bitte heraus, wer Lord Alasdairs Becher hinausgebracht hat, und pass auf, dass er die Burg nicht verlässt. Lord Ranald wird mit ihm reden wollen.«

»Ich kann mir denken, wer es war, Mistress, weil in den letzten Minuten nur ein Mann den Raum verlassen hat. Ich gehe ihn suchen und halte ihn in der Küche fest, bis Lord Ranald kommt.«

In diesem Augenblick trat Agnes Beton zu ihnen. »Was ist denn, Mistress? Wer ist krank geworden?«

»Lord Alasdair, Agnes. Er liegt dort drüben vor dem Kamin bei Lord Ranald.«

»Ach ja, ich sehe schon. Ist er wirklich krank oder nur betrunken?«

»Er hat etwas von Gift gesagt.«

»Dann gnade ihm Gott! Bittet Lord Ranald, ihn mit ein paar von den Burschen in eine Schlafkammer zu tragen, während ich meinen Reinigungstrank braue. Der Mann sieht mir so aus, als wäre er kräftig genug, um die Nacht zu überstehen. Mit Gottes Hilfe kann ich ihn bis morgen früh wieder gesund machen – das heißt natürlich, wenn er mir nicht vorher wegstirbt.«

Agnes' Worte klangen für Mairi nicht besonders beruhigend, doch sie wusste, dass die Alte eine erfahrene Heilerin war. Also ging sie mit ihr zu Ranald hinüber. Sobald man

Alasdair unter Agnes' Obhut nach oben geschafft hatte, erzählte Mairi ihrem Bruder von dem verschwundenen Becher.

»Das war ganz schön gewitzt von dir, dass du daran gedacht hast, Mädchen«, sagte er.

»Gabriel sagt, er weiß, wer ihn weggenommen hat. Er hält den Burschen in der Küche fest, bis du kommst.«

»Ich gehe sofort hin«, antwortete Ranald und verließ die Kammer. Mairi ging ihm nach.

In der Küche fanden sie Gabriel, der einen vor Angst schlotternden jungen Pagen bewachte. »Das ist der Bursche, Mylord«, sagte der alte Diener.

»Ich wusste doch nicht, dass es ihn umbringen würde!«, jammerte der Junge. »Es sollte ihn nur betrunken machen, weiter nichts!«

»Welcher Teufel hat dich bloß geritten, dass du einem unserer Gäste etwas in den Wein schüttest?«, wollte Ranald wissen. »Wer hat dir das befohlen?«

»Na, Seine Gnaden selbst«, erwiderte der Page mit angstgeweiteten Augen. »Ich schwöre Euch, Mylord, von mir aus hätte ich ihm das Pulver nie in den Becher geschüttet.«

Entsetzt und ungläubig starrte Mairi ihn an. Auch Ranald neben ihr war sprachlos vor Schreck. Sie fragte den Diener: »Hat Seine Gnaden dir persönlich den Befehl – und das Pulver – gegeben?«

»Nein, Mylady«, antwortete der Bursche erstaunt. »Seine Gnaden spricht doch nicht persönlich mit unsereinem. Es kommt schon selten genug vor, dass Niall Mackinnon sich dazu herablässt, aber er war es, der mir das Pulver gegeben hat. Und wir wissen ja alle, dass er im Auftrag Seiner Gnaden handelt.«

Darauf wusste Mairi nichts zu entgegnen. Sie überließ Ranald den Burschen und ging auf ihre Kammer, um nachzudenken. Doch als Meg eine Stunde später kam, um sie fürs Zubettgehen fertig zu machen, war sie noch immer nicht klüger als zuvor.

Warum sollte ihr Vater seinem Gast Gift verabreichen lassen, wenn er doch wollte, dass sie Alasdair heiratete? Und Niall, den sie schon ihr Leben lang kannte, traute sie eine solche Tat ebenfalls nicht zu. Zu allem Überfluss wurden ihre Gedanken immer wieder von der Sorge um Lachlans Verbleib abgelenkt.

Schließlich ermahnte sie sich selbst, dass alles Grübeln zwecklos war und dass sie besser daran täte, noch ein paar Stunden zu schlafen, bevor sie in aller Herrgottsfrühe nach Duart aufbrachen. Also rollte sie sich auf ihrer Seite des Bettes zusammen und war bald darauf eingeschlafen. Sie merkte noch nicht einmal, wie ihre Schwester ins Bett schlüpfte.

Früh am nächsten Morgen stand Mairi leise auf und zog sich die warmen Sachen an, die Meg ihr am Abend zuvor herausgelegt hatte. Sie schnürte sich das Mieder, so gut es ging, und flocht sich das Haar wie an den Tagen, an denen sie morgens ausritt. Zuletzt legte sie sich ihren roten Umhang um und lief in die Küche hinunter.

Dort ließ sie sich von einem freundlichen Küchenjungen ein Stück Brot und eine Scheibe Lammbraten geben und aß sie aus der Hand, während sie zur Anlegestelle hinunterging, wo das Langboot bereits auf sie wartete.

Die frostklirrende Luft erinnerte sie daran, dass der Winter seine Kraft noch nicht gänzlich eingebüßt hatte. Es ging eine leichte Brise, und am Himmel funkelten die letzten Sterne zwischen den dunklen Wolken, die eilig über den Himmel zogen, als wollten sie den abziehenden Sturm einholen.

Die Ruderer hatten bereits ihre Plätze auf den Bänken eingenommen, und der Steuermann begrüßte sie respektvoll und half ihr an Bord.

»Wir fahren nach Duart«, sagte sie leise.

»Jawohl, Mylady. Ich glaube, wir werden gute Fahrt machen, denn jetzt, bei steigender Flut, kommt die Strömung, ebenso wie der Wind, von Westen.«

Er sollte recht behalten. Zwanzig Minuten später, als die Sonne an einem nun fast wolkenlosen Himmel aufging, legte das Langboot neben zwei anderen Schiffen an der Mole von Duart an.

Flink lief Mairi den Hügel hinauf und durch den Vorhof zum Burgtor. Die Wachen, die sowohl Mairi als auch das Banner mit dem schwarzen Schiff erkannt hatten, öffneten das Tor für sie, und der Burgvogt kam ihr bereits entgegen. »Ist Seine Gnaden, mein Vater, hier?«, rief sie ihm zu.

»Nein, Mylady«, antwortete der Mann erstaunt. »Hier ist jetzt niemand mehr außer Dougald MacHenry, seiner Lady und unserern eigenen Männern.«

»Sonst niemand?«, fragte sie.

»Gestern hatten wir noch ein paar Jagdgäste hier.«

»Und wer kam gestern Abend?«

»Na, nur die Burschen, die die Pferde zurückbrachten, Mylady. Und dann noch Mackinnons Männer mit den Tischen und der ganzen Ausrüstung. Aber die blieben nur so lange, bis sie alles verstaut hatten.«

»Also habt Ihr Niall Mackinnon auch nicht gesehen?«

»Nein, Mylady.« Er wich ihrem Blick aus.

»Was verheimlicht Ihr mir?«, rief sie aufgebracht. »Los, ich will es wissen!« Nur ihre gute Erziehung hielt sie davon ab, mit dem Fuß aufzustampfen.

Der Mann schluckte krampfhaft, bevor er antwortete: »Ich glaube ja nicht, dass etwas Wahres daran ist, Mylady, aber einer von den Jungen hat behauptet, bei Craignure wäre es zu einem Kampf gekommen. Angeblich hat jemand Mackinnons Männer angegriffen ... oder vielleicht war es auch umgekehrt. Es hieß auch, Niall sei dabei umgekommen, aber weil ich nichts weiter davon gehört habe, habe ich dem Kerl kein Wort geglaubt.«

Mairi runzelte die Stirn. Das klang alles sehr unwahrscheinlich. Niall konnte die Gillean-Söhne nicht leiden, aber angreifen würde er sie trotzdem niemals. Dann musste sie wieder an die Aussage des Pagen denken, dass Niall ihm befohlen hatte, Alasdair zu vergiften. Ihre Gedanken überschlugen sich.

»Ruft Eure Ruderer zusammen!«, befahl sie. »Eure Galeeren kommen mit uns.«

Der letzte Tag der Fastenzeit versprach sonnig zu werden. Bei Dunconnel war die See noch immer unruhig, doch der Wind hatte sich einigermaßen gelegt. Lachlan atmete tief die frische Luft ein, in der Hoffnung, dass sie seine Kopfschmerzen lindern würde.

Er stand im Eingang zum Burgturm und versuchte herauszubekommen, wie das mit Eisenspitzen bewehrte eichene Fallgitter funktionierte.

Soweit er es beurteilen konnte, unterschied es sich in nichts von anderen Vorrichtungen dieser Art. Normalerweise ließ man ein schweres Gitter herab, indem man in einer darüber gelegenen Kammer einen Keil wegschob oder eine Sperre löste, worauf es sich mittels eines Systems von Flaschenzügen, Ketten und Seilen senkte. Das konnte zur Not ein Mann allein bewerkstelligen, doch um es wieder hochzuziehen, waren mindestens zwei Männer erforderlich. Mit dem Tor hier auf Dunconnel sollte es angeblich seine eigene Bewandnis haben, doch Lachlan konnte nichts Besonderes daran entdecken.

Unter ihm in der kleinen, zwischen zerklüfteten Felsen gelegenen Bucht dümpelten die königliche Galeere und das Langboot wie Futterbrocken zwischen den spitzen Zähnen eines Ungeheuers herum.

Die Männer hatten lange geschlafen und kaum Interesse am Frühstück gezeigt.

Lachlan hoffte zwar, dass die frische Meeresbrise seine Kopfschmerzen vertreiben würde, machte sich aber aus Erfahrung keine allzu großen Hoffnungen. Zwar ging es ihm immer noch besser als seinen Gästen, doch der Einzige, der sich wirklich wohlfühlte, war Hector, der nur selten über den Durst trank.

Lachlan hatte dem Brogac eifriger als gewöhnlich zugesprochen, hauptsächlich um die anderen ebenfalls zum Trinken zu animieren. Er fühlte sich wesentlich sicherer, wenn er wusste, dass seine Gäste in Ruhe ihren Rausch ausschliefen.

MacDougall zuckte zusammen, als das Sonnenlicht seine Augen traf, wohingegen MacDonald nur ein wenig blinzelte. Er hatte eine Pergamentrolle in der Hand, die sein Siegel in rotem Wachs trug.

»Hier, bitte«, sagte er und reichte sie Lachlan. »MacDuffie hat es vor dem Schlafengehen noch fertiggestellt, und ich habe es heute Morgen unterzeichnet und gesiegelt.«

»Ich danke Euch, Sir.«

»Wollt Ihr es denn nicht lesen?«

»Nicht nötig, Sir. Ich weiß, dass haargenau das darin steht, was Ihr gesagt habt.«

MacDonald nickte nur und stieg als Erster die Steintreppe zur Bucht hinunter. Es herrschte Flut, und von den Brechern, die an die Felsen schlugen, spritzte die Gischt an den Grundmauern der Burg empor. Die Bootsleute standen schon bereit, die Männer mit dem Fischerboot zur Galeere hinüberzurudern. Mit einer Handbewegung ließ Lachlan MacDuffie und MacDougall den Vortritt. Dann reichte er Hector die Schriftrolle und sagte: »Du fährst mit dem alten Cameron und passt gut auf das hier auf. Ich steige sicherheitshalber mit Seiner Gnaden als Letzter ein.«

Mit einem Kopfnicken verstaute Hector das Dokument in seinem Wams. MacDonald nickte gelassen wie immer, als Lachlan ihm mitteilte, dass sie beide als Letzte an Bord gehen würden. Während die Männer sie aus der engen Bucht hinausruderten, wünschte Lachlan abermals, er hätte nicht so viel getrunken. Doch ansonsten war er mit sich zufrieden und freute sich darauf, sein Mädchen wiederzusehen.

Er sah sie sogar früher als erwartet, denn als die Galeere

um Duart Point herum in den Sund einfuhr, kamen ihnen drei Langboote entgegen, die das Banner mit dem kleinen schwarzen Schiff führten. Eine einsame, dunkelhaarige Gestalt in einem roten Umhang stand im Bug des ersten Bootes und winkte ihnen aufgeregt entgegen.

MacDonald schmunzelte. »Offensichtlich hat sich wenigstens ein Mensch genug Sorgen gemacht, um auf die Suche nach uns zu gehen«, sagte er.

Lachlan lachte. »Ich glaube kaum, dass sie die Einzige ist, Euer Gnaden. Es würde mich sehr wundern, wenn sie nicht Eure Söhne und jeden einzelnen Mann auf Ardtornish und Duart aufgescheucht hätte. Bestimmt ist sie froh, uns gesund wiederzusehen.«

»Da magst du recht haben, mein Junge«, erwiderte MacDonald und blickte wohlgefällig auf seine Tochter, die mittlerweile auf die vorderste Ruderbank geklettert war und sich am Dollbord festhielt.

Als ihr Boot leicht gegen die königliche Galeere stieß, sprang Lachlan ebenfalls auf eine Bank und streckte Mairi die Hand entgegen. Sie nahm sie und wechselte auf die Galeere über. Dann rannte sie zu ihrem Vater und warf sich in seine Arme.

»Wo seid Ihr nur gewesen?«, fragte sie. »Ranald vermutete, auf Duart. Doch als ich Euch dort nicht fand, dachte ich, es wäre etwas Schlimmes geschehen.«

»So schlimm nun auch wieder nicht, mein Liebes«, sagte MacDonald leichthin. »Dein bemerkenswerter Verehrer hier hat nur Niall getötet, uns vier entführt und nach Dunconnel verschleppt, um mit unserer Hilfe ein kleines Problem zu lösen.«

»Euch entführt?!« Entgeistert starrte sie Lachlan an, der noch immer auf der Ruderbank stand. Doch jetzt lächelte er nicht mehr. »Ist das wahr?«, fragte sie.

»Na ja, in gewisser Weise schon«, gab er zu, wobei er geschickt das Gleichgewicht auf dem schwankenden Schiff hielt. »In gewisser Weise stimmt auch das mit Mackinnon, aber wir bringen auch gute Nachrichten, Mädchen. Euer Vater ist einverstanden, dass wir heiraten.«

»Ach, tatsächlich?« Sie warf MacDonald einen skeptischen Blick zu.

»Nur, wenn du es auch willst«, sagte dieser.

»Ich verstehe. Und was ist mit Alasdair Stewart?«

Nun wieder lächelnd, erwiderte Lachlan: »Da dieser Dummkopf weder etwas von sich hören ließ noch aufgetaucht ist, können wir ihn wohl einfach vergessen.«

»Da irrt Ihr Euch aber gewaltig«, sagte sie. »Der Dummkopf, wie Ihr ihn nennt, hält sich derzeit auf Ardtornish auf und denkt gar nicht daran, seine Ansprüche aufzugeben. Und überhaupt, falls Ihr Euch einbildet, ich würde einen Mann heiraten, der sich erdreistet, seinen Lehnsherrn zu entführen und dessen Haushofmeister zu ermorden, nur um seinen eigenen Ehrgeiz zu befriedigen ...«

»Jetzt wartet doch mal ...«

»Nein, Ihr wartet!«, unterbrach sie ihn. »Alasdair war wenigstens aufrichtig zu mir. Er hat offen und ehrlich zugegeben, dass er darauf aus ist, eine Tochter des Lords der Inseln zu heiraten. Und zufällig weiß ich, dass es Euch auch nur darum geht. Ich habe es Euch nämlich sagen hören. Nein«, fuhr sie fort und hob die Hand, als er zum Sprechen ansetzte. »Widersprecht mir nicht!«

Damit wandte sie sich an Hector: »Ihr, Sir, habt mich nie belogen, und außerdem kennt Ihr Euren Bruder wahrscheinlich so gut wie Euch selbst. Könnt Ihr mir auf Ehre und Gewissen versichern, dass es nicht so ist, wie ich gesagt habe?«

Zögernd schaute Hector seinen Bruder an, der das Gesicht verzog. Lachlan bereute, dass er Hector gegenüber so offen gewesen war. Doch er wusste auch, dass Leugnen ihm jetzt auch nichts mehr nützen würde.

Offensichtlich hatte ihr Hectors Miene genug verraten, denn Mairi nickte knapp und sagte zu Lachlan: »Ihr seid nicht besser als Alasdair, Sir. Im Grunde genommen sogar noch schlimmer.«

»Aber, aber, Mädchen«, widersprach er und beugte sich zu ihr hinunter. Das hätte er besser nicht tun sollen, denn mit den Worten »Ich bin nicht Euer Mädchen!« versetzte sie ihm mit beiden Händen einen kräftigen Stoß gegen die Brust.

Hätte er sich einfach auf die Bank plumpsen lassen, wäre wohl nichts passiert. Doch er versuchte, sich weiter auf den Beinen zu halten, verlor jedoch das Gleichgewicht, stieß mit dem Schienbein gegen das Dollbord und stürzte zwischen Galeere und Langboot in das eiskalte Wasser des Sundes.

Das Letzte, was er hörte, bevor die Wellen über ihm zusammenschlugen, war das schallende Gelächter seines Bruders.

Als Erstes war er erleichtert, weil er das kostbare Dokument Hector zur Aufbewahrung gegeben hatte. Sein zweiter Gedanke war, dass das Mädchen ihm das büßen sollte.

18

Mairi starrte auf die leere Ruderbank, wo Lachlan gerade eben noch gestanden hatte. Sie hatte nicht damit gerechnet, dass dieser starke Mann durch ihren Schubser über Bord gehen würde.

Mit gemischten Gefühlen sah sie zu, wie der ihnen zunächst sitzende Mann aufsprang und sein Ruder ins Wasser tauchte. Einerseits hatte sie Angst um Lachlan, andererseits jedoch fürchtete sie sich vor dem Augenblick, an dem er wieder an Bord klettern würde. Und außerdem war sie noch immer wütend auf ihn.

Schließlich siegte ihr Zorn. Ohne Lachlan noch eines Blickes zu würdigen, drehte sie sich zu Hector um, dem vor Lachen die Tränen übers Gesicht liefen. »Ihr mögt das ja vielleicht lustig finden, Sir«, fauchte sie ihn an. »Von mir aus könnt Ihr Euch darüber totlachen, aber richtet Eurem abscheulichen Bruder aus, dass ich lieber Alasdair heiraten würde als ihn.«

MacDonald legte ihr beschwichtigend die Hand auf den Arm, doch sie schüttelte sie unwillig ab und stapfte ärgerlich davon, wobei sie auf dem Schiff naturgemäß nicht weit kam. Schon regte sich ihr Gewissen, weil sie so schroff zu ihrem Vater gewesen war. So etwas hatte sie sich noch nie zuvor erlaubt. Daher nahm sie all ihre Beherrschung zusammen und sagte so ruhig wie möglich: »Ich bitte Euch um Verzeihung, Euer Gnaden. Jetzt, da ich Euch in Sicherheit weiß, muss ich nach Hause, wo Arbeit auf mich wartet.«

»Willst du etwa davonlaufen?«, fragte MacDonald leise.

»Ja, vielleicht, Sir. Aber nicht, weil ich Angst habe.«

Er schüttelte den Kopf. »Ich weiß, dass du dich nicht vor

ihm fürchtest. Jedenfalls nicht hier auf diesem Schiff. Aber glaubst du nicht, dass du dich auch bei ihm entschuldigen solltest? Dein Benehmen war höchst unziemlich.«

»Aber seines war noch viel schlimmer, Sir. Wenn Ihr jetzt nicht darauf besteht, würde ich lieber später mit ihm reden.«

»Nein, mein Kind, ich bestehe nicht darauf. Doch an deiner Stelle würde ich erst einmal zusehen, dass ich wegkomme. Ich kann mir keinen Mann vorstellen, der nach so einem kalten Bad guter Laune wäre, und ich möchte jetzt keinen Streit schlichten müssen.«

Mit einem raschen Blick vergewisserte sich Mairi, dass die Männer Lachlan bereits aus dem Wasser zogen. Dann sagte sie zu ihrem Vater: »Würdet Ihr Euren Steuermann bitten, eines der anderen Boote herbeizurufen, damit es mich nach Hause bringt?«

Leise lächelnd nickte MacDonald und gab dem Steuermann ein Zeichen. Kurz darauf befand sie sich auf dem Weg nach Ardtornish. Da sie wusste, dass Ranald und die anderen noch immer auf der Suche nach ihrem Vater waren, befahl sie, kaum zu Hause angekommen, ein Leuchtfeuer auf den Zinnen zu entfachen, zum Zeichen, dass Seine Gnaden heil und unversehrt zurück war. Im Augenblick hatte sie nicht die geringste Lust, über Eheschließungen, Männer oder Nialls Tod zu reden, sondern wollte einfach ein wenig zur Ruhe kommen. Daher ging sie hinüber zum Stall und suchte nach Ian. Er war gerade damit beschäftigt, die graue Stute zu striegeln. Ohne weitere Erklärung sagte Mairi: »Ich möchte ausreiten, aber du brauchst sie nicht zu satteln. Leg ihr einfach das Zaumzeug an, und hilf mir hoch.«

»Gewiss, Mistress. Ich habe gehört, Ihr habt Seine Gnaden wohlbehalten wiedergefunden.«

»Ja«, erwiderte sie nur.

Ian warf ihr einen fragenden Blick zu, während er den Striegel weglegte und das Zaumzeug von einem Haken an der Wand nahm.

Mairi bereute es, dass sie so kurz angebunden mit ihm gewesen war. Sie lächelte ein wenig müde und sagte: »Es tut mir leid; ich wollte nicht unfreundlich sein. Du hast mir schließlich nichts getan.«

»Bestimmt habt Ihr Euch große Sorgen um Seine Gnaden gemacht«, sagte er mitfühlend. »Und wegen Lord Alasdairs Krankheit und Mackinnons Tod auch.«

»Wie hast du denn das von Niall erfahren?«, fragte sie erstaunt. »Ich habe heute Morgen auf Duart ein paar vage Gerüchte gehört und weiß selbst erst seit einer Stunde, dass es wahr ist.«

Er wirkte ein wenig verlegen. »Ach, na ja, eben genauso, wie ich von der anderen Sache erfahren habe.«

»Was für eine andere Sache?«

Ian wurde immer unbehaglicher zumute. »Na, dass Niall Mackinnon Lachlan Lubanach und Hector Reaganach umbringen lassen wollte«, antwortete er schließlich widerstrebend.

»Was?!«

Ian hob abwehrend die Hände. »Ich schwöre Euch, ich wollte es Euch erzählen, Mistress. Aber Lachlan Lubanach hat mir befohlen, kein Sterbenswörtchen davon zu verraten, vor allem Euch nicht.«

Immer wollte Lachlan alles allein machen, dachte Mairi wütend.

»Ja sicher, so etwas sollte ich natürlich nicht wissen«, sagte sie aufgebracht. »Aber erklär mir doch bitte, warum er es nicht wenigstens Seiner Gnaden erzählt hat.«

»Na ja, Mistress, ich schätze, er hat es selbst nicht recht glauben können.«

»Deshalb hast du also gesagt, dass die beiden bei der Jagd vielleicht nicht mitreiten würden.«

»Ja. Als ich ihn warnte, sagte er, sie würden sich vorsehen. Und deshalb dachte ich …«

»Jetzt verstehe ich«, sagte sie. Dann fiel ihr etwas ein: »Wer hat dir denn überhaupt etwas über Nialls Pläne verraten, Ian?«

Der Stallbursche kaute eine ganze Weile auf seiner Lippe herum, während Mairi mit verschränkten Armen dastand. Endlich sagte er: »Es war Ewan.«

»Ewan Beton?«

»Ja. Ewan hat, ohne es zu wollen, ein Gespräch zwischen Niall und Shim MacVey mit angehört. Er sagte, Shim wäre gar nicht böse darüber gewesen, als er es herausfand. Er war überhaupt sehr freundlich zu Ewan seit dem Tag, als der Elma MacCouns Leiche gefunden hat. Übrigens war es auch Shim, der ihm damals den Angelplatz mit den Lachsen im Loch Gruinart verraten hat. Aber die Sache mit dem Komplott konnte Ewan trotzdem nicht für sich behalten, und deswegen hat er mir davon erzählt.«

Mairi überlief es kalt. Sie löste die verschränkten Arme, blickte sich rasch im Stall um und neigte sich zu Ian: »Du verrätst keinem anderen etwas davon, hast du mich verstanden?«

»Ja, Mistress. Ich hätte Euch auch nichts gesagt, wenn Ihr es mir nicht befohlen hättet.«

»Das weiß ich, Ian. Und wenn Lord Ranald oder Lord Godfrey oder auch Seine Gnaden dich fragen, kannst du es ihnen ruhig erzählen. Aber jetzt hör mir gut zu: Es war Lachlan Lubanach, der Mackinnon getötet hat, und wenn der Grüne Abt davon erfährt, kommt es zu einer Blutfehde zwischen den Mackinnons und den Gillean-Söhnen. Wenn die Mackinnons irgendwie herausfinden, dass du Lachlan gewarnt hast, dann …«

Als sie sah, wie Ian erbleichte, wusste sie, dass er verstanden hatte.

»Ich werde mich vorsehen, Mylady«, versicherte er ernsthaft. »Soll ich Euch nun aufs Pferd helfen?«

Sie nickte und sagte: »Falls jemand nach mir fragt, ich reite zum Schießplatz auf dem Hügel, damit ich wieder einen klaren Kopf bekomme.« Dann fiel ihr noch etwas ein: »Ich glaube, wenn du Hector Reaganach siehst, solltest du ihm das von Ewan und Shim erzählen.«

Mairi ritt über den Vorplatz, an der Burg vorbei und den Hügel hinauf. Am Bogenschießplatz machte sie halt und begutachtete die Schäden, die das nächtliche Unwetter angerichtet hatte. Selbst auf dieser Wiese, die auf drei Seiten vom Wald geschützt war, hatte der Sturm gewütet, die Zielscheiben umgerissen und das Stroh überall verstreut. Doch das würde sich schnell wieder beheben lassen, wenn das Osterfest erst einmal vorüber war.

Von ihrem Hügel aus sah sie, wie sich die königliche Galeere dem Landeplatz näherte. Ihr folgten das Boot von Duart und das Langboot, mit dem sie selbst am Morgen zu ihrer Suche aufgebrochen war. Sie konnte auch Lachlan erkennen, der zusammengekauert und frierend auf einer Bank hockte. Auch ohne die warnenden Worte ihres Vaters war ihr klar, dass Lachlan versuchen würde, es ihr heimzuzahlen. Bei der Vorstellung musste sie lächeln.

Sie wäre gern noch dort oben geblieben und hätte beobachtet, wie er an Land ging, doch Lady Margaret wartete bestimmt schon auf sie. Also würde sie nur noch einmal über die Wiese galoppieren, um der Stute ein wenig Bewegung zu verschaffen und sich noch einmal den Wind um die Nase wehen zu lassen.

Nachdem Lachlan das Angebot abgelehnt hatte, auf Duart haltzumachen und sich trockene Kleider anzuziehen, saß er nun, in den Umhang seines Bruders gehüllt, fröstelnd da und brütete vor sich hin. Mairi war wütend auf ihn, was durchaus verständlich war, wenn man die Dinge aus ihrer Sicht betrachtete. Vermutlich würde sich MacDonald ins Fäustchen lachen, weil er die Reaktion seiner Tochter auf seine Entführung so gut eingeschätzt hatte.

Insgeheim musste Lachlan zugeben, dass sein Verhalten

wirklich nicht ganz einwandfrei gewesen war. Doch um sein Ziel zu erreichen, hatte er nun einmal so handeln müssen. MacDonald hatte das verstanden, denn er hätte für seinen Clan dasselbe getan. Und der Erfolg hatte Lachlan recht gegeben.

Deswegen empfand er auch keine Gewissensbisse, sondern war sicher, dass er auch noch Mairis Hand gewinnen würde. Im Augenblick war sie zwar wütend auf ihn, doch er wusste, dass sie ihn liebte und unter keinen Umständen Alasdair Stewart heiraten würde.

Nachdem die Staatsgaleere an der Mole angelegt hatte und die Männer zur Burg hinaufgestiegen waren, bat Lachlan Godfreys Leibdiener, ihm ein paar trockene Kleider seines Herrn zu bringen. Godfrey war der einzige Mann auf Ardtornish, der ebenso groß wie Lachlan war. Schließlich konnte sich Lachlan nicht klatschnass, wie er war, auf eine Auseinandersetzung mit Mairi einlassen. Gleich darauf brachte ihm der Diener eine Lederhose, ein Hemd, ein wattiertes Wams und einen dunklen Umhang.

Lachlan würdigte seinen Bruder keines Blickes, während er sich umzog. Als der Bedienstete hinausgegangen war, fragte Hector: »Bist du verärgert über mich?«

»Na, immerhin hast du mich ausgelacht. Aber da du das bei jeder sich bietenden Gelegenheit tust, hat es wohl wenig Zweck, sich darüber aufzuregen.«

Hector grinste. »Ich hätte dem Mädchen wohl sagen sollen, dass du es um seiner selbst willen liebst.«

»Das konnte ich schlecht von dir verlangen, wo du es doch ohnehin nicht glaubst.«

»Aber wahrscheinlich wäre es meine Pflicht gewesen. Und außerdem hätte ich dir damit ein unfreiwilliges Bad erspart.« Bei dem Gedanken daran musste sich Hector schon wieder das Grinsen verkneifen.

Lachlan blickte ihm gerade in die Augen. »Glaube nicht, dass ich je von dir verlange, für mich zu lügen. Jedenfalls nicht, wenn es um mein Mädchen geht«, fügte er hinzu, als ihm einfiel, dass Hector schon mehr als einmal seinem Bruder – oder sich selbst – durch eine Schwindelei aus der Patsche geholfen hatte.

»Aber dir ist an dieser Heirat doch wirklich gelegen, weil dadurch eine engere Verbindung zwischen dem Gillean-Clan, MacDonald und dem König der Schotten geknüpft wird, oder etwa nicht?«, fragte Hector.

»Ja, schon, das will ich gar nicht leugnen.«

»Aber mir scheint, das ist nicht der einzige Grund.«

»Nein, nicht einmal der wichtigste«, erwiderte Lachlan, band sich das Wams zu, warf sich den Umhang um und eilte zur Tür.

»Und jetzt gehst du sie suchen.«

»Ja.«

»Was willst du ihr sagen?«

»Gar nichts«, entgegnete Lachlan grinsend. »Ich drehe dem Biest den Hals um, weil sie mich ins Wasser geschubst hat.«

Noch immer ritt Mairi kreuz und quer über die Wiese, statt sich nach Hause aufzumachen und bei den Vorbereitungen für das Mittagessen zu helfen, wie sie es sich vorgenommen hatte. Sie wusste, er würde kommen, und sie freute sich darauf. Denn dann konnte sie ihm endlich ins Gesicht sagen, was sie von einem Mann hielt, der einfach ihren Vater entführte. Wahrscheinlich hatte er MacDonald die Heiratserlaubnis ebenso abgepresst wie alle anderen Zugeständnisse.

Als sie zum dritten Mal im Galopp die Wiese überquerte, fiel ihr ein, dass sie überhaupt nicht mehr an Alasdair Stewart gedacht hatte. Was würde ihr Vater tun, wenn Alasdair ihm sagte, dass Robert Stewart in ihre Verlobung eingewilligt hatte und sich um den päpstlichen Dispens bemühen wollte? Zu ihrem Schrecken fiel ihr ein, dass sie nicht einmal wusste, ob Alasdair den Giftanschlag überlebt hatte. Doch dann tröstete sie sich mit dem Gedanken, dass sie es vermutlich gleich am frühen Morgen erfahren hätte, wenn er in der Nacht gestorben wäre.

Als Nächstes tauchte Niall Mackinnon vor ihrem inneren Auge auf, und ihre Gewissensbisse wurden noch stärker. Alasdair war zumindest noch am Leben, doch den strengen, stets wachsamen Niall würde sie niemals wiedersehen. Nie wieder würde er bei ihrer Rückkehr am Tor auf sie warten, sie fragen, wo sie gewesen war, und sie auf der Stelle zu ihrer Mutter schicken.

Mit einem traurigen Lächeln wendete sie die Stute und machte sich auf den Heimweg. In diesem Augenblick kamen plötzlich Männer aus dem Wald gestürmt. Sie zerrten das vor Schreck kreischende Mädchen aus dem Sattel, zogen ihm ein dickes schwarzes Tuch über den Kopf und fesselten ihm Hände und Füße. Dann lud sich einer der Angreifer Mairi auf die Schulter und rannte mir ihr los.

»Halt!«, schrie sie mit sich überschlagender Stimme. »Ich bin Mairi von den Inseln!«

Sie vernahm ein paar gemurmelte Worte. Der Mann, der sie trug, blieb stehen, hob sie sich von der Schulter und ließ sie achtlos fallen, sodass sie unsanft auf ihrem Hinterteil landete. Außer sich vor Zorn, zappelte sie und schrie aus Leibeskräften, doch ehe sie es sich versah, hielten ein paar kräftige Arme sie fest. Dann packte jemand ihren Kopf mit beiden Händen, während ihr ein Dritter den Mund so fest zuband, dass sie glaubte ersticken zu müssen.

Vor Angst hielt sie ganz still, als der Mann sie erneut auf seine Schulter hob. Sie musste unbedingt am Leben bleiben, damit sie ihrem Vater berichten konnte, was man ihr angetan hatte. Dann würde er diese Verbrecher vom *Creag na Corp* stürzen lassen.

Lachlan fragte die Dienstboten, wo Mairi sei, doch keiner von ihnen hatte sie gesehen, seit sie sich morgens auf die Suche nach ihrem Vater gemacht hatte. Also war sie bestimmt ausgeritten, dachte er, und ging zum Stall, wo er Ian bei der Arbeit fand.

»Ich bin dir zu größtem Dank verpflichtet, mein Junge«, sagte Lachlan. »Wenn du mich nicht gewarnt hättest, wären mein Bruder und ich jetzt wahrscheinlich tot.«

»Ich bin froh, dass Ihr diesem feigen Anschlag entkommen seid, Sir«, erwiderte Ian schüchtern. »Und Hector Reaganach ist also auch unversehrt?«

»Oh ja. Und ich danke dir auch, dass du nichts verraten hast. Lady Mairi wusste von der ganzen Sache jedenfalls nichts.«

Als er Ians betretenen Blick bemerkte, konnte sich Lachlan leicht ausmalen, was geschehen war. »Sie war hier, und du hast es ihr erzählt, stimmt's?«, fragte er.

»Ja, Sir«, antwortete der Bursche seufzend. »Aber erst danach. Sie war ganz schön wütend.«

»Aber doch nicht auf dich.«

Ian zuckte mit den Schultern. »Ich weiß nicht so recht.«

»Glaub mir, der Zorn der Lady richtete sich gegen mich. Wo ist sie überhaupt?«

Ian wies mit einer Kopfbewegung zum Hügel hinüber. »Da hinten auf dem Schießplatz. Sie hat gesagt, sie wollte dort ein bisschen reiten, um einen klaren Kopf zu bekommen. Aber jetzt ist sie schon mehr als eine Stunde fort.«

Lachlan lachte leise. »Einen klaren Kopf also. Ich wette, sie wartet dort oben auf mich, um *mir* den Kopf zu waschen. Aber das wollen wir erst einmal sehen. Hast du ein Pferd für mich?«

»Ja, Sir«, sagte Ian. »Ich wünsche Euch viel Glück. Mich würde ja nichts auf der Welt da hinaufbringen, aber wenn Euch so ein Gezänke nichts ausmacht …«

»Du braucht dir keine Sorgen um mich zu machen, mein Junge«, grinste Lachlan. »Im Gegenteil – ich freue mich sogar schon darauf.«

Doch als er zu der Wiese am Waldrand kam, sah er nur Mairis hübsche kleine Stute, die friedlich graste.

Kalte Furcht griff ihm ans Herz.

Mairi hatte keine Ahnung, in welche Richtung ihre Entführer liefen. Anfangs klangen ihre Schritte, als rannten sie über weichen Waldboden, doch da Morvern zum größten Teil von Wald bedeckt war, half ihr das auch nicht weiter. Sie hatte kurz die Kleidung der Männer gesehen, doch nur bemerkt, dass sie Felle und Kilt-Überwürfe trugen und keine Waffenknechte waren. Ob sie Schuhe anhatten oder nicht, hatte sie nicht erkennen können.

Offensichtlich hatten sie keine Pferde dabei, sondern liefen die ganze Zeit zu Fuß, und zwar in beträchtlichem Tempo. Dennoch schien ihr Gewicht dem Mann, auf dessen Schulter sie lag, nicht das Geringste auszumachen.

Nach etwa einer halben Stunde, die ihr wie eine Ewigkeit vorkam, knirschte auf einmal Kies unter den Schritten der Männer, und derjenige, der sie trug, rückte sie zurecht, um die Last zu verlagern. Mittlerweile schmerzten ihre Rippen und Hüften, und das Atmen fiel ihr immer schwerer, weil sie bei jedem Schritt auf seiner Schulter ein wenig auf und ab hüpfte und die Luft dabei stoßweise aus ihren Lungen gepresst wurde. Doch sie zwang sich, ruhig zu bleiben und gleichmäßig ein- und auszuatmen.

Mairi wusste, dass man bald alles nach ihr durchkämmen würde, spätestens wenn ihre Stute allein in den Stall zurückkehrte. Die Männer hatten versucht, das Pferd einzufangen, doch offenbar vergeblich, denn sonst hätten sie sie ja nicht zu schleppen brauchen.

Selbst wenn das Tier nicht zurücklief, würde man sich auf die Suche machen, denn Ian wusste, dass sie nicht lange fortbleiben wollte, und würde ihre Eltern alarmieren. Und dann war da ja noch Lachlan. Er würde sie bestimmt aufspüren wollen, allein schon, um ihr ihre Frechheit heimzuzahlen.

Und wenn erst die Signalfeuer die Nachricht von ihrem Verschwinden bis nach Mingary im Westen und Dunstaffnage und Dunconnel im Osten verbreitet hätten, würde Ranald auf der Stelle nach Hause kommen und sich an der Suche nach seiner Schwester beteiligen.

Sie musste daran denken, dass jetzt bald Mittagszeit war. Ob die anderen mit der Suche wohl bis nach dem Essen warten würden? Gerade hatte sie beschlossen, sich nicht weiter mit solchen müßigen Überlegungen zu plagen, da hörte sie Wellen, die an einen Strand schlugen.

Die ganze Zeit über waren die Männer schweigend gelaufen, doch jetzt sagte einer: »Ich reich sie dir rüber, sobald du im Boot bist.«

Wenn der Sprecher doch bloß einen Namen genannt hätte! Denn dann hätte sie ihn Seiner Gnaden verraten können, wenn …

Ihre Gedanken wurden abrupt unterbrochen, als der Mann sie plötzlich schwungvoll von seiner Schulter hob. Einen Augenblick lang hatte sie Angst, er würde sie ins Wasser werfen, doch schon packten sie fremde Hände und verstauten sie am Boden eines Bootes. Mairi fand sich in einer unbequemen, halb sitzenden, halb liegenden Position wieder, den Rücken schmerzhaft gegen die Kante einer Ruderbank gepresst.

Als sie versuchte, eine etwas angenehmere Haltung einzunehmen, hielt sie jemand an der Schulter fest, sodass sie sich nicht mehr rühren konnte. Gefesselt und geknebelt, wie sie war, musste sie sich fügen.

»Ich brauche dich, Hector«, sagte Lachlan knapp, als er in die große Halle trat, wo sein Bruder bereits seinen Platz an der Tafel eingenommen hatte und sich bis zum Eintreffen von MacDonald und seiner Lady mit seinen Tischnachbarn unterhielt.

Hector entschuldigte sich, stand auf und folgte seinem

Bruder. »Du bist ja ganz außer dir. Was ist denn passiert?«, fragte er Lachlan, kaum dass sie außer Hörweite waren.

»Jemand hat mein Mädchen entführt – wahrscheinlich Mackinnons Bande.«

»Wie ist denn das passiert?«

Lachlan erzählte es ihm und fügte hinzu: »Ich nehme an, sie hielt sich dort oben auf, weil sie noch ein Hühnchen mit mir zu rupfen hatte. Und ich übrigens auch mit ihr.«

»Aber bist du sicher, dass sie wirklich weg ist?«, erkundigte sich Hector. »Vielleicht treibt sie ja nur ein Spielchen mit dir?«

»Ian sagt, sie würde niemals ihre Stute allein lassen. Und außerdem habe ich an einem Ende der Wiese Kampfspuren gefunden.«

»Am besten sagen wir Seiner Gnaden Bescheid.«

»Das mache ich schon. Und du wartest auf Ranald und Godfrey. Bis sie wieder da sind, sag unseren Männern, dass sie Augen und Ohren offen halten sollen. Ich habe im Wald gesucht, aber keine nennenswerten Spuren gefunden. Daher brauchen wir Reiter, die Morvern absuchen, für den Fall, dass sich die Entführer nach Norden aufgemacht haben.«

»Aber Morvern gehört nicht zu Mackinnons Gebiet«, gab Hector zu bedenken.

»Ich könnte mir aber vorstellen, dass sie dorthin gelaufen sind, um uns irrezuführen.«

Hector nickte. »Durchaus möglich. Für alle Fälle sollten wir die ganze Gegend durchkämmen.«

»Also, du schickst den Suchtrupp los, und ich erzähle es Seiner Gnaden.«

Als MacDonald und Lady Margaret eintraten, empfing Lachlan sie schon an der Tür. »Verzeiht, Madam«, sagte er mit einer raschen Verbeugung. »Dürfte ich bitte kurz mit Eurem Gemahl sprechen?«

»Gewiss«, antwortete sie.

Er hatte gehofft, sie würde weitergehen, doch stattdessen

blieb sie bei ihnen stehen und wartete. Lachlan zögerte, bis MacDonald fragte: »Was ist denn, Junge?«

Da musste Lachlan mit der Sprache herausrücken. »Lady Mairi ist verschwunden, Euer Gnaden. Ich glaube, die Mackinnons haben sie verschleppt.«

Mit einem entsetzten Keuchen griff Lady Margaret nach dem Arm ihres Gatten, worauf MacDonald ihr beruhigend die Hand tätschelte.

»Nur ruhig, Madam«, sagte er beschwichtigend. »Unserem Mädchen wird schon nichts passieren. Wenn man sie wirklich entführt hat, dann nur, weil man mich damit erpressen will. In diesem Fall werden wir es früh genug erfahren. Jetzt möchte ich erst einmal zu Mittag essen. Setzt Euch zu mir, Junge, dann können wir weiterreden.«

Lachlan unterdrückte mit Mühe seine Ungeduld und sagte: »Ich danke Euch, Sir.« Im Augenblick konnte er sowieso nichts unternehmen, sondern musste abwarten, was Hector und seine Leute herausfinden würden.

Dennoch saß Lachlan wie auf heißen Kohlen und war heilfroh, dass sein Bruder zurückkehrte, noch bevor sie das Mahl beendet hatten.

Als MacDonald ihn erblickte, winkte er ihn zu sich an die hohe Tafel und befahl, für ihn einen Platz neben Lachlan frei zu machen.

Mit einem Dank ließ Hector sich nieder und fing an, sich eine große Portion auf seinen Teller zu laden. Dabei sagte er: »Ich habe ein Boot losgeschickt, das unsere Gefangenen holen soll. Vielleicht weiß einer von ihnen, wohin man sie gebracht hat. Allerdings dauert das ein paar Stunden, und ich finde, wir sollten uns nicht nur auf die Mackinnons konzentrieren. Käme sonst niemand als Täter in Frage?«

MacDonald warf Lachlan einen Blick zu und zog fragend eine Augenbraue hoch.

»Möglich ist alles«, sagte Lachlan, »doch bisher ist sie hier völlig sicher gewesen. Ich habe nach wie vor die Mackinnons in Verdacht und würde auf Fingon tippen. Ihr wisst ja selbst, wie skrupellos der Grüne Abt sein kann.«

»Da bin ich ganz Eurer Meinung«, sagte MacDonald. »Ich kenne keinen Zweiten, der verwegen genug wäre, so etwas zu tun – Anwesende natürlich ausgenommen«, fügte er mit einem süffisanten Lächeln hinzu.

»Euer Gnaden«, erwiderte Lachlan, »Ihr seid freundlicher gegen mich gewesen, als ich es verdient habe, und daher bitte ich Euch aus tiefstem Herzen um Verzeihung für mein unverschämtes Benehmen.«

»Ach, tatsächlich?«

»Ja, Sir. Vergesst das Dokument. Es steht Euch frei, mich vor Gericht zu stellen und zu bestrafen. Ich bitte Euch nur, wartet damit, bis Lady Mairi wieder wohlbehalten zu Hause ist.«

»Keine Angst, mein Junge. Ich habe Euch mein Wort gegeben, und das werde ich auch halten. Ich kannte Niall fast mein ganzes Leben lang und hielt große Stücke auf ihn. Dennoch hätte ich auf jeden Fall auch Eure Version der Geschichte angehört. Und jetzt geht es mir nur darum, Mairi zu retten. Als Oberbefehlshaber meiner Armee und meiner Flotte ist es Eure Aufgabe, dafür zu sorgen, dass wir sie rasch wiederfinden.«

Da meldete sich Hector zu Wort: »Vielleicht bringt es uns ja weiter, was ich von einem unserer Männer gehört habe. Angeblich hat sich ein Diener damit gebrüstet, dass er ein Geheimnis weiß, um das Seine Gnaden viel geben würde.«

»Ich hoffe, du hast befohlen, diesen Halunken gleich hierherzubringen«, sagte Lachlan.

»Wir bekommen umgehend Bescheid, sobald unsere Männer ihn haben.«

Die Nachricht kam eine Viertelstunde später. Sogleich entschuldigten sich Lachlan und Hector und gingen hinaus, um mit dem vermeintlichen Zeugen zu sprechen. Der Bursche, der gut bewacht in einer Kammer wartete, wirkte verängstigt, wozu der Anblick von Hectors Streitaxt und Lachlans wütender Miene ihren Teil beitrugen.

»Wie ist dein Name?«, fragte ihn Lachlan.

»Sym Love, wenn's genehm ist, Laird.«

»Was weißt du über Niall Mackinnon?«

»Dass er gestern gefallen ist. Gott sei seiner Seele gnädig.«

»Was sonst noch? Wieso hast du herumgeprahlt, dass du etwas Wichtiges wüsstest? Ich handle im Auftrag Seiner Gnaden und kann dich zum Tode verurteilen lassen. Hast du mich verstanden?«

»Gewiss, Sir, aber, mit Verlaub, wie kann denn das sein?«

»Ich werde Lady Mairi heiraten, und deshalb hat Seine Gnaden mich zum Anführer seiner Armee und seiner Flotte ernannt. Damit stehe ich im Rang noch über Lord Ranald und Lord Godfrey. Also strapaziere meine Geduld nicht unnötig. Lady Mairi ist verschwunden, und wir haben den Verdacht, dass du mehr darüber weißt.«

»Aber nicht doch! Mit so etwas habe ich nichts zu tun! Mein ganzes Leben lang habe ich dem Donald-Clan und Seiner Gnaden treu gedient, Sir. Ich würde mich nie an der Lady vergreifen und auch nicht zulassen, dass es ein anderer tut.«

»Dann erzähl mir endlich, was du weißt!«

»Besonders viel ist es nicht«, antwortete Sym. »Ich habe nur mitbekommen, wie sich Niall Mackinnon mit seinem Cousin unterhalten hat. Der Cousin meinte, Niall könnte eines Tages, wenn alles gut geht, Lord der Inseln werden, so wie Robert Stewart König der Schotten wird. Als er dann noch sagte, Lady Mairi würde Roberts Sohn heiraten, entgegnete unser Haushofmeister darauf, wenn es noch lange dauerte, würde Alasdair sie nicht mehr wollen, und dann würde Seine Gnaden sie dem Mann geben, dem er am meisten vertraut. Da lachte der Cousin und meinte, das wäre doch eine feine Sache, die Inseln und das Mädchen auf einen Streich.«

»Aber Niall Mackinnon ist tot«, erinnerte ihn Lachlan in

grimmigem Ton. »Weißt du, wer sonst noch etwas gegen den Lord der Inseln unternehmen könnte?«

»Nein, Laird.« Sym schüttelte den Kopf.

»Hast du eine Ahnung, wo Mackinnons Männer eine Geisel verstecken würden?«

Sym zuckte die Achseln.

»Und was ist mit dem Grünen Abt?«

Sym zog nachdenklich die Stirn kraus. »Wenn der Abt seine Hände im Spiel hat, würde er das Mädchen wohl zur Heiligen Insel bringen lassen.«

Lachlan sah Hector an.

Der nickte und sagte: »Das ist durchaus möglich. Dort kennt er jeden Winkel und hat unumschränkte Macht.«

Lachlan dachte noch darüber nach, als Lady Elizabeth hereinstürmte. Offensichtlich brachte sie Neuigkeiten. »Verzeiht, Gentlemen«, sagte sie, wobei sie Hector einen koketten Blick zuwarf. »Aber gerade ist ein Mann zu mir gekommen, der Euch unbedingt sprechen will.«

»Vielen Dank, Lady. Ich gehe sofort zu ihm«, sagte Lachlan.

»Ich werde ihn holen«, rief sie und lief hinaus. Gleich darauf trat ein Mann ein. Er zupfte unablässig an seiner Stirnlocke und katzbuckelte so eifrig, dass Lachlan der Verdacht kam, es könne sich um einen Engländer handeln.

»Was ist denn?«, fragte er ein wenig ungehalten.

»Verzeihung, Mylord, aber es ist nur für Eure Ohren bestimmt.«

»Mein Bruder kann alles hören«, erklärte Lachlan. »Du kannst gehen, Sym, aber halte dich in der Nähe, damit Hector Reaganach nicht erst lange nach dir suchen muss und ärgerlich wird.«

Sym wurde blass und machte sich davon.

»Nun, was habt Ihr mir zu berichten?«, fragte Lachlan den Fremden.

»Bitte, Sir, eigentlich ist es mein Cousin, der mit Euch sprechen will. Ich selbst weiß gar nichts und riskiere schon Kopf und Kragen, weil ich überhaupt zu Euch gekommen bin.«

»Und wo ist Euer vermaledeiter Cousin?«

»Auf der anderen Seite des Sundes, in Craignure. Er sagt, er wüsste, wohin die Mackinnons die Lady gebracht haben, aber er hat Angst herzukommen. Wenn ihn einer von denen erkennt, hat sein letztes Stündlein geschlagen.«

»Dann bringt mich zu ihm!«

»Warte«, unterbrach ihn Hector. »Ich denke, wir sollten das in Ruhe planen.«

»Nein, Sir«, widersprach der Fremde. »Er hat gesagt, er wartet nur bis zum nächsten Stundenläuten. Dann bringt er sich nach England in Sicherheit. Er hält von der Klippe aus Ausschau und will nur mit Lachlan Lubanach reden. Wenn Ihr noch jemanden mitbringt, bleibt er in seinem Versteck, und Ihr werdet nie erfahren, was er Euch Wichtiges zu erzählen hat.«

»Eine Falle«, sagte Hector nur.

»Nein!«, rief der Mann empört.

»Wie auch immer«, entgegnete Lachlan. »Es ist im Augenblick unsere einzige Chance, etwas über Mairis Verbleib zu erfahren. Ich gehe zu ihm.«

19

Endlich hatte Mairi festen Boden unter den Füßen und konnte wieder sehen und frei atmen. Doch noch immer wusste sie nicht, wo sie genau war. Vielleicht hatte man sie auf das Festland von Argyll gebracht.

Das unterirdische Gewölbe, in dem sie sich im Augenblick befand, sah aus wie der Keller irgendeiner beliebigen Burg. Große, stabile Vorratskisten säumten die roh behauenen Wände, und der Raum selbst war reinlich und trocken. Das Einzige, was ihn von jedem anderen Burgkeller unterschied, war der große eiserne Käfig mitten im Raum, in den man sie gesperrt hatte.

Ihre Entführer hatten ihr zum Schlafen ein paar Felle auf den Boden geworfen. Als Decke diente ihr Umhang. Doch nach der unsanften Beförderung taten ihr alle Knochen weh, sodass sie keine bequeme Lage finden konnte. Man hatte ihr auch einen Krug Wasser und einen kleinen Laib Brot dagelassen und ihr versprochen, ihr am Abend ein warmes Essen zu bringen. Mairi hatte weder Frühstück noch Mittagessen gehabt, doch der Zorn dämpfte ihren Hunger. Daher würde ihr das Brot vorerst genügen.

Sie hatte zwei der Männer gesehen, einen, der ihr Fesseln und Knebel abgenommen, und einen zweiten, der die Fackel gehalten hatte. Der erste hatte etwas davon gemurmelt, wie sehr sie es bedauerten, ihr »Unannehmlichkeiten« zu bereiten, und dass sie ihr nichts zuleide tun wollten. Ihr stehe vielmehr eine große Ehre bevor. Der andere hatte nur stumm dabeigestanden.

Mit etwas schwankender Stimme, aber nichtsdestoweniger in scharfem Ton, hatte sie entgegnet, dass alle an ihrer

Entführung Beteiligten bitter für ihre Tat würden büßen müssen. Daraufhin war derjenige, der sich entschuldigt hatte, betreten davongegangen. Es war offensichtlich, dass er wusste, wer sie war, und dass er nur unter Zwang mitgewirkt hatte. Allerdings war seine Reue nicht groß genug, als dass er seinen ihr unbekannten Herrn verraten und sie befreit hätte.

Allein in dem dunklen Verließ, faltete Mairi die Decke, die man ihr anfangs über den Kopf gezogen hatte, und stopfte sie sich in den Rücken, um sich einigermaßen bequem gegen die Gitterstäbe lehnen zu können. Sie konnte nur hoffen, dass es in diesem Keller keine Ratten gab.

Dass der Grüne Abt umgehend von Nialls Tod erfahren hatte, schien Mairi mehr als wahrscheinlich. Schließlich lag die Heilige Insel unmittelbar vor der Insel Mull. Und auch, dass er sich für den Tod seines Bruders würde rächen wollen, leuchtete ihr ein. Doch solange sie auch darüber nachdachte, konnte sie sich nicht vorstellen, warum er dazu ausgerechnet sie entführt haben sollte.

Es sei denn … Ihr kam ein entsetzlicher Gedanke. Möglicherweise wusste Fingon Mackinnon ja ganz genau, dass Lachlan nicht ruhen und rasten würde, bis er sie gefunden hatte. War es das, was der Grüne Abt wollte? War sie der Köder in einer tödlichen Falle für den Mann, der Fingons Bruder getötet hatte?

Lachlan stand an der Mole von Craignure Bay und suchte mit den Augen forschend das Steilufer ab. Jeder, der dort oben auf dem verlassenen Wachturm stand, konnte ihn sehen und würde es sofort bemerken, wenn einer der Ruderer das Boot verließ oder sich ein weiteres Schiff näherte. Vielleicht stand der Unbekannte dort oben und wartete auf ihn, um ihm wichtige Informationen über Mairis Aufenthaltsort zu geben. Vielleicht wartete er aber auch nur darauf, ihn in einen Hinterhalt zu locken. Womöglich gab es den Mann überhaupt nicht.

Hector hatte sich alle Mühe gegeben, ihn von seinem Vorhaben abzubringen, und Lachlan wusste, dass sein Bruder mit allem, was er sagte, recht hatte. Es war Wahnsinn hierherzukommen und sich nur auf sein Schwert, den in der Stiefelstulpe verborgenen Dolch und seinen raschen Verstand zu verlassen.

Gegen die Krieger des Grünes Abtes würden ihm Schwert und Dolch wenig nützen, und was den Verstand anging ... es kam darauf an, ob ihm überhaupt Zeit zum Nachdenken blieb.

Selbst wenn Fingon nur seine vier ältesten Söhne schickte, dachte Lachlan, hätte er nicht die geringste Chance.

Er war es nicht gewohnt, derartige Probleme allein zu lösen. Immer wenn es in seinem Leben hart auf hart gegangen war, hatte ihm Hector zur Seite gestanden, der treue, verlässliche Hector mit seiner Streitaxt. Doch dieses Mal war Lachlan auf sich gestellt, ausgerechnet jetzt, wo Mairis Leben in seiner Hand lag.

Abermals ließ er den Blick über die Landschaft schweifen. Die Sonne näherte sich dem westlichen Horizont; in weniger als zwei Stunden würde die Dunkelheit hereinbrechen. Es war ein schöner, klarer Tag gewesen, doch Lachlan kam es vor, als lege sich die Sorge um Mairi wie eine dunkle Wolke über ihn.

»Master Hector hatte recht«, flüsterte sein Steuermann.

»Ja«, antwortete Lachlan. »Ich weiß nicht, was mich dort oben erwartet, und falls es mir nicht gelingt, meinen Dolch oder das Schwert über die Klippe zu werfen, kann ich euch auch nicht warnen.«

»Für den Fall, dass man Euch ans Leben will, Sir, haben wir Feuerstein und Zunder für Brandpfeile dabei. Und sobald ich in mein Horn stoße, kommen uns unsere Männer vom gegenüberliegenden Ufer zu Hilfe.«

»Wenn da oben wirklich Fingons Männer auf der Lauer liegen, bin ich erledigt, sobald ich auch nur auf Schussweite an sie herankomme«, erwiderte Lachlan, wobei er immer noch nach oben blickte.

»Unsere Männer durchkämmen die Insel nach Mackinnon-Kriegern.«

Lachlan nickte. Er war dem Mann für seine aufmunternden Worte dankbar, doch auf der Insel Mull wimmelte es nur so von Mackinnons. Gegen sie konnte sein jämmerliches Häufchen Männer nichts ausrichten. Doch ob das hier nun eine List von Fingon war oder ob er wirklich erfahren würde, wo sich Mairi aufhielt, konnte er nur herausfinden, indem er dort hinaufstieg. Es hatte keinen Zweck, noch länger hier herumzustehen und zu grübeln.

Er holte tief Luft, schritt über die Mole und erklomm den steilen Pfad, der auf den Hügel führte.

Oben angekommen, warf er im Vorbeigehen einen Blick auf den Turm. Er konnte keinen Hinweis darauf erkennen, dass sich dort jemand verborgen hielt. Die Tür war geschlossen. Von dort würde ihm also so schnell keine böse Überraschung drohen. Vor ihm lag eine offene grasbewachsene Fläche, durch die der Weg von Duart zu jener anderen Lichtung führte, auf der sich die Jagdgesellschaft am Tag zuvor versammelt hatte. Dahinter begann der Wald, der einen Großteil der Insel bedeckte. Es war bodenloser Leichtsinn, den Forst allein zu betreten, vor allem wenn man bedachte, auf welche Art und Weise man Mairi entführt hatte.

Lachlan ging bis in die Mitte der Lichtung und blickte am Waldrand entlang. Alles war still bis auf den Schrei eines einsamen Vogels und den keckernden Ruf eines Eichhörnchens. Eine solche Stille war ungewöhnlich. Bestimmt war hier vor kurzem ein Mensch oder eine ganze Gruppe entlanggegangen. Lachlans Spannung stieg.

Falls im Gehölz Feinde auf ihn lauerten, würden sie sich natürlich vollkommen ruhig verhalten, um sich nicht vorzeitig zu verraten. Vielleicht beobachteten sie jede seiner Bewegungen und hatten schon ihre Bogen auf ihn angelegt.

Bei dem Gedanken stellten sich ihm die Nackenhaare auf. Sollte er das Mädchen jemals wiedersehen, würde er ihr einschärfen, nur noch im Schutz einer ganzen Armee auszureiten, das schwor er sich.

Fast musste er lächeln, als er sich Mairis Reaktion auf eine solche Anweisung vorstellte. Schon vor seinem unfreiwilligen Bad hatte er eines erkannt: Wenn er in ihrer Ehe den Ton angeben wollte, würde er mindestens so geschickt taktieren müssen wie bei seinen heikelsten politischen Verhandlungen.

Falls er überhaupt noch dazu kam, sie zu heiraten.

Energisch schob er diesen Gedanken beiseite, denn Zweifel waren, wie er wusste, schon die halbe Niederlage.

Plötzlich keckerte links von ihm erneut ein Eichhörnchen. Er drehte den Kopf und griff unwillkürlich nach seinem Schwert.

Hinter dem dicken, knorrigen Stamm einer Eiche trat ein zottelhaariger, barfüßiger Mann in einem langen safrangelben Kittel und einem Schafspelz hervor. Er blieb stehen und schaute Lachlan an. Er schien unbewaffnet zu sein.

Lachlan winkte ihn zu sich, doch der Mann rührte sich nicht. Zwischen ihnen verlief der ausgetretene Pfad noch einige Hundert Meter am Rand der Steilküste entlang, bevor er ins Landesinnere abbog.

Das Eichhörnchen war verstummt, doch Lachlan konnte jetzt wieder die Vögel zwitschern hören.

Langsam und vorsichtig ging er auf den Mann zu. Schließlich konnten sie sich ja schlecht durch Schreien verständigen, egal ob sich nun ein Dritter im Dickicht verbarg oder nicht.

Er überquerte den Weg, wobei er noch immer den Saum des Waldes im Auge behielt, und hielt wenige Meter vor dem Fremden inne. Der stand noch immer reglos da.

»Wer bist du?«, fragte Lachlan.

»Das tut nichts zur Sache, Sir. Ich habe Neuigkeiten für Euch.«

»Sprecht.« Immer wieder huschten Lachlans Blicke zwischen den Bäumen umher. Goldene Sonnenstrahlen, in denen Stäubchen tanzten, drangen durch das dichte Blätterdach bis auf den Waldboden. Er sah niemanden, doch das wollte nichts heißen. In dem dichten Unterholz – oder auch in den Baumkronen – konnte sich ein ganzes Heer verstecken.

Der Mann spähte über Lachlans Schulter hinweg, als erwarte er, jemanden zu sehen. Doch ob er nach Lachlans Männern oder nach seinen eigenen Ausschau hielt, wusste nur er selbst.

»Verdammt noch mal, hast du mir nun etwas mitzuteilen, oder nicht?«, rief Lachlan schließlich ungeduldig.

Die Augen des Mannes weiteten sich, er machte den Mund auf, um etwas zu sagen. Das war das Letzte, was Lachlan sah, bevor der Schmerz in seinem Schädel explodierte und es schwarz um ihn wurde.

Nichts in ihrem dunklen Keller verriet Mairi, wie spät es war, doch ihr Brot hatte sie lange aufgegessen, und ihr Magen knurrte immer lauter. Endlich hörte sie Schritte, die sich der Tür näherten. Doch ihre Vorfreude auf ein baldiges Abendessen wurde enttäuscht; stattdessen sah sie drei Männer, die dicht aneinandergedrängt eintraten, und einen vierten, der ihnen mit einer Fackel leuchtete.

Nachdem sich ihre Augen an das Licht gewöhnt hatten, bemerkte sie, dass zwei der Männer einen dritten, der ebenso gefesselt und geknebelt war wie sie zuvor, mehr trugen als stützten. Gleich darauf öffnete sich die Tür ihres Käfigs, und die Männer stießen ihren Gefangenen hinein. Er taumelte zu Boden und blieb reglos vor Mairi liegen. Dann wurde die Käfigtür klirrend zugeworfen und der Schlüssel im Schloss herumgedreht.

»Wer ist das, und wo bleibt das Abendessen, das ihr mir versprochen habt?«, wollte Mairi wissen.

»Schweig jetzt!«, brummte der Mann mit dem Schlüssel.

Sein Kumpan trat vor die Tür und kam gleich darauf mit

einem Beutel und einem Krug zurück. »Hier ist Euer Mahl, also macht kein Theater«, sagte er und reichte ihr die Sachen durch die Gitterstäbe.

»Da drin ist Brot, Fleisch und Wein für Euch beide, falls dem da überhaupt nach Essen ist. Ihr könnt ihm ja sagen, dass es seine Henkersmahlzeit ist. Dann weiß er es vielleicht mehr zu schätzen.«

»Aber wer ist es denn?«, rief sie den Männern nach, doch sie erhielt keine Antwort. Mit einem dumpfen Knall fiel die Kellertür ins Schloss, und sie saß erneut in der Finsternis.

Die Gestalt auf dem Boden ächzte so schauerlich, dass es ihr kalt über den Rücken lief. Ihr kam ein entsetzlicher Verdacht. Auf allen vieren kroch sie zu dem reglosen Mann hinüber, den seine Entführer fest in einem groben wollenen Tuch verschnürt hatten. Sie bemühte sich verzweifelt, die Knoten zu lockern, und wünschte nur, sie könnte wenigstens ein bisschen sehen.

Währenddessen wurde sein Stöhnen immer lauter, doch schließlich hatte sie seine Fesseln gelöst. Mairi zog ihm das Tuch vom Kopf und betastete vorsichtig sein Gesicht. Auch ihn hatten sie mit einem Stoffstreifen geknebelt und ihm die Hände gebunden.

Sie musste einige Fingernägel opfern, bis es ihr gelang, ihn von seiner am Hinterkopf vernoteten Mundfessel zu befreien.

»Sagt doch etwas!«, bat sie, während sie sich mit den Stricken an seinen Armen abmühte. Zumindest atmete er noch.

»Durst!«, flüsterte er mit heiserer, kaum vernehmbarer Stimme.

Mit Tränen in den Augen tauchte sie den Saum ihres Hemdes in den Krug mit Wein und befeuchtete damit seine Lippen. Gierig saugte er die Flüssigkeit aus dem Stoff.

»Bitte, gib mir Wasser, Mädchen«, krächzte er. »Ich bin am Verdursten.«

»Ach mein Geliebter, ich wusste, dass du es bist!«, stieß sie hervor, tastete nach dem Wasserkrug und hielt ihn an seine Lippen.

»Wie hast du mich genannt?«, fragte er leise, bevor er trank.

»Ach ... das spielt doch keine Rolle. Ich hatte solche Angst, Ihr würdet nicht mehr zu Euch kommen. Seid Ihr schwer verletzt?«

Er wartete mit der Antwort, bis er seinen Durst gelöscht hatte. Dann sagte er: »Ich kann überhaupt nichts sehen.«

»Sie haben kein Licht dagelassen«, antwortete sie. »Deshalb kann ich nicht viel für Euch tun.«

»Nach einem Kuss von dir würde es mir schon viel besser gehen«, murmelte er.

»Oh!« Sie gab ihm einen empörten Schubs, worauf er protestierte: »Langsam, Mädchen. Mir dröhnt furchtbar der Schädel.«

»Wieso?«, fragte sie und legte ihm leicht eine Hand auf die Schulter.

»Jemand hat mir eins übergezogen, nehme ich an.«

»Aber wer würde es wagen, Euch zu schlagen?«

»Das weiß ich nicht. Ich habe ihn nicht gesehen. Wenn ich mich nicht so sehr auf den angeblichen Informanten konzentriert hätte, wäre das nicht passiert. Aber jetzt ist es zu spät. Wie ist es dir ergangen?«

Sie berichtete ihm alles und fügte rasch hinzu: »Sagt jetzt nicht, ich hätte nicht allein dort hinaufreiten sollen. Von Norden drohte uns noch nie Gefahr, denn ganz Morvern ist Seiner Gnaden treu ergeben. Ich kann mir beim besten Willen nicht vorstellen, was sie mit uns anfangen wollen. Mein Vater wird außer sich vor Zorn sein.«

»Wahrscheinlich steckt dieser Schurke Fingon Mackinnon dahinter«, sagte Lachlan und versuchte, sich aufzusetzen.

Als sie sein schmerzvolles Stöhnen hörte, sagte sie bestimmt: »Bleibt ruhig liegen, bis es Eurem Kopf besser geht.

Ich wünschte nur, Agnes Beton wäre hier. Sie hätte bestimmt ein Mittel dagegen.«

»Ich habe einen harten Schädel«, sagte er, während er sich mühsam aufrichtete und sich den Kopf rieb. Dann fügte er hinzu: »Aber da hinten habe ich eine riesige Beule. Ich war eine ganze Weile bewusstlos und kam erst wieder zu mir, als sie mich in ein Boot luden. Ich beschloss, mich ruhig zu verhalten, solange ich nicht wusste, was los war.«

»Ich könnte mir auch vorstellen, dass es Fingon war«, sagte Mairi. »Wahrscheinlich hat er eine Blutfehde ausgerufen, um Nialls Tod zu rächen. Aber mich zu entführen nützt ihm doch nichts. Damit bringt er nur meinen Vater gegen sich auf.«

»Ja«, pflichtete Lachlan ihr bei. »Die drohende Blutfehde war auch der Grund, warum dein Vater unserer Heirat zugestimmt hat. Damit wollte er den Mackinnons signalisieren, dass er mit dem Gillean-Clan verbündet ist. Ich dachte, sie hätten dich vielleicht entführt, um mich in die Finger zu bekommen. Aber warum hat Fingon mich dann nicht sofort töten lassen und damit den Plan seines Bruders Niall zu Ende gebracht?«

»Ich weiß Bescheid darüber, was gestern geschehen ist. Ian hat es mir erzählt«, sagte Mairi.

Er grunzte, zog vor Schmerz scharf die Luft durch die Zähne und sagte dann trocken: »Ich sollte jetzt eindeutig nicht nicken, zumal du es ja sowieso nicht sehen kannst. Aber ich glaube, du musst mir wirklich unbedingt einen Kuss geben, Mädchen. Und dann lege ich mich ganz ruhig hin und halte dich im Arm. Oder bist du mir immer noch böse?«

»Ich dachte, *Ihr* wäret wütend auf *mich,* weil ich Euch ins Wasser gestoßen habe«, erwiderte sie und breitete die Felle auf dem Boden aus.

»Aber nein«, sagte er sanft. Dann berichtigte er sich: »Na ja, zunächst schon, aber wahrscheinlich hatte ich die Strafe verdient. Aber eines hätte ich doch gern gewusst: Wie bist du bloß auf die Idee gekommen, dass es mir nur um Macht und Reichtum geht? Auf Finlaggan hast du doch noch ganz anders über mich gedacht?«

»Ich habe gehört, wie Ihr es zu Hector sagtet, als Ihr beide aus der Halle kamt.«

»So etwas habe ich nie im Leben geäußert!«

»Hector hat Euch vorgeworfen, dass Ihr Reichtum und Ansehen Eures Clans um jeden Preis vergrößern wollt. Und auf dem Boot, als ich Euch ins Wasser geschubst habe, war er noch immer der gleichen Meinung.«

»Vielleicht hat er das wirklich geglaubt, denn alles verrate ich Hector nun auch wieder nicht. Aber er weiß mittlerweile, dass er sich geirrt hat. Und das solltest du auch wissen.« Bevor sie etwas erwidern konnte, sagte er noch: »Das ist schon das zweite Mal, dass du heimlich Leute belauschst, mein Mädchen.«

»Neugier ist wirklich eine meiner Schwächen«, gab sie zu und strich die Decken glatt.

»Du solltest damit aufhören, denn es kann gefährlich werden. Dafür hätte man dir schon als Kind eine gehörige Tracht Prügel verabreichen sollen.«

»Das hat Niall auch getan«, entgegnete sie und verzog bei der Erinnerung das Gesicht. »Er hat mir den Rock hochgeschoben und mir mein blankes Hinterteil versohlt, dass ich eine Woche nicht mehr richtig sitzen konnte.«

»Hol ihn doch der Teufel! Wenn er nicht schon tot wäre, würde ich ihn dafür umbringen.«

Sie lächelte. »Aber Ihr habt doch gerade selbst gesagt, jemand hätte es tun sollen.«

»Aber nicht er.«

»Was ist nur in Euch gefahren, meinen Vater zu entführen?«, wechselte sie das Thema.

»Es tut mir leid, aber es musste sein.«

»Wie, es musste sein?! Immerhin ist er Euer Lehnsherr!«

»Ich habe schon in jungen Jahren gelernt, dass es gewisse

Notwendigkeiten gibt, nach denen man seine Handlungen richten muss«, erwiderte er. »Ich war neun, als meine Mutter starb. Sie sprach oft von den Dingen, die sie sich wünschte – hübsche Kleider zum Beispiel, oder dass mein Vater sie mehr beachten sollte –, doch sie unternahm nichts, damit diese Wünsche in Erfüllung gingen. Ich wollte eine Blutfehde verhindern. Und ich wollte dich. Also tat ich, was ich für notwendig hielt. Und nun haben sie mich eben gefangen genommen.«

»Ich bin froh, dass Ihr hier seid!«, stieß sie hervor. »Noch lieber wäre es mir zwar gewesen, Ihr wäret mitsamt Hector und seiner Streitaxt hier hereinmarschiert, aber es tut mir leid, dass Ihr verletzt seid. Und böse bin ich Euch auch nicht mehr.« Sie rollte den Wollstoff zu einem Kissen zusammen und fuhr fort: »Legt Euch jetzt hier auf die Felle, Sir, und ich schmiege mich in Euren Arm. Wenn uns kalt wird, decken wir uns mit meinem Umhang zu.«

»Ich würde es vorziehen, wenn du mich wieder ›mein Geliebter‹ nennen würdest anstatt ›Sir‹.«

Sie konnte nicht anworten, weil ihr die Tränen in die Augen schossen. Vielleicht blieb ihnen beiden ja nur noch wenig Zeit.

Als er es sich so bequem wie möglich gemacht hatte, streckte sie sich neben ihm aus und lehnte den Kopf an seine Schulter. Sofort fühlte sie sich sicherer. Sie stieß einen tiefen Seufzer aus.

»Wo bleibt mein Kuss?«, fragte er.

»Den müsst Ihr Euch schon selbst holen. Wenn Ihr dazu nicht in der Lage seid, dann müsst Ihr eben ...« Mit einem kleinen belustigten Schrei brach sie ab, als er sich auf einen Ellbogen stützte und sich über sie beugte.

Offensichtlich wollte er sich nicht mit einem Kuss begnügen, denn schon spürte sie seine Hände auf ihrem Körper.

Mairi ließ die Berührung bereitwillig geschehen. Niemals

hätte sie sich vorstellen können, dass sie seine Nähe sogar an diesem schaurigen Ort genießen konnte. In seiner Gegenwart fühlte sie sich überall sicher und geborgen.

»Weißt du, wo wir hier sind?«, flüsterte er dicht an ihrem Mund.

»Nein, ich war ebenso in eine Decke gewickelt wie Ihr.«

Er küsste sie noch einmal, dann sagte er: »Ich glaube, ich weiß es. Ich kann mir nicht vorstellen, dass sie so dumm waren, uns auf die Heilige Insel zu bringen. Denn dort wird Seine Gnaden uns zuerst suchen. Wahrscheinlich befinden wir uns an demselben Ort, wohin ich deinen Vater gebracht habe.«

»Als Ihr ihn entführt habt?«

»Ja«, erwiderte er nachdenklich. »Allerdings weiß ich nicht, wie sie es geschafft haben, hier an Land zu gehen.«

»Und wo sind wir Eurer Meinung nach?«

»Auf Dunconnel, der nördlichsten der Isles of the Sea.«

Sie dachte einen Augenblick nach. Auf Dunconnel war sie erst zu zwei Gelegenheiten gewesen, einmal als kleines Kind und das andere Mal im vergangenen Jahr. Sie versuchte sich zu erinnern, ob sie jemals die Kellerräume der Felsenfestung gesehen hatte.

»Es könnte wirklich Dunconnel sein«, sagte sie schließlich. »Da die Burg nur einen Eingang hat, gelangt man ausschließlich durch das Treppenhaus in den Keller. Warum sie uns wohl ausgerechnet hierher gebracht haben?«

»Weil es allgemein bekannt ist, dass die Besatzung der Burg gewöhnlich nur aus zwei oder drei Männern besteht. Wenn sie den Trick mit dem Fallgitter kennen, können sie die Burg allein gegen eine ganze feindliche Armee verteidigen.«

»Ja, das stimmt. Das hat mir mein Vater auch erzählt«, sagte sie.

Noch immer streichelte er sie und hinterließ eine Spur der Erregung auf ihrem Körper. Sie schmiegte sich an ihn und fragte: »Schmerzt Euch noch der Kopf?«

Er lachte. »Der wird mir bestimmt noch tagelang wehtun, meine Liebste.«

»Oh«, sagte sie enttäuscht.

Er zog sie dichter an sich und küsste sie auf den Hals und das Ohr, während sie über seine mit dem rauen Hosenleder bedeckte Hüfte strich.

»Du bist doch so geschickt im Knotenlösen«, murmelte er und knabberte an ihrem Ohrläppchen. »Willst du nicht noch einen oder zwei aufmachen?«

»Welche denn?«

»Die da unten, wo du deine Hand hast.«

»An Eurer Hose? Seid Ihr sicher, dass ... dass das Eurem Kopf nicht schadet?«

Als er nur leise lachte, küsste sie ihn hingebungsvoll, während sie die Lederriemen an der einen Seite seines Hosenlatzes aufschnürte. Gerade wollte sie auch die auf der anderen Seite lösen, da hörte sie Schritte auf der Treppe. Rasch zog sie ihre Hand weg und rutschte von ihm fort in eine Ecke des Käfigs.

»Feigling«, flüsterte er.

Im selben Augenblick flog die Tür auf, und das Licht einer Fackel erhellte den Raum.

Eine Gestalt in einem bodenlangen Gewand, der das Haar bis auf die Schultern reichte, stand in der Türöffnung. Geblendet von der plötzlichen Helligkeit, brauchte Mairi ein paar Sekunden, bis sie wusste, wer der Mann war.

Auch Lachlan hatte ihn erkannt: »Ihr seid es also wirklich«, sagte er.

»Ja, elender Schuft. Das hättest du dir doch denken können«, knurrte der Grüne Abt. »Wer einem Mackinnon etwas zuleide tut, bekommt es mit dem ganzen Clan zu tun. Und deshalb wirst du jetzt für deine Tat büßen.«

»Wenn Ihr mich töten wollt, warum habt Ihr es nicht gleich getan?«

»Ich ziehe es eben auf diese Art vor«, erwiderte Fingon.

»Du siehst, dass Gott der Allmächtige den Gillean-Söhnen nicht wohlgesinnt ist.«

»Ihr habt aber nur einen von uns in Eurer Hand«, widersprach Lachlan.

»Bis jetzt. Aber ich bin ein geduldiger Mensch, der den rechten Augenblick abwarten kann.«

»Wollt Ihr mich vielleicht auch umbringen?«, fragte Mairi ein wenig ungehalten. Die Männer hatten so getan, als sei sie gar nicht vorhanden.

Mit zusammengekniffenen Augen starrte Fingon sie lauernd an, dass ihr das Blut in den Adern gefror. Als sie nicht weitersprach, antwortete er: »Ihr enttäuscht mich, Mädchen. Ihr seid doch sonst so klug, doch jetzt wisst Ihr nicht, was gut für Euch ist, und verschenkt Eure Gunst an einen, der sie nicht verdient hat.«

Mairi schluckte. Plötzlich hatte sie das Gefühl, er wusste, dass sie ihre Unschuld verloren hatte. Für eine derartige Sünde konnte er sie exkommunizieren. Und danach würde er seelenruhig nach Hause zu seiner Konkubine und seiner zahlreichen Nachkommenschaft gehen. Er legte die Gebote eben nach seinem eigenen Gutdünken aus.

»Wollt Ihr vielleicht Eure Sünden beichten?«, fragte er spöttisch.

»Sie hat Euch nichts zu beichten und ich auch nicht«, mischte sich Lachlan ein.

»Aber gewiss doch«, entgegnete Fingon. »Ich weiß genau, dass sie sich dir elendem Kerl hingegeben hat. Und Gott weiß es auch. Aber darauf kommt es jetzt nicht mehr an.«

»Und warum nicht?«

»Weil sie einen Mackinnon heiraten wird. Ihr Vater wird sich damit abfinden müssen und ihm alle die Vorrechte zugestehen, die er dir und diesem erbärmlichen Gillean-Pack versprochen hat.«

Mairi zuckte vor Schreck zusammen. Sie fürchtete, Lachlan könnte in einem Versuch, die Ehre seines Clans zu verteidigen, ihren Entführer noch mehr reizen. Doch da hatte sie sich geirrt. Ganz ruhig sagte er: »Ich könnte mir vorstellen, dass MacDonald einem Schwiegersohn, der ihm aufgezwungen wurde, überhaupt nichts zugesteht.«

»Das würde er sehr bereuen«, erwiderte Fingon.

»Wollt ihr sie vielleicht umbringen?«

»Nein. Wir sind schließlich keine solchen Barbaren wie die Gillean-Söhne, die aus purer Mordlust töten.« Mit hämischem Grinsen wandte er sich an Mairi: »Ich nehme an, dieser Schurke hier hat behauptet, er wäre gezwungen gewesen, meinen Bruder Niall zu töten.«

»Er hat mir erzählt, was geschehen ist«, antwortete Mairi und versuchte dabei, ebenso gelassen zu klingen wie Lachlan.

»Dann hat er sicher gelogen.«

»Was habt Ihr also mit mir vor?«, fragte sie.

»Ich sagte doch, dass du einen Mackinnon heiraten wirst, Mädchen. Der wird dir schon beibringen, wem du zu gehorchen hast.«

»Aber was wäre, wenn ich mich nun tatsächlich Lachlan Lubanach hingegeben hätte und ein Kind von ihm erwarten würde?«

Er zuckte die Achseln. »Euer Stammhalter würde Eurem Ehemann gehören und als guter Mackinnon erzogen werden. Und Lachlan der Listige wird in den Tod gehen, ohne jemals zu erfahren, ob er einen Erben hinterlassen hat und was mit ihm geschehen ist.«

»Ich heirate niemanden außer ihm«, erklärte sie rundweg.

»Ja, glaubt Ihr denn, Ihr werdet gefragt? Als rechtmäßiger Abt der Heiligen Insel bestimme ich, wann und wen Ihr ehelicht.«

»Von wegen rechtmäßig«, höhnte Lachlan. »Da ist Seine Heiligkeit der Papst aber ganz anderer Meinung, Fingon Mackinnon.«

Vor Schreck hielt Mairi den Atem an, doch Fingon sagte

nur: »Ich empfehle euch, die nächste Stunde zu genießen, denn es wird eure letzte gemeinsame sein.«

»Nur eine Stunde?«, stieß Mairi entsetzt hervor.

»Ja, denn um Mitternacht wird die Trauung stattfinden. Wir wollen die Sache nicht auf die lange Bank schieben, und auf ein Hochzeitskleid oder eine Brautjungfer könnt Ihr unter den gegebenen Umständen wohl verzichten. Danach bleibt Eurem frischgebackenen Ehemann noch die halbe Nacht, um sich mit seiner jungen Braut zu vergnügen.«

»Soll ich der Vermählung beiwohnen?«, wollte Lachlan wissen.

»Ja, sicher. Weshalb hätten wir dich sonst herbringen sollen? Du wirst unser Ehrengast sein. Schau dir ruhig an, was für einem gestrengen Gatten dein Mädchen in Zukunft gehorchen muss, während du in der Hölle schmorst.«

»Dann sollte ich wohl die verbleibende Zeit mit ihr noch auskosten«, entgegnete Lachlan.

»Nur zu, wenn du es vermagst. Der Teufel kriegt dich noch früh genug in die Klauen.«

Als Fingon sich umdrehte, fiel das Licht der Fackel kurz auf eine schlaksige rothaarige Gestalt, die hinter ihm stand.

Dann schlug die Tür zu, und Lachlan und Mairi waren wieder allein.

»Das war Shim MacVey!«, rief Mairi. »Ich dachte, er wäre auf Isla geblieben.«

»Das dachte ich auch. Aber wir wussten ja, dass er ein Mackinnon ist. Vielleicht ist er gerade erst angekommen.«

»Auf seinen Rat hin ist Ewan Beton zum Fischen zum Loch Gruinart gegangen, an dem Tag, als er Elmas Leiche fand«, sagte Mairi und erzählte Lachlan, was sie von Ian gehört hatte. »Wieso wusste Shim, dass an jenem Tag die Lachse dort springen würden?«, fragte sie dann.

»Die Lachse halten sich auf ihrer Wanderung nicht lange auf, also muss er kurz zuvor dort gewesen sein. Elmas Leiche lag offen am Strand. Warum hat er sie nicht gefunden?«

»Vielleicht, weil er Elma selbst ermordet hat«, vermutete Mairi.

»Oder weil der Mörder ihm aufgetragen hat, einen Unbeteiligten dorthin zu schicken, damit der die Leiche finden sollte.«

»Mag sein«, sagte sie und rutschte trostsuchend näher an ihn heran. Er legte den Arm um sie und sagte: »Jetzt sei still, ich muss nachdenken.«

»Wir müssen *beide* nachdenken«, widersprach sie.

»Wenn du auch einen Betrag leisten willst, solltest du lieber beten, dass ich den Mann kenne, der uns zur Trauung bringen wird. Das ist möglicherweise unsere einzige Chance.«

»Was habt Ihr vor?«

»Ich habe mir etwas überlegt. Aber ich kann nur hoffen, dass derjenige, der uns abholt, einer von den beiden Männern ist, mit denen ich mich angefreundet habe, als ich mit deinem Vater hier war. Vielleicht kann ich ihn überreden, uns bei der Flucht zu helfen.«

»Wahrscheinlich kommt stattdessen Shim MacVey. Aber ich frage mich ohnehin, was ein oder zwei Leute gegen Fingons Männer ausrichten sollen«, erwiderte Mairi.

»Überlass das nur mir«, gab Lachlan zurück. »Ich bin ein Meister der Überredungskunst. Ich schwatze einer Gans ihr Federkleid ab, wenn es sein muss.«

»Ich wünschte, Ihr würdet nicht immer alles allein machen wollen«, sagte sie vorwurfsvoll. »Ich habe nämlich auch Verstand und könnte Euch helfen, wenn Ihr es nur zulassen würdet. Ich weiß ja nicht, wen Ihr hier kennengelernt habt. Und ich bin mir nicht einmal sicher, ob wir uns überhaupt auf Dunconnel befinden. Aber bei einem der Männer, die mich entführt haben, bin ich mir sicher, dass er nicht aus freien Stücken mitgemacht hat.«

»Das ist ja ausgezeichnet!«, rief er. »Wenn wir nun denselben Mann meinen ...«

»Und wenn nicht?«

»Abwarten«, sagte er beschwichtigend. »Und jetzt gib mir noch einen Kuss. Ich möchte ungern sterben, ohne dich noch einmal geküsst zu haben.«

»Seid doch einen Moment lang ernst! Wir müssen uns noch einen Ersatzplan zurechtlegen.«

»Mädchen, falls es in der Halle von Mackinnons nur so wimmelt, ist es ganz egal, wie viele Pläne wir schmieden. Aber vielleicht können wir das Verhängnis durch geschicktes Verhandeln abwenden.«

»Reden hilft nur, solange jemand zuhört«, entgegnete sie aufgebracht. »Wir sollten lieber etwas unternehmen. Wir brauchen Hilfe.«

»Fürs Erste musst du mit mir vorliebnehmen, meine Süße. Und ich bin nun einmal ein friedfertiger Mensch.«

»Erst gestern habt Ihr einen Mann getötet«, erinnerte sie ihn.

»Das ließ sich nicht vermeiden.« Er zog sie an sich, und ihr Körper geriet in Aufruhr, wie jedes Mal, wenn er sie berührte. Mit einem Seufzer schmiegte sie sich an ihn. Wenn sie schon nicht wussten, was ihnen bevorstand, konnten sie doch beieinander Trost suchen.

»Du bist ein tapferes Mädchen«, sagte Lachlan und küsste sie auf den Hals. »Wenn wir freigekommen sind, wird deine Familie sehr stolz auf dich sein.«

So weit voraus wollte sie nicht denken. »Das ist doch jetzt unwichtig. Sucht lieber weiter nach einem Ausweg, Sir«, antwortete sie daher. »Ich habe nicht die geringste Lust, einen Mackinnon zu heiraten. Sicher hat Fingon aus lauter Bosheit den schlimmsten für mich ausgesucht, um mir eine Lektion zu erteilen.«

»Damit hast du wahrscheinlich recht.«

Sie wollte noch etwas sagen, da hörte sie, wie sich der Schlüssel im Schloss drehte.

20

Als die Tür aufging, sahen sie zwei Männer. Der hintere, der die Fackel trug, war Shim MacVey.

Lachlan beugte sich zu Mairi hinüber und sagte leise: »Lenk du MacVey ab, wenn sie uns hinaufbringen, damit ich mit dem anderen reden kann. Ich glaube, er gehört zu den Männern deines Vaters.«

»Ja, sein Name ist Aidan Kean«, flüsterte sie zurück. Jetzt zeigte sich, dass sie tatsächlich auf Dunconnel waren.

»Gut«, sagte Lachlan, »wenn du ihn kennst ...«

»... dann sollte ich lieber mit ihm reden.«

»Nein, weil ...« Er konnte nicht weitersprechen, da Aidan Kean bereits den Käfig aufschloss.

Mairi sah, wie Lachlan sich erhob und plötzlich laut aufstöhnte. Er hielt sich den Kopf mit beiden Händen.

»Was habt Ihr denn, seid Ihr verletzt?«, fragte sie ängstlich.

»Nein, nur ein bisschen wackelig auf den Beinen«, erwiderte er und zwinkerte ihr verstohlen zu. »Kannst du mich stützen, Junge? Die Lady ist zu schwach, und allein schaffe ich es nicht die ganzen Stufen hinauf.« Er beugte sich vor und legte die Hände auf die Knie, als ob es ihm schwerfiele, das Gleichgewicht zu halten.

Mairi schaute Aidan an. Er schien durchaus hilfsbereit, war aber auf der Hut.

Während er noch zögerte, deutete Shim mit der Fackel nach oben und blaffte: »Dir werde ich schon hinaufhelfen, du Halunke. Und halt bloß den Mund, denn mein Herr hat mich gewarnt, dass du einen glatt um den Verstand quasseln kannst. Wenn du das bei mir versuchst, stopfe ich dir dein großes Maul. Der Bursche hier kann sich um die Lady kümmern.«

Mairis Hoffnung sank. Jetzt musste sie sich etwas einfallen lassen. Sie überlegte verzweifelt, was ihr Vater, ihre Brüder oder Hector Reaganach an ihrer Stelle getan hätten, doch das half ihr auch nicht viel weiter. Sie war ganz auf sich allein gestellt.

Mit gezücktem Schwert dirigierte Shim Lachlan aus dem Keller. »Am liebsten würde ich dir die Hände fesseln«, sagte er, »aber mein Herr hat gesagt, das wäre nicht nötig.« Mit diesen Worten versetzte er ihm mit der flachen Klinge einen Schlag auf den Rücken und fügte drohend hinzu: »Und für den Fall, dass du zu fliehen versuchst, sollst du wissen, dass in der Halle eine Menge Mackinnons sind, von denen jeder einzelne dich am liebsten persönlich zur Hölle schicken würde. Und du machst mir nicht den Eindruck, als könntest du im Augenblick auch nur eine Maus erschlagen.«

Lachlan schwieg und setzte sich in Bewegung. Shim steckte die Fackel in eine Wandhalterung und trieb seinen Gefangenen vor sich her die Treppe hinauf, indem er ihm immer wieder leicht mit der Spitze seines Schwertes in den Rücken stieß.

Mairi wartete, bis sich die beiden ein wenig entfernt hatten, dann bückte sie sich, als ob sie sich an ihrem Stiefel zu schaffen machte. Dabei drehte sie sich unauffällig zu ihrem Bewacher um und flüsterte: »Weißt du, wer ich bin, Aidan Kean?«

»Ja, Mylady«, antwortete der Bursche mit zitternder Stimme. »Ihr seid Lady Mairi, die Tochter Seiner Gnaden.«

Sie lächelte. »Ich kenne deine Eltern auch, Aidan. Dein Vater ist ein treuer Gefolgsmann Seiner Gnaden und hat einen Hof in Knapdale. Er würde wollen, dass du mir hilfst.«

»Aber was soll ich denn tun? Ich habe solche Angst vor dem Gesindel dort oben, Mistress.«

»Ich verlange nichts Schlimmes von dir, das verspreche ich.

Erinnerst du dich noch an die Hochzeit von Lady Marjory vor zwei Jahren?«

»Aber ja doch, Mistress. Wie jeder hier in der Gegend.«

»Gut. Und weißt du auch noch, wie sie die Hochzeit bekannt gegeben haben?«

Er nickte. »Durch Leuchtfeuer, überall auf den Inseln.«

»Ich möchte, dass du hier so ein Leuchtfeuer entzündest, Aidan. Schaffst du das allein?«

»Ja, schon, aber die Mackinnons werden es merken. Und wenn sie mich dann zur Rede stellen?«

»Dann sagst du einfach, dass du das abends immer tust, um den Schiffen im Sund den Weg zu weisen.«

»Gut, Mylady. Euch zuliebe will ich es versuchen.«

Die Schritte vor ihnen auf der Treppe waren verstummt, und Mairi schwieg. Sie war sich keineswegs sicher, ob Aidan, der anscheinend nicht der Hellste war, alles verstanden hatte, doch sie musste es darauf ankommen lassen.

»Schimpf mit mir, Aidan. Sag mir, dass ich mich beeilen soll«, flüsterte sie.

»Los jetzt, vorwärts!«, schnauzte er sie an.

Sie lächelte ihm rasch zu, raffte ihre Röcke und rannte die Treppe hinauf.

Oben wartete Shim mit Lachlan in dem Vorraum, der zwischen der großen Halle und dem Haupttor mit dem eisenbeschlagenen Fallgitter lag.

»Ihr habt ja ganz schön lange gebraucht«, knurrte Shim.

Er trat beiseite und gab Mairi ein Zeichen, vor ihm in die Halle zu treten. Nachdem sie Aidan einen prüfenden Blick zugeworfen und gesehen hatte, dass er leicht nickte, schritt sie hoch erhobenen Hauptes auf den Eingang der Halle zu, an die sie sich noch vage erinnern konnte.

In dem Raum hielten sich etwa zwanzig Männer auf, doch zwei von ihnen stachen ihr besonders ins Auge. Sie standen nur wenige Meter entfernt an einem riesigen offenen Kamin, in dem ein Feuer loderte.

Einer davon war Fingon Mackinnon, der seine lange Robe trug. Der andere Mann, vermutlich der ihr zugedachte Bräutigam, hatte ihr den Rücken zugewandt. Mairi hatte eigentlich damit gerechnet, dass man sie einem einfachen Gefolgsmann zur Frau geben wollte, einem Bauern in einem schlichten Kittel, in Schaffellen und einem karierten Plaid, doch der Mann, der dort neben Fingon stand, trug ein elegantes schwarzes Wams über modischen grauen Beinlingen.

Sie konnte gerade noch denken, dass er ihr irgendwie bekannt vorkam, da drehte sich der Fremde um.

Mairi schnappte nach Luft, als Niall Mackinnon ihr zulächelte und ihr die Hand entgegenstreckte mit den Worten: »Na kommt schon, Mädchen. Starrt mich nicht an, als wäre ich ein Geist. Noch bin ich nicht tot.«

Lachlan, der hinter Mairi in die Halle trat, war ebenso verblüfft wie sie.

»Aber ich habe Euch doch sterben sehen!«, rief er.

Nialls Lächeln verwandelte sich in eine hämische Grimasse. »Mein frommer Bruder hier würde wahrscheinlich von einem Wunder sprechen, doch was mir wirklich das Leben gerettet hat, war meine eigene Findigkeit.«

»Wie das?«, stieß Mairi hervor, ehe Lachlan etwas erwidern konnte.

»Da ich seit Jahren für die Instandhaltung der Mole von Craignure zuständig bin«, erklärte Niall, »kenne ich sie in- und auswendig. Die ganze Konstruktion ruht auf großen steinernen Pfeilern, die durch etwa fünf Meter lange Holzplanken miteinander verbunden sind. Unter diesem Steg habe ich mich versteckt.«

»Aber dann hättet Ihr ja die ganze Zeit unter Wasser bleiben müssen«, erwiderte Mairi ungläubig.

»Ihr vergesst, dass der Wasserstand sich mit den Gezeiten ändert, Mädchen«, sagte Niall. »Bei Flut ist kaum Platz zwischen den Planken und der Wasseroberfläche, und einige

Male, bei Hochwasser, ist es schon passiert, dass die ganze Mole überschwemmt wurde. Doch als der Kampf stattfand, hatten wir schon beinahe Ebbe. Daher konnte ich mich unter den Planken verbergen und abwarten, bis die Angreifer abgezogen waren.«

»Angreifer?«, warf Lachlan ein. »Das habe ich aber ganz anders in Erinnerung.«

»Eure Erinnerungen interessieren hier niemanden«, zischte Niall. »Der einzige Grund, warum Ihr nicht geknebelt seid, ist, dass alle Anwesenden sich an Eurem schwächlichen, nutzlosen Protest erfreuen können.«

Hastig mischte sich Mairi ein: »Und woher wusstet Ihr, wann die Luft rein war und Ihr wieder herauskommen konntet?«

Lachlan war klar, dass sie befürchtete, er könne Mackinnon durch seine Bemerkungen noch mehr reizen, aber das war ihm egal. Er hatte vor, alles so lang wie möglich herauszuzögern. Denn eines wusste er genau – nie im Leben würde er es zulassen, dass dieser Verräter seine Mairi heiratete, und wenn es ihn den Kopf kostete. Gerade schilderte Niall, wie er zwischen den Holzplanken hindurchgespäht hatte.

»In dem eisigen Wasser wäre ich beinahe erfroren, das kann ich Euch sagen«, fuhr er fort. »Doch die Kälte stoppte auch die Blutung. Durch die Spalten im Steg konnte ich genug sehen, um zu erkennen, dass die Feinde rasch abzogen und kaum Männer zurückließen. Offensichtlich hatten sie Angst, dass mein Bruder kommen und mich rächen würde.«

Mairi runzelte ungläubig die Stirn. »Ihr habt aufs Geratewohl darauf gewartet, dass Fingon Euch holen kam?«

»Oben auf dem Steilufer hielt sich Shim in einem Baum versteckt, um von dort aus unsere Widersacher mit Pfeil und Bogen anzugreifen. Als er sah, was geschehen war, machte er sich sofort auf, um Fingon zu holen. Ich wusste, mein Bruder würde erst an meinen Tod glauben, wenn er meine Leiche mit eigenen Augen sähe.«

»All diese Erläuterungen sind überflüssig«, unterbrach ihn Fingon. »Für Lachlan Lubanach spielt das alles keine Rolle mehr, und falls du Lady Mairi noch mehr erzählen willst, werdet ihr später noch genug Zeit dafür haben.«

Lachlan spürte unbändige Wut in sich aufsteigen, doch er nahm sich zusammen. Die Genugtuung, dass er die Beherrschung verlor, wollte er den Mackinnons nicht bereiten.

Mairi dagegen machte kein Hehl aus ihrer Empörung. »Ihr glaubt doch wohl nicht im Ernst, dass ich Euch heirate!«, rief sie. »Ihr seid schließlich so alt wie mein Vater. Und außerdem hätte keiner von uns einen Vorteil von einer solchen Verbindung!«

»Für Euch wäre es sogar ein großer Vorteil«, entgegnete Niall. »Jedenfalls würde ich besser auf Euch aufpassen als Euer Vater. Der war immer viel zu nachsichtig mit Euch.«

So etwas aus dem Mund dieses Kerls zu hören, der Mairi als Kind mindestens einmal verprügelt hatte, war fast zu viel für Lachlan. Vor Wut ballte er die Fäuste und stieß ein drohendes Knurren aus. Doch gegen Shim, der in der Nähe stand und aufmerksam jede seiner Bewegungen verfolgte, und die Übermacht an Mackinnons konnte er nichts ausrichten.

Mairi ging nicht auf Nialls Bemerkung ein, sondern sagte nur in bitterem Ton: »Wahrscheinlich erzählt Ihr mir gleich auch noch, dass Ihr mich liebt.«

»Macht Euch nicht lächerlich!«, erwiderte Niall. »Liebe ist etwas für ungebildete Bauern.«

»Aber wie kommt Ihr darauf, dass mein Vater Euch Euer unerhörtes Benehmen durchgehen lassen wird? Mit Macht und Reichtümern wird er Euch dafür sicher nicht belohnen!«

»Das werden wir sehen, wenn es so weit ist. Auf jeden Fall ist es nicht Eure Sache. Ich begehre Euch schon seit Jahren, meine Liebe. Ich habe Euch schon begehrt, lange bevor meine Frau starb.«

Mairi blickte ihn entgeistert an. Dann sagte sie grimmig: »Vermutlich seit dem Tag, als Ihr mich geschlagen habt.«

»In gewisser Weise schon«, antwortete er mit einem kleinen Lächeln. »Als ich Euren Rock hochschob, sah, wie sich diese kleinen rosa Hinterbacken unter meinen Schlägen röteten, und Euch vor Wut und Schmerz schreien hörte, wünschte ich mir, Euch jederzeit leiten und erziehen zu dürfen.«

»Bestrafen meint Ihr wohl eher. Ich könnte mir vorstellen, dass Ihr ein ebenso brutaler Kerl seid wie Mellis MacCoun. Hat Euch deshalb Elma so gereizt? Oh ja«, fuhr sie mit zusammengekniffenen Augen und harter Stimme fort, »ich weiß, dass Ihr sie verführt habt. Es gehörte zu ihren Aufgaben, Eure Kammer sauber zu halten. Das kam Euch bestimmt sehr gelegen.«

»Ich würde sagen, dass sich das kleine Biest das nur zu gern hat gefallen lassen«, entgegnete Niall gekränkt.

»Was hätte sie denn tun sollen? Wenn sie sich einem so mächtigen Herrn wie Euch verweigert hätte, hätte sie damit Heim und Herd, ja sogar ihr Leben aufs Spiel gesetzt. Wer könnte es ihr da verdenken, dass sie Euch zu Willen war? Oder hat sie sich vielleicht gewehrt, und Ihr habt sie deshalb getötet, Niall? Steht mir so etwas auch bevor, wenn ich Euch nicht gehorche?«

»Ich habe es nicht getan, und damit Schluss«, sagte Niall nachdrücklich. »Und Ihr solltet langsam lernen, Eure Zunge im Zaum zu halten. Jetzt ist eine gute Gelegenheit, damit anzufangen.«

Es überraschte Lachlan kaum, dass Mairi sich nicht im Geringsten um Nialls Worte scherte.

»Ihr habt mir nichts zu befehlen, Niall Mackinnon!«, rief sie. »Freiwillig werde ich Euch niemals gehorchen. Und ebenso wenig wird es Euch gelingen, meinen Vater zu stürzen. Denn das ist es doch, was Ihr im Sinn habt, oder etwa nicht?«

Shim trat einen Schritt näher, als habe er Angst, sie könnte seinen Herrn schlagen. Der Griff seines Schwertes war nun in Lachlans Reichweite.

Niall wollte etwas sagen, doch Mairi fiel ihm ins Wort. »Ihr seid einfach widerlich, Sir!«, fuhr sie ihn an. »Ein erbärmlicher Verräter, der den treuen Vasallen spielt und insgeheim auf Mord und Totschlag sinnt. Auch Eure sogenannte Blutfehde gegen den Gillean-Clan ist ein einziger Schwindel, da sie Euch ja nicht ermordet haben, wie wir alle sehen können. Mithilfe Eures scheinheiligen Bruders hier habt Ihr Euren eigenen Clan betrogen, um Hass und Zwietracht zu säen. Aber der Inselrat wird Euch schon zeigen, wo Euer Platz ist!«

»Na warte, vorher werde ich *dir* zeigen, wer hier der Herr ist!«

Mit diesen Worten griff Niall nach Mairi, doch die duckte sich unter seinem Arm weg. Im selben Augenblick riss Lachlan Shims Schwert an sich, versetzte ihm einen Schlag, der eines Hector Reaganach würdig gewesen wäre, und baute sich, die blanke Klinge in der Hand, zwischen Niall und Mairi auf.

»Na los, zeig uns doch, wer hier der Herr ist, Mackinnon! Hier gibt es kein Loch, in das du abtauchen könntest. Jedenfalls keines, das groß genug für eine Ratte wie dich wäre!«

Niall zog sein Schwert und schrie: »Zu mir, Männer!«

Obgleich Lachlan seinen Gegner nicht aus den Augen ließ, spürte er die plötzliche Spannung in der Halle. Jeden Augenblick rechnete er damit, dass die versammelten Mackinnons auf ihn losgehen würden, doch nichts geschah.

Statt seinem Bruder zu Hilfe zu kommen, trat Fingon Mackinnon einen Schritt zurück. Lachlan konnte nicht erkennen, ob er eine Waffe trug.

»Keine Bewegung, Niall Mackinnon, oder ich spieße Euch auf!«, hörte Lachlan eine Stimme hinter sich.

»Und für Euch gilt das Gleiche, Eure Heiligkeit. Mein Schwert ist nämlich genau auf Euren Rücken gerichtet«, ließ sich ein anderer Mann vernehmen.

Lachlan war so verdutzt, dass er sich beinahe umgedreht hätte. Doch als er beobachtete, dass dessen Klinge sich bewegte, zog er es vor, Niall im Auge zu behalten. Er konnte nur sehen, dass ein Mann mit gezogener Waffe hinter Fingon stand und damit Mackinnons Leute in Schach hielt.

»Aidan gibt Euch Rückendeckung, Sir«, sagte Mairi leise. »Und der hinter Fingon ist auch einer unserer Männer. Aber ich glaube, wir sollten uns beeilen, hier rauszukommen.«

Leichter gesagt als getan, dachte Lachlan. Offensichtlich war Niall der gleichen Meinung, denn er höhnte: »Und wohin wollt Ihr gehen, Mädchen? Ich brauche nur mit dem Finger zu schnippen, und im Handumdrehen geht das Fallgitter runter. Auch wenn ich die Aussage Eures Vaters bezweifle, dass die Festung uneinnehmbar sei, denke ich doch, dass selbst ein mit Äxten bewaffnetes Heer einen ganzen Tag brauchen würde, um hier einzudringen.«

»Raus in den Vorraum!«, drängte Mairi Lachlan, ohne auf Nialls Worte zu achten.

Doch da griff Niall an, und in den folgenden Minuten war Lachlan voll und ganz damit beschäftigt, sich gegen die wütenden Attacken zu verteidigen. Schon nach wenigen Minuten ließ jedoch Mackinnons Angriffswut nach.

Ein Kampf mit den schweren, unhandlichen Schwertern erforderte außerordentlich viel Kraft und konnte daher selbst von den stärksten Männern nur kurze Zeit durchgehalten werden.

Als Lachlan bemerkte, dass der Widerstand des älteren Mannes schwächer wurden, verdoppelte er seine Anstrengungen noch einmal. »Du wirst mich nicht besiegen, Mackinnon«, stieß er hervor. »Ich bin nicht einmal der beste Schwertkämpfer im Gillean-Clan, und dennoch habe ich dich auf der Mole besiegt. Aber du Feigling hast es ja vorgezogen, dich zu verstecken.«

Diese Beleidigung schien Niall noch einmal anzustacheln. Mit einem geschickt nach oben geführten Streich hätte er beinahe Lachlans Schwerthand getroffen.

»Nicht schlecht! Aber du bist ja nicht nur ein Feigling, sondern auch noch ein ganz schön gerissener Kerl. Ich wette, du hast Elma MacCoun ermorden lassen, statt dir selbst die Finger dreckig zu machen.«

»Ich hatte nichts damit zu tun«, keuchte Niall. »Jeder weiß, dass ich die ganze Zeit auf Finlaggan war.«

»Sicher. Aber du hast deinem Burschen, diesem Shim, aufgetragen, sie umzubringen, und dann habt ihr es Ian Burk in die Schuhe geschoben.«

»Kann schon sein, dass es Shim war. Er hatte schon seit Jahren ein Auge auf Elma geworfen.«

»He, was sagt Ihr denn da?«, rief Shim.

»Stimmt doch«, erwiderte Mackinnon und wich zurück. Er keuchte jetzt heftig und brauchte offensichtlich eine Ruhepause. Auch Lachlan war ganz froh über die Unterbrechung. Dennoch ließ er den anderen keine Sekunde aus den Augen.

Die umstehenden Männer blickten ebenfalls wie gebannt auf ihren Anführer.

»Sie hat dich stets im Glauben gelassen, dass du Chancen bei ihr hättest, Shim«, fuhr Mackinnon fort, der langsam wieder zu Atem kam. »Aber dann hat sie Mellis geheiratet. Zugleich hat sie dich immer weiter zappeln lassen. So lange, bis sie sich mit mir einließ. Und da hast du …«

»Ihr wart es, Schuft! Sie trug nämlich Euer Kind!«, brüllte Shim.

Seinen Bewacher hatte er ganz vergessen, bis Aidan ihm zur Erinnerung leicht mit der Schwertspitze in den Rücken stieß.

»Ist das wahr, Niall?«, rief Mairi. »Habt Ihr Elma geschwängert?«

»Das Kind war wohl eher von Mellis«, antwortete er und hob erneut sein Schwert. »Er hätte es jedenfalls als das seine anerkannt, und das habe ich ihr auch gesagt. Aber sie wollte ja unbedingt, dass ich mich des Bankerts annehme und sie von ihrem prügelnden Ehemann weghole. Auf jeden Fall hat Shim sie umgebracht, nicht ich.«

»Lügner!«, schrie Shim. »Ihr wolltet, dass sie Euch nicht mehr belästigt!«

»Steckt das Schwert weg, Mackinnon«, schlug Lachlan vor. »Dann regeln wir die Sache gütlich.«

»Nein!« Abermals ging Niall zum Angriff über. »Ich habe ihm nie befohlen, das Mädchen zu töten, und er hat bis jetzt auch nie davon gesprochen, dass er es getan hätte!«

Lachlan wehrte den Schlag seines erschöpften Gegners mit Leichtigkeit ab. »Gebt auf, Mann!«

»Nicht bevor einer von uns beiden tot ist!«, brüllte Mackinnon und versuchte noch einmal einen Ausfall. Dabei rannte er geradewegs in Lachlans Schwert, das ihm tief in die Brust drang. Mackinnon brach zu Füßen seines Gegners zusammen.

Lachlan starrte noch auf ihn herab, als er den Grünen Abt brüllen hörte: »Ergreift ihn, Männer! Jetzt!«

Klirrend traf Metall auf Metall, und Lachlan sah, wie einer von Mackinnons Kriegern den Mann niederstreckte, der Fingon in Schach hielt. Dann stürzte er sich auf Lachlan, der dem Hieb jedoch geschickt auswich und dem Angreifer seinerseits das Schwert in den Leib rammte.

»Hier entlang!«, rief Mairi in diesem Augenblick. »Beeilt Euch!«

Bevor die anderen ihre Waffen ziehen konnten, waren Lachlan, Mairi und Aidan schon auf dem Weg in den Vorraum. Dort hatten sie wenigstens den Hauch einer Chance, da nur jeweils ein Gegner durch die schmale Tür kommen konnte. Doch schon stellte sich ihnen einer von Mackinnons Kriegern in den Weg, während Shim zugleich Aidan angriff.

Rasch gelang es Lachlan, seinen Gegner niederzumachen, doch im selben Augenblick sah er, wie Shim Aidan am Bein traf. Sofort kam Lachlan seinem Mann zu Hilfe, schlug Shim mit einem Schwertstreich nieder und zerrte Aidan am Arm durch die Tür in den Vorraum. Dann machte er sich bereit, seinen Verfolgern die Stirn zu bieten.

Doch plötzlich rasselte im Durchgang direkt vor seiner Nase ein Fallgitter herab, von dessen Existenz er nichts geahnt hatte.

»Rasch!«, rief Mairi, während sie eine Eisenstange als Riegel in ein Loch in der Wand schob. »Sicher sind welche oben bei der Seilwinde, dann bleibt uns nicht viel Zeit.«

Lachlan folgte ihr zum Haupttor und öffnete es, wobei er mit einer Hand Aidan stützte. Im hellen Mondlicht waren keine Wachen zu sehen.

»Anscheinend sind sie alle in der Halle«, sagte Mairi und drückte sich an ihm vorbei. »Kommt schnell nach draußen, damit wir sie einsperren können. Nun macht doch schon! Das innere Gitter wird sie wohl nicht lange aufhalten und ... o Gott, rasch jetzt!«

Lachlan folgte ihr, ohne lange zu fragen. Doch statt hinunter an den Strand lief Mairi zur anderen Seite des großen Tores und zog mit aller Kraft an einem Seil, das dort hing.

Nichts geschah.

»Helft mir doch!«, keuchte sie.

Lachlan ließ Aidan los, eilte zu ihr und zog ebenfalls an dem Seil. Zu seiner Verblüffung setzte sich das große Fallgitter über dem Zugang in Bewegung und fiel krachend herab.

Mairi schnappte sich eine Eisenstange, die neben dem Tor lag und die Lachlan für einen Stiefelkratzer gehalten hatte, und rammte sie mit aller Kraft in eine Öffnung in der Mauer.

»Kommt!« Mit gerafften Röcken rannte sie auf den Pfad zu, der zum Strand hinunterführte. »Helft Aidan, und du, Aidan, versuch so schnell zu laufen, wie du kannst. Ich glaube nicht, dass Niall den Trick mit dem Fallgitter kennt, aber ...«

»Mylady, das mit dem kleinen Gitter wusste ich auch nicht.«

»Es ist ein Familiengeheimnis«, antwortete sie und lief noch schneller. »Mein Vater hat es mir gezeigt, als wir letztes Jahr hier waren. Aber erst als wir am Tor waren, ist es mir wieder eingefallen. Ich erinnerte mich nur noch daran, dass das große Gitter sowohl von innen als auch von außen heruntergelassen werden kann – zur Not auch von einem Einzelnen.«

»Ja, das würde wirklich ein Mann schaffen«, japste Lachlan. »Aber wie funktioniert es?«

»Mit dem Seil neben dem Tor entriegelt man oben in der Windenkammer eine Sperre, und dann fällt das Gitter durch sein eigenes Gewicht herunter. Aber wir müssen uns beeilen«, drängte sie, schon ganz außer Atem. »Falls sich jemand oben bei der Kurbel aufhält, haben sie im Nu das Gitter wieder oben. Und außerdem kann man von innen den Riegel öffnen, der das kleine Gitter verschließt. Es muss nur jemand darauf kommen, ihn zu suchen. Zwei Männer können es dann mit Leichtigkeit hochschieben.«

»Das ist aber eine höchst ungewöhnliche Vorrichtung«, keuchte Lachlan erschöpft. Glücklicherweise waren sie beinahe unten angekommen. »Meistens sollen ja Feinde aus- und nicht in der Burg eingesperrt werden.«

»Es war die Idee meines Vaters. Ich kann mir nicht vorstellen, dass sich schon einmal jemand gefragt hat, wozu das Seil am Tor dient.«

»Und wenn, hat er es wahrscheinlich für einen Klingelzug gehalten. Aber wie ...«

Doch Mairi war schon am Strand angekommen. »Verflixt, sie sind mit zwei Booten hier!«, rief sie. »Sie können uns also nachsetzen.«

Als Lachlan einen Blick zur Burg zurückwarf, sah er oben auf den Zinnen hohe Flammen lodern. »Jemand hat ein Leuchtfeuer angezündet!«, rief er.

»Das war ich«, sagte Aidan. »Die Lady hat gesagt, ich soll es genauso machen wie bei Lady Marjorys Hochzeit vor zwei Jahren. Aber ich hab schon verstanden, worauf sie hinauswollte.«

»Da hat die Lady, wie immer, eine exzellente Idee gehabt.«

»Ja, schon, aber vor Angst haben meine Hände so gezittert, dass ich es kaum anbekam. Die da drin hätten mich wahrscheinlich umgebracht, wenn sie mich erwischt hätten.«

»Na, da hast du ja noch mal Glück gehabt. Kannst du rudern, Junge?«

»Ja, Sir. Mein Bein blutet zwar noch ein bisschen, doch die Wunde ist nicht allzu tief. Aber wenn jeder von uns ein Boot übernimmt, sind wir nicht schnell genug.«

»Wir binden die beiden Boote einfach aneinander und versenken eins, sobald wir weit genug entfernt sind. Und jetzt hilf mir, sie zu Wasser zu lassen.«

Die Fischerboote waren so schwer, dass die drei mit aller Kraft schieben und ziehen mussten, bis sie sie endlich im Wasser hatten. Mairi kletterte als Erste hinein, dann folgte Aidan, der das schwankende Fahrzeug mithilfe der Ruder stabilisierte, damit Lachlan leichter einsteigen konnte. Schließlich band Lachlan das zweite Boot mit der Fangleine am ersten fest, setzte sich auf die Ruderbank und ergriff das zweite Paar Riemen. Das leere Boot, das immer wieder schlingerte und an der Leine ruckte, behinderte sie beträchtlich, und sie hatten noch nicht die Einfahrt zu der kleinen Bucht erreicht, als schon die ersten Mackinnons oben auf dem Burghügel auftauchten.

Schreiend kamen die Männer hinabgerannt, und Lachlan befahl Mairi, sich tief im Rumpf zusammenzukauern, um vor möglichen Pfeilen geschützt zu sein. »Ruder schneller, Junge!«, rief er und legte sich ebenfalls noch stärker in die Riemen.

Ständig zerrte und riss das zweite Boot an der Leine, sodass sie nicht richtig in Fahrt kamen. Doch es blieb ihnen keine Zeit, das Tau zu lösen, denn noch waren sie so nah am Ufer, dass die Feinde sie schwimmend erreichen konnten.

Ein paar von Mackinnons Männern schossen mit Pfeilen, trafen sie jedoch nicht, weil sie in der Eile zu ungenau gezielt hatten.

»Uns bleibt nicht viel Zeit«, sagte Lachlan. »Sie werden zu

ihrem Langboot hinüberschwimmen und uns bald eingeholt haben.«

»Ein paar sind schon ins Wasser gesprungen!«, rief Mairi.

»Und bestimmt hält einer von der Klippe Ausschau, damit sie wissen, welche Richtung wir einschlagen.«

Mairi brach ab, und auch Lachlan sparte seinen Atem fürs Rudern. Sie fuhren schweigend dahin, bis sie nach einigen Minuten die Felsen an der Einfahrt zur Bucht erreichten. Hier waren die Wellen schon höher, doch im Firth of Lorn würde noch stärkerer Seegang herrschen. Sie konnten sich glücklich schätzen, wenn die erste Woge auf offener See ihr kleines Boot nicht sofort zum Kentern brachte, dachte Lachlan, sagte jedoch nichts.

In diesem Augenblick hörte er, wie Mairi nach Luft schnappte.

Als er sich umdrehte, sah er drei Galeeren, die, von Fackeln hell erleuchtet und mit wehenden Fahnen, in voller Fahrt auf sie zugerauscht kamen.

Die goldenen Banner zeigten ein kleines schwarzes Schiff.

21

MacDonald höchstpersönlich befehligte die erste Galeere. Nachdem ein paar Männer ihr an Bord geholfen hatten, fiel Mairi ihrem Vater stürmisch um den Hals. »Ihr habt bestimmt das Leuchtfeuer gesehen!«

»Ja. Ich habe Männer nach Morvern und Mull geschickt, während sich Godfrey mit dem Boot nach Iona und Ranald zum Loch Linnhe aufgemacht hat. Doch mir war fast klar, dass Fingon, falls er dahintersteckte, es nicht wagen würde, euch auf die Heilige Insel zu bringen. Wir haben vermutet, dass sie die andere Richtung eingeschlagen haben, wussten aber nicht genau, mit welchem Ziel.«

»Die Mackinnons mussten zu ihrem Schiff schwimmen, Sir«, sagte Lachlan. »Aber sie sind uns bestimmt schon auf den Fersen. Wo ist Hector?«

»Auf meiner zweiten Galeere. Er hatte sich schon in Eurem Langboot auf den Weg gemacht, doch meine Galeeren sind schneller, und so holten wir ihn ein. Er war der Meinung, die Schurken würden so bald wie möglich den Sund verlassen, um nicht gesehen zu werden. Er war davon überzeugt, sie hätten euch durch den Wald bis hinter Duart geschleppt und von dort aus mit einem Boot nach Süden gebracht.«

»Das nehme ich auch an«, sagte Lachlan und winkte seinem Bruder zu, der grinsend an Bord der Galeere stand, die soeben an ihnen vorbeizog. »Sie haben mich niedergeschlagen und mir eine Decke über den Kopf gezogen, doch ich erinnere mich daran, dass ich einmal kurz zu mir kam. Da rumpelte ich in einem verdammt unbequemen Karren dahin.«

»Das mit dem Leuchtfeuer war ein kluger Einfall, Junge«, sagte MacDonald.

Lachlan wollte ihm gerade erklären, wie es wirklich gewesen war, doch Mairi kam ihm zuvor. »Das hat Aidan Kean getan, Euer Gnaden«, erklärte sie. »Es war sehr tapfer von ihm. Er hat damit sein Leben aufs Spiel gesetzt.«

MacDonald drehte sich zu dem Burschen um und reichte ihm die Hand. »Ich danke dir für deinen mutigen Einsatz, Aidan Kean«, sagte er mit bewegter Stimme. »Ich werde dafür sorgen, dass du eine angemessene Belohnung erhältst. Ohne Zweifel hast du meiner Tochter und Lachlan Lubanach das Leben gerettet. Ich hatte schon befürchtet, der Grüne Abt hätte sie beide umgebracht.«

»Was das betrifft, Sir …«, begann Lachlan.

»Mein Leben war nie in Gefahr«, unterbrach ihn Mairi. »Er hat nur meinen Stolz verletzt. Und, Vater, es war nicht Fingon allein; Niall war auch dort.«

»Niall?!«, rief MacDonald ungläubig.

»Ja, Sir. Aber jetzt ist er wohl wirklich tot.«

»Da kannst du sicher sein, Mädchen«, sagte Lachlan.

»Ich dachte, Ihr hättet ihn schon in Craignure getötet«, sagte MacDonald.

»Das dachte ich auch«, antwortete Lachlan. »Aber er ist unter den Anlegesteg geschwommen und hat sich dort versteckt. Dann ist ihm Fingon zu Hilfe gekommen, und gemeinsam haben sie Mairi und mich entführt.«

»Stellt Euch vor, Niall wollte Lachlan umbringen und mich heiraten!«, erklärte Mairi. »Und dann hatte er vor, Euch zu stürzen und selbst Lord der Inseln zu werden. Ich habe ihm gesagt, dass ich niemals freiwillig seine Frau werden würde. Ich befürchte, das hat ihn nur in seinem Vorhaben bestärkt. Er …« Sie warf einen Blick zu Lachlan hinüber. »… Ich habe ihn noch nie besonders gemocht.«

»Niall hatte schon lange ein Auge auf Lady Mairi geworfen und geplant, sie für sich zu gewinnen«, erklärte Lachlan.

»Er sprach davon, ihr mehr Strenge angedeihen zu lassen, da sie seiner Meinung nach zu nachlässig erzogen worden war. Er hatte vor, sie durch Bestrafung gefügig zu machen. Wir glauben auch, dass er Elma MacCoun ermordet hat – oder ihre Ermordung zumindest veranlasst hat.«

»Das haben wir inzwischen auch herausgefunden«, sagte MacDonald und rief seinen Bootsleuten zu: »Haltet hinter dem Langboot an, Männer!«

Lachlan hatte gar nicht darauf geachtet, dass alle drei Schiffe schon bei der Burg Dunconnel angelangt waren. Die andere Galeere und Hectors Boot warteten links und rechts von der felsigen Einfahrt, wo sie von der Burg aus nicht zu sehen waren.

Kurz darauf erschien, von einem Dutzend Ruderern angetrieben, das Langboot der Mackinnons zwischen den Felsen. Hector wartete, bis der Bug in der schmalen Durchfahrt auftauchte, dann stieß er in sein Horn.

Sofort schoben sich die Galeeren vor die Einfahrt und versperrten den Weg. Beim Anblick der feindlichen Schiffe gab der Steuermann der Mackinnons einen Befehl, worauf seine Männer die Ruder erhoben zum Zeichen, dass sie sich ergaben.

Der Grüne Abt war nicht an Bord.

MacDonald fragte die Besatzung des Mackinnon-Bootes, ob die Männer bereit wären, ihn als ihren Lehnsherrn anzuerkennen und ihm Treue zu schwören. Darauf scholl ihm ein vielstimmiges »Ja« entgegen.

Lachlan sagte: »Ich glaube nicht, Euer Gnaden, dass die Männer vom Verrat ihres Herrn wussten. Sie schienen überrascht über die Neuigkeiten, die sie dort in der Halle von Lady Mairi zu hören bekamen.«

»Was hat sie denn gesagt?«

»Dass Mackinnon nicht nur Euch, sondern auch seine eigenen Leute verraten hat, als er seinen Tod vortäuschte und mit Fingon Mairis Entführung ausheckte.«

»Aber habt Ihr denn nicht gesagt, Niall wäre in Craignure schwer verwundet worden?«

»Ja, das dachte ich zumindest. Doch seine Verletzung kann nicht so schlimm gewesen sein, sonst hätte er heute nicht so verbissen kämpfen können. Aber Ihr sagtet, Ihr hättet herausgefunden, dass er für Elma MacCouns Tod verantwortlich ist. Woher wisst Ihr das?«

»Von einem Eurer Gefangenen«, antwortete MacDonald. »Euer grimmiger Bruder hat sich ein wenig mit Gil Dowell unterhalten.«

»Hat Dowell gesagt, Niall hätte Elma eigenhändig umgebracht?«

»Nein, Niall hat lediglich Shim MacVey aufgetragen, dafür zu sorgen, dass sie ihn nicht mehr belästigt.«

MacDonald seufzte. »Gil hat Hector auch berichtet, wie sie zu Tode kam. Shim hat offenbar nicht gewagt, Niall etwas davon zu erzählen, doch seinem Freund Gil hat er sich anvertraut. Shim fühlte sich von Elma verhöhnt, weil sie ihn abwies und stattdessen Mellis heiratete und sich zu allem Überfluss auch noch mit Niall einließ. Als Shim sie dann unten am Strand traf, sah er plötzlich rot. Er wollte ihr nur eine Lektion erteilen, doch sie setzte sich zur Wehr, und auf einmal war sie tot. Er ließ sie dort liegen und beschloss, Ian Burk die Schuld in die Schuhe zu schieben, weil er am Morgen beobachtet hatte, wie sich Ian und Elma auf dem Damm stritten. Dabei dachte er gar nicht mehr daran, dass Ian zur Tatzeit auf Dunyvaig war.«

Während er sprach, sah MacDonald zu, wie seine Männer und Hector auf das fremde Langboot überwechselten. Mackinnons Anhänger wurden auf die drei Schiffe seiner Gnaden aufgeteilt. MacDonald befahl seinen Getreuen, die Burg zu sichern und die kleine Insel nach versprengten Mackinnons abzusuchen.

»Glaubt Ihr, sie werden Fingon kriegen?«, fragte Mairi ihren Vater.

Er zuckte die Achseln. »Darauf würde ich nicht wetten, Mädchen. Man sagt, der Abt habe mehr Freunde hier auf Erden als im Himmel. Wahrscheinlich hat er seine Flucht schon im Voraus sorgfältig geplant.«

»Ja, das Vögelchen ist wohl ausgeflogen«, stimmte ihm Lachlan zu. »Wir haben ihn bestimmt nicht zum letzten Mal gesehen, doch es ist nicht ungefährlich, sich offen gegen ihn zu stellen.«

»Das stimmt. Er besitzt noch immer großen Einfluss innerhalb der Kirche«, sagte MacDonald und fügte hinzu: »Wir lassen die übrigen Schiffe hier und fahren zurück nach Ardtornish. Wahrscheinlich werden wir nicht vor Tagesanbruch dort sein, und ich muss mich doch beim morgigen Osterfest um meine Gäste kümmern.«

Alle drei nahmen auf den mit Kissen gepolsterten Bänken im hochgezogenen Schiffsbug Platz, wobei MacDonald Lachlan und Mairi gegenübersaß. Als Mairi sich mit einem erschöpften Seufzer zurücklehnte, legte Lachlan den Arm um sie und zog sie an sich, damit sie den Kopf an seine Schulter legen konnte. Halb erwartete er, dass MacDonald Einspruch dagegen erheben würde, doch der sagte nur: »Wir unterhalten uns zu Hause weiter, mein Junge.«

Mairi schlug die Augen auf. »Worüber denn, Sir?«

»Das kommt darauf an, Mädchen. Du hast zwar gesagt, du wolltest nicht mit ihm vermählt werden, aber wie es aussieht, scheinst du deine Meinung geändert zu haben.«

Sie biss sich auf die Lippen und schwieg. Lachlan hätte sie gern unter vier Augen gefragt, ob sie ihn wirklich noch heiraten wollte. Er bemühte sich um Gefasstheit, wenngleich sein Inneres in Aufruhr war.

Schließlich sagte Mairi ruhig zu ihrem Vater: »Mit Eurer Erlaubnis, Sir – ich bin damit einverstanden, seine Frau zu werden.«

Lachlan fiel ein Stein vom Herzen.

»Bist du sicher, Tochter?«

»Ja, Sir. Ich war wütend auf ihn, weil er sich Euch, seinem Lehnsherrn, gegenüber respektlos benommen hat und auch aus anderen, persönlicheren Gründen. Doch als ich dort unten mit ihm in dem Käfig eingesperrt war, wurde mir klar, dass meine Gefühle für ihn stärker sind als jemals zuvor.«

»Was für ein Käfig?«, rief MacDonald alarmiert.

»Der eiserne Käfig im Keller von Dunconnel.«

»Ich weiß von keinem Käfig«, sagte er grimmig. »Und wie ist es euch gelungen, euch zu befreien?«

»Sie haben uns herausgeholt, damit Fingon mich mit Niall verheiraten konnte«, erwiderte Mairi schläfrig. »Aber am Ende hatten wir es Euch zu verdanken, dass wir fliehen konnten, Sir. Ihr habt mir doch letztes Jahr, als wir auf Dunconnel waren, den Trick mit den beiden Fallgittern verraten.«

MacDonald lächelte. »Es hat also tatsächlich funktioniert. Gut, dass du daran gedacht hast, Mädchen. Ich habe übrigens die Vorrichtung selbst einbauen lassen«, sagte er zu Lachlan und erklärte: »Vor ein paar Jahren sind englische Soldaten auf Schloss Linlithgow mit einem Heuwagen bis unter das Fallgitter gefahren und haben es so blockiert. Dann konnten die englischen Truppen ungehindert ins Schloss marschieren. Das brachte mich auf die Idee, dass es gut wäre, wenn man Eindringlinge in der Burg festsetzen könnte. Dunconnel, das nur einen Eingang hat, war ideal dafür. Es gibt auch einen Mechanismus, der es einem erlaubt, das Gebäude trotzdem zu verlassen, damit es Feinden nicht gelingt, die Burgbesatzung einzusperren.«

»Überaus einfallsreich, Sir«, sagte Lachlan.

»Ihr habt mich doch einmal nach diesem Trick gefragt, Junge«, erwiderte MacDonald augenzwinkernd. »Nun ist es so, dass nur Familienmitglieder wissen dürfen, dass es noch ein zweites Gitter gibt. Also werden wir Euch schon deshalb in die Familie aufnehmen müssen.«

»Ich danke Euch, Euer Gnaden, und schwöre, dass ich alles tun werde, was in meiner Macht steht, um Euer Vertrauen zu verdienen. Ich und die Gillean-Söhne werden Euch für alle Zeit die Treue halten. Und daran wird sich auch nichts ändern, wenn ich einst Oberhaupt unseres Clans bin.«

MacDonald wandte sich an Mairi: »Er sagte, dir würde Duart als Teil deiner Mitgift gefallen, Mädchen. Ist das wahr?«

Sie antwortete ihm mit einem Lächeln. Als Lachlan sah, wie ihre Augen im Licht der Fackeln schimmerten und wie sich ihre Lippen sanft teilten, und spürte, wie sie sich an ihn schmiegte, hätte er sie am liebsten in die Arme genommen und geküsst und sie nicht mehr losgelassen, bis sie zu Hause waren.

Ardtornish glänzte silbern im frühen Licht des Morgens, als die königliche Galeere sich ihrem Anlegeplatz in der Bucht näherte. Mairi blinzelte verschlafen, als Lachlan sie ohne Umstände aufhob und auf den hölzernen Landungssteg trug.

»Ihr nehmt Euch entschieden zu viele Freiheiten heraus, Sir«, murmelte sie lächelnd.

»Ich werde mir sogar noch ein paar mehr herausnehmen, bevor dieser Tag vorüber ist, meine Süße.«

»Wollt Ihr mich vielleicht den ganzen Weg bis nach oben tragen?«

»Aber gern, wenn es dir nichts ausmacht, dass dann alle denken, du könntest dich vor Erschöpfung nicht mehr auf den Beinen halten«, erwiderte er mit einem verschmitzten Lächeln.

»Schurke«, flüsterte sie. »Ich sollte Euch beim Wort nehmen, aber dazu bin ich zu eitel. Und außerdem möchte ich Euch nicht über Gebühr strapazieren. Also setzt mich schon ab.«

Erstaunlicherweise gehorchte er ohne ein weiteres Wort. Ihr schien, als entdecke sie ein belustigtes Funkeln in den Augen ihres Vaters.

»Ich glaube, die Hochzeit sollte so bald wie möglich stattfinden, Mädchen«, sagte MacDonald. »Niall hat mir zugetragen, ihr beide wärt euch bereits näher gekommen, als es sich ziemt. Ich möchte es gar nicht so genau wissen, ob etwas dran ist an dieser Behauptung. Aber was nicht ist, kann ja noch werden. Wenn ich euch so miteinander sehe, dann halte ich es für das Beste, wenn ihr rasch ein Ehepaar werdet.«

»Wie rasch?«, erkundigte sich Mairi.

»Ich finde, man könnte das Osterfest durchaus mit einer Hochzeitsfeier verknüpfen.«

»Aber das Aufgebot ... Und meine Frau Mutter will doch bestimmt neue Kleider für ...«

»Ich rede mit deiner Frau Mutter«, sagte er, während sie zur Burg hinaufstiegen. »Mir macht, ehrlich gesagt, Alasdair Stewart mehr Sorgen. Ich konnte noch nicht mit ihm sprechen, weil er immer noch geschwächt war von dem Mittel, das ihm verabreicht wurde – was immer es war. Vielleicht nimmt er es uns übel, wenn er dich nicht bekommt.«

»Ich will Alasdair nicht heiraten«, erklärte Mairi rundheraus. »Genau wie Niall wollte er mich nur aus Berechnung zur Frau nehmen. Aber ich bin sicher, Ihr werdet leicht mit ihm fertig, Sir.«

»Doch was ist mit dem päpstlichen Dispens, Euer Gnaden?«, fragte Lachlan. »Mairi und ich sind so eng miteinander verwandt, dass wir einen benötigen werden.«

Mairi hielt ängstlich den Atem an, doch MacDonald zuckte nur die Schultern. »Wenn es danach geht, dürfte auf den Inseln kaum ein Ehepaar miteinander vermählt sein. Ich werde Seine Heiligkeit um Erlaubnis fragen, doch wir brauchen nicht zu warten, bis die Antwort kommt. Das tut niemand.«

»Mir soll es recht sein, Sir. Ich hätte allerdings gern, dass mein Bruder der Hochzeit beiwohnt.«

»Aber sicher. Hector wird bald zurück sein. Er wollte nur noch auf Dunconnel nach dem Rechten sehen und dann nachkommen.«

Auf Ardtornish war schon alles wach. Lady Margaret, Elizabeth und einige der Gäste erwarteten die Ankömmlinge in der großen Kammer.

Nur Alasdair war nirgends zu sehen.

»Er ist gestern aufgebrochen«, berichtete Lady Margaret, nachdem sie Mairi umarmt und auch Lachlan begrüßt hatte. »Er hat behauptet, er sei über Ostern woanders eingeladen, doch ich bezweifle, dass das der Wahrheit entspricht.«

Elizabeth lächelte. »Er sagte, er wolle zur Taufe von John Ogs Kind wieder herkommen, aber ich glaube nicht daran. Sein Diener hat Meg erzählt, dass Alasdair Angst hat, hier im Schlaf ermordet zu werden. Ich mag Alasdair nicht besonders, aber als er so krank wurde, tat er mir doch leid.«

»Ich könnte mir vorstellen, dass man ihm wirklich nach dem Leben getrachtet hat«, sagte Lachlan.

MacDonald war derselben Meinung. »Wir wissen ja, dass es Niall war, der den Pagen angewiesen hat, ihm den vergifteten Wein zu verabreichen. Wahrscheinlich wollte er mit Alasdair zugleich einen Rivalen um die Hand von Mairi und einen politischen Konkurrenten ausschalten.«

»Er hatte es wirklich auf die Herrschaft über die Inseln abgesehen«, sagte Lachlan leise.

Als Margaret Mairis verzücktes Lächeln bemerkte – das Mädchen schien gar nicht mehr damit aufhören zu können, alles und jeden anzustrahlen –, blickte sie MacDonald mit fragend hochgezogenen Brauen an.

»Ach ja«, grinste der Lord der Inseln. »Man sollte meinen, Eure Erziehung hätte sie gelehrt, ihre Gefühle besser zu verbergen, aber das ist offensichtlich nicht der Fall. Ich hoffe, Ihr nehmt es mir nicht übel, Mylady, dass ich den beiden erlaubt habe, auf der Stelle zu heiraten. Es wird sicher ein schönes Fest«, setzte er, um Diplomatie bemüht, hinzu.

Margaret neigte den Kopf. »Es geschehe, wir Ihr wünscht, Mylord.«

Mairi warf Lachlan einen verstohlenen Blick zu. Er würde

von ihr hoffentlich nicht erwarten, dass sie ebenso unterwürfig zu allem Ja und Amen sagte.

Er zwinkerte ihr zu, sagte jedoch nichts.

Als Mairi sich wieder ihrer Mutter zuwandte, war sie verblüfft. Statt säuerlich dreinzublicken oder ihre übliche fügsame Haltung hervorzukehren, strahlte Margaret fast genauso sehr wie ihre Tochter.

»Du willst dich doch bestimmt umkleiden, mein Liebes«, sagte sie.

»Das will ich wohl meinen!«, rief Elizabeth. »Schau doch nur, wie sie aussieht!«

Mairi hatte sich immer ausgemalt, ihrer Hochzeit würden monatelange Vorbereitungen vorausgehen, in denen die Kleider, das Fest selbst und die Auswahl der Brautjungfern erörtert wurden. Doch nun kam alles ganz anders. Nachdem die Diener den großen Holzzuber und zahllose Kübel mit heißem Wasser die Treppe hinaufgeschleppt hatten, nahm Mairi in ihrer Kammer ein Bad. Danach kleidete sie sich an, wobei ihr Lady Margaret, Elizabeth und Meg Raith mit vereinten Kräften zur Hand gingen. Sie wählte das rote Kleid mit dem Hermelinbesatz und die Tunika, die sie an dem Tag getragen hatte, als sie Lachlan Lubanach zum ersten Mal sah.

Meg bürstete ihr das Haar, bis es ihr in glänzenden Wellen über den Rücken fiel. Die Tradition verlangte, dass sie es bei ihrer Hochzeit offen trug.

Elizabeth überreichte ihr einen Kranz aus Frühlingsblumen. Mairi würde ihn zusammen mit dem goldenen Stirnreif tragen, der besonderen Anlässen vorbehalten war. Ihr übriger Schmuck, üppig wie immer, bestand aus Halsketten und Armbändern. Auf Ringe hatte Mairi auf Lachlans Bitte hin verzichtet.

Die Zeit zum Mittagessen war schon vorüber, doch die Nachricht, dass es eine Hochzeitsfeier geben würde, hatte sich in Windeseile in der ganzen Burg verbreitet, und die Gäste erwarteten schon gespannt die geschmückte Braut.

Als Mairi die Treppe hinunterschritt, fand sie alle Mitglieder des Haushaltes und die Gäste im Hof versammelt, unter ihnen auch Ranald und Godfrey, die noch rechtzeitig zum Fest zurückgekehrt waren. Es duftete köstlich nach gebratenem Lamm und Wild. Beim Anblick der Braut brach die ganze Gesellschaft in Hochrufe aus.

Gefolgt von seinem Dudelsackspieler, löste sich der Lord der Inseln aus der Menge und trat auf seine Tochter zu. Mit strahlendem Lächeln reichte er ihr den Arm, um sie über den Hof zur großen Halle zu geleiten.

An der Tür ließ er den Gästen den Vortritt, damit sie ihre Plätze einnehmen konnten. Dabei flüsterte er Mairi zu: »Das kommt ja alles ein wenig plötzlich, und Frauen sind bekanntlich wankelmütig. Bist du also wirklich sicher, dass du ihn haben willst?«

»Ja, Sir«, erwiderte sie leise. Sie wollte ihn wahrhaftig von ganzem Herzen.

Daraufhin nickte MacDonald dem Pfeifer zu, damit er zu spielen begann. Die lang gezogenen, wehmütigen Klänge begleiteten Mairi, als sie, gefolgt von Lady Margaret und Elizabeth, am Arm ihres Vaters die Halle betrat.

Während sie sich zurechtgemacht hatte, war das Gesinde nicht untätig gewesen. Wie an Ostern üblich, hatte man die Halle mit Blumen geschmückt und die Tische prunkvoll gedeckt. Doch heute war auch noch ein Altar vor der hohen Tafel auf dem Podium errichtet worden. Daneben standen Lachlan, Hector und der Kaplan ihres Vaters.

Wie es vor den Mahlzeiten üblich war, warteten die Gäste an ihren Plätzen stehend auf die Ankunft Seiner Gnaden. Nur die Ehrengäste, die sich später an der hohen Tafel niederlassen würden, hatten sich seitlich an der Wand aufgestellt.

Der Dudelsackspieler schritt voraus auf das Podium und trat dann beiseite.

MacDonald geleitete seine Tochter nach vorn und blieb hinter ihr stehen, als der Kaplan mit der Trauungszeremonie begann.

Mairi versuchte, den Worten zu folgen, doch immer wieder schweiften ihre Gedanken ab zu dem Mann an ihrer Seite. Sie dachte an seine Zärtlichkeiten und daran, dass sie sich nun nie mehr heimlich zu treffen brauchten.

Da nickte der Kaplan Lachlan zu, worauf dieser den goldenen Ring von seinem kleinen Finger zog und ihn Mairi mit folgenden Worten über den Finger streifte: »Mit diesem Ring nehme ich dich zur Frau, gelobe, dich in Ehren zu halten, und statte dich aus mit allem meinem zeitlichen Gut.«

Dann sprach Mairi dem Kaplan die Trauformel nach, die mit den Worten endete: »Ich will ihm gehorchen und dienen, ihn lieben, ehren und an seiner Seite bleiben, bis dass der Tod uns scheidet, von nun an und für alle Zeit mit dem Segen der Heiligen Kirche.«

»Und was ist, wenn der Papst uns seinen Segen nicht gibt?«, fragte sie ihren frischgebackenen Ehemann, als sie kurz darauf ihre Ehrenplätze an der hohen Tafel eingenommen hatten und MacDonalds großes Fest begann.

»Das wird er schon«, antwortete Lachlan. »Und wenn nicht, ist es auch egal. Wir sind nun Mann und Frau, also lass es dir schmecken, meine Liebste. Du musst Kräfte sammeln für später.«

Mit einem leisen Lächeln beschloss sie, ihm dieses eine Mal nicht zu widersprechen.

Der Lord der Inseln hatte einige Diener über den Sund nach Duart geschickt, damit sie die Burg für die Ankunft des jungen Paares vorbereiten sollten.

Als Mairi sich schließlich erhob, um nach altem Brauch das Fest als Erste zu verlassen, stand auch Lachlan auf und folgte ihr. Alle übrigen Gäste gingen ebenfalls hinaus, denn es war geplant, dass man das junge Paar mit einem Schiffskorso in sein neues Zuhause geleitete.

Auf Duart angekommen, wurden die Brautleute von der versammelten Dienerschaft begrüßt, deren Kinder ihnen Blumensträuße überreichten. Auch Ian war da. Seine Aufgabe war es von nun an, sich ausschließlich um Mairis Pferde zu kümmern und die übrigen Stallburschen zu beaufsichtigen.

»Wir haben Speisen für euer Nachtmahl mitgebracht, falls du später Appetit darauf haben solltest, mein Mädchen«, sagte MacDonald und nahm sie in den Arm.

In diesem Augenblick ertönte eine wütende Stimme: »Euer Abendessen könnt ihr alle zusammen in der Hölle essen, MacDonald!«

Im Eingang stand Fingon Mackinnon in seiner geistlichen Robe, die Arme weit ausgebreitet. Bei seinen Worten trat eine ganze Armee von Mackinnon-Kriegern aus dem nahe gelegenen Wald, die Schwerter kampfbereit gezückt.

Lachlan legte schützend dem Arm um Mairi, und Hector trat mit der Streitaxt in der Hand vor sie beide, während MacDonald donnerte: »Bei Gott, Fingon Mackinnon, Ihr seid es, der in der Hölle braten wird! Männer!«

»Bitte, Sir, einen Augenblick«, sagte Lachlan und legte ihm die Hand auf den Arm. »Mit Eurer Erlaubnis würde ich gern mit ihm reden.«

»Na gut, wenn Ihr meint, Ihr könnt ihn und sein übles Pack mit Worten besiegen«, entgegnete MacDonald. »Diesmal ist er zu weit gegangen.«

»Er ist immer noch ein Gottesmann, Euer Gnaden. Ihr wollt doch sicher nicht Euer Gewissen mit seinem Tod belasten.«

Lachlan schob Hector beiseite, baute sich vor dem Grünen Abt auf und rief mit weithin hallender Stimme: »Fingon Mackinnon, ebenso wie Seine Gnaden nicht das Blut eines Geistlichen vergießen will, so werdet Ihr Euch nicht an Eurem Lehnsherrn und seinen Gästen vergreifen. Auf den Knien habt Ihr und Euer Bruder Seiner Gnaden die Treue geschworen, und beide habt Ihr ihn verraten. Doch Ihr habt noch immer die Gelegenheit zur Reue und Umkehr.«

»Ich bin nicht gekommen, um zu töten«, entgegnete Fingon, »sondern um das Haus MacDonald mit einem tödlichen Fluch zu belegen. Meine Männer sollen nur dafür sorgen, dass ich wieder heil nach Hause komme.«

»Wenn Ihr als Mann Gottes einen Fluch aussprecht, so kommt das einem Mord gleich, zumal an einem Tag wie diesem, da wir unsere Hochzeit feiern. Habt Ihr bedacht, was Seine Heiligkeit zu einem solchen Akt gegenüber dem Lord der Inseln und König der Hebriden sagen würde? Ihr begeht Verrat an Eurem Fürsten, Fingon. Glaubt Ihr denn, das Oberhaupt der römischen Kirche wird über das Vergehen gegen einen rechtmäßigen Herrscher hinwegsehen? Was wird dann aus Eurer Stellung als Abt der Heiligen Insel?«

»Mein Fluch wird MacDonald vernichten!«, brüllte Fingon. – »Nur wenn die Leute von den Inseln es zulassen. Wenn sie sich dagegen der Autorität seiner Heiligkeit des Papstes beugen, dann ist es um Eure Macht geschehen. Ich habe keine Angst vor Euch. Warum sollten andere Euch fürchten?«

Bei diesen Worten trat Mairi vor und stellte sich neben ihn. Ihr folgte Hector auf seiner anderen Seite. Als Nächstes traten MacDonald und Lady Margaret Hand in Hand vor, dann Ranald und Godfrey. Die ganze Festgesellschaft tat es ihnen nach, und bald sah sich Fingon einer schweigenden Mauer aus entschlossenen Menschen gegenüber.

Als er ein Klirren hinter sich hörte, dachte Lachlan, Fingons Krieger rückten näher. Nur die Gegenwart seines Bruders, der ruhig und gelassen neben ihm stand, gab ihm die Kraft, sich nicht umzudrehen.

Das Schweigen dauerte an, bis Lachlan sagte: »Noch verfügt Ihr über großen Einfluss, Fingon. Überlegt es Euch gut, bevor Ihr uns alle mit einem Fluch belegt oder gar tötet.«

Da ließ Fingon die Arme sinken, und gleich darauf waren er und seine Krieger verschwunden.

Mairi stieß einen erleichterten Seufzer aus, als Lachlan sie in die Arme nahm. Der Gedanke, dass sie fast wieder ihr Glück verloren hätte, das sie sich so teuer erkämpft hatte, ließ sie erschaudern. Am liebsten wäre sie einfach so stehen geblieben, eng an ihn geschmiegt. Doch die Hochzeitszeremonie war noch nicht zu Ende, und die Braut musste tun, was man von ihr erwartete. An der Spitze der Gäste betrat sie zusammen mit ihrem Mann die Burg Duart. Die große Kammer war mit farbenfrohen Wandbehängen geschmückt. Im Kamin prasselte ein Feuer, und an der Wand daneben stand das Prunkbett mit blaugoldenen Vorhängen, Decken und Kissen. Zwei der Kissen waren aus goldfarbener Seide und mit kleinen schwarzen Schiffen bestickt. Bei ihrem Anblick musste Mairi lächeln, denn sie wusste, dass Elizabeth die Kissen ursprünglich für ihren Vater gefertigt, sie dann aber kurz entschlossen ihrer Schwester zur Hochzeit geschenkt hatte.

Die Männer führten Lachlan in eine andere Kammer, während die Frauen Mairi entkleideten und die Bettdecke hoben, damit sie darunterschlüpfen konnte. Die feinen Leinenlaken waren so glatt und weich, als wollten sie die neuen Besitzer von Duart dazu verleiten, viel Zeit im Bett zu verbringen.

Die Frauen lachten und schwatzten, als wäre es ein ganz gewöhnlicher Tag, doch schon kehrten die Männer zurück. Von Wein und Brogac befeuert, lachten sie noch viel lauter und schoben Lachlan vor sich her, der nichts als einen leichten Morgenrock trug. Als jedoch ein besonders übermütiger Mann die Bettdecke zurückschlagen wollte, hielt Lachlan seinen Arm fest und sagte freundlich, aber bestimmt: »Ich bitte Euch, Sir, aber dieses Bett zu berühren ist mein Vorrecht und würde Euch schlecht anstehen.«

Gutmütig lachend trat der andere beiseite, und Lachlan stieg bekleidet neben Mairi ins Bett.

MacDonalds Kaplan trat vor, um das Lager zu segnen, dann gingen alle auf ein Wort Seiner Gnaden hin hinaus. In der großen Kammer, die eben noch voller fröhlicher, lachender Menschen gewesen war, wurde es auf einmal ganz still.

Lachlan stand auf und schaute in alle Ecken, ob sich dort auch keiner mehr verborgen hielt. Dann füllte er zwei Becher aus einem Krug Wein, der auf einem Tisch stand, und trug sie hinüber zum Bett. Eine ganze Weile stand er da und schaute liebevoll auf seine Braut hinunter.

Ihre Wangen glühten, ihre Augen sprühten vor Freude, und ihre Lippen waren leicht geöffnet. Sie war nicht im Geringsten scheu, wie man es gewöhnlich von einer jungen Braut erwartete, und wirkte dennoch mädchenhaft und unschuldig.

So gern er sie noch länger betrachtet hätte, zog es ihn doch zu ihr ins Bett. Er musste wieder an den Tag denken, als er ihr versehentlich die Tür vor der Nase zugeschlagen hatte. Damals war sie fest entschlossen gewesen, Ian Burks Leben zu retten. Als er dann erfuhr, dass sie die Tochter des mächtigsten Mannes der Inseln war, glaubte er, sie sei ein verwöhntes, putzsüchtiges Ding, eine Prinzessin, die ständig nur Ansprüche stellte und sich für besser und wichtiger hielt als alle anderen Menschen.

Stattdessen hatte sie sich als eine warmherzige, lebensprühende, leidenschaftliche Frau entpuppt, die stets nach ihrer Überzeugung handelte, auch wenn sie sich dafür denen, die sie am meisten liebte, entgegenstellen musste.

»Woran denkst du?«, fragte sie mit vor Leidenschaft bebender Stimme. »Ich musste gerade daran denken, dass ich um ein Mädchen geworben und eine Frau bekommen habe«, antwortete er. »Ich habe bei dem Spiel mehr gewonnen, als ich je zu hoffen wagte.«

»Was denn?«

»Na, dich«, sagte er nur.

»Aber du wolltest mich doch von Anfang an.«

»Ich wollte MacDonalds Tochter. Aber Hector hat mir gleich gesagt, wie dumm ich war.«

»Weil du mich wolltest?«

»Nein, das weißt du doch genau. Weil ich mich nach Macht und Reichtum sehnte und gar nicht erkannte, worauf es wirklich ankommt.«

»Macht ist eine große Verführerin, Sir«, erwiderte sie schelmisch. »Und Ihr werdet eines Tages viel davon besitzen, denn Seine Gnaden hat mir verraten, dass er beabsichtigt, Euch an Nialls Stelle zu seinem Haushofmeister zu ernennen. Darüber hinaus will er Euch das versprochene Land nicht nur zum Lehen, das von seinem Gutdünken abhängt, sondern als vererbbares Eigentum geben. Dann habt Ihr so viel Einfluss, wie Ihr Euch nur wünschen könnt.«

Er hatte das alles bereits von MacDonald selbst erfahren, doch jetzt sagte er aus tiefster Überzeugung: »Meine Liebste, keine Macht auf der Welt ist so groß wie die, die du über mich hast.« Er schlug die Decke zurück, ließ den Morgenrock zu Boden gleiten und stieg ins Bett. »Du hast mit deinem Lächeln mehr Gewalt über die Männer als ich mit tausend Galeeren.«

Sie streckte die Arme aus. »Sei jetzt still, und küss mich.«

Er gehorchte nur zu gern. Ihr Körper war so warm und weich, ihre Haut wie Seide. Er seufzte vor Wonne, als er an die vielen gemeinsamen Jahre dachte, die vor ihnen lagen. Dabei beugte er sich über sie, streichelte und küsste ihre Brüste und ihren glatten Bauch. Er schob eine Hand unter ihren Leib, umfasste eine ihrer weichen Hinterbacken und genoss das Gefühl, bis er daran denken musste, wie Niall Mackinnon ihr den nackten Po versohlt hatte.

»Ich bin froh, dass Mackinnon tot ist«, murmelte er. »Ich wollte ihn zwar nicht ...«

Sie legte ihm zwei Finger auf die Lippen. »Niall wollte sterben, mein Liebster«, sagte sie. »Er stürzte sich absichtlich in dein Schwert, weil er wusste, dass er alles verloren hatte. Das konnte er nicht ertragen. Und jetzt schlag ihn dir aus dem Kopf, und widme dich ganz deiner Frau.«

Sein Körper brannte vor Verlangen nach ihr, und auch sie

war bereit für ihn. Ihre Vereinigung war innig und von überwältigender Leidenschaft.

Danach lag sie eine Zeitlang ganz still da, bevor sie sich zu ihm drehte und ihm einen Kuss auf die Wange hauchte. Den Kopf an seine Schulter gelehnt und eng an ihn geschmiegt, sagte sie: »Es ist doch komisch, dass man die Welt und alle Menschen mag, wenn man verliebt ist. Durch dich fühle ich mich einfach wunderbar. Ich kann sogar Fingon – ja, und selbst Niall – verzeihen. Ich glaube, ich werde morgen ein Gebet für ihre Seelen sprechen.«

»Du hast ein viel besseres Herz als ich, meine Süße. Aber ich bezweifle, dass deine Gebete Niall dort, wo er jetzt ist, viel nützen werden.«

»Das ist Gotteslästerung«, sagte sie und tippte ihm mit einem Finger auf die Nase. »Ich glaube, dafür ist eine Buße fällig.«

»Aber gern«, erwiderte er und zog sie näher zu sich heran. »Meine erste Buße wird sein, jeden Zentimeter deines herrlichen Körpers zu küssen.«

Lachend rollte sie sich auf den Rücken, damit er seine Bußübung in Angriff nehmen konnte. Dabei sagte sie: »Ich habe gemerkt, dass es manchmal gar nicht so schlimm ist, seinem Ehemann gehorsam zu sein.«

Seine gemurmelte Antwort hörte sie schon nicht mehr, denn seine Küsse waren so lustvoll, dass es ihr fast die Sinne raubte.

Epilog

Loch Gruinart, Insel Isla, Juli 1367

Es war Gezeitenwechsel, und noch immer war er nicht gekommen. Er hatte einen Boten geschickt, dass sie hier am Loch auf ihn warten sollte, damit sie gemeinsam den Sonnenaufgang erleben konnten. Langsam wurde es Zeit, dachte sie mit einem Anflug der Gereiztheit, die sie in letzter Zeit häufig plagte. Um ihre Ungeduld zu zügeln, schlenderte sie barfuß, die Stiefel in der Hand, am Strand entlang in Richtung der Klippen. Dabei dachte sie an Elma, die hier den Tod gefunden hatte. Doch dann wanderten ihre Gedanken wieder zu ihm, und sofort stand sein verschmitztes Lächeln vor ihrem inneren Auge. Mit jeder Faser ihres Körpers sehnte sie sich nach ihm, und sie war sicher, dass es ihm ebenso ging.

Jetzt würde er bald kommen, voller Vorfreude auf sie und das Kind. Einige Tage zuvor war sie nach Kilchoman übergesiedelt, damit sie beide ungestört ihr Wiedersehen feiern konnten. Flüchtig ging ihr der Gedanke durch den Kopf, was ihm alles zustoßen konnte – ein Unglück, das ihr ganzes Leben mit einem Schlag verändern würde. Aber nein, ihm war nichts geschehen, denn das hätte sie gespürt. Stattdessen fühlte sie sich froh und vergnügt, im Frieden mit sich und der Welt. Den Blick auf das Meer gerichtet, sah sie zu, wie der Himmel im Osten immer heller wurde. Ganz ruhig stand sie da und ließ das wechselnde Spiel der Farben auf sich wirken, das das Licht auf die Wellen zauberte. Am Horizont zogen duftige weiße Wölkchen dahin, die sich bald im Schein der aufgehenden Sonne zart röten würden.

Endlich erklang Hufschlag auf dem Hügel hinter ihr. Voller Vorfreude wirbelte sie herum und sah den Reiter auf dem dahingaloppierenden Pferd. Da ließ sie die Stiefel fallen, hob ihre Röcke auf und rannte ihm lachend entgegen.

Wie damals, als sie sich zum ersten Mal hier am Loch getroffen hatten, brachte er sein Pferd unmittelbar vor ihr zum Stehen, sprang aus dem Sattel, fasste sie fest um die Taille und wirbelte sie im Kreis herum.

»Endlich seid Ihr da!«, sagte Mairi und erwiderte seine Umarmung. »Ja, Liebste«, antwortete Lachlan. »Ich habe dich schrecklich vermisst.«

»Habt Ihr ihn bekommen?«

»Das Schriftstück steckt in meiner Satteltasche«, erwiderte er. »Du kannst es dir ansehen, wenn wir auf Kilchoman sind. Es ist zwar auf Latein, aber ich werde es dir übersetzen. Doch zuerst will ich dich ganz für mich haben.«

»Wir bleiben doch noch vierzehn Tage allein auf Kilchoman, oder?«

»Ja, deine Frau Mutter hat es uns versprochen. Doch was heißt schon ›allein‹ auf diesem prächtigen Sommersitz mit dem vielen Gesinde?« Dann sagte er übergangslos: »Küss mich, Mädchen! Ich verzehre mich förmlich nach dem Geschmack deiner Lippen.«

Der erste Kuss war lang und innig, der zweite nicht minder, und zu ihrer Freude begann er, seine Hände über ihren Körper wandern zu lassen. Dann hielt er inne und blickte ihr tief in die Augen, als könne er sich nicht an ihr sattsehen. Voller Genugtuung sagte Mairi: »Jetzt sind wir also auch vor der römischen Kirche Mann und Frau.«

»Ja, und Seine Heiligkeit war auch so freundlich, unseren kleinen Hector in seinen Dispens mit einzuschließen. Jetzt kann niemand seine eheliche Geburt anfechten und ihm sein Erbe streitig machen. Der Papst hat sogar noch mehr getan«, fügte er grinsend hinzu, »und alle Kinder in den Dispens aufgenommen, die bis zum Tag der Unterzeichnung geboren oder gezeugt wurden.«

»Der Papst ist ein sehr weitsichtiger Mann«, sagte Mairi bedeutungsvoll.

»Was?«, rief Lachlan und packte sie an den Schultern. »Willst du damit etwa sagen, dass …«

Als sie nickte, trat ein glückliches Lächeln auf sein Gesicht.

»Bist du sicher, Liebste?«, fragte er überflüssigerweise.

»Ganz sicher, Sir. Ihr wart schließlich zwei Monate fort. Und ich habe das Gefühl, es wird wieder so ein ungestümer Junge, denn jeden Morgen ist mir speiübel, genauso wie es bei dem kleinen Hector war.«

»Meine Güte, und trotzdem bist du allein hierhergeritten?«

Sie zog die Augenbrauen hoch. »Und wennschon?«

Nach kurzem Zögern zwinkerte er ihr zu. »Für diese Dummheit ist wohl eine kleine Buße deinerseits fällig, meine Liebste. Wenn du dich aber gut fühlst, werden wir den Anlass stattdessen gebührend feiern.«

»Und worin würde der Unterschied zwischen büßen und feiern bestehen, Sir?«

»Es gibt keinen, Mädchen. Nicht den geringsten. So einen Handel machst du nicht alle Tage, das musst du doch zugeben.« Als sie lachte, schloss er sie fest in die Arme und küsste sie. Dann breitete er seinen Umhang auf dem Boden aus. Im Handumdrehen hatten sie ihre Kleider abgelegt. Sie kreischte, und er lachte, als die kühle Brise über ihre nackte Haut wehte, doch gleich darauf waren Wind und Kälte im Feuer ihrer Leidenschaft vergessen.

Über ihnen am Himmel schrien die Möwen, und die Heide war erfüllt vom Gesang der Vögel, doch die beiden dort im Heidekraut waren blind und taub für alles um sie herum. So sehr hatten sie sich nach einander gesehnt, und endlich konnten sie ihre Sehnsucht stillen. Hinter ihnen im Osten lugte die Sonne über die Gipfel der Paps auf Jura und sandte ihre ersten wärmenden Strahlen über das Land.

Ein neuer Tag war angebrochen.

Liebe Leserin, lieber Leser,

die Idee, ein Buch über den ersten Lord der Inseln zu schreiben, kam mir, als ich in einer Sammlung alter schottischer Erzählungen (*West Highland Tales* von Fitzroy Maclean, Edinburgh 1985) die Geschichte von Mairi von den Inseln und Lachlan Lubanach Maclean las. Selbstverständlich weicht die Beschreibung der Ereignisse aus Sicht des Mackinnon-Clans beträchtlich von der Version der Macleans ab. Doch im Großen und Ganzen scheint die letztere unter Historikern mehr Anhänger zu haben, und außerdem fand ich sie, ehrlich gesagt, romantischer und spannender.

Wie in diesem Buch beschrieben, gab es im 14. Jahrhundert nur einen Lord der Inseln mit Namen Mac Donald (sic). Damals war MacDonald noch kein Name, sondern eher ein Titel – »Sohn des Donald« –, den jeweils nur ein Mitglied des Clans trug. Im Laufe der Zeit entwickelten sich unterschiedliche Schreibweisen des Namens, doch im Jahre 1367 findet er sich auf offiziellen Dokumenten – wie oben – in zwei Wörtern geschrieben. Um den Leser nicht zu verwirren, habe ich mich jedoch für die moderne Schreibweise entschieden.

Im Mittelalter waren Nachnamen im schottischen Hochland und auf den Inseln noch wenig verbreitet. Dennoch habe ich sie ab und an verwendet, um die Identifizierung der Personen im Roman zu erleichtern. Wie hilfreich Nachnamen sein können, erkennt man, wenn man sich einmal anschaut, wie der volle Titel unseres Helden gelautet hätte: Lachlan Lubanach, Sohn des Ian Dubh, Sohn des Gille Coluim, Sohn des Maol Iosa, Sohn des Gille eoin, Sohn des

MacRath, Sohn des Maol suthan, Sohn des Niall, Sohn des Cu duiligh, Sohn des Ceallach, Sohn des Rangce, Sohn des Old Dubhgall of Scone – man hätte die ganze Abstammungslinie aufführen müssen.

Wenn in dem vorliegenden Buch Niall Mackinnon die Macleans als »Emporkömmlinge« beschimpft, so bezieht er sich damit auf die vierhundert Jahre umfassende Lücke, die in der historisch belegten Geschichte des Clans klafft. Ihr Stammbaum lässt sich nicht bis zu dem Ahnherrn, auf den sie sich berufen – den Bruder eines Keltenkönigs von Delriada, der im siebten Jahrhundert gelebt hat –, zurückverfolgen. Der Donald-Clan dagegen kann auf eine ungebrochene Linie bis auf König Somerled und sogar bis auf Colla Uais, den sagenhaften irischen König des vierten Jahrhunderts und Mitgründer des Königreiches Oriel, zurückblicken.

Fingon Mackinnon, der selbst ernannte Grüne Abt, musste vierzig Jahre warten, bis 1397 endlich ein wohlgesinnter Papst bereit war, ihn zum rechtmäßigen Abt der Insel Iona zu erklären.

Über das Todesdatum von Niall Mackinnon sind sich die Fachleute uneins. Manche sind der Meinung, er habe noch lange nach der Schlacht gegen die Macleans gelebt (bei der die Mackinnons nach ihrer eigenen Aussage aus dem Hinterhalt angegriffen wurden – womit sie vielleicht nicht ganz unrecht haben). Andere Historiker sind jedoch davon überzeugt, dass Niall in Craignure Bay den Tod fand.

Diejenigen unter Ihnen, die schon einmal auf den nahezu baumlosen westschottischen Inseln waren, werden sich gewundert haben, dass im Roman mehrfach von dichten Wäldern die Rede ist. Tatsächlich waren bis zum 16. Jahrhundert Mull und die übrigen westlichen Inseln auf einer Fläche von mehr als 16 000 Hektar mit Wald bedeckt. Wie überall auf den Britischen Inseln fiel dieser im Laufe der Zeit dem Bedarf der Bewohner an Brennstoff und Baumaterial zum Opfer.

Lesern, die sich für die Geschichte der Lords der Inseln interessieren, kann ich die folgenden Titel empfehlen: Donald Grumach: *House of Islay* (Argyll 1967), Reverend A. MacDonald: *The Clan Donald* (Inverness 1896), Alexander Mackenzie: *History of the Macdonalds and Lords of the Isles* (mit Stammtafeln; Inverness 1881), Nicholas Maclean-Bristol: *Warriors & Priests* (Tuckwell 1995), Raymond Campbell Paterson: *The Lords of the Isles* (Edinburgh 2001) sowie Nigel Tranter: *Lord of the Isles* (London 1983).

Noch einige Informationen für all jene, die sich besonders für den Clan der Mcleans interessieren: Lachlan der Listige (Lachlan the Wily) gilt als Stammvater der Mcleans von Duart, wogegen die Maclaines von Lochbuie auf Hector den Grimmigen (Hector the Ferocious) zurückgehen. Die unterschiedliche Schreibweise des Clannamens datiert aus dem Jahr 1745, als es der allgemeinen Auffassung nach zu einer Spaltung des Clans in zwei Häuser kam. Das gegenwärtige Oberhaupt der Maclaines von Lochbuie versichert hingegen, dass es eine solche Spaltung nie gegeben habe. Es handelte sich vielmehr um einen Kunstgriff, dessen sich während des Jakobiten-Aufstandes unter Führung von »Bonnie Prince Charlie« mehrere der großen Clans bedienten. Während ein Zweig des Clans offen die katholischen Rebellen unterstützte, blieb der andere Teil loyal gegenüber dem (protestantischen) englischen Königshaus.

Als die Rebellion schließlich niedergeschlagen wurde, rächten sich das Haus Hannover und seine schottischen Verbündeten, indem sie die Anhänger der Jakobiten enteigneten. Diesen Strafmaßnahmen entging der Clan Maclean weitgehend, da er ja – zumindest teilweise – königstreu geblieben war.

Abgesehen von Landübereignungen und päpstlichen Dispensen sind nur wenige schriftliche Zeugnisse aus dem Schottland des 14. Jahrhunderts erhalten geblieben. Hier konnte ich der Fantasie also freien Lauf lassen. Dabei war mir – wie schon so oft – Donald R. MacRae eine unverzichtbare Hilfe. Ihm gilt mein besonderer Dank.

Danken möchte ich außerdem Duncan Staffa Maclean von der California/Nevada Clan Maclean Association; Rob Goodson, dem Webmaster von Gillean.com und seiner Frau Elena; Linda MacArthur vom Finlaggan Trust; Nicky Pendry vom britischen Amt für Landvermessung; Brian Palmer, der den Kontakt mit den Leuten vom Finlaggan Trust herstellte; und natürlich Alasdair White, dessen profunde Kenntnisse der schottischen Geschichte des 12. bis 14. Jahrhunderts mir sehr geholfen haben.

Und, wie stets, danke ich meiner wunderbaren Lektorin Beth de Guzman, meinen leidgeprüften und unersetzlichen Agenten Aaron Priest, Lucy Childs und Lisa Vance sowie all den Menschen in meinem Leben, die mir das Schriftstellerlos erleichtern.

Herzlichst,
Ihre Amanda Scott

Deutsche Erstausgabe 2008
Weltbild Buchverlag –Originalausgaben–

Dieses Werk wurde vermittelt durch die
Literarische Agentur Thomas Schlück GmbH, 30827 Garbsen.

Projektleitung: Almut Seikel
Übersetzung: Carola Kasperek
Redaktion: Carmen Dollhäubl
Umschlaggestaltung: zeichenpool, München
Umschlagabbildung: © Doreen Minuto via Agentur Schlück GmbH
Satz: avak Publikationsdesign, München
Gesetzt aus der Sabon 10,5/12,5 Punkt
Druck und Bindung: CPI Moravia Books s.r.o., Pohorelice

Gedruckt auf chlorfrei gebleichtem Papier

Printed in the EU

ISBN 978-3-89897-819-4